MARIE FERRARELLA

Le miroir de la peur

W0406932

Traduction française de
CHARLOTTE DEMANIE

BLACK ROSE

HARLEQUIN

Collection : BLACK ROSE

Titre original :
COLTON COPYCAT KILLER

© 2016, Harlequin Books S.A.
© 2022, HarperCollins France pour la traduction française.

Ce livre est publié avec l'autorisation de HARLEQUIN BOOKS S.A.

Tous droits réservés, y compris le droit de reproduction de tout ou partie de l'ouvrage, sous quelque forme que ce soit.
Toute représentation ou reproduction, par quelque procédé que ce soit, constituerait une contrefaçon sanctionnée par les articles 425 et suivants du Code pénal.

Si vous achetez ce livre privé de tout ou partie de sa couverture, nous vous signalons qu'il est en vente irrégulière. Il est considéré comme « invendu » et l'éditeur comme l'auteur n'ont reçu aucun paiement pour ce livre « détérioré ».

Cette œuvre est une œuvre de fiction. Les noms propres, les personnages, les lieux, les intrigues sont soit le fruit de l'imagination de l'auteur, soit utilisés dans le cadre d'une œuvre de fiction. Toute ressemblance avec des personnes réelles, vivantes ou décédées, des entreprises, des événements ou des lieux serait une pure coïncidence.

Le visuel de couverture est reproduit avec l'autorisation de :

HARLEQUIN BOOKS S.A.

Tous droits réservés.

HARPERCOLLINS FRANCE
83-85, boulevard Vincent-Auriol, 75646 PARIS CEDEX 13
Service Lectrices — Tél. : 01 45 82 47 47 - www.harlequin.fr
ISBN 978-2-2804-7593-8 — ISSN 1950-2753

Composé et édité par HarperCollins France.
Imprimé en août 2022 par CPI Black Print (Barcelone)
en utilisant 100% d'électricité renouvelable.
Dépôt légal : septembre 2022.

FSC
www.fsc.org
MIXTE
Papier issu de sources responsables
FSC® C159065

Pour limiter l'empreinte environnementale de ses livres, HarperCollins France s'engage à n'utiliser que du papier fabriqué à partir de bois provenant de forêts gérées durablement et de manière responsable.

Prologue

— Prends exemple sur moi, petite sœur. Observe et apprends.

Zoe Robinson croisa le regard de Celia, sa sœur aînée, dans le grand miroir en pied devant lequel elle réajustait son voile de mariée pour la millième fois.

Dans quelques instants, cette dernière allait quitter son statut de célibataire pour épouser Sam Colton, stoïque inspecteur de la police de Granite Gulch.

Ce que Celia ignorait c'est que, depuis toujours, Zoe était secrètement amoureuse de Sam.

Même Sam ignorait tout de ses sentiments, et la blonde et timide Zoe, discrète bibliothécaire de la ville, avait bien l'intention que cela reste ainsi. Quant à sa sœur, elle ne se doutait manifestement de rien puisqu'elle lui avait demandé d'être une de ses demoiselles d'honneur.

Leurs deux parents étant décédés, Celia était la seule famille qui lui restait, Zoe avait donc accepté, le cœur serré.

Mais, même si elle faisait bonne figure, feindre d'être heureuse pour Celia et Sam était en réalité une véritable torture.

Le regard mystérieux que sa sœur lui lança soudain,

avec son air habituel de prédateur, piqua sa curiosité et lui fit, un instant, oublier son malheur.

Celia était la plus dissimulatrice des deux sœurs, mais elle avait toujours su s'en tirer sans éveiller le moindre soupçon.

— T'observer et apprendre quoi ? lui demanda Zoe.

Sa sœur continua d'adresser le même sourire narquois à son reflet, comme si celui-ci partageait avec elle le fond de ses pensées.

— Apprendre à piéger l'homme de ton choix, bien sûr, petite sœur.

Zoe détestait le ton condescendant que sa sœur aînée utilisait si souvent pour lui parler.

— De qui parles-tu, Celia ? lui demanda-t-elle avec impatience.

— De Sam, bien sûr. Je parle de Sam, mon futur époux, lui répondit Celia en se tournant vers elle avant d'éclater de rire, manifestement très fière de sa réponse.

Zoe s'approcha et huma discrètement l'air qui les séparait.

— Celia, tu as bu ?

— Pas encore, mais cela ne saurait tarder, rétorqua celle-ci en lui adressant un clin d'œil. C'est comme ça que je l'ai eu, tu sais. Avec de l'alcool ! Et maintenant, je vais lui passer la bague au doigt, à lui et à toute la fortune des Colton.

Zoe sentit naître en elle un profond malaise. Quelque chose clochait.

— Que veux-tu dire, Celia ? Exprime-toi clairement, je ne comprends rien.

— Tu sais, poursuivit celle-ci en soupirant et en

secouant la tête, tu n'es vraiment pas drôle. Heureusement pour toi, je suis d'excellente humeur.

Comme pour ponctuer ses dires, Celia se mit à fredonner la *Marche nuptiale*.

Mais Zoe décida qu'elle n'allait pas laisser sa sœur s'en tirer aussi facilement. Elle devait aller au fond des choses, Celia semblait bien trop fière d'elle-même pour que ce qu'elle cachait soit insignifiant.

— Qu'as-tu fait, Celia ? lui demanda-t-elle, d'une voix ferme et calme, sans la quitter des yeux.

Des deux sœurs, Celia était la plus délurée, celle qui avait toujours fait tourner les têtes. Celle qui pouvait avoir n'importe quel petit ami, qui pouvait se sortir de toutes les situations. Sa beauté était éblouissante.

Zoe avait vite compris qu'elle allait devoir se contenter de vivre dans son ombre. Mais cela ne la dérangeait pas. Et puis, elle aimait Celia, même si les choses n'étaient pas toujours simples entre elles.

Cependant, ce que cette dernière était en train de sous-entendre, à quelques minutes de son mariage, lui donnait la chair de poule. Et elle comptait bien éclaircir ces étranges allusions. Maintenant.

— Tu sembles bien contente de toi, déclara-t-elle en se rappelant combien sa sœur pouvait être sensible à la flatterie. Et si tu m'expliquais pourquoi ?

— Sam va m'épouser pour reconnaître son bébé, lui répondit Celia avec un sourire satisfait.

— Un bébé ? lui demanda Zoe en écarquillant les yeux.

— Exactement, répliqua sa sœur d'un ton suffisant, les yeux rieurs.

Zoe la saisit par les épaules pour l'empêcher de se retourner vers son miroir.

— Celia, arrête de t'exprimer par énigmes. Tu seras devant l'autel dans quelques minutes, dis-moi de quoi tu parles.

Si elle avait pensé que cela pourrait être utile, elle aurait ajouté qu'elle ne la laisserait pas sortir de la pièce sans qu'elle lui ait tout avoué. Mais elle savait que sa sœur se serait alors moquée d'elle et que les choses se seraient envenimées entre elles. Non, la seule solution pour la faire parler était de la harceler.

— Tu es une véritable rabat-joie, tu le sais, n'est-ce pas ? lui répondit Celia, d'un ton agacé.

Puis elle se remit à rire. Elle semblait bien trop contente d'elle pour laisser sa sœur cadette gâcher son plaisir.

— Sam et moi n'avons jamais couché ensemble, déclara-t-elle finalement.

— Je ne comprends pas, lui répondit Zoe, surprise. Si c'est le cas, pourquoi pense-t-il que tu portes son enfant ?

Celia laissa échapper un profond soupir. Ajouter un peu de drame à la situation semblait lui plaire.

— Parce qu'une nuit, après avoir tué cet horrible criminel qu'il pourchassait, il est venu chez moi pour se détendre et discuter.

Elle émit un petit rire sarcastique et ajouta :

— Tuer quelqu'un ne semble pas être sa tasse de thé. Quoi qu'il en soit, il était si contrarié que je lui ai offert du whisky qu'il a bu jusqu'à s'effondrer sur mon canapé. Alors, j'ai soigneusement mis sens dessus dessous mon appartement pour lui faire croire que nous avions passé une folle nuit d'amour. Et quand il s'est réveillé, j'ai pris un ton timide et gêné pour lui dire que c'était la première fois que je faisais une telle chose.

Ce qui était aussi un mensonge, pensa Zoe. Celia avait eu de nombreuses aventures ces dernières années. Sans compter celles dont elle n'avait jamais parlé.

— Deux mois plus tard, je suis venu chez lui et je lui ai annoncé, en larmes, que j'étais enceinte de lui, conclut-elle avec un immense sourire. Il m'a alors proposé de faire ce qu'il convenait, ce dont je n'avais jamais douté un seul instant.

Elle jeta un regard satisfait à sa sœur avant d'écarter grand les bras et de claironner :

— Et voilà !

Abasourdie, Zoe cherchait ses mots.

— Mais alors, tu n'es pas…

— Non, lui répondit Celia.

Zoe se demanda si, malgré son apparente fierté, sa sœur se rendait compte du danger qu'elle courait en jouant à ce terrible jeu. Sam n'était pas le genre d'homme à apprécier qu'on lui mente.

— Que va-t-il se passer dans quelques mois, quand il n'y aura pas de bébé ?

— Oh ! répliqua Celia en levant les yeux au ciel, je ne vais pas attendre si longtemps ! Le mois prochain, je lui annoncerai, les larmes aux yeux, que j'ai perdu le bébé… Et qui sait ?

Elle s'interrompit pour rire à gorge déployée, puis haussa les épaules avec malice avant de conclure :

— Il sera peut-être soulagé… Et plus rien n'aura d'importance, puisque je serai… sa femme !

Zoe recula de quelques pas dans la pièce et regarda sa sœur réajuster sa robe devant le miroir.

— Je fais vraiment une belle mariée, constata cette dernière avec émotion devant son reflet.

— Tu ne peux pas épouser Sam sous ce prétexte, s'exclama Zoe en la regardant avec effarement. Tu dois lui dire la vérité.

— Non, lui répondit Celia d'un ton exaspéré. Oh ! Arrête ton cinéma, veux-tu ! Après tout, ce n'est pas comme si Sam croyait à l'amour, au mariage ou même à la sacro-sainte institution de la famille.

Elle marqua une pause pour appliquer une nouvelle couche de rouge sur ses lèvres.

— Et puis…, reprit-elle, épouser une femme qu'il n'aime pas ne semble pas si grave à ses yeux.

— Et cela te convient ? lui demanda Zoe, incrédule.

Ce piège était le pire des coups bas.

— Évidemment que cela me convient, s'écria Celia qui commençait à changer d'humeur. As-tu une idée de la fortune de la famille Colton ?

— Peu importe qu'ils soient plus riches que Crésus, s'exclama Zoe, tu ne peux pas continuer, Celia, ce n'est pas correct.

— C'est mieux que correct, protesta Celia en secouant la tête avec l'air satisfait d'une reine contemplant son royaume, c'est parfait. Maintenant, arrête de me faire la morale comme une vieille fille célibataire habitant une maison pleine de chats, et prépare-toi à vivre la plus grande fête de toute l'histoire de cette ville.

Zoe posa la main sur son ventre qu'elle sentait se nouer. Elle avait la nausée. Elle ne voulait pas être complice d'une telle chose.

Celia, quant à elle, semblait repartie dans son petit monde. Elle ne quittait pas son reflet des yeux et avait recommencé à fredonner.

Elle ne sembla même pas remarquer que sa sœur sortait de la pièce.

Une fois dehors, Zoe sentit son estomac se tordre avec tant de violence qu'elle pensa qu'elle allait vomir. Elle devait trouver Sam et lui apprendre tout ce que Celia venait de lui confesser. Il ne pouvait épouser Celia dans de telles conditions… Il ne pouvait…

Elle interrompit brusquement le flot de ses pensées. L'idée même de lui révéler le piège de Celia lui donnait le vertige. De plus, si elle allait jusqu'au bout – et bien qu'elle ne soit pour rien dans cette machination –, de quoi aurait-elle l'air aux yeux de Sam ?

Elle devait essayer une nouvelle fois de persuader Celia d'annuler la cérémonie et expliquer elle-même à Sam les raisons de ce retournement de situation.

Inspirant profondément, elle ferma les yeux une seconde et s'efforça de rassembler son courage. Si elle avait toujours tout accepté de sa sœur sans protester, cette fois, c'était trop. Elle ne pouvait laisser ce mariage avoir lieu.

Et même si elle redoutait de devoir affronter Celia, elle savait que c'était la seule chose à faire.

Elle entra à nouveau dans la chapelle et frappa un coup à la porte. Sans attendre la réponse, elle l'ouvrit, fit un pas à l'intérieur… et se mit à hurler.

1

Zoe ne se souvenait pas qu'elle avait crié.

Et elle ne se rappelait pas être entrée dans la pièce pour se précipiter auprès de Celia qui gisait sur le sol, face contre terre.

La superbe robe de mariée que sa sœur avait recherchée avec tant de plaisir était maintenant dans un sale état. Deux balles en avaient percé le bustier, le sang avait imbibé le délicat tissu blanc et les subtiles broderies n'étaient plus visibles.

Le temps semblait altéré, les minutes se succédaient à une vitesse folle puis s'écoulaient au ralenti. La situation était totalement surréaliste. Zoe avait l'impression de se trouver au beau milieu d'une séquence macabre et mal mise en scène, extraite d'un vieux film d'horreur de série B.

Et comme si cela ne suffisait pas, quelqu'un, le tueur probablement, avait dessiné un étrange signe sur le front de Celia. C'était un cercle rouge, comme une cible, avec un point à l'intérieur, manifestement dessiné au marqueur.

Tout cela ne pouvait pas être réel.

Zoe n'avait que cette pensée en tête.

Elle avait quitté sa sœur quelques minutes auparavant…

Comment une telle chose avait-elle pu se produire en si peu de temps ?

Qui avait bien pu faire ça ?

Pourquoi n'avait-elle pas entendu les coups de feu ?

Et quel était cet affreux bruit qui lui martelait le crâne ?

Pour le chasser, elle essaya de secouer la tête, mais en vain.

Elle ne parvenait pas à faire le moindre mouvement.

Le bruit l'enveloppa tout entière. Comme des lamentations. Ou des gémissements. De ceux qu'on laisse échapper lorsqu'on a le cœur brisé.

Elle ne se rendait pas compte que ces sons provenaient d'elle.

— Tu réalises que tu vas probablement vivre le plus beau jour de ta vie, espèce de petit veinard ! À partir de là, ça redescend en pente douce…

En entendant le vieil homme qui l'accompagnait éclater de rire, l'inspecteur Sam Colton afficha un demi-sourire.

Il hocha la tête en silence. Les mots n'étaient pas son fort et il ne trouvait rien à répondre, hormis le fait que, si ce jour était le plus heureux de sa vie, alors la barre n'était pas placée bien haut. Quant à la pente, il connaissait le sujet mieux que personne.

Il était sur le point d'épouser Celia Robinson, qui, aux yeux de la plupart de ses collègues, était superbe, rayonnante, et tout un tas d'autres adjectifs du même acabit.

Pourtant ces qualités n'avaient rien à voir avec la raison pour laquelle Sam allait se marier avec Celia.

Elle était enceinte de lui et il s'était fait la promesse, longtemps auparavant, que si l'occasion de devenir père se présentait un jour par accident – ce qui était le cas aujourd'hui – il serait là pour son enfant.

Il ne voulait pas que celui-ci reçoive la même éducation que lui… Son enfance avait été marquée par un drame épouvantable : son père avait assassiné sa mère, et lui et ses frères et sœurs avaient été dispersés aux quatre vents.

Placés dans différents foyers d'accueil, ils n'avaient pas pu traverser ensemble ces terribles et bouleversantes années.

Alors, peu importaient les sacrifices que tout cela demanderait, il refusait que son enfant connaisse ce terrible sentiment d'abandon, qu'il se sente seul, rejeté et honteux parce que personne ne voulait de lui. S'il devait épouser Celia pour éviter cela, eh bien, qu'il en soit ainsi. Il avait réussi à survivre, il avait avancé dans la vie en apprenant à encaisser les coups. Il ferait de même avec celui-ci.

Soudain un bruit retint son attention…

Il se redressa, tous les sens en alerte. Une partie de sa réaction venait de sa formation de policier, l'autre était purement instinctive. C'était d'ailleurs ce sixième sens qui lui avait permis de sortir indemne de certains foyers d'accueil où il avait été placé.

— Tu as entendu quelque chose ? lui demanda

Ethan, l'un de ses frères qu'il avait réussi à retrouver et dont il s'était rapproché ces dernières années.

Il partit en courant, sans se donner le temps de lui répondre.

— Je vais prendre ça pour un oui, lança Ethan avant de le suivre.

Une fois dans le hall, les deux hommes comprirent vite que le bruit qui avait attiré leur attention venait de la petite chapelle.

— Il paraît que ça porte malheur de voir la mariée avant la cérémonie ! cria Ethan à Sam qui se précipitait dans le couloir.

Le voyant se figer à l'entrée de la pièce, Ethan avança, jeta un œil par-dessus son épaule et s'immobilisa à son tour.

Pendant un moment qui lui parut durer une éternité, Sam resta statufié à quelques pas de Zoe. Il ne se rendit pas immédiatement compte que celle-ci hurlait.

Il ne pouvait détacher ses yeux de Celia.

Ce n'était pas un sentiment de perte qui l'envahissait tout entier. C'était un choc. Un choc total, brutal, une terrassante vague d'incrédulité. Et ce n'était pas la découverte de la mort de Celia qui en était la cause, mais le symbole qui était dessiné sur son front.

Cette signature en forme de cible, il l'avait reconnue tout de suite. Il l'avait vue maintes fois sur les photos des scènes de crime qui hantaient ses cauchemars.

C'était celle que son père, le tristement célèbre Matthew Colton, laissait toujours sur le front de ses victimes.

Cependant, ses proies n'étaient jamais des femmes. Il ne tuait que des hommes, de même âge et de même corpulence, et qui ressemblaient à son frère aîné, ce frère qu'il haïssait et qu'il accusait d'être responsable de tous ses maux.

Cette pensée occupait l'esprit de Sam tandis qu'il se tenait sur le pas de la porte, devant le cadavre de celle qu'il s'apprêtait à épouser. Et même si son père avait tué une femme, – sa mère, quand elle avait découvert son terrible secret –, aucune jeune fille d'une vingtaine d'années ne semblait l'avoir jamais intéressé.

Sans compter que Matthew Colton était derrière les barreaux depuis vingt ans maintenant.

Il ne pouvait être l'auteur de ce crime.

Alors, de qui pouvait-il s'agir ?

Tout cela n'a aucun sens, pensa Sam.

Son expérience professionnelle lui ordonnait de se concentrer sur la scène de crime, puisque Celia était morte et qu'on ne pouvait manifestement plus rien pour elle. Toutefois, une part de lui plus humaine, plus sensible, qu'il avait pris soin de mettre en sourdine depuis de nombreuses années, lui soufflait de réconforter la petite sœur de Celia.

Zoe semblait en effet en profond état de choc.

— Zoe…, murmura-t-il en se demandant quels mots il pourrait bien employer.

Mais il n'eut pas besoin d'ajouter quoi que ce soit. En effet, dès qu'elle entendit le son de sa voix, elle se tourna vers lui et, les joues inondées de larmes, s'effondra dans ses bras.

Il la rattrapa juste à temps et la tint maladroitement contre lui, inquiet à l'idée que ce contact physique puisse fissurer la muraille impénétrable qu'il avait si soigneusement érigée autour de son cœur.

— Elle est morte, sanglota Zoe. J'étais ici il y a quelques instants à peine, et maintenant Celia est morte. Pourquoi l'ai-je laissée seule ? Elle serait encore en vie si je n'avais pas quitté cette pièce. Oh ! mon Dieu, pourquoi ne suis-je pas restée avec elle ?

Sam jeta un regard impuissant en direction de son frère. Il savait ce qu'il fallait faire sur une scène de crime, connaissait toutes les procédures à respecter et était même capable de se défendre contre un meurtrier. En revanche, en ce qui concernait le chagrin ou les larmes d'une femme, il n'avait pas la moindre idée de la marche à suivre.

Totalement perdu, il se tourna vers Ethan en espérant que celui-ci pourrait l'aider.

Ce dernier s'avança vers eux et prit le bras de Zoe.

— Pourquoi ne sortirions-nous pas prendre un peu l'air ? lui demanda-t-il.

Zoe ne bougea pas d'un pouce et secoua vigoureusement la tête.

— Non, je ne peux pas partir, je ne peux pas quitter Celia, protesta-t-elle en regardant le corps inerte de sa sœur.

Sam se baissa pour prendre le pouls de Celia, même s'il avait déjà compris que celle-ci n'était plus en vie. L'auteur de ces tirs savait exactement où viser.

— On ne peut plus rien faire pour elle, dit-il en se redressant.

— Pourquoi ? Et qui a fait une telle chose ? s'écria Zoe en regardant Sam, les yeux pleins de larmes.

Zoe pensa soudain que les dernières pensées qu'elle avait eues concernant Celia étaient emplies de colère. Et que les derniers mots qu'elle lui avait adressés étaient chargés de reproches. Comment allait-elle pouvoir vivre avec ça ?

Elle sentit que ce puissant sentiment de culpabilité, ajouté à celui de l'avoir laissée seule, commençait déjà à la ronger.

— Je me pose les mêmes questions, lui répondit Sam, d'un ton où ne perçait aucune émotion. Que pouvez-vous me dire de vos derniers instants passés ensemble ?

— Sam, je ne suis pas sûr que ce soit le moment, intervint Ethan en essayant d'éveiller un brin de compassion chez son frère.

Mais Sam ne semblait pas voir les choses de la même façon que lui.

— Il n'y a pas de meilleur moment, au contraire, répondit-il. Tout est encore frais dans sa mémoire.

Il se tourna vers Zoe.

— Avez-vous vu quelqu'un entrer ici après votre départ ?

Elle secoua la tête et des mèches de cheveux blonds glissèrent sur son visage.

— Non, finit-elle par dire. Je ne crois pas …

— Vous ne croyez pas ? répéta Sam d'un ton accusateur.

— Je ne sais pas, répondit-elle, désemparée. Je ne me souviens pas, tout est flou…

Sous le regard réprobateur d'Ethan, Sam tenta une autre approche.

— OK, dites-moi plutôt pourquoi vous avez laissé votre sœur ?

Elle lui jeta un regard bouleversé. Comment pouvait-elle lui répondre sans le blesser ?

Non, elle préférait encore mourir plutôt que de lui dire la vérité, surtout en un pareil instant. Pourtant, une chose était sûre : morte ou pas, Celia ne méritait pas un homme comme Sam.

— Zoe, pour quelle raison avez-vous quitté la pièce ? répéta Sam avec plus de vigueur.

— Nous nous sommes disputées, lui répondit-elle finalement d'une voix douce et calme.

— À quel propos ?

— Rien de très important, déclara-t-elle, refermant la discussion tandis qu'un douloureux sanglot montait dans sa gorge.

— Sam, intervint de nouveau Ethan, sa sœur vient tout juste d'être assassinée, cette jeune femme est en état de choc. Ce n'est pas d'un interrogatoire dont elle a besoin mais plutôt d'un médecin. Et, même si je suis le seul de la fratrie à ne pas travailler pour les forces de l'ordre, je pense que ce n'est pas toi qui dois enquêter sur cet assassinat.

Sam lui lança le regard que la plupart des agents de Granite Gulch avaient appris à craindre.

— Ma ville, mon enquête, dit-il d'une voix grave.

— Ta fiancée, ajouta Ethan.

Ignorant sa remarque, son frère lui jeta un regard chargé de sous-entendus.

— As-tu seulement remarqué le symbole dessiné sur son front ?

Ethan s'était concentré sur les plaies puis sur la

sœur de la victime. Il observa de nouveau le corps inerte et, découvrant enfin la marque, devint blanc comme un linge.

— Oh mon Dieu, est-ce que c'est..., dit-il sans quitter le cadavre des yeux.

— Absolument, c'est sa signature sauf qu'ici le point rouge est décentré, lui dit Sam en se rapprochant pour étudier le signe de plus près. Ce qui a peut-être une signification.

— Ouais, en tout cas, ça ne veut sûrement pas dire que le vieux a découvert comment se trouver dans deux endroits au même moment, répliqua Ethan. Il est en prison, Sam, depuis vingt ans.

— *Presque* vingt ans..., corrigea Sam qui, sur ce sujet, se révélait de nature extrêmement pointilleuse.

— Quoi qu'il en soit, il ne peut pas être l'auteur de ce crime. Et puis, il tuait des hommes qui ressemblaient à son frère, impossible de confondre Celia avec ce genre de types, même dans la nuit noire.

Alors qu'il finissait sa phrase, Ethan sembla se souvenir soudain que Zoe était toujours présente.

— Oh ! excusez-moi, je ne voulais pas..., ajouta-t-il en lui jetant un regard désolé.

— Ce n'est rien, je comprends, dit-elle en regardant les deux frères l'un après l'autre. Je veux vous aider, je ferai tout ce que je peux pour trouver celui qui a tué ma sœur.

— Pour le moment, vous allez surtout nous aider en allant vous faire examiner par un médecin, lui répondit Sam en dégrafant son nœud papillon.

Puis il sortit son téléphone portable de sa poche pour appeler des renforts.

— Je n'ai pas besoin d'être examinée, protesta Zoe, d'un ton buté. Personne ne m'a fait le moindre mal, j'ai seulement découvert le corps de ma sœur assassinée. Je ne pense pas qu'on puisse me prescrire de médicaments pour ça.

Elle s'interrompit et prit une profonde inspiration pour tenter de garder son calme.

— Je suis désolée d'avoir crié de la sorte.

— Vu les circonstances, c'est tout à fait compréhensible, lui répondit Sam en haussant les épaules.

— Bon, ajouta-t-elle en avançant vers eux, que puis-je faire pour me rendre utile ?

Il semblait à présent évident pour Sam que, si Zoe lui avait toujours paru être la petite sœur douce qui vivait dans l'ombre de sœur, elle ne voulait pas partir. Il allait donc devoir composer avec sa présence, même s'il n'avait pas la moindre envie qu'elle lui colle aux basques.

— Très bien, vous voulez savoir ce que vous pouvez faire ?

— Oui, lui répondit-elle avec empressement.

— Allez prévenir tout le monde que le mariage est annulé, mais que personne ne peut quitter les lieux avant d'avoir enregistré sa déclaration. Vous croyez que vous pouvez faire ça pour moi ?

D'aussi loin qu'elle se souvienne, Zoe avait toujours détesté annoncer les mauvaises nouvelles. Elle se demanda donc comment elle allait bien pouvoir procéder avec cette foule d'invités, impatients de vivre l'inoubliable moment auquel ils étaient venus assister.

Mais quelqu'un allait bien devoir se charger de cette tâche délicate et c'était à elle que Sam voulait la confier. Elle décida donc de mettre sa gêne de côté et accepta.

— Oui, bien sûr, je leur dirai également combien vous êtes désolé de ce changement de programme.

Observant avec la plus grande minutie chaque centimètre du corps de la victime – sa fiancée en l'occurrence –, Sam sentit la contrariété grandir en lui. Les mots de Zoe glissèrent sur lui sans qu'il en saisisse vraiment le sens.

Comme elle restait immobile, il leva finalement les yeux vers elle et sembla soudain saisir le sens de sa phrase.

— Ah, oui, pourquoi pas, lui dit-il.

— C'est sa façon à lui de dire oui, glissa Ethan à Zoe avec un petit sourire d'encouragement.

— Je sais, déclara Zoe en esquissant elle aussi un léger sourire.

Ethan la suivit des yeux jusqu'à ce qu'elle quitte la pièce puis se tourna vers son frère.

— Je crois que c'est ce qu'on peut appeler du courage, dit-il.

— Peut-être, ouais, murmura Sam, uniquement préoccupé par le cadavre qui se trouvait devant lui.

S'il était honnête avec lui-même, il devait reconnaître qu'il n'avait pas eu la moindre envie d'épouser Celia et qu'il lui en avait même presque voulu d'avoir réussi à le piéger de la sorte. Il ne lui avait toutefois jamais souhaité le moindre mal. Il sentit la culpabilité l'envahir et repoussa ces pensées le plus loin possible.

Conscient que seul l'examen du médecin légiste pourrait lui apporter de nouvelles informations, il s'écarta du corps de Celia.

— C'est le même mode opératoire, grommela-t-il entre ses dents, et pourtant c'est différent.

De son côté, Ethan sentait qu'il devait être présent pour soutenir son frère dans cette épreuve. Pourtant, il devait admettre qu'il était parfois difficile de se rapprocher de Sam. Son plus jeune frère avait construit un véritable rempart autour de lui, sans faille ni passage secret.

Chacun d'eux combattait ses démons à sa façon, pensa-t-il, même si ces démons avaient tous le même visage, celui de leur père.

— Eh bien, tout cela est aussi clair et limpide qu'un torrent de boue, déclara-t-il.

Sam laissa échapper un petit rire, même si rien dans cette situation ne prêtait à la légèreté.

— Et c'est justement ça qui me fait peur, répondit-il à Ethan qui venait de poser sa main sur son épaule.

— Au cas où je ne pourrais pas te le dire plus tard, je suis désolé, dit ce dernier.

— Désolé pour quoi ?

— Pour… ta fiancée, lui répondit Ethan en lui montrant le corps de Celia.

— Oh…

Pendant quelques secondes, Sam avait oublié qu'il était sur le point de se marier. Il s'agissait d'un crime et il réfléchissait comme un inspecteur de la brigade criminelle. Il n'y avait pas de place pour les sentiments et autres pensées personnelles dans ce genre de raisonnement. C'était ce qu'on lui avait appris et c'était comme ça qu'il fonctionnait.

— Merci, répondit-il finalement à Ethan, d'un ton si détaché que celui-ci ne put s'empêcher de s'interroger sur la relation qui liait son frère à cette femme qu'il ne pouvait désormais plus épouser.

Sam était-il devenu un véritable expert dans l'art de cacher son chagrin, ou les épreuves traversées pendant son enfance avaient-elles détruit ses capacités à ressentir la moindre émotion ?

Ethan craignait presque de découvrir la réponse.

2

Quand elle ouvrit la porte de l'église où la cérémonie du mariage devait se dérouler, quelqu'un fit signe à l'organiste et, tandis que les premières notes de la *Marche nuptiale* retentissaient, tous les invités se levèrent de leurs bancs.

Zoe resta figée un instant en parcourant la foule des yeux, puis quelqu'un lança :

— Hé, mais ce n'est pas la mariée, c'est Zoe !

Une myriade de questions suivit cette remarque, toutes adressées à la petite sœur de la future épouse.

— Où est Celia ?

— Que se passe-t-il ?

— Combien de temps faut-il à cette femme pour se préparer ? Il est grand temps que la cérémonie commence !

D'autres interrogations ainsi que quelques plaintes et des commentaires agacés s'élevèrent. Toutefois Zoe n'en saisissait pas réellement le sens. Se mêlant les uns aux autres, ils ne formèrent bientôt plus qu'une seule et immense cacophonie.

Appuyée contre les deux lourdes portes, vacillante, Zoe s'éclaircit la voix et essaya tant bien que mal d'obtenir l'attention de tout le monde.

Elle avait une voix si douce que seuls les quelques invités qui se trouvaient près d'elle au fond de l'église l'entendirent. Les autres s'énervaient, manifestement conscients qu'elle était sur le point de leur expliquer la situation.

— Quoi ?

— Que dit-elle ?

— Parlez plus fort, on ne vous entend pas !

Quelqu'un au centre de la foule rugit d'une voix plus forte que toutes les autres.

Cette dernière réflexion fit réagir Zoe qui se raidit. Sentant la colère se mêler à la stupeur et à l'effroi, elle haussa la voix et essaya une nouvelle fois de se faire entendre.

— Le mariage n'aura pas lieu, commença-t-elle d'une voix claire mais un peu tremblante.

— Je suis venue jusqu'ici pour rien ? répondit une femme, d'un ton indigné.

— Que voulez-vous dire exactement ? demanda quelqu'un avec colère.

— Et pourquoi donc n'aurait-il pas lieu ?

Plus proche de perdre son sang-froid qu'elle ne l'avait encore jamais été, Zoe haussa de nouveau la voix et s'écria :

— Parce qu'il y a eu un meurtre !

Sa voix se brisa sur la dernière syllabe.

Un sentiment d'horreur s'abattit sur l'assemblée comme un lourd rideau sur une scène de théâtre.

— Un meurtre ?

— Que voulez-vous dire ? Un meurtre… Quelqu'un est mort ?

Un homme se leva et prit la parole en souriant.

— Elle plaisante, n'est-ce pas ? demanda-t-il en se tournant vers Zoe. C'est ce qu'on appelle de l'humour noir, elle fait ça pour nous divertir car Celia n'est toujours pas prête.

— C'est pour ça ? dit une femme. C'est pour nous faire patienter ? Pour gagner du temps ? Parce que, je ne sais pas ce qu'en pensent les autres convives, mais moi je commence à avoir faim.

Tandis que les questions et les reproches continuaient de fuser, Zoe envisagea sérieusement de battre en retraite. Les invités, qui s'étaient initialement levés pour accueillir la mariée, étaient toujours debout et se dirigeaient vers elle, comme si le fait de se rapprocher pouvait éclaircir la situation.

D'une main, elle chercha la poignée de la porte dans son dos pour pouvoir s'échapper si les choses s'envenimaient, mais elle sentit soudain qu'on l'ouvrait derrière elle.

Sans se retourner, elle entendit la voix grave de Sam s'élever dans l'église :

— Personne n'essaie de gagner du temps ici, déclara-t-il à l'assemblée d'une voix ferme et autoritaire. Un meurtre s'est produit et je vous demande à tous de regagner vos places. Un policier va venir voir chacun d'entre vous afin de prendre vos témoignages.

— Nous allons tous devoir faire une déposition ? demanda un invité d'un ton incrédule.

L'église était pleine à craquer, ce qui signifiait qu'interroger tout le monde allait prendre des heures et que personne ne pourrait partir avant un long moment.

— Oui, chacun d'entre vous, rétorqua Sam, d'un ton glacial.

— Sam, protesta quelqu'un, que se passe-t-il, bon sang ? Nous sommes venus assister à ton mariage. Qui a été assassiné ?

Zoe prit une décision. Sam ne semblait pas disposé à répondre à cette question pour le moment, mais elle pensait qu'il n'était pas juste de cacher la vérité aux invités. Ces gens étaient des amis, des proches de Celia. Même si elle avait toujours du mal à réellement intégrer les faits, elle se résolut à répondre à la place de l'inspecteur.

— Quelqu'un a tiré sur Celia.

Du coin de l'œil, elle vit Sam lui lancer un regard qui l'aurait dissuadée de révéler cette information si elle l'avait croisé quelques secondes plus tôt. Elle pensa d'abord s'excuser d'avoir dépassé les limites mais, de façon totalement inhabituelle, la colère prit le dessus et anéantit sa tendance à toujours tout accepter sans protester.

Un peu plus tôt dans la journée, et pour la première fois, elle avait décidé de tenir tête à sa sœur, insistant sur le fait qu'elle devait révéler à Sam qu'elle avait inventé cette histoire de grossesse dans le seul but de l'épouser.

À présent, elle ne pouvait plus se taire et faire semblant. Et puis quel était l'intérêt de cacher cette information ? Dans quelques heures, tout le monde saurait que Celia avait été assassinée…

Et pour le moment la situation était si absurde qu'elle ne ressentait qu'un besoin : trouver quelque chose qui ait du sens pour s'y accrocher et tenter de reconstruire son monde, ce monde qui à cet instant était totalement chamboulé.

Un nouveau chœur de voix s'éleva de l'assemblée, en réaction à ce que venait de révéler Zoe.

— Celia ?

— Mon Dieu, Celia a été tuée ?

— Elle est vraiment morte ?

— Si c'est une blague, elle n'est pas de très bon goût…

— Qui a bien pu faire une telle chose ?

Sam se tenait toujours aux côtés de Zoe. Il leva ses mains devant lui et fit signe aux invités de baisser la voix jusqu'à ce que le silence revienne.

Dorénavant, ce serait lui et les agents qu'il avait appelés en renfort qui se chargeraient de poser les questions.

— Nous allons tenter de trouver des réponses à toutes ces interrogations, déclara-t-il. Maintenant, tout se déroulera plus rapidement si vous retournez vous asseoir à vos places et que vous attendez patiemment que quelqu'un vienne prendre votre déposition.

— Mais nous étions tous ici, protesta une femme âgée, nous n'avons rien vu.

— Si c'est le cas, tout ira encore plus vite, lui répondit Sam dont le ton, ni amical ni accusateur, ne révélait rien de ce qu'il pensait réellement.

De nombreux agents de la police de Granite Gulch étaient maintenant arrivés dans l'église, rejoignant les autres policiers, initialement invités à la cérémonie, comme la sœur aînée de Sam, Annabel, qui était elle aussi inspectrice.

Tous unirent leurs forces pour tenter de rendre les interrogatoires rapides et efficaces.

Sentant le calme revenir autour d'elle, Zoe regarda Sam qui achevait d'expliquer la situation à son équipe.

— Voulez-vous également que je fasse une déposition ? lui proposa-t-elle.

Conscient de ce que lui avait dit Ethan concernant l'état de choc dans lequel Zoe devait se trouver, Sam la dévisagea avec un peu d'inquiétude.

Tout cela ne devait pas être simple pour elle, pensa-t-il. Celia était sa sœur. De plus, même s'il ne pouvait en avoir la preuve pour le moment, son instinct lui soufflait qu'elle n'avait rien à voir avec ce drame.

— Êtes-vous sûre de pouvoir le faire maintenant ? lui demanda-t-il en l'observant avec attention.

Il savait reconnaître les gens à bout de nerfs, il en avait suffisamment vu pendant les nombreux interrogatoires qu'il avait menés tout au long de sa carrière.

Zoe serra le poing et enfonça ses ongles dans sa paume, comme si cette douleur pouvait lui permettre de maîtriser son chagrin.

— Oui, lui répondit-elle d'une voix basse. Je le suis… mais merci d'avoir demandé.

Ignorant sa remarque, Sam parcourut la salle des yeux. Une poignée d'agents des forces de l'ordre s'étaient éparpillés entre les rangées de bancs, sélectionnant et guidant les invités du mariage comme des cow-boys qui marquent le bétail.

Tous les policiers présents étaient occupés et le resteraient pendant de longues heures. Ce qui aida Sam à prendre sa décision, même si, en toute honnêteté, il avait su ce qu'il allait faire à l'instant même où il avait découvert Zoe dans la pièce où Celia avait été tuée.

— Je vais noter votre déposition moi-même, dit-il sèchement.

Jetant un coup d'œil autour d'eux, il chercha un endroit un peu isolé afin de pouvoir mener son interrogatoire en privé.

Quand il repéra le pasteur, il lança à Zoe :

— Suivez-moi.

Puis il se dirigea vers l'autel où plusieurs invités s'étaient regroupés. Ils semblaient totalement désemparés.

— Révérend Rimmer, commença Sam en s'approchant du vieil homme.

Celui-ci s'excusa immédiatement auprès de ceux avec qui il s'entretenait, avança vers Sam et lui prit la main.

— Je suis désolé qu'une chose aussi terrible se soit produite, dit-il d'une voix pleine de compassion. Si vous avez besoin de parler, je…

— Oui, mais pas tout de suite, le coupa Sam. Pour le moment, je voulais savoir si je pouvais utiliser votre bureau ?

Il s'interrompit, lui montra Zoe d'un signe de tête puis ajouta :

— Je dois prendre la déposition de Mme Robinson et j'ai besoin d'un endroit où nous ne risquons pas d'être interrompus.

— Oui, bien sûr, je vous en prie, lui répondit le pasteur.

Mais, au lieu de s'écarter pour les laisser passer, il se tourna vers Zoe et prit ses deux mains dans les siennes.

— Veuillez accepter mes sincères condoléances pour votre perte tragique. J'aurais aimé mieux connaître votre sœur, je ne la voyais pas très souvent aux offices du dimanche, expliqua-t-il, mais je sais que c'était une bonne personne qui avait un cœur généreux et qui aimait sa famille et ses proches.

Zoe eut un petit sourire. Elle savait que le pasteur énonçait son traditionnel discours de réconfort, celui qu'il offrait aux familles et aux amis des morts qu'il n'avait pas connus personnellement.

À sa connaissance, les seules fois où sa sœur était venue assister à des messes du révérend Rimmel, ici dans cette église, c'était lorsqu'on lui avait garanti qu'un certain nombre de jeunes et beaux célibataires y assistaient régulièrement. Lors de ces rares occasions, sa sœur arrivait d'ailleurs toujours un peu en retard afin de faire une entrée remarquée.

Celia adorait être au centre de l'attention. Elle pensait même que c'était un dû pour elle.

D'une certaine façon, pensa Zoe, si cela n'avait pas été pour sa mort, elle se serait délectée d'être au centre de toute cette agitation.

Malgré tout, Zoe savait que le pasteur Rimmer faisait de son mieux pour lui prodiguer un peu d'apaisement alors qu'elle venait de perdre sa sœur.

— Si vous avez besoin de quoi que ce soit, ajouta-t-il, surtout n'hésitez pas à m'appeler. Mme Rimmer et moi-même nous tenons à votre disposition, jour et nuit.

Zoe le croyait sur parole et elle le remercia en lui assurant qu'elle garderait sa proposition à l'esprit. Puis, retirant doucement ses mains, elle se tourna vers Sam qui semblait surpris.

— Finissons-en, lui dit-elle après avoir pris une profonde inspiration.

Sam connaissait Zoe depuis de nombreuses années. Il n'aurait pu dire combien exactement, pourtant il n'avait jamais vraiment fait attention à elle. Quand il l'avait envoyée informer les invités de l'annulation du mariage, il avait seulement pensé à elle en tant que messagère. Et il devait admettre qu'il n'avait pas imaginé qu'elle puisse le faire avec autant d'aplomb.

Ne pas se fier aux apparences, se rappela-t-il à lui-même.

— Par ici, lui dit-il en la prenant par le coude pour la guider jusqu'au bureau du révérend.

Ce dernier lui avait remis le plan de l'église quelques jours plus tôt, quand Celia l'avait traîné jusqu'ici pour le rencontrer et finir d'organiser le mariage dont elle avait toujours rêvé.

Pour sa part, Sam pensait qu'ils auraient tout à fait pu échanger leurs vœux en quelques minutes à la mairie. Il n'avait pas la moindre envie que quiconque assiste à cet événement, qu'il n'avait pas vraiment souhaité. Mais puisqu'il avait pris la décision d'assumer ses responsabilités et de se comporter correctement avec Celia, et plus particulièrement avec leur futur enfant, il avait accepté l'idée de ce mariage en grande pompe.

Et plus le temps passait, plus il souhaitait que tout cela se termine le plus vite possible.

C'était le cas maintenant, pensa-t-il en essayant de se concentrer sur le présent et d'oublier le passé.

— Le bureau du pasteur se trouve au bout de ce couloir, indiqua-t-il à Zoe.

Lâchant son bras, il lui fit signe de le précéder.

Comparé au reste de l'église, particulièrement animé et bruyant, le silence qui régnait dans cette partie du bâtiment lui donnait presque des allures de tombeau. Et ce n'était pas le faible éclairage qui passait par les petites fenêtres qui allait donner à cet endroit un air plus accueillant.

— C'est un peu sinistre, déclara Zoe en frissonnant.

— Vous n'avez rien à craindre, lui répondit machinalement Sam. Personne ne va vous faire le moindre mal.

Bien qu'il n'ait pas son arme sur lui, puisqu'il n'était pas en service et que son costume ne lui permettait pas d'en dissimuler une, il portait malgré tout son arme de secours attachée à sa cheville. La cacher sous son pantalon de smoking n'avait pas été une mince affaire, mais il avait fini par y parvenir.

Quand on veut, on peut, aimait-il à se répéter régulièrement.

— Je n'ai pas peur, rétorqua Zoe, mais cet endroit est lugubre.

En arrivant devant le bureau du pasteur, Sam entreprit d'ouvrir la porte qui n'était pas verrouillée. Il observa la minuscule alcôve avec attention, puis entra le premier.

Chez lui, la prudence l'emportait toujours sur la galanterie.

Il constata rapidement qu'il n'y avait personne à l'intérieur. Les étagères chargées de livres qui étaient alignées contre trois des quatre murs rendaient la petite pièce encore plus exiguë.

Le bureau du révérend était recouvert de piles de documents, et de nombreux dossiers entouraient un antique ordinateur, probablement offert par de généreux paroissiens.

Sam dégagea deux chaises, encombrées elles aussi, et fit signe à Zoe.

— Asseyez-vous, je vous en prie.

Une fois qu'elle fut installée, il prit place sur la deuxième chaise et ajouta :

— Pouvez-vous m'expliquer, avec vos propres mots, ce qu'il s'est passé exactement avant que vous ne quittiez votre sœur, puis ce que vous avez vu quand vous êtes revenue dans la chapelle.

Zoe sentit le nœud, niché au creux de son estomac, se réveiller et se resserrer, menaçant de la priver d'oxygène.

Elle ne voulait pas révéler à Sam les derniers mots qu'elle avait échangés avec Celia.

3

Zoe croisa les mains sur ses genoux et prit quelques inspirations, profondes et réconfortantes. Enfin, elle leva les yeux vers Sam et entreprit de lui donner une réponse.

— Je n'ai pas grand-chose à ajouter à ce que je vous ai déjà dit, Sam, commença-t-elle en continuant à chercher le moindre indice qui pourrait être la pièce manquante de ce terrible puzzle. Celia et moi étions seules dans la chapelle et, quand je suis partie, elle était en train d'arranger son voile. Lorsque je suis revenue quelques minutes plus tard, je l'ai trouvée comme vous l'avez vue, morte, allongée sur le sol.

Zoe serra les lèvres, luttant intérieurement pour garder son calme. Éclater en sanglots ne serait pas constructif, ni pour eux, ni pour Celia.

— Vous avez oublié quelque chose, lui répondit Sam d'un ton neutre.

Elle leva vers lui un regard interrogateur.

— Comment cela ?

Sam se pencha vers elle.

— Vous m'avez dit que vous vous étiez disputées, Celia et vous, lui rappela-t-il doucement.

Zoe avait oublié qu'elle lui avait parlé de leur dispute.

Elle aurait pourtant préféré garder le silence sur cette conversation qui n'avait probablement aucun lien avec le meurtre de Celia.

— Ah…, dit-elle dans un soupir. Oui, c'est vrai.

— Quelle était la cause de ce désaccord ? lui demanda-t-il en la regardant avec attention.

Le ton de Sam était devenu plus autoritaire. Zoe aimait se rendre utile et, en temps normal, elle aurait déjà dit tout ce qu'elle savait à la police pour faire avancer l'enquête. Mais, dans ce cas précis, elle continuait de penser qu'il valait mieux qu'elle garde le secret de Celia.

Le découvrir n'apporterait que de la souffrance à Sam, et toute cette histoire n'aiderait pas à résoudre l'enquête, bien au contraire.

Relevant la tête avec assurance, elle lui répondit :

— C'est privé.

— Rien n'est privé quand il s'agit d'un meurtre, dit Sam.

Elle regarda cet homme qu'elle aimait depuis si longtemps qu'elle avait oublié le jour où ses sentiments étaient nés et réfléchit à ce qu'il venait de lui dire. Sûre du bien-fondé de sa décision, elle choisit de lui tenir tête.

— Notre brouille n'avait rien à voir avec sa mort. Ce n'est pas moi qui l'ai tuée, si c'est ce que vous suggérez. Pour quelle raison aurais-je fait une telle chose ? lui demanda-t-elle avec un air de défi.

Cette nouvelle Zoe n'avait décidément pas grand-chose à voir avec celle qu'il connaissait, pensa Sam, et il se demanda si le stress était responsable de ce changement de comportement ou s'il y avait une autre explication. Se pouvait-il que, sortie de l'ombre et libérée de l'emprise de sa sœur, elle se révèle enfin ?

— Je ne sais pas, lui répondit-il enfin. À vous de me le dire.

— Je vous le dis, ce n'est pas moi qui ai assassiné ma sœur. Je ferai tout ce qui est en mon pouvoir pour vous aider à retrouver celui qui a fait ça, mais ce n'est pas moi.

Sam resta silencieux pendant quelques minutes, étudiant Zoe avec attention.

Après ce qui sembla une éternité à cette dernière, il reprit finalement la parole :

— Je vous crois. Toutefois, ne quittez la ville sous aucun prétexte. J'aurai probablement d'autres questions à vous poser.

— Où pourrais-je bien aller ? lui demanda-t-elle avec simplicité. Je vis ici, à Granite Gulch.

Sam hocha la tête, l'esprit déjà ailleurs. Que le point rouge au centre de la cible soit décentré ou non, la marque sur le front de Celia ressemblait trop à la signature de son père pour ne pas avoir de lien avec lui. Mais quel pouvait être ce lien ?

Puisque son père se trouvait en prison, il ne pouvait s'agir que d'un imitateur, un *copycat*. Mais pourquoi vouloir reproduire une telle chose ? Pour quelle raison ce meurtrier aurait-il choisi de suivre la voie de Matthew Colton en gardant le même mode opératoire mais en changeant le profil de ses victimes ?

— Zoe, dit Sam.

— Oui ? demanda celle-ci en se levant.

— Vous n'avez vu personne traîner dans les environs

de la chapelle lorsque vous l'avez quittée ou quand vous y êtes revenue ?

Zoe secoua la tête.

— Tout le monde se trouvait dans l'église et attendait le début de la cérémonie, répondit-elle.

— Il devait pourtant bien y avoir quelqu'un, dit-il comme s'il se parlait à lui-même. Celia ne s'est pas suicidée, vu l'emplacement de sa blessure, elle n'a pas pu se tirer dessus.

Zoe ressentit soudain le besoin d'ajouter quelque chose avant de sortir de la pièce.

Les raisons qui avaient poussé Celia à piéger Sam pour le forcer à l'épouser étaient claires. Elle avait toujours aimé l'argent et voulait s'assurer de pouvoir vivre selon un certain train de vie. Les Colton, autrefois parias à cause de leur père, étaient redevenus une famille aisée et avaient su s'attirer à nouveau les bonnes grâces de la communauté.

De son côté, d'après ce que Zoe avait compris, Sam épousait sa sœur pour donner à son fils un père et un nom. Mais peut-être, en plus de ce comportement responsable et noble, aimait-il Celia ? C'était pour cette raison qu'elle ressentait maintenant le besoin de lui témoigner elle aussi sa sympathie, même si les mots étaient quelque peu galvaudés et ne sauraient apporter que peu de réconfort.

— Je vous présente toutes mes condoléances, Sam, déclara-t-elle donc d'une voix douce.

Sam resta impassible. Comme si elle lui avait annoncé qu'il risquait de pleuvoir dans la soirée.

— Oui, lui répondit-il de manière automatique, je vous les présente également.

Après tout, pensait-il de son côté, Zoe avait perdu sa sœur, et la perte de Celia était probablement plus douloureuse pour elle que pour lui.

Car, s'il devait être honnête avec lui-même, ce qu'il regrettait le plus dans cette affaire, c'était d'avoir perdu son enfant. Il ne pensait pas y être déjà si attaché, et pourtant…

— Merci, lui répondit Zoe avec un sourire triste avant de quitter le bureau du pasteur.

Sam se leva quelques instants plus tard. L'église était toujours remplie de gens à interroger et il doutait que l'équipe de renforts ait réussi à gérer l'ensemble de la foule.

Tandis qu'il avançait dans le couloir en direction de l'église, il se trouva nez à nez avec Trevor. Son frère aîné, qui était profileur au FBI, avait été invité au mariage ainsi que ses autres frères et sœur et Sam pensa qu'il était venu lui présenter ses condoléances. Mais un seul regard échangé avec lui suffit à lui faire comprendre que ce n'était pas pour cette raison qu'il était à sa recherche.

— Ah, te voilà enfin, lui lança Trevor sans prendre de gants, je viens de voir le corps de la victime.

Il se tenait devant Sam et lui bloquait le passage. De toute évidence, il voulait lui parler loin des oreilles indiscrètes. Et en réalité, même s'ils faisaient tous les deux partie des forces de l'ordre, ce meurtre était une affaire de famille et exigeait pour le moment une certaine discrétion.

— Et ? lui demanda Sam.

Trevor fronça les sourcils comme si les mots qu'ils s'apprêtaient à prononcer étaient douloureux.

— Ta fiancée correspond à un nouveau profil de victime.

— C'est-à-dire ?

— Ces deux derniers mois, deux jeunes femmes, âgées toutes les deux d'une vingtaine d'années et ayant de longs cheveux bruns, ont été assassinées dans le comté de Blackthorn. Et on a retrouvé sur le front de chacune d'elles le dessin d'une cible rouge, dont le point était légèrement décentré, comme sur ta fiancée. Mais le plus étrange…

— Parce que tout ce que tu viens de me dire n'est pas déjà assez étrange peut-être, lui fit remarquer Sam en lui coupant la parole.

Même si son monde s'était écroulé le jour où son père avait tué sa mère, ce meurtre était difficile à accepter, même pour lui.

Trevor poursuivit comme si son frère n'avait rien dit, ignorant le choc que celui-ci avait dû ressentir à quelques minutes seulement d'échanger ses vœux de mariage avec la victime.

— Le nom de la première victime commençait par la lettre A, celui de la seconde par la lettre B, celui de ta fiancée par…

— La lettre C, conclut Sam.

Sans quitter son frère des yeux, il essaya d'analyser ses propos.

— Donc, résuma-t-il, ce que tu es en train de me dire, c'est que ce crime était prémédité. Que le meurtrier joue à une sorte de jeu pervers, reproduisant ses meurtres à la façon d'un autre tueur en série, avant d'y ajouter sa propre signature ?

— C'est ça, confirma Trevor en hochant la tête. Aussi bizarre que cela puisse paraître, c'est bien ce qu'il semble se passer. Et jusqu'à présent, nous n'en étions qu'au stade spéculatif, deux meurtres presque identiques peuvent encore relever de la coïncidence mais, avec la découverte de celui-ci, on entre dans un schéma qui fait passer l'auteur de ces crimes de simple meurtrier à tueur en série.

Sam prit quelques instants pour intégrer toutes ces nouvelles informations avant de répondre à son frère.

— Il ne s'agit donc pas pour lui de tuer quand l'envie lui en prend, mais plutôt de prévoir le meurtre de femmes correspondant à un certain profil. Comme Matthew le faisait avec ses propres victimes, résuma-t-il.

Il laissa échapper un profond soupir de lassitude et poursuivit :

— Explique-moi comment le monde peut être devenu aussi tordu ?

— Ce n'est pas le monde tout entier, Sam, lui répondit Trevor. Seulement quelques mauvaises graines… Mais, pour répondre à ta question, je pense que c'est ainsi depuis l'aube des temps.

Alors qu'il était sur le point d'ajouter quelque chose d'autre, Trevor hésita, cherchant les mots justes pour exprimer ce qu'il ressentait. La communication n'était pas le fort de la famille, pensa-t-il avec regret.

— Écoute, Sam, je voulais aussi te dire que je suis vraiment désolé, pour ta fiancée, commença-t-il.

Ne souhaitant pas voir son frère en difficulté, Sam fit

un geste de la main pour lui indiquer qu'il comprenait ce qu'il essayait de lui dire.

— Oui, je sais, conclut-il avant d'ajouter d'une voix plus ferme : occupons-nous de mettre rapidement la main sur ce salopard avant qu'il ne s'en prenne à quelqu'un d'autre.

— Je ne peux pas dire mieux, approuva son frère.

Une pensée traversa soudain l'esprit de Sam.

— Tu penses qu'il a une liste ? demanda-t-il à son frère.

— Que veux-tu dire ?

— Une liste de noms, précisa Sam. Ceux de femmes qu'il a rencontrées ou avec lesquelles il a peut-être été en relation à un moment. Des femmes qui correspondent à ce profil a priori banal, mais qui semble pourtant ne pas l'être à ses yeux. Peut-être a-t-il classé leurs noms par ordre alphabétique et prévoit-il de les assassiner les unes après les autres dans cet ordre. Une sorte de planning…

— Qui sait ce qu'il pense… Cela pourrait être une manière logique de procéder, en effet, fit remarquer Trevor avant d'éclater de rire.

— Peux-tu me dire ce qu'il y a de drôle dans tout ça ?

— Un tueur en série qui fait preuve de logique, lui répondit son frère, cela n'a rien d'amusant en effet, mais cela me paraît plutôt absurde.

— Pas pour les victimes, commenta Sam.

Pendant un instant, Trevor avait oublié que la victime de ce dernier meurtre avait un lien personnel avec son frère. Il n'avait pas voulu être blessant, aussi regretta-t-il sa réaction impulsive.

— Excuse-moi, dit-il à Sam. Je ne voulais pas te faire de peine.

— Ce n'est rien, le rassura ce dernier, qui ne pouvait s'empêcher de se sentir coupable de ne pas être plus bouleversé par la mort de Celia.

Tout le monde le traitait comme un enfant. On lui parlait en prenant des gants, on supposait sans doute qu'il supportait stoïquement ce drame alors qu'intérieurement il devait être dévasté. Il avait l'impression de mentir et c'était très inconfortable.

Cependant, il était inutile de révéler à tous qu'en réalité il n'avait jamais rien ressenti pour cette femme et que la seule chose qui l'avait poussé à la demander en mariage était son sens aigu des responsabilités.

Et il n'avait pas le temps d'y penser, de toute façon. Il y avait un meurtrier en liberté.

— Pourquoi crois-tu qu'il a choisi de s'en prendre à des jeunes femmes avec de longs cheveux bruns ? demanda-t-il à son frère.

— Aucune idée, répondit Trevor en secouant la tête.

— Peut-être que la réponse se trouve dans l'analyse du premier crime, celui de la victime dont le nom commençait par un A, déclara Sam.

Une nouvelle idée vint le frapper et il ajouta :

— Si c'était bien son premier meurtre…

— Que veux-tu dire ? s'exclama Trevor qui ne voyait pas où son frère voulait en venir.

Sam continua d'explorer son idée, remontant cette piste sans réellement savoir où elle pouvait le mener.

— Peut-être que notre tueur en série avait déjà tué avant ce meurtre et que la police ne l'avait pas encore découvert. Et que la victime s'avérait être quelqu'un que le tueur haïssait vraiment... Ses autres victimes pourraient être des reproductions, des rappels de ce premier assassinat.

— OK, concéda Trevor, mais dans ce cas, pourquoi tuer les autres en suivant l'ordre alphabétique ?

Sam réfléchit un instant puis haussa les épaules.

— C'est peut-être un type obsessionnel-compulsif qui aime procéder de manière spécifique, macabre et... alphabétique.

— Tu sais, lui répondit Trevor en pensant que cette idée était loin d'être absurde, si jamais tu décidais de changer de métier, le FBI serait ravi de te compter dans ses équipes.

Sam savait qu'il aurait dû être flatté par cette proposition, toutefois il ne se sentait pas prêt à changer de vie. Malgré tout, ses relations avec ses frères et sœur étaient encore fragiles et il savait qu'il devait ménager ces derniers.

— Je te remercie, mais non, deux tueurs en série me suffisent amplement, répondit-il à son frère aîné.

Ils savaient tous les deux que le deuxième meurtrier auquel Sam faisait allusion était leur père et ils échangèrent un petit sourire complice.

Alors qu'ils s'apprêtaient à retourner dans l'église pour rejoindre les invités qui faisaient leurs dépositions, Sam se tourna vers son frère.

— Trevor, avant que nous n'allions plus loin dans cette enquête, vu ce qu'il s'est déjà passé, je crois que nous devrions faire publier un article dans le journal local.

— Le journal ? répéta Trevor en regardant son frère comme si celui-ci avait perdu la tête. Pourquoi ? Ces journalistes sont pires que des vautours, ils ne nous seront d'aucune aide, bien au contraire.

Sam détestait lui aussi les journalistes… Quand l'histoire de leur père avait été rendue publique, ceux-ci avaient établi un vrai campement devant leur maison, les avaient suivis, lui et ses frères et sœurs, partout et sans relâche, les prenant en photo, les harcelant de questions, toutes plus embarrassantes et humiliantes les unes que les autres.

Cependant Sam avait une raison de penser que, cette fois, faire appel aux médias pourrait être une bonne idée.

— Je suis d'accord avec toi et tu le sais, dit-il à Trevor, mais puisque ce pervers a déjà tué trois femmes qui correspondent à un profil bien particulier, il paraît logique de penser que sa prochaine victime sera, elle aussi, une jeune femme de vingt ans aux longs cheveux bruns dont, cette fois, le nom commencera par la lettre D.

Sam s'interrompit une seconde pour regarder son frère avant d'ajouter :

— Ne serait-il donc pas judicieux de mettre en garde ces femmes, de leur demander de faire preuve d'une immense prudence et de tout faire pour se mettre à l'abri ? Car si ce fou furieux tue une quatrième victime, nous serons responsables de sa mort autant que lui.

— Pas autant que lui, mais je comprends ce que tu veux dire, acquiesça Trevor en soupirant. Tu veux faire une déclaration officielle ?

Sam se demanda s'il avait bien entendu. Il n'était pas à l'aise devant une assemblée, les conférences de presse n'étaient vraiment pas son fort.

— Moi ? s'exclama-t-il en écarquillant les yeux. Oh ! non, certainement pas, nous avons une personne au commissariat en charge des relations publiques, elle s'en occupera. Si c'est moi qui m'adresse à la presse, ça va être une catastrophe.

Trevor éclata de rire.

— Où est passé ton charme naturel ?

— Je n'ai pas vraiment eu l'occasion de travailler dessus, lui répondit Sam en levant les yeux au ciel.

En entrant de nouveau dans l'église, il remarqua que les invités semblaient plus agités. Même si bon nombre d'entre eux avaient été interrogés, personne n'était autorisé à quitter les lieux pour le moment.

Il chercha des yeux sa sœur Annabel qu'il avait chargée de superviser l'opération. Vêtue d'une élégante robe bleu ciel, elle ressemblait moins à un policier que d'ordinaire. Elle s'excusa auprès de l'invité avec lequel elle s'entretenait et vint à la rencontre de son frère.

— Tu as du nouveau ? lui demanda-t-elle.

— J'allais te poser la même question.

Annabel était bien plus loquace que lui et avait la capacité d'amener les gens à se confier. Sam était certain que si l'un des invités avait quelque chose à révéler ou un secret à partager, ce serait à elle qu'il s'adresserait en premier.

— Personne ne sait rien, lui répondit-elle en soupirant.

— C'est ce que je pensais, mais cela valait le coup d'essayer, n'est-ce pas ? dit-il en haussant les épaules. Pourriez-vous déposer toutes les déclarations sur mon bureau quand vous aurez terminé ?

Le seul fait de penser à cette pile de documents suffit à lui donner une migraine terrible.

— Pas de problème, lui répondit sa sœur avant de poursuivre : Et, Sam…

Il savait déjà ce qu'elle allait lui dire.

— Oui, je sais, tu es désolée et tu veux me présenter tes condoléances, lui dit-il en se forçant à afficher un petit sourire. Merci.

Annabel sembla hésiter un instant, comme si elle cherchait ce qu'elle pouvait ajouter. Sam se cachait manifestement derrière son rôle d'inspecteur en charge d'une enquête criminelle pour éviter de souffrir, mais cela ne pourrait durer qu'un temps et la chute risquait d'être encore plus douloureuse.

— Tu sais, fit-elle remarquer, tu peux te laisser aller si tu en ressens le besoin…

— Je préfère garder tout ça pour moi, Annabel, lui répondit-il. Je ne vois pas en quoi me donner en spectacle pourrait être utile en quoi que ce soit.

— Je suis d'accord, mais tout le monde ne te connaît pas aussi bien que nous, tes frères et sœurs, tu sais.

— Les autres n'ont aucune importance, répliqua-t-il en haussant les épaules.

4

Alors qu'il s'apprêtait, lui aussi, à récolter les témoignages des invités, Sam perçut une soudaine agitation derrière lui.

En se retournant vers la porte du fond de l'église, il vit entrer Zoe, accompagnée de plusieurs hommes qui d'après leurs uniformes devaient être des serveurs. Ils poussaient devant eux des chariots chargés de hors-d'œuvre, de rosbif tranché et de boissons. Le dernier chariot contenait de la vaisselle et des couverts.

— Bon sang, que se passe-t-il ? demanda-t-il à Zoe qui semblait être à l'origine de cette initiative. Il me semblait pourtant vous avoir dit de rentrer chez vous.

Zoe s'arrêta devant lui mais, au lieu de répondre, elle donna quelques instructions aux serveurs.

— Vous pouvez vous installer devant la première rangée, dit-elle aux deux hommes qui se trouvaient à ses côtés.

Puis elle se tourna vers le pasteur qui semblait perplexe.

— Si cela vous convient, bien sûr, révérend.

— Qui suis-je pour empêcher les gens de se nourrir ? lui répondit-il avec un petit rire.

Essayant de rester calme, Sam se déplaça de façon à se trouver dans le champ de vision de Zoe.

— Pouvez-vous m'expliquer ce que vous êtes en train de faire ? lui demanda-t-il en haussant les sourcils.

Zoe n'avait pas l'habitude de prendre des initiatives mais, après ce qui venait de se passer, elle s'était sentie obligée de remettre un peu d'ordre là où le chaos semblait avoir élu domicile. Consciente qu'elle ne pourrait pas être d'une grande aide dans la recherche du meurtrier de Celia, elle avait pensé qu'apporter de quoi manger aux invités et à ceux qui menaient les interrogatoires serait une bonne idée.

— Je me suis dit que tout le monde serait plus enclin à participer avec le ventre plein, expliqua-t-elle. Et puis, comme tout a déjà été payé et cuisiné, ce serait dommage de gâcher ces victuailles.

Elle avait raison, certes, songea Sam, mais, même s'il n'avait pas prévu d'affamer qui que ce soit il avait l'impression que cette pause repas allait en quelque sort banaliser la situation.

— Il ne s'agit pas d'un pique-nique dominical, lui rappela-t-il d'un ton sévère.

Son sourire forcé s'évanouit quand elle croisa son regard sombre.

— Oui, je sais bien. C'était censé être le mariage de ma sœur… Sauf que quelqu'un lui a ôté la vie de manière atroce. Peut-être est-ce ma façon de faire face à tout cela ? Essayer de rendre les événements un peu plus supportables pour ceux qui, bien malgré eux, se retrouvent au milieu d'une scène de crime.

Zoe avait trop bon cœur, pensa Sam. Les gens comme elle finissaient toujours par souffrir ou être blessés.

— C'est peut-être l'un d'entre eux qui a assassiné votre sœur, vous savez, lui fit-il remarquer.

— Je sais, approuva-t-elle d'une voix douce. Mais il peut également s'agir d'un parfait inconnu.

— Dans ce cas, comment aurait-il pu passer inaperçu ?

— Je ne sais pas, répliqua Zoe. Mais je ne vais pas punir tout le monde parce que le tueur se cache peut-être parmi eux. Espérons seulement qu'avec un peu de chance, s'il se cache ici, il s'étouffera avec le déjeuner.

Elle s'interrompit et observa Sam. Il avait les traits tirés et semblait vidé de toute son énergie, comme s'il traversait l'enfer.

— Peut-être que vous devriez aussi manger quelque chose ? lui suggéra-t-elle. Sans compter que c'est vous qui avez payé la facture.

Ce dernier commentaire surprit Sam. Ce n'était pas du tout un sujet qu'il souhaitait aborder en public, ce qu'il payait ne regardait que lui.

— Pourquoi dites-vous cela ? lui demanda-t-il, sur la défensive.

— Parce que c'est la vérité, lui répondit-elle simplement. Celia s'en est vantée auprès de moi. Elle a dit qu'elle avait obtenu de vous que vous preniez en charge l'intégralité du mariage, y compris sa robe. Et, même si elle ne m'avait rien dit, je l'aurais deviné. Celia était ma sœur, et je sais qu'elle n'avait pas suffisamment d'argent pour s'offrir les noces qu'elle pensait mériter.

Zoe s'interrompit un instant puis ajouta :

— Elle se targuait également de vous faire payer tout ce dont elle avait envie.

Même si rien ne justifiait le sort qui avait été réservé à Celia, Zoe répugnait à mentir à Sam. Il méritait de connaître la vérité, surtout depuis qu'elle avait découvert le piège que sa sœur lui avait tendu.

Elle posa une main bienveillante sur son épaule et conclut :

— Je suis certaine que personne ne vous reprochera d'avoir fait une petite pause pour déjeuner.

Elle jeta un coup d'œil vers l'avant de l'église où elle avait demandé aux serveurs de tout installer. Les bancs s'étaient vidés et les invités défilaient devant les chariots qui avaient été placés les uns à côté des autres.

— À condition, bien sûr, que vous puissiez y accéder, lui dit-elle en souriant.

— Je n'ai pas faim, lui répondit-il sèchement.

— Étrangement, moi non plus, lui confia-t-elle.

Pressée par le temps, elle n'avait rien pu manger au petit déjeuner et, depuis qu'elle avait découvert le corps de Celia, son estomac était si noué qu'elle était incapable d'avaler quoi que ce soit.

Sam allait avancer vers les invités pour continuer à relever leurs déclarations, mais il s'immobilisa et regarda Zoe un instant.

Elle observait tranquillement les convives qui se servaient avec une gratitude apparente dans les plats initialement prévus pour la réception.

La réception de *son* mariage.

Il savait qu'il aurait dû être bouleversé, mais la vérité était qu'il ne ressentait rien. Aucune colère provoquée par la mort de sa fiancée, aucune rage qu'on lui ait volé la perspective d'un avenir plus conventionnel que la vie qu'il menait aujourd'hui. La seule chose qui le touchait était qu'il ne pourrait jamais serrer son enfant dans ses bras. Et qu'il ne connaîtrait jamais son visage.

Cependant, il devait l'admettre, cette conclusion terrible était peut-être la meilleure. Les enfants avaient de nombreuses épreuves à traverser avant de devenir adultes. Et il savait, par expérience, qu'ils n'en sortaient pas toujours indemnes. Peut-être valait-il mieux que le sien n'ait jamais à endurer de telles choses.

Il secoua la tête pour chasser ses pensées moroses et demanda à Zoe :

— Voulez-vous que je demande à quelqu'un de mon équipe de vous ramener chez vous ?

— Merci, lui répondit-elle, mais je ne me sens pas vraiment prête à être seule pour le moment. Je pense que je vais rester dans les parages et me rendre utile comme je peux.

Sur ces mots, ne voulant pas gêner Sam ou être la cause d'une quelconque inquiétude pour lui, elle se dirigea vers les serveurs et proposa son aide. Elle savait que tout irait plus vite de cette façon.

Prendre les dépositions de chacun, même quand les gens n'avaient rien de concret à déclarer se révéla être bien plus long que ce que Sam avait pensé. Sans avoir de réelles informations utiles à partager, tous les invités souhaitaient livrer leur propre théorie sur le meurtre sans oublier de lui adresser systématiquement de maladroites condoléances.

La plupart d'entre eux ne s'étaient encore jamais

retrouvés sur une scène de crime, et tous semblaient à la fois horrifiés et fascinés par les circonstances.

De son côté, Sam avait tendance à écourter les discours des plus bavards. Il prêtait malgré tout une grande attention aux détails que chacun relatait, avide d'y découvrir un indice.

Enfin, après avoir écouté la déclaration d'une femme âgée au visage doux répondant au nom d'Abigail Abernathy, il dut se rendre à l'évidence : il n'avait rien relevé de concluant. Aucun mobile n'était apparu, aucun comportement suspect n'avait été remarqué. Trois heures après avoir découvert Zoe, hurlant devant le cadavre de Celia, il n'était pas plus avancé.

À présent, il connaissait l'étape suivante, et cette perspective venait ajouter à sa frustration.

Puisque le meurtre ressemblait à ceux que son père avait commis, il savait que certaines des réponses qu'il cherchait se trouveraient du côté de celui-ci. Ce qui signifiait qu'il allait devoir se rendre jusqu'à la prison où il était incarcéré afin de l'interroger. Cela faisait près de vingt ans qu'il n'avait pas vu Matthew Colton. Depuis le jour où il avait été envoyé derrière les barreaux pour ses crimes.

En ce qui le concernait, vingt nouvelles années auraient pu passer sans qu'il lui rende la moindre visite.

Mais il devait le faire. Pour Celia, ainsi que pour son enfant et les deux autres victimes du tueur. Pour découvrir qui il était. Il avait la désagréable impression que le tueur était un disciple de son père. Une sorte de fanatique qui voulait ressembler à Matthew Colton…

Le monde, pensa-t-il une nouvelle fois, était vraiment un endroit étrange et troublé.

Il parcourut du regard l'intérieur de l'église. Maintenant qu'il avait pris la décision d'aller rendre visite à Matthew et de chercher des informations auprès de lui, il se sentait impatient de clore cette enquête et de tourner la page.

Cependant, il savait qu'il allait devoir attendre. Il était tard, les horaires de visite dans les prisons étaient largement dépassés, et montrer son badge en exigeant de rencontrer son sociopathe de père sur-le-champ ne lui attirerait que des ennuis. Il avait d'ailleurs besoin de temps pour se préparer à se confronter au vieil homme. Besoin de temps et de sommeil. Même s'il doutait sincèrement de réussir à pouvoir fermer l'œil.

— S'il vous plaît, lança-t-il en élevant la voix pour que tout le monde puisse l'entendre. Tout d'abord, je tiens à vous remercier de vos témoignages et de votre patience, sachez que vous êtes à présent libres de partir. Si l'un d'entre vous se rappelle quelque chose qu'il aurait oublié de nous confier, n'hésitez pas à nous contacter aux numéros inscrits sur les cartes de visite que les policiers vous ont données. Merci à tous.

Sur ces mots, il se posta sur le côté et regarda les invités franchir les portes de l'église.

L'endroit fut vide en quelques minutes. Seuls quelques policiers traînèrent encore un peu avant de prendre la direction du commissariat ou celle de leurs foyers respectifs.

C'est alors que Sam se rendit compte que Zoe était toujours là. Elle aidait les serveurs à débarrasser les restes de nourriture. Une fois que tout fut emballé, elle remit les boîtes en carton au révérend et lui dit :

— Je suis sûre qu'il existe des familles à Granite Gulch qui pourraient profiter de ces restes.

— C'est en effet le cas, lui répondit le pasteur en lui adressant un grand sourire reconnaissant. Mais, et vous, Zoe, vous allez vous en sortir, seule, ce soir ?

— Ne vous en faites pas pour moi, révérend. Je me sens déjà mieux, merci, lui répondit-elle en prenant la direction de la sortie.

— Vous savez que ce n'est pas bien de mentir à un pasteur ? lui lança Sam en sortant du recoin depuis lequel il l'épiait.

— Je ne mentais pas, lui répondit Zoe, surprise de sa soudaine apparition.

— Vraiment ?

Zoe releva le menton avec un air de défi.

— Non, soutint-elle avec détermination. Je ne mentais pas, je le rassurais.

— Et ce n'est pas la même chose ?

— Non, je ne vois pas l'intérêt de l'inquiéter et de le forcer à trouver un moyen de me réconforter, répliqua-t-elle.

Elle baissa la voix et ajouta :

— Pour le moment, il n'y a rien qu'on puisse faire pour moi, et cela risque d'être ainsi pendant un long moment.

Sam savait ce qu'elle endurait. Il avait traversé la même épreuve quand sa mère avait été assassinée.

— Chaque jour qui passe rend les choses un peu plus supportables. Mais cela n'est jamais facile, lui confia-t-il. Avec le temps, c'est seulement un peu moins difficile.

Sauf lorsque les cauchemars étaient aussi vifs et

précis que la réalité, pensa-t-il intérieurement. C'était le genre de chose qui ramenait à la case départ. Quoi qu'il en soit, Zoe n'avait pas besoin de le savoir maintenant. Elle comprendrait tout cela bien assez tôt.

— Vous avez déjà traversé tout ça ? lui demanda-t-elle.

Sam ne voulait pas lui répondre. Il ne voulait pas basculer dans une discussion personnelle. Ce n'était pas comme ça qu'il procédait et, même s'il l'avait voulu, se lancer dans une relation personnelle avec quelqu'un était impossible pour lui. À cause de ce qu'il avait vécu pendant son enfance, il était émotionnellement diminué. Il avait passé des années à se discipliner, à apprendre à garder ses distances et à se préserver des autres, physiquement et moralement, afin d'éviter toute cause de souffrance éventuelle.

Et il avait réussi.

Malgré cela, il ne pouvait laisser Zoe toute seule après ce qu'elle venait de vivre, il le savait. Elle semblait perdue et à la dérive… Et puis, si les choses avaient suivi leur cours normal, à cette heure-ci, elle aurait dû être sa belle-sœur. Chacun devait veiller sur les membres de sa famille, quelle que soit la nature des sentiments qu'on ressentait les uns pour les autres.

— Rassemblez vos affaires, lui ordonna-t-il. Je vais vous ramener chez vous.

— Merci, mais je peux me débrouiller toute seule, répondit-elle de façon presque automatique.

Il laissa échapper un soupir de frustration. Il n'avait pas la moindre envie de se disputer avec Zoe, il voulait la ramener chez elle et souhaitait qu'elle obéisse sans poser de questions.

— Je n'aime pas me répéter, lui dit-il d'un ton exaspéré. Considérez ceci comme ma dernière proposition. Allez chercher vos affaires, je vous ramène chez vous.

Zoe le regarda avec hésitation, comme si elle voulait protester mais ne trouvait pas le courage de le faire.

— Quoi ? demanda-t-il avec impatience.

— Mes affaires..., commença-t-elle. Elles sont dans la chapelle.

— Elles font donc partie de la scène de crime, lui répondit-il en essayant de se souvenir s'il avait vu un sac à main ou un manteau. Étaient-elles bien en vue ?

— Non, je les avais rangées dans le placard pour ne pas gêner Celia.

Comme tout cela semblait dérisoire et insignifiant à présent, pensa-t-elle. Elle revoyait sa sœur en train de jouer son rôle de reine, désireuse que le moindre de ses ordres soit exécuté à la seconde.

Espérant que les vêtements de Zoe n'avaient pas été étiquetés et mis de côté par la police scientifique, Sam prit la direction de la chapelle.

— Venez, lui ordonna-t-il d'un ton sans réplique.

Une fois devant la porte, elle vit le ruban jaune et s'immobilisa.

— Cela signifie-t-il que nous ne pouvons pas entrer ? demanda-t-elle en fronçant les sourcils.

— Cela signifie que seul le personnel des forces de l'ordre peut passer, oui, lui répondit-il en soulevant le lien au-dessus de sa tête.

Alors qu'elle hésitait à l'imiter, il ajouta :

— Eh bien, qu'attendez-vous ? Une invitation officielle ?

— Non, désolée, murmura-t-elle en se dépêchant de le suivre à l'intérieur de la pièce.

Une fois devant le placard, elle s'enquit :

— Je peux l'ouvrir ?

— C'est ce que vous avez fait quand vous avez rangé vos affaires ?

— Oui.

— Alors, allez-y, vos empreintes sont déjà sur la poignée.

Elle sortit avec précaution son sac à main et la tenue qu'elle portait avant d'enfiler sa robe de demoiselle d'honneur. Sam se fit la réflexion qu'elle s'habillait de manière très discrète, comme pour se fondre dans le décor.

Mais, en la regardant de plus près, elle lui apparaissait à présent comme un diamant brut, attendant seulement la bonne lumière pour se mettre à briller.

— C'est tout ? dit-il en regardant ce qu'elle tenait dans ses mains.

Elle hocha la tête, comme si elle ne souhaitait pas lui faire perdre plus de temps.

— Oui.

— Alors, allons-y, conclut-il.

Malgré son envie de protester, Zoe garda le silence.

Elle le suivit et passa sous le ruban qu'il tenait en l'air puis, une fois qu'ils furent tous les deux à l'extérieur, elle rassembla son courage et lui dit :

— Vous n'êtes vraiment pas obligé de me ramener chez moi, vous savez. Je peux appeler quelqu'un.

— Au cas où vous ne l'auriez pas remarqué, je suis quelqu'un. Alors, arrêtez de protester ou vous allez rentrer chez vous avec un bâillon sur la bouche, c'est compris ?

— Compris, répondit-elle comme en écho.

Même si elle doutait qu'il mette sa menace à exécution, elle n'avait pas envie de tenter l'expérience.

— Très bien, conclut-il en prenant la direction du parking.

5

Pour une fois, Sam était embarrassé par le silence qui régnait dans la voiture. Il n'était pas du genre bavard et s'arrangeait la plupart du temps pour laisser les autres parler – sauf quand il avait quelque chose à leur faire avouer.

Tandis qu'ils roulaient sous le ciel dégagé, il se rendit compte que Zoe n'était pas non plus la reine des pipelettes. Manifestement, tout au long de sa vie, elle avait laissé Celia occuper le devant de la scène.

Alors si, d'ordinaire, il appréciait ce type d'ambiance, paisible et calme, il ressentait cette fois quelque chose d'inconfortable. Il pouvait presque sentir la lutte interne qui semblait troubler Zoe, le combat qu'elle menait pour tenter d'accepter ce qu'il s'était passé aujourd'hui. Bien qu'il n'ait aucun discours réconfortant à lui offrir – consoler d'un deuil était une compétence qu'il n'avait jamais réussi à développer –, il savait toutefois que, dans certains moments, le simple fait de parler pouvait être d'une grande aide.

Et si lui n'avait pas ce genre de besoin, il pensait que Zoe, comme la plupart des gens, apprécierait de se sentir soutenue et écoutée.

— Vous tenez le coup ? lui demanda-t-il finalement.

Zoe n'avait pas la moindre envie de parler de ce qu'elle ressentait et ne voulait d'ailleurs même pas y penser.

— Je pourrais vous retourner la question, lui répondit-elle en renversant la situation.

— C'est vrai, dit-il en laissant échapper un petit rire. Mais je vous ai posé la question en premier.

Zoe exhala un profond soupir et se rendit soudain compte qu'elle tremblait. Elle regretta de ne pas réussir à garder le contrôle d'elle-même. La dernière chose qu'elle souhaitait était bien d'attirer la pitié de Sam.

— Je vais bien, déclara-t-elle stoïquement.

Un simple coup d'œil suffit à Sam pour constater que ce n'était pas le cas.

— Non, ce n'est pas vrai.

— En effet, reconnut-elle, consciente qu'il ne servait à rien de lui mentir. Je pense qu'il va me falloir un peu de temps.

— Sans aucun doute, approuva-t-il.

Il avait envie de clore la discussion, mais il savait qu'elle n'avait pas la même carapace que lui, cette armure qu'il s'était construite et qui lui offrait une protection. Zoe ressentait des choses qu'il ne ressentait plus.

— Voulez-vous que j'appelle quelqu'un ? lui proposa-t-il. Pour que vous ne restiez pas toute seule chez vous ?

Elle secoua la tête. Elle ne pensait à personne, à part lui.

— Non, je n'ai personne à qui je puisse dire : « Ma sœur vient d'être assassinée, pouvez-vous me tenir la main ? »

— C'est ce dont vous avez envie ? Que quelqu'un vous tienne la main ? lui demanda-t-il avec curiosité.

Mon Dieu, se dit-elle, pensait-il qu'elle lui faisait une proposition cachée ?

— Oh ! non, non, ce n'était qu'une façon de parler, s'empressa-t-elle de répondre.

Il se gara devant chez Zoe puis, à la grande surprise de cette dernière, sortit de la voiture et en fit le tour pour venir lui ouvrir. Lui prenant la main, il l'aida à sortir.

Zoe se demanda pourquoi sentir sa main sur la sienne lui faisait tant d'effet. Depuis qu'elle avait découvert le corps de sa sœur dans la chapelle, elle avait réussi à se maîtriser et à garder son calme.

Mais quelque chose dans ce simple contact suffit à tout faire voler en éclats. Et, malgré sa lutte pour contenir ses émotions, elle sentit les larmes lui monter aux yeux. En quelques secondes à peine, la façade derrière laquelle elle avait réussi à se protéger s'écroula…

Face à ce torrent de larmes, Sam se sentit démuni. Il ne savait pas comment réagir. Pour être honnête, il aurait préféré affronter un criminel armé ou devoir maîtriser un forcené colérique et violent. Il était formé pour gérer ce type de situations, entraîné pour les contrôler.

Mais les larmes… Que devait-il faire face à une femme qui pleurait ?

D'autant plus que celle-ci semblait aussi embarrassée d'être dans cet état que lui d'assister à cette scène.

Fouillant dans sa poche arrière, il sortit un paquet de mouchoirs et le lui tendit.

— Tenez, marmonna-t-il d'une voix à peine perceptible.

— Désolée.

D'un geste de la main, elle s'essuya les joues puis lui rendit le paquet en levant les yeux vers lui.

— Gardez-le, vous en aurez peut-être besoin plus tard.

Incapable de parler – elle craignait trop qu'une nouvelle série de sanglots ne surgisse – elle hocha lentement la tête.

Ils marchèrent jusqu'à la maison et, après avoir fouillé dans son sac à main, elle sortit son trousseau de clés et ouvrit la porte d'entrée.

Alors qu'elle allait se retourner pour remercier Sam et le saluer, elle découvrit qu'il était sur ses talons.

— Vous bloquez le passage, lui fit-il remarquer, vous voulez bien rentrer ?

Elle leva vers lui un regard interrogateur.

— Les autres peuvent se charger de la paperasse, lui expliqua-t-il en faisant référence à Annabel et aux policiers qui avaient répondu à la demande de renforts. Je vais rester un peu avec vous.

Elle se remit à pleurer à chaudes larmes.

— Je suis désolée, je n'arrive pas à m'arrêter, s'excusa-t-elle.

Se surprenant lui-même, Sam la prit dans ses bras. Il l'étreignit maladroitement et elle se détendit contre lui.

Sentir ses bras autour d'elle était pour Zoe comme un avant-goût du paradis, mais elle savait que tout cela n'était pas authentique. Une nouvelle fois, elle essaya de reprendre le contrôle d'elle-même. Elle n'avait pas la moindre envie que Sam pense qu'elle se servait de ses larmes pour le garder auprès d'elle. C'était Celia qui faisait ce genre de chose… Pas elle.

Reculant d'un pas, elle marmonna de nouvelles excuses.

— Je suis désolée, je ne veux surtout pas vous obliger…

Sam constata qu'elle n'avait décidément rien de commun avec les autres femmes qu'il connaissait.

— Allez-vous cesser de vous excuser et de tenter de vous maîtriser ? lui dit-il. Pleurez, hurlez, criez, vous en avez le droit… C'était votre sœur.

En réalité, Zoe savait que c'était parce qu'il était gentil avec elle qu'elle n'arrivait plus à conserver son sang-froid.

— J'imagine que ce n'était pas vraiment comme ça que vous envisagiez votre soirée, lui dit-elle d'un ton faussement léger.

— Ne vous occupez pas de moi, lui répondit-il, la seule chose que je veux est m'assurer que vous allez bien.

Et ce n'était pas le cas. Même si elle prétendait le contraire.

— Vous êtes certaine qu'il n'y a personne que vous seriez heureuse de voir à cet instant ? ajouta-t-il.

— Non, merci, lui dit-elle avec un faible sourire.

Il haussa les épaules. Jamais il ne laisserait quiconque seul dans une pareille détresse. Qui sait ce qu'on pouvait faire dans cet état ? Il n'avait pas la moindre envie d'avoir le geste désespéré de Zoe sur la conscience. Il y avait suffisamment de choses qui le hantaient déjà.

— Alors, je vais rester un peu, conclut-il.

Zoe ne voulait pas qu'il se sente obligé de le faire, ou pire qu'il pense qu'elle le manipulait.

— Mais…, commença-t-elle.

Il leva la main. Il était inutile de reprendre cette conversation. Tourner en rond faisait partie des choses qui l'agaçaient au plus haut point.

— Je ne veux pas que vous restiez seule, lui expliqua-t-il. Alors, puisqu'il n'y a personne que vous souhaitez appeler, c'est moi qui vais rester à vos côtés.

Encore une fois, bien qu'elle lui soit reconnaissante de sa prévenance, Zoe se sentit obligée de souligner l'évidence.

— Vous ne pouvez pas jouer les baby-sitters, vous avez une affaire à résoudre.

Il la regarda en silence pendant quelques instants. Son regard était si pénétrant qu'elle eut l'impression qu'il pouvait lire en elle.

— Vous ne ressemblez pas du tout à votre sœur, n'est-ce pas ? observa-t-il enfin.

Était-ce une critique ? La trouvait-il ennuyeuse ? Bien sûr, pensa-t-elle. Celia était une femme excitante, superbe. Quant à elle… Elle n'était qu'un rat de bibliothèque, engoncé dans une horrible robe bleue.

— Que voulez-vous dire ? s'entendit-elle demander d'une toute petite voix.

Sam sentit naître en lui un fort instinct protecteur. Le prenant totalement au dépourvu. Lui qui n'avait rien ressenti depuis si longtemps devait se rendre à l'évidence : Zoe, qui semblait être l'opposé de sa sœur, lui était sympathique.

Lorsqu'il avait demandé à Celia de l'épouser, Sam savait déjà que leur union ne durerait pas. L'absence de sentiments, le fait qu'elle voulait toujours être le centre de l'univers : tout cela faisait que leur mariage semblait voué à l'échec avant même l'échange des alliances.

Mais ce n'était pas le moment de parler des défauts de Celia. Zoe et lui en étaient tous les deux pleinement conscients.

— Je veux parler de cette tendance que vous semblez avoir à faire passer les autres avant vous-même, lui répondit-il avant de changer de sujet. Dites-moi, auriez-vous du café ?

— Oui, je m'en occupe, s'écria Zoe, ravie d'avoir quelque chose à faire.

— Vous ne voulez pas vous changer avant ? lui demanda-t-il tandis qu'elle se dirigeait vers la cuisine.

Elle baissa les yeux sur sa robe de demoiselle d'honneur. Même si elle ne pouvait pas réellement être qualifiée de hideuse, elle était loin d'être flatteuse, elle le savait, et c'était probablement pour cette raison que Celia l'avait choisie. Car, aussi magnifique soit-elle, sa sœur ne voulait pas que quiconque risque de lui faire de l'ombre le jour de son mariage.

— Ce n'est pas comme si je risquais de la reporter un jour, répondit-elle, consciente que plus jamais elle ne pourrait regarder cette tenue sans penser à ce jour funeste. Enfin, vous avez raison, cette tenue n'est ni pratique ni confortable.

Sur ces mots, elle sortit le café du frigo et commença à en verser quelques cuillères dans le filtre de la cafetière.

— Vous l'aimez fort, n'est-ce pas ? demanda-t-elle à Sam en levant les yeux vers lui.

— Oui, comment le savez-vous ?

Elle sourit timidement puis répondit :

— Vous avez seulement l'air de quelqu'un qui l'aime ainsi.

Elle versa une dernière cuillère et lança l'appareil.

— Alors, vous ne vous changez pas ? insista-t-il en montrant sa robe du doigt.

— Si, j'y vais de ce pas, répondit-elle avant de quitter la pièce.

Une fois seul, Sam commença à observer la cuisine et le petit salon. Puis il feuilleta quelques magazines soigneusement disposés en pile sur la table basse et jeta un coup d'œil aux livres rangés dans les étagères. Zoe semblait avoir des goûts plutôt éclectiques.

Il remarqua également qu'elle paraissait bien plus à cheval sur le ménage que sa sœur. Celia, se souvenait-il, laissait traîner ses vêtements là où elle les avait ôtés, et les choses là où elle s'en était servie. Même lui était plus organisé et soigneux qu'elle.

Pourtant il possédait peu de choses auxquelles il tienne. Et, comme, depuis qu'il était enfant, il ne savait jamais quand il allait devoir déménager, changer de foyer d'accueil ou de lieu de vie, il avait gardé l'habitude de vivre dans les cartons.

Il savait qu'en un seul clignement de cils tout pouvait disparaître.

Zoe fut de retour avant que le café ne soit prêt. Elle avait enfilé un pull-over et un jean moulant, et il se surprit à l'observer plus longtemps qu'il n'aurait dû.

— C'était rapide, lui dit-il en relevant les yeux vers son visage.

— Désolée, je ne voulais pas vous faire attendre, lui répondit-elle avant d'aller chercher la cafetière dans la cuisine.

Attrapant une tasse propre dans le placard, elle la remplit de café noir. Elle ajouta ensuite une bonne dose de crème et de sucre dans la sienne.

— Bon, commença Sam quand ils furent assis l'un en face de l'autre à la table de la cuisine, dites-moi pour quelle raison vous vous êtes disputée avec Celia.

Alors qu'elle venait tout juste de commencer à se détendre, Zoe sentit son corps se raidir à nouveau. Pourquoi Sam reparlait-il de ça ? Ses sentiments à ce sujet n'avaient pas changé. Découvrir le motif de leur désaccord n'arrangerait rien, bien au contraire.

— Croyez-moi, vous n'avez pas besoin de le savoir.

— Si c'était le cas, je ne vous aurais pas posé la question deux fois, lui fit-il remarquer.

Elle prit une profonde inspiration pour se donner du courage.

— Je vous l'ai déjà dit, la raison de notre brouille n'avait rien à voir avec ce qui lui est arrivé.

Sam sentait que Zoe lui cachait quelque chose. Il aurait pu le jurer, et il ne comptait pas cesser de lui poser cette question avant d'avoir obtenu une réponse satisfaisante.

— Dans ce cas, cela ne devrait pas être un problème de m'en parler…

— Sam…

— Vous feriez mieux de me le dire. Je ne vous laisserai pas tranquille tant que je ne saurai pas.

Zoe comprit qu'il ne plaisantait pas. Elle le voyait dans son regard déterminé. Il ferait tout pour découvrir la vérité.

Elle pouvait toujours essayer de gagner du temps, mais si Sam faisait venir quelqu'un d'autre pour l'interroger, elle devrait tout révéler devant témoin, lui infligeant ainsi une terrible humiliation. Cette dernière pensée la décida.

Elle inspira profondément et se lança.

— Je lui ai dit que cela me contrariait de ressembler à un clown le jour de son mariage. Elle s'est mise en colère et m'a répondu que j'allais devoir faire avec et que c'était mon devoir de sœur d'être là pour elle.

Sam lui jeta un regard pénétrant qui la cloua au sol.

— Zoe, quel était le réel sujet de votre dispute ? lui demanda-t-il d'un ton qui ressemblait plus à un ordre qu'à une demande.

— Vous ne me croyez pas ?

— Non, cela ne ressemble pas au genre de choses que pouvait dire Celia, mais à celles que vous auriez pu dire, vous. Maintenant, je crois qu'il est temps de me dire la vérité.

— Vous n'allez pas aimer ce que vous allez entendre, lui dit-elle d'une voix hésitante.

— J'en ai vu d'autres, vous savez. À présent, soit vous m'expliquez ce qu'il s'est passé, soit vous allez vous retrouver en face d'une bande d'inconnus qui ne seront pas aussi patients que moi, vous pouvez le croire.

Elle serra les lèvres, regrettant d'être celle qui allait lui révéler la terrible vérité. Si seulement elle avait été meilleure menteuse…

Mais, dans ce domaine aussi, c'était Celia qui excellait. Elle avait toujours été si franche que sa sœur avait l'habitude de se moquer d'elle et de l'appeler : « mademoiselle Sainte-Nitouche ».

— Elle se vantait d'avoir trompé quelqu'un, lui dit-elle enfin. Je lui ai répondu qu'elle devait dire la vérité à cette personne, mais elle m'a ri au nez et a catégoriquement refusé.

— J'ai besoin de plus de détails, Zoe.

Alors qu'elle restait silencieuse, il la regarda avec plus d'insistance. Après quelques instants, son visage s'éclaira.

— C'était de moi qu'elle parlait, c'est ça ?

Zoe lui jeta un regard suppliant.

— N'insistez pas, Sam, je vous en prie.

Il resta inflexible.

— Maintenant, Zoe.

Elle serra les dents, comme pour retenir les mots qu'elle s'apprêtait à lui dire. Comme si la moindre seconde était bonne à gagner.

— Celia m'a dit qu'elle vous avait tendu un piège pour vous forcer à l'épouser, lâcha-t-elle enfin dans un souffle. Elle n'était pas enceinte, elle vous a juste fait croire qu'elle l'était.

Sam la fixa, l'air stupéfait, mais elle continua :

— Elle m'a dit qu'elle vous avait fait boire cette nuit-là, lorsque vous êtes allé la voir. Vous veniez apparemment de tuer un criminel et, quand vous avez perdu conscience, elle a tout mis en scène pour vous faire croire que vous aviez passé une folle nuit tous les deux. Au matin, quand vous vous êtes réveillé, elle vous a dit que vous aviez fait l'amour. Et après avoir attendu quelque temps, elle vous a annoncé qu'elle était enceinte de vous. Elle m'a dit qu'elle savait que vous étiez le genre d'homme à prendre vos responsabilités, que vous feriez ce qu'il fallait et que vous l'épouseriez. Et c'est ce que vous avez fait. Enfin, c'est ce que vous alliez faire.

Un instant, Sam voulut l'accuser de mentir, mais c'était son orgueil qui l'y poussait, il le savait.

Un seul regard vers Zoe lui confirma qu'elle disait la vérité et que cela lui coûtait.

— Je suis désolée, Sam, ajouta-t-elle, manifestement bouleversée. Je ne voulais pas vous le dire.

Mais il ne voulait pas de sa pitié. Il ne voulait rien. Ni d'elle. Ni de quiconque. Il voulait juste sortir d'ici avant de perdre son sang-froid.

— Je vais vous envoyer Annabel, lui lança-t-il avant de disparaître en claquant la porte d'entrée derrière lui.

Zoe eut l'impression que le bruit résonnait au plus profond d'elle-même. D'une certaine manière, cela lui faisait encore plus mal au cœur. Elle regretta d'avoir cédé si facilement et de lui avoir tout révélé. Pourquoi était-elle toujours incapable de mentir ? Pourquoi souffrait-elle tant de blesser les autres ?

— Je ne voulais pas vous le dire ! cria-t-elle en direction de la porte close.

Sam ne pouvait plus l'entendre. Il était parti.

6

Assis derrière son bureau, deux jours plus tard, Sam était encore sous le choc. Il avait peu dormi et avait perdu la notion du temps. Sans ce calendrier, posé sur son bureau, il n'aurait pu dire quel jour on était.

Il passa ses mains sur son visage et laissa échapper un profond soupir. Il se demanda comment il allait faire pour effacer ces derniers jours de son esprit et retrouver ainsi ses pleines capacités. Il se sentait comme un mort-vivant.

En se laissant aller en arrière contre le dossier de son siège, il sentit son téléphone portable dans sa poche arrière et se souvint qu'il était toujours éteint.

Les journalistes avaient réussi à obtenir son numéro personnel et n'avaient rien trouvé de mieux à faire que de le harceler d'appels, jour et nuit. Sur le point de devenir fou, il avait décidé de l'éteindre.

Le téléphone du commissariat n'avait pas cessé de sonner, en revanche, mais la plupart des appels provenaient de simples citoyens qui pensaient avoir des informations précieuses sur l'homme que la presse avait déjà surnommé « le Tueur Alphabet ».

Pourtant aucun de ces témoignages ne paraissait crédible, l'homme semblait avoir été vu partout. Il était d'ailleurs assez incroyable de constater que cette personne – vraisemblablement un homme, même si Sam ne voulait exclure aucune possibilité –, pouvait être à tant d'endroits différents en même temps.

Malgré cela, chaque appel devait être étudié et pris au sérieux. Et les effectifs étant réduits, les policiers étaient surchargés de travail : chaque lieu devait être inspecté, et la liste des gens à interroger était interminable.

Aucune affaire n'était aussi importante dans le comté et chaque information, même minime, pouvait avoir son intérêt. Chacun s'accordait sur un même objectif : arrêter au plus vite le tueur.

— Salut, Sam.

Sam manqua de sursauter en sentant une main se poser sur son épaule. En se retournant, il découvrit son frère aîné, Trevor. Il pensa d'abord que le FBI avait une piste et attendit que son frère lui révèle lui-même la raison de sa visite.

— Désolé, je ne voulais pas t'effrayer, tu avais l'air ailleurs, lui dit Trevor en le regardant avec curiosité.

Ne voulant pas admettre qu'il avait pris un instant pour se reposer, Sam lui montra les photos étalées devant lui, sur son bureau.

— J'étudiais les clichés de la scène de crime.

— Bon sang, je ne sais pas comment tu fais. S'il s'agissait de ma fiancée, je crois que je ne pourrais pas supporter de regarder tout ça, reconnut Trevor. J'ai essayé de t'appeler sur ton téléphone portable pour te prévenir de ma venue, mais je suis tombé directement sur ta messagerie.

— Oui, je l'ai éteint, expliqua Sam. Les vautours de la presse crèvent de faim et leur frénésie me fatigue. Si je dois dire une nouvelle fois que je n'ai aucun commentaire à faire sur la situation, je pense que je vais devenir fou.

Le profileur du FBI laissa échapper un petit rire avant de se laisser tomber sur la chaise en face de son jeune frère.

— Je comprends…, acquiesça-t-il avant de regarder Sam avec un air inquiet. Tu as une sale tête. À quand remonte ta dernière nuit de sommeil ? Tu as mangé quelque chose ?

— Tu te prends pour notre mère ? dit Sam en plissant les yeux.

— Non, lui répondit Trevor en soupirant. Bon, je suis venu ici pour te dire que, vu les circonstances et les similitudes entre les deux affaires, j'ai fait un petit voyage jusqu'en Oklahoma pour rendre visite à notre cher vieil oncle, Big J. Je pensais qu'en tant que grand frère de notre paternel il pourrait savoir quelque chose à propos d'un éventuel copieur de son mode opératoire.

— Et ? lui demanda Sam, oubliant soudain sa fatigue.

— Et il n'avait rien à me dire de particulier, lui répondit Trevor en haussant les épaules. Selon lui, et je le crois, il n'a pas vu notre père depuis qu'il a été incarcéré pour purger sa peine. Lors de notre conversation, Big J semblait contrarié et, quand je lui ai demandé ce qui n'allait pas, il a fini par me dire qu'il ne voulait pas être interrogé officiellement au sujet de son frère car il redoutait des représailles.

Il marqua une courte pause avant de reprendre :

— Il a peut-être peur qu'un *copycat* traîne dans les parages et veuille se venger de ceux qui dénigreraient son modèle.

Trevor prit un instant pour réfléchir et regarda son frère en secouant la tête.

— Tout cela paraît totalement dingue, non ?

— Rien ne me surprend plus en ce qui concerne notre paternel, répliqua Sam. Au point où nous en sommes, tout semble possible.

Il jeta un regard noir au dossier posé sur le bureau près des photos. C'était ce rapport qu'il venait de finir de lire quand Trevor était entré dans la pièce. Le rapport du médecin légiste.

Il était parvenu à le mettre d'une humeur encore plus sombre en rendant évidente sa stupidité.

Il rangea la pochette, en se disant qu'il s'occuperait de cela plus tard.

En relevant les yeux, il vit que Trevor le regardait d'un air préoccupé.

— Sérieusement, tu devrais manger quelque chose et prendre un peu de repos, dit-il.

— Plus tard, lui répondit Sam avec un air de dédain en pensant que ses besoins physiques pouvaient attendre. Crois-tu qu'un jour, enfin, nous pourrons tourner la page ? Et oublier la folie criminelle de notre père ?

— C'était derrière nous, lui fit remarquer Trevor. Les gens commençaient à oublier, ils recommençaient à nous faire confiance… Regarde notre famille. Nous nous sommes réconciliés, nous avons réussi à surmonter cette épreuve ensemble, la plupart d'entre nous travaillent maintenant dans des métiers en lien avec la loi. Nous devons faire de même à présent.

— Ce n'est pas si simple, protesta Sam, réprimant son agacement.

— Oh si, ça l'est. Tu dois juste voir les choses de

manière positive. Et il faut manger, conclut Trevor avant de se lever en lui lançant un regard amical. C'est un ordre.

— Je ne reçois pas d'ordre du FBI.

— Cela ne vient pas du FBI, cela vient de ton frère aîné qui, soit dit en passant, sait ce qui est bon pour toi. Je repasserai voir comment tu te portes, déclara Trevor avant de sortir du bureau.

— Eh bien, je m'assurerai de ne pas être là ! rétorqua Sam en élevant la voix pour que son frère puisse l'entendre.

Il laissa passer quelques secondes, jeta un coup d'œil vers la porte pour s'assurer que Trevor était bien parti et rouvrit le rapport d'autopsie.

Il l'avait lu trois fois et en connaissait chaque mot par cœur. Ces mots qui confirmaient le fait qu'il avait été pris pour un imbécile.

Il saisit son téléphone portable, le ralluma et le regarda. Une vérification rapide de l'état de sa messagerie vocale lui apprit qu'il avait quarante-deux messages. Il soupira avant d'éteindre l'appareil à nouveau, et le rangea dans sa poche de jean.

Puis, après avoir sélectionné certains des témoignages proclamant avoir vu ce nouveau tueur, il se leva. Il y avait un endroit où il devait passer avant de reprendre le travail.

Elle n'était pas chez elle.

Une fois devant la porte de la maison de Zoe, Sam avait frappé à la porte mais personne n'avait répondu. En jetant un regard autour de lui, il avait vite constaté que sa voiture n'était pas là. Celle d'Annabel non plus.

Il prit son téléphone portable et le ralluma pour

appeler sa sœur. Il lui avait demandé de veiller sur Zoe pendant quelques nuits. Officiellement, pour assurer sa sécurité au cas où le nouveau tueur déciderait de s'éloigner de l'alphabet et de s'en prendre à elle. Officieusement, pour l'aider à faire face au traumatisme occasionné par le meurtre de sa sœur et la découverte de son corps.

Si quelque chose de grave s'était passé, Annabel l'aurait appelé au commissariat pour le prévenir, songea-t-il pour se rassurer.

Malgré cela, il se sentait nerveux.

— Où es-tu ? demanda-t-il à sa sœur sans prendre la peine de se présenter.

Mais cela était inutile. Comme chacun dans le département, Annabel aurait été capable de reconnaître les grognements de son frère même à l'autre bout du monde.

— Au travail, à la recherche du Tueur Alphabet, comme tout le monde, lui répondit-elle. Pourquoi ?

Il grimaça en entendant ce surnom fantaisiste que les médias avaient donné au tueur. Ce genre de chose se propageait dans le public aussi vite qu'une traînée de poudre et alimentait l'imagination.

— Pourquoi n'es-tu pas avec Zoe ?

— Parce qu'elle n'est pas chez elle. Elle m'a dit qu'elle devait aller travailler et, comme je n'ai pas réussi à la dissuader de s'y rendre, je me suis finalement dit qu'elle ne risquait pas grand-chose dans une bibliothèque publique. Tu n'es pas d'accord ? lui demanda-t-elle d'un ton hésitant.

— Si, mais tu aurais dû m'appeler pour me prévenir, conclut-il.

À peine avait-il raccroché que son téléphone se remit à vibrer. Annabel était une rapide, pensa-t-il en décrochant sans même regarder son écran.

— Tout va bien, Annabel, ce n'est pas grave.

Il y eut un silence à l'autre bout de la ligne, puis Sam entendit une voix masculine lui répondre.

— Inspecteur Colton ? Je m'appelle Dallas Jenkins, je travaille pour le *Houston Chronicles*, j'ai quelques quest…

L'homme n'eut pas le temps de finir sa phrase.

Réprimant un juron, Sam raccrocha avant d'éteindre son téléphone une nouvelle fois. Il savait pourtant qu'il aurait mieux fait de rester joignable. Qui sait quel genre de précieux appels il pouvait manquer en laissant ainsi son portable éteint ?

Après tout, vingt ans plus tôt, les inspecteurs devaient s'arrêter aux cabines téléphoniques pour passer des appels ou se servir des émetteurs de leurs voitures de service pour communiquer. Finalement, se passer de téléphone portable était un moyen de voyager dans le passé, se rassura-t-il.

C'était également un moyen de rester en bonne santé mentale… Traiter avec la presse risquait de l'emmener dans des voies qui ne seraient pas constructives pour l'enquête, et pour le moment l'avancée de celle-ci était prioritaire.

Après avoir descendu la rue principale, il prit la direction de la bibliothèque municipale. Comme le lui avait dit Annabel, Zoe s'y trouvait.

Caché derrière les étagères, il l'observa un instant, tâchant de comprendre ce qui pouvait être aussi important dans son travail pour qu'elle risque ainsi sa vie.

Elle aidait un étudiant qui semblait débordé. Apparemment, il était en train de travailler sur un devoir à rendre le lendemain. Attentivement, Sam écouta Zoe qui lui donnait quelques conseils pour l'aider dans ses recherches ainsi que beaucoup d'encouragements. Le devoir portait sur la bataille du Texas pour gagner son indépendance.

Attendant patiemment que Zoe ait fini de s'entretenir avec le jeune homme, il écouta ce qu'elle lui disait et fut surpris de ce qu'il apprit.

Quand l'étudiant quitta Zoe pour retourner à sa table de travail, Sam avança vers elle.

— Vous avez le don de rendre l'Histoire intéressante, lui dit-il.

Il y avait de l'admiration dans sa voix et Zoe se sentit flattée.

— L'Histoire *est* intéressante, lui répondit-elle avec enthousiasme.

S'ils avaient continué cette discussion, elle se serait sentie plus à l'aise, mais elle savait qu'il n'était pas là pour ça.

— Vous n'êtes pas venu me voir pour m'annoncer que vous avez attrapé le tueur, n'est-ce pas ? lui demanda-t-elle, l'air déçue.

Sam se refusait à lui faire de fausses promesses. C'est pourquoi, bien qu'il soit décidé à poursuivre ce tueur jusqu'à l'autre bout de la planète s'il le fallait, il ne voulait pas faire de pari sur l'avenir. Il était un homme d'action plus que de paroles.

— En effet, lui répondit-il. Mais comment le savez-vous ?

Parce que je sais tout de toi, pensa Zoe. *Ce qui te*

fait souffrir, ce qui te fait sourire, ce qui te met en colère. Ce dont tu ne parles pas. Tout.

— Quand les choses sont réglées, vous affichez une expression… mi-triomphante, mi-paisible, dit-elle.

Sam la regarda, perplexe. À sa grande surprise, il devait reconnaître que Zoe avait raison. Pourtant, il ne l'avait pas beaucoup côtoyée. Ils avaient fréquenté les mêmes écoles car ils avaient à peu près le même âge et parce que tout le monde à Granite Gulch suivait le même parcours, mais il ne lui semblait pas avoir jamais été proche d'elle. Il décida malgré tout de ne pas parler de ce sujet pour le moment et de se concentrer sur ses priorités.

— Je suis venu vérifier que vous alliez bien, expliqua-t-il. Je pensais que vous étiez restée chez vous.

— Je ne vais pas me cacher jusqu'à la fin de mes jours, lui répondit-elle en riant, l'air gêné. Se tenir occupée est la meilleure des thérapies, et puis nous ne sommes que deux à travailler ici, je n'allais pas laisser Alice toute seule. Cela n'aurait pas été juste.

Elle semblait avoir une perception claire de ce qui différenciait le bien et le mal, et Sam se fit la réflexion qu'il était dommage que sa sœur ne lui ait pas plus ressemblé. La perspective de devoir l'épouser lui aurait alors peut-être semblé moins difficile.

— Je voulais aussi vous présenter mes excuses, ajouta-t-il.

— Je vous demande pardon ? demanda Zoe d'un ton surpris.

— Je vous dois des excuses, répéta-t-il. Je n'aurais pas dû vous forcer la main ainsi l'autre soir. Je vous ai obligée à m'expliquer la raison de votre dispute avec Celia alors que vous ne vouliez pas en parler.

Elle se mordit la lèvre inférieure et le regarda avec inquiétude, revivant le terrible moment où elle avait dû lui révéler la vérité.

— Celia n'aurait jamais dû vous mentir de la sorte. Quand je lui ai dit qu'elle vous devait la vérité, elle m'a ri au nez. C'est pour cela que je suis sortie en trombe de la pièce. Et quand je suis revenue, pour tenter de lui expliquer une nouvelle fois qu'on ne pouvait pas construire un mariage sur un mensonge…

Elle s'interrompit et laissa échapper un soupir.

— Maintenant qu'elle est morte, je regrette de vous avoir dit tout ça, vous n'aviez pas besoin de le savoir.

Décidément, Zoe était pleine de surprises, se dit Sam. Elle continuait à vouloir le protéger alors qu'il avait élevé la voix sur elle. Il avait du mal à croire que de telles personnes existaient encore. Sa mère était ainsi, mais elle était d'une autre époque. Et d'après ce qu'il voyait, les jeunes femmes d'aujourd'hui semblaient plus soucieuses de leurs propres personnes et faisaient passer leurs besoins avant ceux des autres.

Les hommes étaient pareils, pensa Sam. Il savait qu'il était ainsi, lui aussi. Le fait que les deux sexes continuent de se rencontrer relevait donc du miracle.

— J'aurais fini par découvrir son mensonge, de toute façon, lui répondit-il rapidement pour qu'elle ne continue pas à s'en vouloir davantage.

— Comment ? lui demanda-t-elle, avec curiosité. Je pense que personne d'autre n'était au courant. Celia était assez intelligente pour savoir qu'elle devait garder sa supercherie secrète. Elle ne m'en a parlé que parce qu'elle savait que je garderais le secret pour moi si elle me le demandait. La solidarité familiale… Ce qu'elle n'avait manifestement pas imaginé, c'est à quel point j'allais être horrifiée en découvrant ce qu'elle avait manigancé.

Sam était certain que Zoe aurait gardé le secret s'il ne l'avait pas forcée avec tant d'insistance à le lui avouer. Car, si elle semblait attachée à la vérité, elle semblait accorder plus d'importance encore à la loyauté.

Il y avait aussi un détail que sa sœur et elle avaient oublié.

— Il y a une chose à laquelle Celia n'avait pas pensé, lui dit Sam.

— Laquelle ? lui demanda Zoe en fronçant les sourcils.

— Elle ignorait qu'elle allait être assassinée, lui répondit-il, sans aucune émotion. Et selon la loi, chaque victime de meurtre doit subir une autopsie.

Zoe écarquilla les yeux en le regardant. Elle savait ce qu'il était sur le point de lui dire, mais elle espérait encore qu'elle se trompait.

— L'autopsie de Celia nous a révélé la cause de sa mort, ce qui n'était pas un mystère. Ce qui est plus étonnant en revanche, c'est qu'il n'est nulle part question du fait qu'elle était enceinte de trois mois. Peut-être parce qu'elle ne l'avait jamais été, conclut-il en regardant Zoe droit dans les yeux. Ce que vous m'avez dit là-bas est donc la vérité, n'est-ce pas ?

7

Se rendant soudain compte qu'elle retenait sa respiration, Zoe laissa échapper un profond soupir.

Puisque Sam avait lu le rapport d'autopsie, il avait maintenant la preuve que ce qu'elle avait fini par lui révéler était vrai. Mais où en était leur relation à présent ?

Malgré les excuses qu'il venait de lui présenter, la détestait-il d'être celle qui lui avait fait prendre conscience de la terrible vérité ? Découvrir que la femme qu'il avait demandée en mariage – par devoir et à cause de son sens aigu des responsabilités – l'avait manipulé semblait avoir rendu Sam encore plus amer et plus renfermé qu'il ne l'était déjà.

Bon sang, Celia, pensa Zoe, *pourquoi as-tu joué ainsi avec Sam ? Comment as-tu pu ignorer les conséquences que ton mensonge entraînerait ? Tu as détruit sa vie. Il ne pourra plus faire confiance à personne.*

Il ne me fera jamais confiance.

Mais la vérité était que sa sœur avait toujours été égocentrique. Elle ne s'inquiétait que de la façon dont les choses l'affectaient, elle, et pas de l'impact qu'elles pouvaient générer chez les autres. Jamais elle n'avait la moindre pensée pour les conséquences de ses actes égoïstes.

Maintenant, Sam allait récolter les fruits de sa terrible insouciance. Et indirectement, à cause de la manière dont tout cela allait influer sur ses relations avec les autres, le mensonge de Celia l'atteindrait, elle aussi.

Tandis qu'elle réfléchissait à la complexité de la situation, elle ne se rendit pas compte que Sam attendait d'elle une réponse plus développée.

— Pourquoi a-t-elle fait ça ? lui demanda-t-il, avec une subite colère. Pourquoi a-t-elle menti ainsi ? Pourquoi me faire croire qu'elle était enceinte de moi ? Elle a vraiment tout mis en scène, elle a mis sa chambre sens dessus dessous, elle a prétendu que nous avions couché ensemble…

Il se rappela à quel point il était déprimé ce soir-là, quand il était venu voir Celia. Il n'avait encore jamais tué personne, mais ce criminel ne lui avait pas laissé le choix. Son arme à la main, il n'avait eu qu'une seconde pour se décider. Une seconde pour choisir entre vivre et mourir.

Cette nuit-là, il avait décidé de rester en vie. Le criminel était mort et ce souvenir lui était toujours terriblement douloureux.

Comme il n'avait personne avec qui parler après ce drame, il était venu voir Celia qu'il fréquentait de temps à autre. Le pire n'était pas d'avoir eu cette idée mais plutôt d'avoir noyé son chagrin dans l'alcool. S'il avait espéré s'écrouler ou même s'évanouir afin de pouvoir fuir loin de ses pensées et de sa culpabilité, les choses ne s'étaient pas passées comme il l'avait envisagé.

Enfin… D'après ce que lui avait dit Celia.

À présent, il avait découvert que tout ce qu'elle lui avait raconté n'était qu'un immense tissu de mensonges et qu'il s'était bien endormi comme il avait prévu de le faire.

Tout cela faisait-il de lui un imbécile ? Ou la cible facile d'un plan tordu ? Quoi qu'il en soit, ce rôle n'était ni gratifiant ni confortable.

Il regrettait de ne pas s'être plus méfié de Celia et de ne pas s'être fié à son instinct.

Zoe avait de la peine pour Sam. Comme elle, il ne semblait pas capable de comprendre les raisons du comportement de Celia. Pourtant, les motifs de cette dernière n'étaient pas si compliqués à déchiffrer…

— Elle savait que vous ne l'auriez jamais épousé dans d'autres circonstances… En revanche, elle était convaincue que, si vous pensiez qu'elle portait votre enfant, vous feriez ce qu'il était convenable de faire. Et elle avait raison, dit Zoe.

— Pourquoi voulait-elle que je l'épouse ? dit-il en écarquillant les yeux. Elle ne m'aimait pas.

Il s'en rendait compte, à présent.

La mise en place d'un tel stratagème n'était pas un acte d'amour, seulement une opération égoïste.

Elle n'était pas amoureuse de vous, mais moi je le suis, pensa Zoe.

— Celia aimait avoir de l'argent et se sentir supérieure aux autres. Être mariée à un membre de la famille Colton lui aurait permis d'accéder à ses rêves. En échange, ajouta-t-elle, elle aurait été une bonne épouse.

— Vous ne le croyez pas, dit Sam en fronçant les sourcils.

— Non, reconnut Zoe dans un soupir. Cependant je pouvais l'espérer.

Il laissa échapper un petit rire avant de répondre :

— L'espoir n'apporte rien d'autre que de la frustration.

Brusquement, elle se rendit compte qu'elle n'avait qu'une envie : le prendre dans ses bras et le réconforter comme s'il était un enfant au cœur brisé. Mais elle se retint : elle savait qu'un contact physique le mettrait mal à l'aise. Et qu'il ne le permettrait d'ailleurs pas. Grâce à Celia, pensa-t-elle tristement, Sam n'avait fait que s'enfoncer davantage dans les profondeurs de son monde isolé.

— Eh bien, voilà ce que j'étais venu vous dire, conclut-il, maintenant je ferais mieux d'y aller.

Elle ne pouvait pas le laisser partir comme ça. Une pensée tournait dans son esprit. Inquiète, elle décida d'agir avant de pouvoir y réfléchir à deux fois.

Elle prit la main de Sam dans la sienne alors qu'il allait s'éloigner et le retint.

Il lui jeta un regard interrogateur. Mais elle n'avait pas vraiment d'explications à lui donner. En tout cas, rien qu'il ne puisse vraiment comprendre.

— Est-ce que ça va aller ? lui demanda-t-elle, butant presque sur les mots.

Il ne lui répondit pas. Il lui répéta seulement ce qu'il lui avait déjà dit quelques instants plus tôt.

— Je ferais mieux de partir.

Puis, comme pour s'expliquer, il ajouta :

— J'ai un tueur à traquer.

Il avait raison. Elle se mettait en travers de son

chemin. Il avait déjà pris le temps de venir la voir pour lui présenter ses excuses, le retenir n'était pas un geste de gratitude ni de compréhension.

Elle lâcha sa main.

Il partit sans un regard en arrière.

Après avoir étudié avec les autres policiers tous les témoignages reçus au sujet du Tueur Alphabet, Sam dut se rendre à l'évidence : ils n'étaient pas plus avancés sur l'affaire. Aucun appel n'avait été concluant, aucune déclaration ni observation n'avaient été constructives. Ils n'avaient rien découvert sur le profil du tueur.

Seules quelques caméras de vidéosurveillance avaient été installées dans la ville, Granite Gulch étant encore préservée et plutôt calme. Par conséquent, il n'y avait pas d'images à étudier, et le visage du tueur ne pouvait être reconnu dans les endroits où certains affirmaient l'avoir vu.

Sam laissa échapper un grognement d'impatience et se passa nerveusement la main dans les cheveux. Il n'avait aucune description sur laquelle se baser. La seule carte qu'il tenait en main était un « profil ». Ses gars et lui savaient qu'ils cherchaient un cinglé obsessionnel et compulsif qui aimait tuer des jeunes femmes brunes, âgées d'une vingtaine d'années.

Ce qui n'était ni une découverte, ni une révélation.

— Je vais vous dire pourquoi nous sommes ici, dit Sam en passant en revue les visages de ses frères et sœur qui se trouvaient rassemblés dans le salon d'Ethan.

Ethan étant le seul d'entre eux à ne pas faire partie des forces de l'ordre, sa maison était considérée comme un terrain neutre. C'était pourquoi il avait trouvé judicieux de les y réunir.

Il ne faisait confiance à personne, aussi s'était-il tourné vers eux plutôt que vers ses collègues pour avoir un peu d'aide.

Même si la traque du tueur faisait partie intégrante de leur travail, les agents des forces de l'ordre de Granite Gulch ne pouvaient pas comprendre la situation aussi bien que ses frères et sœurs.

Tandis qu'ils étaient tous assis dans le salon d'Ethan, Sam pouvait presque lire dans leurs pensées. C'était ce qui arrivait quand on traversait tant d'événements identiques ensemble, pensa-t-il. Ils avaient tous été anéantis d'apprendre que leur père avait tué leur mère. À cause de ce terrible drame, ils avaient dû quitter leur maison, avaient été séparés et envoyés dans différents foyers d'accueil où, pour la plupart d'entre eux, seuls la misère et l'isolement les attendaient.

Ils avaient également subi ensemble la honte d'être connus comme la progéniture d'un tueur en série fou à lier, d'un homme qui se vengeait encore et encore de Big J, son frère aîné, en tuant des inconnus qui lui ressemblaient.

Déraciné et malchanceux, Matthew avait échoué dans tout ce qu'il avait tenté. Tout sauf ses crimes. Cependant, même sa carrière de meurtrier avait pris fin, et il avait été arrêté et emprisonné.

Ses enfants avaient continué à payer longtemps le prix de sa folie, flottant de famille d'accueil en famille d'accueil jusqu'à être assez âgés pour enfin pouvoir prendre leur envol.

Alors, ils avaient décidé de se réunir et de vivre à proximité les uns des autres, dans cette ville qui avait été témoin de leur honte mais qui les voyait aujourd'hui remonter la pente et retrouver leur place au soleil.

Ce qu'ils avaient enduré les avait rendus plus proches les uns des autres qu'ils ne le seraient jamais d'un autre être humain.

À présent, Sam espérait que peut-être, seulement peut-être, s'ils se creusaient tous la cervelle ensemble, ils pourraient trouver un indice les mettant sur la piste de ce tueur qui recopiait le mode opératoire de leur père.

— Vous savez, commença Annabel, si notre paternel n'était pas encore en prison, j'aurais parié que c'était son œuvre.

— Sommes-nous bien certains qu'il se trouve toujours derrière les barreaux ? demanda Ethan en cherchant une réponse dans les yeux de ses frères et de sa sœur.

Ethan portait un fardeau plus lourd que les autres car c'était lui qui, en rentrant de l'école, avait découvert leur mère, tuée par leur père. Il avait couru jusqu'à la maison voisine pour chercher de l'aide. Quand la police était arrivée sur les lieux, le corps de leur mère avait disparu, Matthew l'avait enterré quelque part. Mais c'était grâce à Ethan que les inspecteurs avaient pu faire le lien avec la série de meurtres sur laquelle ils enquêtaient et que leur père avait pu être arrêté et envoyé en prison.

— Oui, il n'y a aucun doute là-dessus, lui répondit

Trevor qui avait appelé la prison lui-même pour le vérifier.

— Ils disent qu'une telle folie peut se transmettre par les liens du sang, dit Ridge, qui à vingt-neuf ans faisait déjà partie de la brigade de recherche et sauvetage. Que cela pourrait se transmettre de génération en génération.

— Qu'est-ce que tu veux dire ? lui demanda Sam en écarquillant les yeux. Que l'un d'entre nous est le tueur ?

Personne n'avait encore vu Sam aussi bouleversé et irritable. Mais il avait ses raisons, la dernière victime était sa fiancée…

— Non, réfuta rapidement Ridge, mais nous ne sommes pas tous là. Quelqu'un manque à l'appel.

— Josie n'est pas là, en effet, approuva Trevor.

Aucun d'entre eux n'avait revu leur plus jeune sœur depuis près de six ans. Elle avait alors dix-sept ans et semblait avoir volontairement disparu de la surface de la Terre.

— Oui, je suis désolé de le dire, mais pensez-y un instant : sans raison apparente, elle est la seule qui a refusé d'avoir des liens avec nous. Elle a même insisté pour que l'assistante sociale nous dise qu'elle ne voulait plus avoir le moindre contact avec sa famille. Et puis, un an avant qu'elle puisse sortir du système social et prendre son indépendance, elle a disparu.

Il s'interrompit et regarda ses frères et sœur.

— Vous ne trouvez pas ça bizarre ?

— J'ai toujours pensé qu'elle s'était enfuie avec ce type qui voulait l'épouser, lui répondit Annabel.

Christopher, qui avait décidé de gagner sa vie en

tant que détective privé parce qu'il préférait suivre ses propres règles plutôt que de se soumettre aux ordres de supérieurs invisibles, fronça les sourcils en se remémorant cette période dans la vie de Josie.

— Tu veux parler de celui qui l'a larguée avant de parader dans toute la ville au bras de sa nouvelle conquête ? Celle qui était brune et qui avait l'air d'une délinquante ? rappela-t-il à tout le monde.

— Attends une seconde, intervint Ridge en se redressant. Répète ce que tu viens de dire.

Christopher regarda son jeune frère. Il avait trente et un an et était le second de la fratrie après Trevor.

— Qu'elle avait l'air d'une délinquante ?

— Non, dit Ridge lentement, comme s'il cherchait à décrypter un message que lui envoyait son cerveau. Tu as bien dit que sa nouvelle conquête était brune ?

— Oui, et donc ?

Christopher écarquilla les yeux comme s'il comprenait soudain ce que voulait dire Ridge.

— Tu veux dire que … ?

— Je ne sais pas ce que je veux dire, reconnut Ridge, mais ta description semble bien proche de celle des victimes du tueur pour être seulement une coïncidence, non ?

— Tu penses sérieusement que Josie est le tueur ? demanda Trevor à son frère, incrédule.

— Même si j'ai du mal à accepter cette idée et qu'il n'y a aucune certitude, je dis seulement qu'on ne peut pas écarter cette possibilité.

— Une parmi tant d'autres, fit remarquer Sam sur un ton qui indiquait clairement qu'il ne prenait pas cette suggestion au sérieux.

— OK, écoutez, il existe un moyen de tirer ça au clair, lança Ethan. Nous n'avons qu'à la retrouver pour lui demander ce qu'elle a fait durant ces six dernières années. Bon sang, qui sait, peut-être qu'elle s'est retirée dans un couvent pour expier les péchés de notre père.

— Le tueur en série serait une femme ? demanda Christopher en regardant ses frères et sa sœur. Depuis tout ce temps, nous cherchions un homme.

— Peut-être que nous devrions aussi remettre cette hypothèse en question, suggéra Ridge.

— Non, il ne peut pas s'agir de Josie, insista Sam d'une voix catégorique. Elle a traversé beaucoup d'épreuves, mais elle ne peut pas être devenue une tueuse en série.

— Je suis d'accord avec Sam, approuva Annabel.

— Moi aussi.

L'intervention de cette douce voix féminine fit se retourner tous les frères et sœur. Zoe s'avança dans la pièce pour les rejoindre.

La première chose qu'elle remarqua fut la façon dont Sam la regardait. Il semblait à la fois abasourdi et quelque peu agacé de la voir surgir ici, au cœur de ce moment strictement familial.

— Que faites-vous ici ? lui demanda-t-il d'un ton loin d'être amical.

Ce n'était pas le moment de se cacher, même si c'était ce dont elle avait le plus envie à cet instant. Zoe allait devoir prendre la parole et s'expliquer, sinon jamais Sam ne la respecterait.

— J'ai entendu dire que vous alliez tous vous réunir pour échanger vos informations et voir si vous pouviez découvrir quelque chose qui pourrait faire avancer l'enquête, commença-t-elle en les regardant tour à tour. Alors, comme la dernière victime était ma sœur, j'ai pensé qu'il serait judicieux que je vous rejoigne.

— Comment avez-vous su où nous étions ? lui demanda Sam qui ne semblait pas convaincu par sa réponse.

Zoe serra les lèvres, consciente que ce n'était pas à elle de lui révéler le nom de la personne qui lui avait donné ses informations. Elle ne voulait mettre personne dans l'embarras.

— Je le savais, c'est tout, répondit-elle doucement en haussant les épaules.

Sam sembla encore plus agacé.

— C'est moi qui le lui ai dit, intervint Annabel.

Sam lui jeta un regard noir et elle lui répéta ce que Zoe venait de dire.

— J'ai pensé que puisque Celia avait été la dernière victime elle avait le droit de connaître les avancées de cette enquête.

— Elle aurait pu les suivre comme tout le monde, en regardant les actualités à la télévision, en lisant la presse ou les articles sur Internet, protesta Sam, ignorant Zoe.

La voir lui rappelait douloureusement qu'il ne pouvait se fier à personne hormis à ses frères et sœur et que même la confiance qu'il avait en eux semblait fragile.

— Laisse tomber, Sam, lui dit Trevor. Zoe est ici à présent et elle a raison. La dernière victime du tueur était sa sœur et ta fiancée. Ce qui, d'une certaine façon, fait d'elle un membre de notre famille. Elle a donc le droit d'être là aujourd'hui.

Zoe adressa un grand sourire à Trevor tandis que Sam répétait entre ses dents :

— D'une certaine façon.

— Ne jouons pas sur les mots, Sam, ergoter sur des sottises n'est pas ton genre, lui dit Ridge. Et puis, Zoe connaissait Josie à l'époque, peut-être a-t-elle un avis à nous donner à ce sujet.

— Oui, je vous l'ai déjà donné, lui rappela doucement Zoe. Je suis d'accord avec Sam, ce n'est pas parce que le petit ami de Josie l'a quittée pour une jeune fille brune de vingt ans qu'elle est forcément devenue une tueuse en série. D'ailleurs, pourquoi choisirait-elle de commettre un crime aujourd'hui ? Pourquoi aurait-elle attendu si longtemps pour se venger ?

Elle regarda les frères et la sœur de Sam avant d'ajouter :

— Vous connaissiez tous votre sœur avant que tout cela ne commence. Pensez-vous vraiment qu'elle ait pu devenir une tueuse de sang-froid ?

Ridge secoua la tête en fronçant les sourcils.

— Je n'aurais jamais cru qu'elle puisse rompre tous les liens avec nous, et pourtant c'est ce qu'elle a fait.

Zoe ne pensait pas que, dans la vie, les choses étaient totalement noires ou blanches.

— Peut-être y avait-il alors des circonstances spéciales qui pourraient expliquer les raisons de son comportement et de son choix ? fit-elle remarquer.

En voyant que Sam l'écoutait avec attention, elle se sentit flattée.

Elle pensa soudain à Celia. Tout le monde avait toujours vu sa sœur comme une superbe et merveilleuse jeune femme. Pourtant elle avait toujours été fourbe et manipulatrice et ce, depuis son plus jeune âge, se servant de son apparence pour obtenir ce qu'elle voulait. Elle se vantait même de ne jamais ressentir le moindre remords, surtout quand tout se passait comme elle le souhaitait.

— Tout n'est pas toujours comme on l'imagine, insista-t-elle.

— Zoe a raison, approuva Trevor. Je ne crois pas que Josie ait pu faire ça, moi non plus, mais rester assis ici à discuter ne nous permettra pas de tirer les choses au clair. Nous devons la retrouver.

— Tu es le seul ici qui puisse avoir un accès facile à de nombreuses informations, lui fit remarquer Sam.

— C'est pour cette raison que je vais mettre une équipe sur ce dossier, répondit Trevor.

— Je vais te donner le peu de renseignements que j'ai réussi à rassembler, dit Christopher.

Comme Trevor lui lançait un regard interrogateur, il ajouta :

— Je cherche des informations sur Josie depuis sa disparition. Je n'ai qu'une chose à dire sur notre petite sœur, elle ne veut vraiment pas être retrouvée et cache la moindre de ses traces avec la plus grande minutie.

— Peut-être fait-elle partie d'un programme de protection de témoins ? suggéra Ethan.

— C'est une autre piste à explorer, en effet, approuva Trevor.

— Il y aurait aussi une autre explication, intervint Ridge.

— Autre que de faire partie d'un programme de protection de témoins ou de ne pas vouloir être retrouvée ? demanda Christopher.

— Ouais, lui répondit Ridge d'un ton sinistre.

Ils savaient tous à quoi Ridge pensait, mais aucun d'entre eux ne voulait le dire à voix haute : Josie se trouvait peut-être au même endroit que leur mère.

— C'est une dernière hypothèse que nous n'avons pas besoin de creuser pour le moment, conclut Sam.

Et tout le monde, sur ce sujet, était d'accord avec lui.

8

— Non.

Ce simple mot, prononcé avec fermeté, résonna dans toute la maison.

Mais Zoe ne fit pas marche arrière.

Sam fut surpris que son éclat de voix ne l'arrête pas. D'après le peu de souvenirs qu'il avait d'elle, elle lui était toujours apparue comme étant timide et accommodante, plutôt docile.

Cependant, il devait se rendre à l'évidence, elle ne semblait pas du tout correspondre à cette image, au contraire. Elle était d'une obstination tout à fait agaçante.

— J'entre, lui dit-elle, d'un ton décidé, ignorant sa réticence.

Même si elle n'était pas si sûre d'elle et qu'elle sentait ses jambes trembler, elle faisait tout pour paraître déterminée.

Elle s'était présentée quelques minutes plus tôt à la porte de Sam et, depuis qu'elle lui avait expliqué les raisons de sa visite, elle avait l'impression d'avoir déchaîné tous les diables de l'enfer.

Elle était venue chez lui pour les mêmes raisons que celles qui l'avaient poussée à accepter l'invitation d'Annabel à leur réunion familiale. Sam avait d'ailleurs été très contrarié de sa présence avant d'admettre qu'elle avait une certaine légitimité. Puis, malgré le manque d'informations qu'ils possédaient sur le tueur, ils avaient élaboré ensemble un plan d'attaque.

Trevor était parti à la recherche de Josie. Et, comme aucun des témoignages recueillis n'était instructif, Sam avait décidé, à contrecœur, d'aller rendre visite à son père qui purgeait sa condamnation à perpétuité dans une prison d'État à environ quatre-vingts kilomètres de Granite Gulch.

Il avait le mince espoir que le tueur pouvait avoir écrit à Matthew quelques lettres dans lesquelles il se vanterait d'être son disciple et d'avoir pris la relève. Avec un peu de chance, il fournirait des détails sur l'un de ces crimes qui leur permettraient d'avoir enfin un suspect.

Jusqu'à aujourd'hui, Sam avait envisagé cette visite comme une option à exploiter en dernier recours, mais à présent il n'avait plus cette chance.

Puisqu'il n'y avait rien d'autre à explorer et pas de nouveau meurtre sur lequel enquêter, cette piste était la seule qui pouvait déboucher sur quelque chose de constructif.

Et, s'il n'avait pas la moindre envie d'aller voir son père, être accompagné, même s'il ne s'agissait que d'une seule personne, le contrariait encore davantage.

C'était donc pour cette raison qu'il refusait catégoriquement la proposition de Zoe. Il ne s'agissait pas d'une virée touristique. C'était une affaire extrêmement sérieuse.

— Et votre travail ? s'écria-t-il alors qu'elle lui

tenait tête. Vous savez : classer des livres par ordre alphabétique, ou quoi que ce soit que les bibliothécaires font de nos jours.

— Je ne sais pas pour les autres bibliothécaires, comme vous dites, mais en ce qui me concerne, j'ai des jours de congé à rattraper.

— Eh bien, prenez-les ! lui répondit-il dans un élan de colère. Partez dans le genre d'endroits où les gens vont quand ils prennent des vacances, réservez dans un parc à thème au pays des moustiques, ou allez voir les baleines nager là où elles nagent ! Faites quelque chose de normal… Personne n'a envie de se rendre en prison pendant ses vacances !

Zoe se redressa, et décolla même ses talons du sol, comme si ce simple centimètre supplémentaire pouvait l'aider à être plus convaincante.

— Moi si, répliqua-t-elle.

Alors que Sam lui tournait le dos pour attraper sa veste, elle profita de l'entrebâillement de la porte d'entrée pour se faufiler à l'intérieur. Elle ne voulait pas perdre la moindre chance de lui exposer ses arguments.

— Cet homme a ruiné votre enfance et presque détruit votre famille. Il a tué votre mère, et de nombreuses personnes ici vous en veulent pour ce qu'il a fait.

Quand Sam se retourna pour la regarder, elle ne recula pas et continua à faire valoir son point de vue.

— C'est un lourd fardeau à porter…

— Et alors quoi ? Vous proposez de m'aider à le porter ?

Même si elle bouillonnait intérieurement, Zoe s'efforça de ne pas broncher face à sa réaction, semblable à une éruption volcanique.

— Je pensais qu'avoir quelqu'un à vos côtés pendant que vous vous entretenez avec votre père pourrait vous rendre les choses plus faciles.

Le visage de Sam s'assombrit tandis qu'il la regardait en plissant les yeux.

— Ce n'est pas mon père. C'est juste celui qui a donné un peu de son ADN à mon patrimoine génétique. Être père demande beaucoup plus.

Malgré son regard noir, Zoe ne détourna pas les yeux.

— Je suis d'accord.

— Que vous soyez d'accord ou pas, je m'en fiche, vous ne venez pas avec moi, conclut-il d'un ton ferme.

— Si, lui répondit-elle avec une telle conviction qu'il ne put s'empêcher d'être de nouveau surpris par tant de détermination. Sauf si quelqu'un d'autre vous accompagne.

— C'est le cas.

— Qui ? lui répondit-elle en essayant de cacher sa surprise.

Il avait pensé que ce subterfuge pourrait la faire changer d'avis, mais il comprenait maintenant qu'il s'était trompé.

— Vous n'abandonnez jamais, n'est-ce pas ? rétorqua-t-il, stupéfait.

— Non, lui répondit-elle en soutenant son regard.

— Je n'aurais pas cru ça de vous, ajouta-t-il, d'un ton où perçait une pointe d'admiration.

— De vous à moi, je ne le croyais pas non plus, lui confia-t-elle. Cependant, l'essentiel dans tout ça, c'est que je ne peux pas vous laisser vous rendre seul dans cette prison.

— Mais je ne le serai pas, répéta-t-il. Le nombre de gens incarcérés dans cet établissement est un des plus élevés du pays.

— C'est probablement maintenant que je devrais rire car vous essayez de faire une blague, malheureusement tout ça n'a rien de drôle.

La conversation tournait en rond et il était temps pour Sam de se mettre en route. Le trajet jusqu'à la prison était long et ennuyeux et il avait hâte de s'en débarrasser.

— Mettez-vous ça dans la tête, Zoe, je n'ai pas besoin d'aide, conclut-il en articulant chaque mot pour tenter une dernière fois de la convaincre.

Ignorant son ton condescendant, elle lui répondit :

— Je pense que si. De toute façon, si vous ne me laissez pas vous accompagner, je vous suivrai… et je trouverai un moyen de pouvoir entrer.

— Vous comptez entrer par effraction dans une… prison ? rétorqua-t-il, d'un ton moqueur.

— Pas exactement, non. En revanche, je connais des gens là-bas, et je peux demander un accès à la zone réservée aux visites.

— Qui connaissez-vous ?

Il était évident qu'il ne croyait pas un mot de ce qu'elle venait de lui dire, mais elle continua dans cette voie.

— Des gens, lui répondit-elle en faisant un geste vague de la main.

Sam hocha la tête avec un air amusé et laissa échapper un petit rire. Jamais, au grand jamais, il n'aurait pu imaginer qu'elle pouvait être aussi obstinée.

Cette femme semblait être bien plus complexe

qu'il ne l'avait pensé, et si la situation n'avait pas été si grave – et s'il avait été un autre homme – il aurait pu avoir envie d'en découvrir davantage. Toutefois, il ne s'autorisait pas à avoir une vie normale et il avait du travail.

— Vous bluffez, lui dit-il d'une voix volontairement glaciale, dans une dernière tentative d'intimidation.

— Vous ne pouvez pas en être certain, répliqua-t-elle.

Il la dévisagea un instant en silence avant de lui dire :

— Vous savez qu'un tel entêtement pourrait vous attirer un paquet d'ennuis ?

— Ça, ça ne dépend que de vous. Si vous me laissez venir avec vous, vous pourrez me protéger.

Sam soupira. Il avait la forte intuition qu'à moins de ligoter Zoe à une chaise il n'allait pas pouvoir se débarrasser d'elle facilement.

— Écoutez, je n'ai plus le temps d'argumenter, lui dit-il enfin. Si vous voulez m'accompagner, soit, mais si votre présence là-bas me cause le moindre problème, je vous mets dehors, est-ce bien compris ?

— Compris, répondit-elle, d'un ton solennel.

Ne pas sourire fut pour elle une véritable épreuve, mais – par quel miracle, elle ne le savait pas – elle réussit à garder son sérieux.

Ils firent le trajet jusqu'à la prison en silence.

Sam passait en revue ce qu'il voulait dire à son père tout en regrettant cette visite, lui qui avait souhaité ne jamais le revoir. Si Celia n'avait pas été assassinée, si ce nouveau tueur en série n'avait pas suivi le même mode opératoire que Matthew Coltonplus de vingt ans auparavant, alors il aurait pu ne jamais recroiser le regard de celui qui était responsable de tant de malheur.

Mais Sam était un agent des forces de l'ordre avant d'être un fils blessé, il devait donc laisser ses sentiments de côté pour tenter de résoudre cette affaire qui lui était presque littéralement tombée dessus.

Il fut soulagé et quelque peu surpris de constater que Zoe ne semblait pas gênée par son silence, le laissant tout à ses pensées et à sa préparation mentale. Il devait reconnaître qu'il s'était attendu à ce qu'elle bavarde pendant une partie du trajet mais elle resta silencieuse.

Lui jetant un regard de côté alors que se profilaient au loin devant eux les grandes portes grises de la prison, il rompit le silence.

— Vous avez changé d'avis ? lui demanda-t-il pendant qu'ils attendaient qu'on leur ouvre les portes et les autorise à entrer à l'intérieur de l'enceinte.

En voyant les deux gardes, perchés en haut de la tour d'observation, qui les surveillaient, armés de fusils impressionnants, Zoe essaya de chasser le malaise qu'elle sentait grandir en elle.

— Non, répondit-elle d'un ton ferme pour cacher sa nervosité.

— Je pensais que c'était peut-être la raison de votre silence, déclara Sam qui, en étudiant son profil, avait vu qu'elle se mordait la joue.

— J'ai eu l'impression que vous aviez besoin de rassembler vos pensées, lui expliqua-t-elle. Cela fait longtemps que vous ne l'avez pas vu, n'est-ce pas ?

— Vingt ans, j'avais cinq ans quand la police l'a emmené.

Il se souvenait d'avoir pris la main de Josie dans la sienne et de lui avoir dit de ne pas pleurer. Il ne savait pas pour quelle raison il était resté si stoïque. Probablement parce qu'il n'avait plus de larmes en réserve. Il avait épuisé tout son stock après le meurtre de sa mère.

Zoe connaissait l'histoire. Mais, en entendant Sam, l'image de ce petit garçon impuissant qui, après avoir vu son père se faire arrêter sous ses yeux, avait été séparé de ses frères et sœurs, lui parut plus effrayante encore.

Elle sentit l'émotion monter en elle.

Du coin de l'œil, Sam perçut son trouble avant de tendre ses papiers d'identité au garde qui s'était approché de la vitre.

— Vous n'allez pas pleurer, quand même ? lui demanda-t-il d'une voix sèche.

— Non, lui répondit-elle rapidement, en secouant la tête pour tenter de faire disparaître ses larmes.

— Bien, parce que, si c'est le cas, vous allez devoir rester dans la voiture.

— Je ne pleure pas, répéta-t-elle d'une voix déterminée.

— Ce n'est pas une larme qui coule sur votre joue ?

— Si, mais c'est une réaction allergique.

Il se mit à rire. Il se trouvait dans une situation qu'il aurait voulu à tout prix éviter et se préparait à rendre visite à un homme qu'il avait espéré ne jamais revoir. Il n'y avait vraiment rien de comique là-dedans, et pourtant… Zoe l'avait fait rire avec son excuse ridicule.

— Vous avez du cran, ça, je dois le reconnaître, lui dit-il, avec une pointe d'admiration.

Elle lui sourit.

Elle savait que l'accompagner était une bonne idée. Personne ne méritait de traverser seul une telle épreuve, et lui offrir son soutien lui avait semblé tout à fait naturel. D'autant plus qu'aucun de ses frères et sœur ne lui avait proposé de se joindre à lui… Mais peut-être l'avaient-ils fait et Sam leur avait-il dit que ce n'était pas nécessaire pour ne pas paraître faible à leurs yeux.

Elle comprenait qu'il se fichait bien de ce qu'elle pouvait penser de lui car elle ne représentait rien à ses yeux. Elle était d'ailleurs convaincue qu'à la seconde où elle sortirait de son champ de vision elle disparaîtrait de ses pensées.

Cependant, le fait qu'il soit venu s'excuser de la façon dont il s'était comporté quand il avait appris la vérité concernant Celia l'avait surprise.

Même si son attitude avait probablement été motivée par sa conscience professionnelle plus que par ses sentiments.

Quoi qu'il en soit, elle continuait de penser qu'elle avait pris la bonne décision en l'accompagnant aujourd'hui.

Lui qui signifiait tant pour elle.

— Dernière chance pour faire demi-tour, lui dit-il tandis que le garde leur faisait signe d'entrer.

Il la regarda un long moment, attendant sa réponse.

— Cela ne va pas être une partie de plaisir, vous savez.

— Je ne suis pas venue pour me divertir, lui

rappela-t-elle. Je suis ici car personne ne devrait avoir à traverser une telle épreuve seul.

Il haussa les épaules, dépassa le garde et roula lentement jusqu'au parking qui se trouvait dans l'enceinte.

Zoe en profita pour regarder autour d'elle afin de se familiariser avec l'environnement. C'était la première fois qu'elle mettait les pieds dans une prison et elle espérait bien ne plus jamais avoir à y revenir.

Tout était si désolant qu'elle avait du mal à réfléchir.

L'établissement pénitentiaire avait été construit dans un coin perdu du Texas. Si loin de la civilisation que le mot « désolant » était déjà un euphémisme.

Le sentiment de solitude et d'isolement semblait renforcé par les matériaux qui avaient servi à la construction du bâtiment. Personne n'avait jamais réussi à s'évader d'ici. Et même si une évasion avait été possible, où diable auraient bien pu aller les prisonniers ?

Il n'y avait rien aux alentours. Sur des kilomètres et des kilomètres.

Aucun endroit pour se cacher. La terre était aride et déserte. Les véhicules n'avaient qu'une seule route à emprunter et étaient donc visibles sur tout l'horizon. Il n'y avait pas d'arbres, pas le moindre abri derrière lequel se dissimuler.

Et, en été, le soleil rendait l'endroit insupportable.

En comparaison, la prison paraissait presque être un lieu de villégiature. Face à la dureté des éléments naturels, le bâtiment ressemblait à un refuge.

Perdue dans ses pensées, Zoe n'avait pas remarqué que Sam s'était garé. Elle défit sa ceinture de sécurité et sortit de la voiture.

— Cela ne pourra fonctionner que si vous gardez le silence, lui dit-il d'une voix sombre.

Elle hocha la tête.

Il esquissa un léger sourire.

Il n'avait pas idée de combien ce petit rictus le rendait sexy, pensa-t-elle.

— Très bien, dit-il en lui prenant le bras.

Puis il l'entraîna vers le poste de contrôle de l'entrée.

Il est temps d'aller rencontrer le diable, pensa Sam.

9

Matthew Colton était déjà assis dans la salle où les détenus étaient autorisés à recevoir des visiteurs, sous surveillance et pendant un temps limité.

Aujourd'hui n'était pas un jour de visite, mais une exception avait été faite pour l'inspecteur Sam Colton afin de garantir la confidentialité de cette entrevue. Hormis le gardien de prison, le vieil homme était la seule personne présente dans la pièce quand Sam et Zoe y entrèrent.

Tout en s'approchant de lui, Sam tenta de cacher sa surprise. Matthew Colton paraissait bien plus vieux qu'il ne l'était en réalité. Et il semblait également malade, son visage était plus gris que son uniforme de prisonnier.

Son teint autrefois clair était à présent terne, témoignant de la maladie mortelle contre laquelle il luttait, en vain, depuis plusieurs mois maintenant.

D'après ce que savait Sam, le pronostic des médecins n'était pas bon. L'annonce du cancer de son père ne lui avait fait ni chaud ni froid. Il se sentait orphelin depuis vingt ans. L'homme qu'il était venu voir aujourd'hui n'était rien d'autre qu'une coquille vide, les restes d'un être maléfique et dangereux, un être qui avait autrefois considéré la mort comme une partenaire dans la vie qu'il avait choisi de mener.

De ses yeux bleus perçants, cachés sous de lourdes paupières plissées, Matthew le regardait avancer vers lui. À l'exception de leur couleur, ce regard lui rappelait celui du serpent à sonnettes qu'il avait un jour croisé. Cependant, à côté de cet homme, même le dangereux reptile lui paraissait amical et digne de confiance.

— Que se passe-t-il, mon garçon ? lui demanda le vieil homme, de but en blanc, sa voix raclant l'air comme une craie sur un tableau noir. Quelque chose te déplaît dans ce que tu vois ?

Sam prit place en face de son père et sentit Zoe s'installer discrètement à côté de lui.

Le Matthew Colton qui hantait ses cauchemars depuis son enfance était un homme grand et massif. Celui qui se tenait devant lui n'avait plus rien de commun avec ce souvenir.

— C'est drôle, lui répondit-il finalement. Il me semblait que tu étais plus grand.

Les épaules autrefois larges du vieil homme semblaient maintenant s'être affaissées sous le poids de l'âge et du cancer qui le rongeait sans répit.

— Oui, très drôle, d'autant que toi, tu étais plus petit dans mon souvenir… Chacun voit les choses de son point de vue.

Son regard s'arrêta soudain sur la jeune femme qui était assise, droite comme un I, aux côtés de son fils.

— Qu'est-ce que c'est que ça ? Si tu m'as amené une femme en cadeau pour enterrer la hache de guerre, tu as foutu ton fric par la fenêtre. Je n'en ai plus l'utilité aujourd'hui.

Sam sentit la colère se réveiller en lui, crépitant comme des braises ardentes. Il fit un effort pour garder son calme.

— C'est Zoe Robinson, une amie, lui répondit-il finalement, d'une voix laconique. Mais dis-moi, pour quelle raison au juste penses-tu que je pourrais t'apporter un cadeau pour faire la paix ?

Matthew ignora sa question et continua d'étudier Zoe.

— Une amie ? répéta-t-il d'un ton volontairement moqueur et méprisant. Les hommes et les femmes ne peuvent pas être amis. Ils peuvent être amants ou ennemis – quand les femmes découvrent que les hommes vont voir ailleurs –, mais ils ne peuvent pas être amis.

Il s'interrompit pour laisser échapper un petit rire sarcastique puis ajouta :

— On aurait pu penser que mon fils avait quand même un peu plus de jugeote…

Sam se sentit immédiatement blessé par les mots employés par son père.

— Je ne suis pas « ton » fils.

Il lui était extrêmement difficile de maîtriser sa haine, de garder un regard neutre et de modérer le timbre de sa voix.

— Tu as rompu le lien avec nous le jour où tu as tué notre mère.

Le masque superficiel qu'arborait jusqu'à présent Matthew tomba et il afficha soudain une expression redoutable.

— Si c'est ce que tu penses, alors qu'es-tu venu faire ici ?

L'entrevue ne se passait pas bien. Zoe pouvait le voir

au regard de Sam ainsi que dans son langage corporel. Il avait pourtant trouvé la force de venir jusqu'ici. Exploser face à son père et repartir maintenant les ramènerait exactement là où ils se trouvaient, dans cette impasse dont ils ne parvenaient pas à sortir. Matthew Colton était peut-être le seul moyen de découvrir un indice sur ce nouveau tueur en série qui semblait lui vouer un véritable culte.

— Nous sommes ici parce que nous avons besoin de votre aide, déclara-t-elle de but en blanc.

Elle prit soin de ne pas regarder Sam, consciente du fait qu'il devait être furieux car elle venait de faire exactement le contraire de ce qu'il lui avait demandé.

— Oh ! c'est vrai ? s'exclama Matthew, d'un ton railleur. Et pourquoi diable devrais-je vous aider ?

Sam avait le plus grand mal à garder son calme. Bon sang, il haïssait cette situation. Être assis docilement face à son père et avoir besoin de lui… Mais il savait que s'il voulait résoudre cette affaire il n'avait pas d'autre choix.

— Parce qu'il y a un tueur en série en liberté et qu'il tue des jeunes femmes brunes d'une vingtaine d'années, commença-t-il à expliquer.

Il dut s'interrompre car son père fut pris d'une violente quinte de toux. Quand elle fut passée, Matthew sortit un mouchoir sale et froissé de sa poche arrière et s'essuya la bouche puis les larmes qui lui étaient montées aux yeux.

Tentant de retrouver un rythme de respiration normal, il rangea son mouchoir puis releva vers son fils un regard chargé de malveillance.

— Ce cancer ne va probablement me laisser que

six mois à vivre. Ou moins. Pourquoi devrais-je me soucier du sort de ces clochardes de vingt ans ?

— Ce ne sont pas des clochardes, répliqua Sam. Et tu devrais t'en soucier, car le tueur leur dessine une cible rouge sur le front, la même que celle que tu laissais sur le corps de tes propres victimes.

Un éclair de curiosité passa dans le regard de Matthew. De la curiosité et quelque chose d'autre. Sam en était certain.

— Tu veux dire que j'ai… comment on dit… une groupie ? demanda-t-il avant d'éclater d'un rire sec.

— Un admirateur, rectifia Sam.

— Un admirateur…, répéta le vieil homme avant d'être pris d'une nouvelle quinte de toux qui l'empêcha pendant quelques instants de parler. Alors, qu'attends-tu de moi au juste, concernant ce tueur qui, selon toi, s'amuse à m'imiter ?

— Tu reçois beaucoup de courrier ici, commença Sam, en parlant doucement, conscient de la fragilité de la discussion.

— Et alors ? répondit Matthew, sur la défensive. Rien ne me l'interdit, que je sache.

Alors que tout ce qu'il voulait faire était cracher un flot d'injures à son père et ficher le camp d'ici au plus vite pour ne plus jamais revenir, garder son sang-froid était pour Sam incroyablement difficile.

Mais une telle réaction ne lui serait d'aucune aide, il le savait et il ne cessait de penser aux proies de ce nouveau tueur. À ces victimes et à leurs familles qui devaient accepter une souffrance d'une violence sans nom.

— Non, rien ne l'interdit, acquiesça-t-il, toutefois

ce que je voudrais savoir, c'est si, parmi toutes les lettres que tu as reçues ces derniers mois, tu en aurais remarqué une d'un possible *copycat* ?

— Un *copycat* ? répéta Matthew, l'air intrigué.

— C'est ainsi qu'on appelle les tueurs en série obsédés par d'autres tueurs et qui reproduisent le même mode opératoire qu'eux, expliqua Sam à contrecœur. Peut-être que quelqu'un t'a demandé des détails sur les meurtres que tu as commis et que la presse n'avait pas rendus publics ?

— Je sais ce que signifie le mot « copycat », mon garçon, je ne suis pas stupide, répondit Matthew, visiblement vexé.

— Personne n'a dit que tu l'étais.

En observant son père, Sam eut l'impression que celui-ci hésitait. Quelque chose dans son expression renfrognée le lui faisait croire. Si c'était le cas, cela ne pouvait être que pour une raison. Il savait quelque chose et essayait de décider de quelle manière il pouvait rentabiliser au mieux ces informations.

Pour Matthew Colton, Sam le savait, tout ne tournait qu'autour de lui-même. Personne d'autre, jamais, n'avait réussi à le détrôner, ne serait-ce que l'espace d'une seconde.

— Tu sais quelque chose, n'est-ce pas ?

Le vieil homme laissa échapper un petit rire. Avoir le dessus avait toujours été quelque chose de primordial pour lui.

— Je n'ai rien dit de semblable.

— Oh ! tu n'as pas besoin de le faire, je le vois dans ton regard.

— Il n'y a rien dans mon regard à part de la

déception ! rétorqua Matthew, avec fureur. Déception que vous, les jeunes et honnêtes parfaits petits citoyens, ne soyez jamais venus me rendre la moindre visite pendant toutes ces années. Et maintenant, tu viens me demander mon aide ? Eh bien, donne-moi une seule bonne raison pour que je te la donne ?

— Parce que c'est la bonne chose à faire, lui répondit Sam en laissant échapper un peu de sa colère.

— Cela ne m'intéresse pas, répliqua son père. Je me fous bien de ce qui est bon ou pas.

Un éclair sournois éclaira ses yeux larmoyants avant qu'il ajoute.

— Je vais te dire ce qui m'intéresse… Obtenir davantage de temps pour regarder la télévision et un oreiller spécial pour mes cervicales, voilà ce qui m'importe. Ah, et une tarte aux noix de pécan, pour commencer…

— Tu veux une tarte aux noix de pécan ? répéta Sam, incrédule.

— Pour commencer, insista Matthew, arborant un air supérieur.

— Espèce de sale connard prétentieux et méprisant, tu penses que tu es en position d'exiger quoi que ce soit ? s'exclama Sam. Tu penses que tu peux me dicter tes volontés simplement en me faisant miroiter quelques informations ? Eh bien, tu sais quoi ? Je ne te crois pas.

Il s'interrompit un instant avant d'ajouter :

— Je ne pense pas que tu aies la moindre information à nous offrir, car tout ce que tu as su faire de ta pauvre et misérable petite vie, c'est mentir, tricher et tuer.

Sa fureur semblait maintenant sur le point d'atteindre des sommets dangereux.

Il était pourtant loin d'en avoir fini.

Il n'avait pas encore abordé ce qui le contrariait le plus.

— Trevor et moi attendons depuis des années que tu nous dises enfin où tu as enterré le corps de notre mère afin de pouvoir lui offrir un enterrement convenable et peut-être, peut-être, réussir à enfin tourner la page de cet horrible chapitre de nos vies. Mais tu n'en as jamais parlé. Pas un seul mot. Alors explique-moi comment je pourrais aujourd'hui croire que tu as changé et que tu serais disposé à me donner les informations dont j'ai besoin contre un oreiller et une fichue tarte ?

— Aux noix de pécan, précisa le vieil homme, l'air provocateur.

C'en était trop pour Sam. Tout cela ne menait à rien et il refusait de laisser son père le manipuler pour son propre divertissement.

— Allons-y, Zoe, dit-il en se levant de sa chaise.

Il fusilla son père du regard. Ils avaient perdu trop de temps ici.

— Il ne sait rien, conclut-il en soupirant.

Se détournant de Matthew, il commença à se diriger vers la sortie sans la moindre intention de faire demi-tour. Mais, alors que Zoe et lui atteignaient la porte et que Sam s'apprêtait à faire signe au garde de leur ouvrir, son père les rappela.

— Je veux quelque chose de plus important si je vous révèle où j'ai enterré votre mère.

Sam voulait partir. Franchir cette porte sans un

regard en arrière. Toutefois, il savait que ce choix le priverait à jamais de la possibilité de retrouver le corps de sa mère.

S'il décidait de se retourner, ce serait pour elle.

Tandis qu'il se débattait avec sa conscience, il sentit les doigts de Zoe entrelacer les siens. Elle tira doucement sur sa main, le pressant silencieusement de faire demi-tour et d'écouter ce que Matthew avait à dire.

Même s'il résistait, il savait qu'elle avait raison. Alors, ils revinrent se placer face à son père.

— Quoi ? lança-t-il à son père avec un regard noir. Que veux-tu en échange de cette information ?

Matthew ne put répondre immédiatement. Une nouvelle quinte de toux l'assaillit, plus longue que la précédente. Assez longue pour inquiéter Sam.

Avec surprise, il vit Zoe sortir un mouchoir de son petit sac à main et essuyer les gouttes de sueur qui étaient apparues sur le front du vieil homme.

Parvenant enfin à se calmer, son père la remercia d'un signe de tête. Puis il tenta avec une difficulté apparente de retrouver un rythme de respiration régulier afin de pouvoir répondre à la dernière question que lui avait posée son fils.

— C'est une chose avec laquelle je voudrais être enterré, réussit-il enfin à dire.

Sam n'avait aucune idée de ce dont il pouvait bien parler. Il se fichait de savoir ce qu'il adviendrait de son corps lorsqu'il serait décédé.

— Qu'est-ce que c'est ? demanda-t-il, avec impatience, soupçonnant que son père prenait un certain plaisir à dramatiser le moment.

Avait-il une boîte renfermant ses trophées, cachée

quelque part ? Avec des restes ou des objets ayant appartenu à ses victimes ? Était-ce avec cela qu'il voulait être enterré ?

— C'est une vieille montre, lui répondit Matthew, en relevant vers lui ses yeux bleus.

— Quelle vieille montre ? lui demanda Sam, interloqué.

Tout cela n'avait aucun sens, pensa-t-il. Il n'avait que cinq ans quand son père avait été arrêté, mais il ne se souvenait pas qu'il ait été attaché à un tel objet.

Non, Matthew était de nouveau en train de lui raconter des salades… Mais dans quel but ?

— Je l'ai cachée sur un terrain, quelque part au Texas. J'ai besoin que quelqu'un ailler la chercher pour moi. Quelqu'un que je connais et qui ne me la volera pas.

— Alors tout à coup, je suis digne de ta confiance ? rétorqua Sam d'un ton sarcastique. Intéressant…

— Tu es inspecteur de police. Un honnête inspecteur qui plus est, ce qui est presque aussi rare qu'une satanée licorne mais pas aussi joli, répondit Matthew en levant les yeux au ciel. Je ne sais pas comment une telle chose a pu se produire, vu que tu es mon fils. Cependant, c'est bien ce que tu es devenu, alors pourquoi ne pas en profiter ?

Il plissa les yeux et regarda Sam avant de conclure :

— Alors, marché conclu ?

— Je dois d'abord en parler avec les autres, lui répondit Sam qui savait qu'il valait mieux ne pas accepter aussi facilement. Je te recontacterai.

— Oh ! tu me recontacteras ? répéta son père en ricanant. Eh bien, je vais te dire autre chose que tu pourras dire à tes ratés de frères et sœurs … Je veux vous voir, chacun votre tour, tous les derniers vendredis du mois.

— Et s'ils ne veulent pas venir ?

— Oh ! ils viendront. S'ils veulent savoir où leur mère est enterrée, ils viendront, répondit Matthew d'un air suffisant. Et je vais t'expliquer comment ça va fonctionner : disons qu'après chaque visite bienveillante je vous donnerai, à chacun, un indice. Vous les rassemblerez et, puisque vous êtes très intelligents, vous découvrirez le lieu de sa sépulture.

— C'est un jeu ?

— Je n'ai rien d'autre à faire. Et en prime, parce que je me sens d'humeur généreuse, je vais te laisser les lettres dont tu me parles. Les lettres de mes fans…

Sam préféra ne rien dire. Il se dirigea vers la porte et, avant de sortir, lança à son père sans même se retourner :

— Je te rappellerai.

— Ne sois pas trop long, lui répondit Matthew.

Il resta assis à sa table tandis que Sam quittait la pièce. De toute évidence, il ne faisait pas confiance à ses jambes et ne voulait montrer aucun signe de faiblesse physique à son fils. Malgré son âge et son état, il refusait de renoncer à son image. Celle-ci était le cœur même de son monde narcissique.

— Eh, une autre fille pourrait bien vivre ses dernières heures pendant que vous réfléchissez ! s'écria-t-il avant que la porte ne se referme. Tu ne voudrais pas avoir ça sur la conscience, n'est-ce pas, mon garçon ?

Bien qu'il ne lui reste que quelques mois à vivre, il semblait encore trouver du plaisir à narguer les autres, à se servir de l'extrême détresse des gens pour renforcer sa propre situation et se donner de l'importance.

— Comme si tu en avais quelque chose à faire, rétorqua Sam.

Matthew éclata d'un rire bruyant, froid et méprisant.

— Tu as raison, je m'en fiche royalement.

Une nouvelle vague de colère submergea Sam. S'il n'avait tenu qu'à lui, de nouveau, il serait sorti pour toujours de cet endroit. Toutefois, après toutes ces années, sa pauvre mère méritait une véritable stèle.

Et s'il pouvait empêcher une jeune inconnue, qui avait encore la vie devant elle, de la perdre dans des conditions de souffrance innommable, alors il avait besoin des informations de son ordure de père. Ce qui signifiait qu'il allait devoir revenir. Revenir pour jouer au jeu de Matthew Colton.

S'il ne le faisait pas, ses frères et sœurs et lui-même ne sauraient jamais où se trouvaient les restes de leur mère et, plus grave encore, d'innocentes jeunes femmes pourraient être assassinées.

Maudissant son père et le destin qui les avait liés dans cette danse macabre, il sortit de la prison.

10

Par respect, Zoe s'abstint de faire le moindre commentaire tandis qu'ils quittaient la prison.

Tout en se dirigeant vers la voiture, elle sentait que Sam bouillonnait intérieurement. Et elle détestait le voir dans cet état. Comment un homme pouvait-il vivre tant de drames ? se demanda-t-elle en sentant son instinct protecteur se réveiller. Il avait perdu sa mère alors qu'il n'était qu'un jeune garçon, son père avait littéralement brisé sa famille, la femme qu'il croyait enceinte de son enfant et qu'il était sur le point d'épouser lui avait menti pour servir ses propres intérêts et, maintenant, son père le manipulait, lui faisant miroiter des informations cruciales comme une carotte pour obtenir ce qu'il voulait. Dans quel but, personne ne le savait.

Une fois sa ceinture attachée, elle jeta un coup d'œil à cet homme qu'elle aimait en secret depuis toujours.

Puis elle rompit enfin le silence.

— Sam, ne le laissez pas vous atteindre.

Il la regarda en écarquillant les yeux puis mit le moteur en marche.

— Je ne me souviens pas de vous avoir demandé votre avis, lui répondit-il vivement.

Il était exaspéré à l'idée d'être obligé d'accepter de participer au jeu pervers de son père. Il détestait ne pas avoir le choix.

— En effet, dit-elle doucement et elle se rapprocha du pare-brise pour regarder devant elle.

Embarrassé par sa réaction agressive alors qu'elle tentait seulement de lui apporter son soutien, même s'il ne lui avait rien demandé, Sam sentit une pointe de culpabilité naître en lui.

— Désolé, marmonna-t-il. Mais qu'est-ce qui vous fait croire qu'il m'a atteint ?

Selon lui, il avait fait de son mieux pour paraître indifférent aux provocations de son père, et quand cela avait été trop difficile, il s'était contenté de prendre un peu de recul, de le laisser parler sans lui répondre. Pourquoi Zoe pensait-elle que celui-ci avait pu l'atteindre ? Du moins de manière visible ?

— Eh bien, tout d'abord, je ne sens plus mes doigts, lui dit-elle en lui montrant sa main qu'il tenait toujours serrée dans la sienne.

Il fut surpris de constater qu'il l'avait reprise une fois dans la voiture et se rendit soudain compte de la force avec laquelle il la broyait. Pas étonnant, reconnut-il, que Zoe ait pensé que quelque chose n'allait pas.

Il relâcha sa prise et vit que ses doigts avaient presque perdu leur couleur.

— C'est moi qui ai fait ça ? demanda-t-il, inquiet.

— Eh bien, espérons que le sang va recommencer à circuler normalement.

Il soupira. Il avait laissé son père le contrarier bien plus qu'il ne l'aurait voulu.

— Excusez-moi.

Zoe hocha la tête avant de lui dire d'une voix pleine de compassion :

— Ne vous en faites pas, je comprends.

À ces mots, il sentit la colère se réveiller en lui. Zoe avait beau être sympathique, elle ne pouvait en aucun cas comprendre ce qu'il avait vécu et ce qu'il traversait encore maintenant.

— Non, je ne pense pas que vous le puissiez, répliqua-t-il à voix basse en tentant de maîtriser son agressivité. Vous avez vécu une enfance normale, vous n'avez jamais eu l'impression d'être un monstre, un paria, car votre père a tué votre mère.

Il s'interrompit un instant en pensant à Josie puis reprit :

— Vous n'avez pas entendu votre petite sœur hurler de terreur alors qu'elle vous était arrachée, quittant la seule famille qu'elle n'avait jamais connue pour aller on ne savait où, comme chacun d'entre nous d'ailleurs.

Sam avait raison, pensa Zoe. Elle n'avait jamais traversé de telles épreuves. Mais cela ne changeait pas le profond sentiment de compassion qu'elle ressentait à son égard.

Cependant, elle n'avait pas la moindre envie de se disputer avec lui à ce sujet. Son but était de l'aider à s'apaiser, certainement pas de l'énerver davantage après ce qu'il venait d'endurer.

— Même si je n'ai rien vécu de semblable, en effet, je voulais seulement vous dire que je comprends les raisons de votre colère et de votre souffrance, expliqua-t-elle patiemment.

Devant tant de calme et d'empathie, Sam se sentit de nouveau embarrassé. Enfin, pensa-t-il, Zoe commençait à le connaître maintenant. Pourquoi s'obstinait-elle à aborder ces sujets ? Cherchait-elle à ce qu'ils tombent d'accord ? Pourquoi ne passait-elle pas à autre chose ?

— Pour quelle raison êtes-vous encore là ? lui demanda-t-il soudain. Je ne cesse de vous agresser verbalement, et pourtant, vous restez. Pourquoi ?

— Parce que vous avez besoin de quelqu'un, lui répondit-elle simplement. Vous êtes en colère, et dans votre état vous ne risquez pas de vous faire beaucoup d'amis. Donc j'ai pensé que je pourrais jouer ce rôle pour le moment.

— Je n'ai pas besoin d'amis, lui dit-il, surpris qu'il existe encore des gens de son genre.

Après avoir quitté la prison et roulé sur quelques kilomètres, il lui jeta un rapide coup d'œil.

— Vous devriez vous présenter aux élections, vous savez…

Il trouva quelque chose d'émouvant et presque de séduisant dans le léger sourire qu'il vit se dessiner sur ses lèvres.

— Désolée, lui dit-elle en haussant les épaules, je n'ai jamais été très maligne.

Il ne put expliquer les raisons de ce geste mais, brusquement, il se gara sur le bas-côté de la route et mit le frein à main sans couper le moteur.

Puis, alors que Zoe le regardait avec surprise, il prit son visage entre ses mains et, sans lui donner la moindre explication, posa ses lèvres sur les siennes et l'embrassa.

Avec fougue.

Peut-être avait-il un puissant besoin de contact

humain après avoir emprisonné ses émotions derrière tous ces barbelés pendant tant d'années ?

Peut-être était-ce parce que, dans ce monde d'égoïstes et de vaniteux, elle était la seule personne authentique qu'il ait croisée depuis des années et que cette rareté la rendait infiniment précieuse ?

Ou peut-être était-ce la seule façon qu'il avait trouvée pour l'effrayer en vue de la faire fuir ?

Quoi qu'il en soit, quelle que soit la raison de son geste, la réaction de Zoe ne fut pas celle à laquelle il s'attendait.

L'incroyable douceur de ses lèvres l'attira encore davantage, lui faisant oublier sa colère, le laissant expérimenter un sentiment de pureté encore jamais ressenti.

Il l'avait embrassée avec brusquerie pour la secouer, la troubler, mais finalement c'était lui qui était bouleversé.

Mettant fin à leur baiser avec autant de maladresse qu'il l'avait commencé, il recula, abasourdi, et la regarda.

Que diable avait-il fait ? se demanda-t-il. Venait-il de compliquer les choses et de s'exposer à une foule de problèmes qu'il ne souhaitait pas et ne voulait pas avoir à gérer ?

Avait-il perdu la tête ? répéta sa petite voix intérieure.

Peut-être était-ce elle la responsable de tout cela. Oubliant un instant son flot de pensées, il s'était laissé aller à une réaction instinctive.

— Je vais vous ramener chez vous, grommela-t-il finalement en reprenant le volant.

Zoe savait que Sam n'était pas bavard et que cela ne servait à rien de tenter de discuter de ce qui venait de se passer. Malgré cela, elle ne méritait pas d'être jetée après usage comme un vulgaire chewing-gum.

— Sam, commença-t-elle.

— Pas un mot, la coupa-t-il d'une voix basse où pointait la colère qu'il tentait toujours de maîtriser. Je ne veux rien entendre, sinon je ne pourrais pas être tenu responsable de ce qui se passera par la suite.

— Jamais vous ne me ferez le moindre mal, lui répondit-elle d'un ton aussi doux que la pluie du printemps.

— N'en soyez pas si certaine, rétorqua-t-il.

— Je le suis.

Il n'y avait pas la moindre trace d'hésitation dans sa voix. Cette femme ne ressemblait à personne et cela le rendait fou. Il serra si fort ses mains sur le volant qu'il craignit soudain de perdre le contrôle du véhicule. À cet instant, cet instant précis, il n'avait plus qu'une envie, se perdre dans les bras de Zoe qui ressemblait à tout ce qui était doux et qui avait disparu de sa vie.

Mais il savait que ce serait une erreur – pour lui et surtout pour elle.

Alors il continua de rouler, regardant droit devant lui en s'efforçant de ne penser à rien d'autre qu'à cette fichue enquête. Et à ce qu'il allait dire à ses frères et sœur pour les persuader d'accepter de jouer au jeu malsain de Matthew.

Comme si elle lisait dans ses pensées malgré le lourd silence qui s'était installé entre eux, Zoe déclara :

— Je peux vous aider à les convaincre.

Pris au dépourvu, il lui jeta un rapide coup d'œil.

— De qui parlez-vous ? lui demanda-t-il d'un ton

presque belliqueux, espérant lui faire passer l'envie de se mêler de ses affaires.

Cependant, il commençait à comprendre qu'elle n'était pas le genre de personne à changer de cap facilement.

— Annabel et vos frères, je peux vous aider à les convaincre de suivre les prétendues « règles du jeu » de votre père.

— Et comment diable pourriez-vous y arriver mieux que moi ?

— Vous êtes un membre de leur famille, lui fit-elle remarquer sans fanfaronner. C'est moins facile de dire non à quelqu'un d'extérieur. Et puis, comme vos frères et sœur font tous partie des forces de l'ordre, ils ont un sens aigu des responsabilités. Je peux aussi leur dire que c'est l'assassin de ma sœur qui est recherché et qu'il n'y a qu'un seul moyen d'obtenir des réponses, c'est de participer au jeu de Matthew.

Sam ne put s'empêcher d'être impressionné par ses arguments. Encore une facette de sa personnalité qu'il n'avait pas soupçonnée.

— C'est le genre de chose que vous apprenez en devenant bibliothécaire ? lui demanda-t-il en pensant à tous les livres qui l'entouraient au quotidien.

— Non, c'est le genre de chose que j'apprends en étant juste un être humain, le corrigea-t-elle.

Déterminé, quelques secondes plus tôt, à la faire changer d'avis et à la convaincre de renoncer à intervenir dans ses affaires familiales, Sam commença à revoir ses positions.

Pour être tout à fait honnête, ce qu'avançait Zoe avait du sens. Et puis, il n'avait pas de réelles raisons de refuser son aide. Il savait comment chacun réagissait dès qu'il s'agissait de leur père – pas tellement mieux que s'ils devaient affronter la peste.

Au feu rouge, Sam se tourna vers cette femme qu'il connaissait finalement si peu et lui lança un regard sévère.

— Vous savez, je vous voyais comme une personne sans grande personnalité, facilement influencée par les actes et les opinions des autres. On dirait que je me suis trompé.

— Peut-être bien, oui, acquiesça-t-elle, avec un sourire légèrement triomphant.

— En attendant que je réussisse à réunir tout le monde de nouveau, je vais vous déposer chez vous.

Elle hocha la tête en silence. Au fond d'elle-même, elle avait envie de rester avec lui. Elle voulait l'aider de toutes les manières possibles dans cette enquête, mais elle savait qu'elle ne pouvait pas protester contre tout ce qu'il lui disait.

Elle savait choisir ses batailles et celle-ci ne valait pas la peine d'être menée. En tout cas, pas pour l'instant.

À sa grande surprise, Sam réussit à rassembler ses frères et sœur en quelques heures seulement.

Ensuite, et bien qu'il continue d'avoir des doutes quant à cette idée, il respecta sa promesse et alla chercher Zoe. Ils convinrent que s'il n'avait pas besoin de son aide elle resterait silencieuse. Elle était, en quelque sorte, son plan B.

Avant de leur exposer le jeu malsain que leur père leur proposait, Sam recommanda à ses frères et sœur de s'asseoir. Puis, une fois que tout le monde fut installé, il leur raconta ce qu'il s'était passé en détail, ne leur cachant pas que l'entrevue ne s'était pas aussi bien déroulée qu'il l'avait espéré.

Rapidement, la colère et la souffrance envahirent la pièce. Ethan fut le premier à mettre des mots sur ses sentiments.

— Ça ne me plaît pas du tout, protesta-t-il avec véhémence. Cela donne à ce vieil enfoiré l'impression que c'est lui qui a les cartes en main.

L'amertume déformait son visage tandis qu'il repensait au passé et que lui revenaient en mémoire les images de sa mère gisant, inerte, au sol.

— Pendant toutes ces années, reprit-il, nous lui avons demandé où se trouvait le corps de maman et il nous a ignorés, agissant comme si nous ne représentions rien pour lui. Et à présent, maintenant qu'il est condamné par la maladie, il veut jouer ? Il pense qu'il peut nous donner des ordres et que nous allons lui obéir ?

Ethan secoua la tête comme pour ponctuer son propos.

— Non, conclut-il, ne comptez pas sur moi. Je ne marcherai pas dans cette combine. Je ne vais certainement pas nourrir l'ego de ce monstre. Dis-lui qu'il peut chercher quelqu'un d'autre à torturer.

Parcourant la pièce du regard, Zoe vit la même expression sur tous les visages. Quand elle croisa le regard de Sam, celui-ci lui fit signe de ne pas intervenir.

Pourtant les choses ne se présentaient pas bien, et elle ne comptait pas rester là, les bras croisés à ne rien faire. Pas alors qu'il y avait tant d'enjeux.

— Peut-être que ce n'est pas son ego que vous

iriez nourrir, dit-elle finalement, et sa voix tranquille détonna dans l'atmosphère tendue et agressive qui régnait dans la pièce.

Sam tourna la tête vers elle et la fusilla du regard.

— Pas maintenant, Zoe, l'avertit-il, persuadé qu'elle ne ferait que mettre de l'huile sur le feu.

— Peut-être que c'est son besoin de se reconnecter avant de mourir qui a poussé Matthew à proposer cet arrangement, poursuivit-elle sans se laisser impressionner.

— De quoi parlez-vous ? lui demanda Ethan alors que tous les autres la dévisageaient, attendant qu'elle aille au bout de son propos.

Sam sentit son instinct protecteur se réveiller, mais il garda le silence, curieux de découvrir ce qu'allait répondre Zoe.

De son côté, même si elle savait qu'elle évoluait sur un terrain glissant, Zoe était déterminée à leur exposer sa pensée. Il lui semblait important de montrer à Sam et ses frères et sœur qu'on pouvait changer de point de vue sur la situation. Son recul lui permettait de voir les choses sous un autre angle et elle comptait bien le leur montrer. Et puis, elle n'avait jamais été blessée par le vieux Colton, comme chacun d'entre eux l'avait été.

— Matthew est en train de mourir et il sait qu'il ne lui reste que quelques mois à vivre. Il sait aussi que les membres de sa famille ne veulent plus rien avoir à faire avec lui. Mais, alors qu'il vit ses derniers jours, il se rend probablement soudain compte qu'il ressemble bien plus aux autres que ce qu'il veut bien admettre. Car ce qu'il désire, c'est voir sa famille et savoir que quelqu'un pleurera sa disparition.

Elle marqua une courte pause puis ajouta :

— Vous le connaissez, il n'est pas du genre à vous supplier de venir le voir – cependant, en vous promettant les pièces d'un puzzle que vous cherchez tous à reconstituer, il peut vous obliger à le faire. C'est tout ce qu'il a en main.

— Non, ce qu'il aime, c'est avoir le contrôle et nous manipuler, rétorqua Ridge d'un ton chargé d'amertume.

— Peut-être qu'il veut aussi réellement vous voir, lui fit remarquer Zoe. Si ce n'était pas le cas, il aurait eu d'autres exigences en échange de ces informations, vous ne croyez pas ? Pensez-y un instant, implora Zoe en les regardant tour à tour.

Le silence s'abattit sur l'assemblée pendant quelques instants. Quelques instants qui parurent une éternité à Zoe.

Puis Annabel le rompit :

— Je crois qu'elle a raison.

— Oui, acquiesça Sam en jetant un coup d'œil à Zoe. Je suis d'accord, je vais le faire.

Après cela, la discussion se déroula sans accroc, chacun proposant la date de sa visite, tous espérant obtenir la résolution de cette énigme et découvrir enfin l'endroit où avait été enterrée leur mère.

Car c'était cet objectif commun qu'ils avaient tous en tête et qui l'emportait sur tout le reste.

11

Sam ayant fini par comprendre qu'il était inutile d'essayer d'empêcher Zoe de faire ce qu'elle avait décidé d'entreprendre, ils roulaient tous deux de nouveau vers la prison.

Comme la fois précédente, Matthew Colton les attendait, assis sagement dans la salle des visites. En avançant vers lui, Sam se demanda pourquoi il était déjà là. Peut-être était-ce une envie de son père de tout orchestrer… Malgré les ravages de son cancer, peut-être ne voulait-il pas montrer à sa progéniture sa faiblesse physique. Pour préserver son image, puisqu'il était incapable de ressentir le moindre sentiment parental.

Ce monstre, capable de tuer de sang-froid, ne s'était jamais préoccupé de lui et de ses frères et sœurs.

Car, malgré ce que soutenait Zoe, Sam savait que Matthew était incapable de ressentir des sentiments à l'égard de quiconque à part lui-même.

C'était donc pour cette raison qu'il lui était si important de garder une image de force et de puissance, quoi qu'il lui arrive. Ce qui finalement était peut-être encore plus nuisible que la maladie mortelle qui était en train de le ronger.

— Eh bien, regardez qui voilà, leur lança son père

en plissant ses yeux bleus, ne seraient-ce pas Roméo et Juliette ?

Dans son visage émacié, son regard méprisant et son sourire moqueur lui donnaient un air particulièrement maléfique. Pendant une fraction de seconde, Sam envisagea de prendre le bras de Zoe et de faire demi-tour.

— Ça va devenir une habitude, on dirait ! ajouta le vieil homme en ricanant.

Mais son rire fut vite interrompu par une violente quinte de toux. Quand il put enfin reprendre son souffle, il désigna du regard les deux chaises vides qui se trouvaient en face de lui.

— Eh bien, qu'attendez-vous ? Asseyez-vous, parlez. Vous êtes venus pour ça, n'est-ce pas ?

— Tu vas pouvoir obtenir ce que tu veux, lui répondit Sam, à contrecœur.

Pour une fois, Matthew ne fit pas de détours et entra directement dans le vif du sujet.

— Ils vont tous venir ? demanda-t-il à son fils en le regardant fixement.

— Oui, tous, lui répondit Sam. Chacun leur tour, tous les derniers vendredis du mois, comme tu l'as demandé. Maintenant que tu as obtenu ce que tu voulais, à ton tour d'honorer ta part du contrat et de faire le nécessaire pour rester en vie.

Le vieil homme fut secoué d'une nouvelle quinte de toux et, quand celle-ci cessa enfin, il avait des larmes au coin des yeux. Des larmes qui n'avaient rien à voir avec une quelconque émotion mais étaient seulement les preuves du combat qu'il menait pour tenter de garder le contrôle sur son corps. Pendant quelques instants, le seul bruit qui résonna dans la grande pièce presque vide fut son souffle court et haletant.

— Je vais faire ce que je peux, dit-il enfin.

Puis, après une pause théâtrale, il donna un coup de la main sur la boîte rectangulaire blanche qui était posée devant lui sur la table.

— Je suis un homme de parole, dit-il.

Sam se retint de faire le moindre commentaire sur sa prétendue « parole » et le sens de l'honneur qu'elle impliquait et tendit la main vers la boîte.

Mais Matthew laissait sa main posée dessus, comme s'il était réticent à l'idée de laisser son fils l'ouvrir et découvrir son contenu.

Sam présumait que celle-ci contenait les lettres qu'il avait demandées à son père. Celles qui devaient flatter son ego, maintenir son esprit maléfique en éveil.

Il savait que Matthew avait gardé la réputation d'être une homme sanguinaire. Et à présent c'était même la seule chose qui devait lui rester, ce qui le rendait, lui, son père tueur en série, encore plus pathétique à ses yeux.

Et toi, que possèdes-tu ? pensa-t-il. *Ta vie est*-elle remplie ? À ta mort, qui te pleurera ?

Tout cela était stupide. Ce n'était ni le lieu, ni le moment de s'apitoyer sur son propre sort, et encore moins de faire le bilan de sa vie, se raisonna Sam. Il ne devait pas laisser Matthew l'atteindre personnellement.

Enfin, le vieil homme ôta lentement sa main, donnant ainsi la permission à son fils de prendre possession de la boîte et de regarder les lettres qui se trouvaient à l'intérieur.

— Tout est là, lui dit-il d'une voix rauque. Voilà tout le courrier que j'ai reçu ces six derniers mois.

À ces mots, il releva le menton et ajouta :

— Je n'ai rien retiré, il y a tout. Le bon, le mal, le monstrueux.

Il ponctua cette dernière remarque d'un grand rire avant de se remettre à tousser. Manifestement, ces deux réactions allaient de pair.

— Il y en a plus d'une centaine, prévint-il. Et quand tu auras fini de les lire, je veux les récupérer, c'est compris ? Je ne te les prête qu'à toi, à personne d'autre, je ne veux pas qu'on fouine dans ma vie.

— Il est un peu tard pour ça, tu ne crois pas ? lui demanda Sam sur un ton sarcastique.

En voyant le sourire maléfique que lui adressa le vieil homme en réponse, Zoe sentit un frisson glacé la parcourir.

— Tu ne sais pas tout, mon garçon, reprit Matthew. Personne ne le sait.

— Qu'est-ce que tu veux dire ? l'interrogea Sam, dont le visage s'était assombri.

À cet instant précis, son père sembla reprendre vie et il écarquilla grand ses yeux qui devinrent d'un bleu étincelant.

— Ce que j'ai dit.

Puis ses paupières retombèrent lourdement comme si cet effort était trop difficile pour lui.

— Et n'espère pas pouvoir m'en voler, je sais exactement ce qui se trouve à l'intérieur.

Sam sentit la colère commencer à l'envahir et se releva. Zoe l'imita.

— Bien, dit-il à son père. Je reviendrai vers toi,

conclut-il avant de glisser la boîte sous son bras puis de lui tourner le dos pour se diriger vers la porte.

Elle était lourde, cette fichue boîte, pensa-t-il. Vraiment lourde. Un instant, il fut tenté de l'ouvrir pour vérifier qu'elle ne contenait bien que du papier, mais il avait la désagréable impression que c'était exactement ce qu'espérait Matthew. Il ne pouvait en être certain, bien sûr, toutefois il ne voulait pas prendre le risque. Il avait suffisamment flatté son ego aujourd'hui.

— Oui, j'attends de tes nouvelles !

Sur ces mots d'adieu, Sam et Zoe sortirent, et le garde referma la porte de la salle derrière eux.

Sam résista à son envie de laisser échapper un profond soupir. Gardant le contrôle de lui-même, il tourna la tête vers cette femme qui l'avait accompagné en gardant le silence. Il se demanda si c'était sa présence qui avait un effet calmant sur lui ou si tout cela n'était qu'une coïncidence.

— Ça va ? demanda-t-il.

— Oui, ne vous inquiétez pas, lui répondit-elle avant de lui montrer la boîte du regard. Vous la ramenez chez vous ?

— Cette saleté ? Oh non ! Je ne veux pas de ça chez moi, c'est déjà suffisamment difficile de vivre avec toutes les horreurs que j'ai dans la tête, je vais l'emmener au commissariat.

— Mais vous avez dit à votre père que vous ne montreriez ces lettres à personne ?

Sam s'immobilisa devant sa voiture, ouvrit la portière et déposa la boîte sur le siège arrière.

— C'est ce qu'il m'a demandé, mais ce n'est pas

ce que j'ai dit. Souvenez-vous : je n'ai accepté aucune de ses conditions.

Il s'installa derrière le volant tandis que Zoe prenait place sur le siège passager et ajouta :

— Je préfère le laisser croire ce qu'il veut.

— Et s'il avait insisté, vous lui auriez menti ?

Il se tourna vers elle et la regarda avec curiosité.

— Vous pensez que les chiens ne font pas des chats, c'est ça ?

Zoe attacha sa ceinture de sécurité avant de lui répondre, les yeux dans les yeux :

— Non, cela ne m'a même pas traversé l'esprit. Je voulais juste savoir si vous aviez trop de principes pour pouvoir mentir.

— C'est comme ça que vous appelez ça ? lui demanda-t-il en éclatant de rire. Avoir trop de principes ?

Elle haussa les épaules, ne sachant pas s'il se moquait d'elle ou s'il cherchait réellement une réponse.

— C'est un terme comme un autre.

— Et que penseriez-vous d'une telle chose ? De mentir pour obtenir la vérité plus rapidement ?

En toute honnêteté, il s'attendait à ce qu'elle s'indigne à cette idée. Il s'attendait à ce qu'elle suive une ligne de conduite inflexible et droite et qu'elle s'y tienne, car c'était ainsi qu'il la percevait.

— Je ferais tout ce qui est possible pour empêcher que quelqu'un soit tué, lui répondit-elle simplement avant de changer de sujet brusquement. Pour lire toutes ces lettres, deux personnes seraient bien plus efficaces qu'une seule.

— Deux, répéta-t-il en fronçant les sourcils. Vous voulez dire, vous et moi ?

Elle acquiesça lentement, comme soulagée d'avoir réussi à lui dire ce qu'elle avait en tête. Car, si elle faisait tout pour paraître sûre d'elle, elle restait intérieurement très nerveuse.

— Pour commencer, au moins, lui dit-elle, la bouche sèche.

— Vous faites du bénévolat ? lui répondit-il en démarrant enfin.

— Oui, reconnut-elle en haussant les épaules.

Avait-elle seulement la moindre idée de là où elle allait mettre les pieds ? pensa-t-il.

— Du bénévolat pour lire des lettres quasiment toutes écrites par des psychopathes ?

Zoe voulait se concentrer sur les aspects positifs de ce qu'ils s'apprêtaient à faire, pas sur le contenu de leur mission. En se contrôlant mentalement, elle pourrait y arriver, elle en était certaine.

— Si cela permet d'épargner des vies, lui dit-elle, alors oui. Qu'est-ce qu'un mal d'estomac face à la vie d'un innocent ?

Sam éclata de rire, surpris par l'humour noir de la situation. Et peut-être se réjouissait-il aussi un peu que Zoe soit si forte alors qu'elle semblait si fragile.

— Vous êtes vraiment quelqu'un de surprenant, lui répondit-il.

Elle n'était pas certaine de la signification de cette remarque mais, par peur de briser la magie du moment, elle ne lui demanda pas d'explications. Et puis, même si ce n'était pas volontaire de sa part, elle se sentait soudain spéciale à ses yeux.

— Je suis juste une citoyenne responsable qui ne veut plus voir le sang couler.

— Vous pourriez regretter votre choix, l'avertit Sam.

Elle releva le menton tout en s'appuyant contre le dossier de son fauteuil, comme un soldat qui se prépare à combattre un ennemi inconnu et lui répondit :

— J'en doute fort.

Il esquissa un sourire.

Nous verrons cela, Zoe. Nous verrons cela.

Même s'il aurait préféré se passer de l'aide de Zoe, Sam devait reconnaître que celle-ci lui serait fort utile. Ils étaient déjà en sous-effectif au commissariat et deux agents avaient en prime attrapé la grippe et étaient restés chez eux.

Passant devant le bureau où les policiers et les inspecteurs de Granite Gulch faisaient leur paperasse, Sam guida Zoe jusqu'à son bureau. Jim Murray, le chef de la police, et lui étaient les seuls à avoir des espaces privés.

Une fois dans la pièce, il posa la lourde boîte à côté de son ordinateur puis désigna du doigt la longue table qui se trouvait juste en face de son poste.

— Vous pouvez vous asseoir ici. Je vous aurais bien proposé de vous installer au poste de Riley qui est malade, lui dit-il, mais il n'a pas été nettoyé et je ne veux pas que vous attrapiez ce fichu virus.

Elle vit à son expression qu'il ne plaisantait qu'à moitié. Il attrapa une des chaises entreposées dans un coin et la lui tendit.

— Ça ira ? lui demanda-t-il.

Elle n'avait qu'à lever les yeux pour le voir, elle ne pouvait rêver meilleure vue, pensa-t-elle.

— C'est parfait.

— Je n'irais pas jusque-là ..., murmura-t-il en ouvrant la boîte de son père.

Il sortit les lettres et les déposa sur le bureau. Elles avaient été écrites sur différentes sortes de papiers. Certaines feuilles, jaunies et parfumées, semblaient avoir été arrachées à de vieux calepins, d'autres sorties d'imprimantes à la pointe de la technologie, sans oublier les manuscrites et celles dont les lettres avaient été découpées une par une dans des journaux avant d'être collées.

À première vue, cette mission paraissait impossible à remplir. Mais, comme pour toute tâche, l'efficacité et un peu d'organisation permettraient d'en venir à bout.

Zoe lança un regard volontaire à Sam.

— Je peux les trier en différentes piles, proposa-t-elle.

— C'est-à-dire ? Vous voulez dire par tailles ?

Elle secoua la tête et, en voyant ses mèches blondes suivre le mouvement, Sam eut soudain envie de les lui glisser derrière les oreilles.

— Non, par genre, lui expliqua-t-elle. Les lettres d'amour, les lettres d'admirateurs qui désirent suivre le même chemin que votre père, les lettres qui lui promettent l'enfer et la damnation pour tous ses actes odieux... Vous voyez ce que je veux dire ?

— Oui, mais pour le faire, vous allez devoir les parcourir au moins une fois, lui fit-il remarquer, alors pourquoi ne pas prendre le temps de les lire en entier ? Rangeons-les par genre, une fois que nous les aurons lues. Avec un peu de chance, nous trouverons ce que nous cherchons dans la pile des admirateurs.

— D'accord, approuva Zoe, impatiente de commencer.

Cependant, alors qu'elle s'apprêtait à déplier la première lettre, il l'interrompit en posant sa main sur son poignet.

— Vous êtes bien certaine d'être à la hauteur ? lui redemanda-t-il, ne pouvant s'empêcher d'être inquiet.

— Je suis bibliothécaire, lui rappela-t-elle avec une pointe de fierté dans la voix. La lecture est pour moi une deuxième nature.

— Vous savez ce que je veux dire, insista-t-il en fronçant les sourcils.

— Oui je sais, et je vous remercie de vous soucier de moi, mais ça va aller, le rassura-t-elle. Vous seriez surpris de savoir tout ce que j'ai pu traverser.

— Peut-être pourrez-vous me le raconter un jour ? lui répondit-il d'un air absent, tout en commençant à survoler une des lettres.

— Peut-être, oui, répéta-t-elle avec un faible soupir.

Et sur ces mots elle se plongea dans le premier courrier.

Quelques heures plus tard, elle se fit la réflexion que la lecture de ces lettres était semblable à une étude approfondie d'une partie de la société dont on ne voulait pas entendre parler, à un voyage dans les esprits détraqués des inadaptés sociaux et des plus dépravés. Elle avait lu des lettres écrites par des femmes manifestement dérangées qui décrivaient avec précision les fantasmes qu'elles entretenaient à propos de Matthew et qu'elles aimeraient voir se concrétiser. Certaines idées étaient tout à fait suggestives, d'autres étaient épouvantables. Toutes terminaient leur courrier en déclarant un amour sans partage à Matthew et évoquaient l'espoir de les voir s'unir par les liens du mariage.

La lecture de chacune de ces missives lui avait laissé un goût amer.

Sam, de son côté, partageait avec elle son point de vue sur ses lectures.

— Mais quel genre de femme veut épouser un tueur en série ? demanda-t-il à voix haute, en se retenant de rouler la lettre en boule et de l'envoyer dans la corbeille à papier.

— Des femmes seules, lui répondit Zoe doucement.

Surpris de la voir prendre la défense de l'admiratrice, Sam leva les yeux vers elle.

— Et cela ne vous révolte pas ?

— Si, bien sûr, lui répondit-elle, mais cela me rend triste également.

— Triste ? répéta-t-il, incrédule. Pourquoi ?

— Parce qu'il faut que leur solitude soit insupportable pour vouloir être avec un homme qui a tué tant de gens. C'est comme si ces femmes pensaient qu'elles ne méritaient pas mieux.

Elle s'interrompit et laissa échapper un soupir.

— Comment doivent-elles se sentir, à l'intérieur ? conclut-elle.

— Vous avez de la compassion pour elles ?

Il ne parvenait pas à comprendre comment une femme aussi équilibrée qu'elle pouvait avoir la moindre empathie pour les autrices de ces courriers.

— Imaginez combien cela doit être horrible d'en arriver au stade où tout le monde se moque de savoir ce qu'on ressent, et où le mieux qu'on puisse encore espérer c'est d'essayer de convaincre un tueur en série, totalement fou et condamné à la perpétuité, de bien vouloir vous épouser.

— Si ça ne tenait qu'à moi, lui répondit Sam en étouffant un petit rire sarcastique, elles seraient toutes derrière les barreaux, elles aussi.

— Cela serait probablement plus sûr, en effet, acquiesça-t-elle. Mais peut-être que si quelqu'un avait un jour pris la peine de les écouter…

Sam l'interrompit en se penchant sur son bureau pour prendre les lettres qui se trouvaient encore devant elle.

— Peut-être que vous devriez arrêter.

— Vous m'avez posé une question, protesta-t-elle en lui reprenant les feuilles des mains. Je viens de vous répondre. Cependant, on dirait qu'à partir de maintenant je ferais mieux de garder mes opinions pour moi-même.

Sur ces mots, elle replongea dans sa lecture.

Sam hocha la tête, se rassit dans son siège et l'imita.

Au fond de lui-même, il devait reconnaître que malgré tout ce qu'il se passait Zoe continuait de l'intriguer.

12

Sam se laissa aller en arrière contre le dossier de sa chaise. Tournant lentement la tête de chaque côté pour soulager sa nuque raide et endolorie, il essaya de se rappeler s'il avait déjà passé autant de temps assis derrière son bureau à étudier des documents. Si son corps était tendu, son état d'esprit était bien pire encore.

Prenant soudain conscience qu'il ne pourrait plus lire une seule nouvelle ligne aujourd'hui, il recula pour mettre un peu d'espace entre lui et les piles de courrier.

— Je ne sais pas pour vous, dit-il à Zoe, mais je crois que je vais rentrer chez moi et prendre une bonne douche chaude pour me changer les idées. La lecture de toutes ces lettres a anéanti les derniers espoirs que j'avais concernant l'humanité.

Ne recevant aucune réponse, il leva les yeux.

— Zoe ?

Des larmes coulaient sur son visage. Elle pleurait.

Sam étouffa un juron, se retenant de dire à voix haute tous les mots qui lui venaient à l'esprit.

— Je le savais, laissa-t-il échapper. Je savais que je n'aurais pas dû vous laisser lire tout ça.

Se levant, il contourna son bureau pour venir à ses

côtés. Mais quand il essaya de lui prendre le courrier des mains elle l'en empêcha.

— Donnez-moi ça.

Même s'il essayait de garder son calme, c'était un ordre. Quand elle leva vers lui ses yeux remplis de larmes, il sentit son estomac se serrer. Fort. Il avait oublié depuis longtemps qu'il avait un instinct protecteur. Cependant, quelque chose chez Zoe, quelque chose dans son regard profondément triste était venu réveiller en lui ce sentiment endormi.

— Zoe ?

Elle prit une profonde inspiration puis commença à s'excuser.

— Je suis désolée, lui dit-elle d'une voix tremblante. Je ne voulais pas pleurer, mais c'est seulement que…

— Quoi ? lui demanda-t-il en essayant de ne pas perdre patience.

Essuyant les larmes sur ses joues d'un revers de main, elle tenta de faire passer le sanglot bloqué dans sa gorge.

— Il y a, parmi les courriers d'admirateurs et les demandes en mariage, des lettres des proches des victimes…, expliqua-t-elle.

Voilà donc ce à quoi Matthew faisait référence, pensa Sam. Tout ce qui pouvait le faire paraître comme coupable ou lâche était pour lui de cet acabit.

— C'est si bouleversant, ajouta-t-elle, la voix brisée par l'émotion. Certains lui écrivent pour tenter de lui faire ressentir de la culpabilité, mais la plupart lui expliquent seulement combien leur monde est vide maintenant qu'il leur a pris la personne la plus importante de leur vie.

Elle s'interrompit et leva vers Sam un regard innocent, avide de compréhension.

— Comment peut-il vivre avec tout cela sur la conscience, Sam ? En étant conscient de tout le malheur et de la souffrance dont il est responsable, comment peut-il supporter une telle existence ?

Sam haussa les épaules. Il aurait aimé avoir une réponse brillante à lui offrir, mais il ne lui vint qu'une seule chose à l'esprit.

— C'est simple, lui répondit-il d'une voix détachée, c'est de cette façon qu'il a acquis sa notoriété, et devenir célèbre était si important pour lui qu'il se fiche pas mal de la façon dont il y est parvenu.

Zoe ne pouvait concevoir une telle chose.

— Il est aussi vide et brisé que tous les gens qui lui écrivent, conclut-elle.

— Mon cher vieux père, déclara Sam avec amertume avant d'adresser un sourire complice à Zoe. Vous avez bien saisi sa personnalité… Bon… Je pense que nous en avons lu assez pour aujourd'hui, je crois que nous avons tous les deux besoin de faire une pause avant que je vous ramène chez vous. Que diriez-vous d'un dîner au Blackthorn County All Night Dinner ?

Zoe aurait accepté n'importe laquelle des propositions de Sam, même si cela impliquait d'aller manger des vers de terre dans un bar miteux. La nourriture était bien moins importante à ses yeux que la compagnie.

— Avec plaisir, lui répondit-elle avec un rapide sourire.

Avant de quitter le commissariat, Sam rassembla les lettres et rangea celles qu'ils avaient déjà lues ainsi que les autres dans deux tiroirs différents qu'il prit ensuite soin de fermer à clé.

— Vous tenez votre promesse, lui fit-elle remarquer, surprise et ravie de constater qu'il était précautionneux.

— Je mets seulement tout ça en lieu sûr pour éviter que ces courriers soient volés et postés ensuite sur Internet par je ne sais quel idiot qui chercherait à se faire un peu d'argent.

— Ici ? demanda-t-elle en lui jetant un regard étonné.

— Une chose que j'ai apprise il y a maintenant fort longtemps, expliqua-t-il, c'est qu'on ne peut faire confiance à personne. Tout le monde peut un jour être tenté par je ne sais quoi. N'importe quoi, à n'importe quel moment.

S'il venait lui-même de découvrir que quelque chose le troublait depuis peu, il était déterminé à garder le contrôle sur ce récent sentiment et ne pas se laisser déconcentrer. Sam avait une enquête à résoudre et un tueur à arrêter. Pas question qu'il perde son temps à essayer de tirer au clair cette nouvelle impression, surgie de nulle part et de manière si saugrenue.

— Je pense que nous pouvons exclure les lettres des proches des victimes, déclara Zoe en entrant derrière Sam dans le restaurant. Je n'imagine pas ces gens en train de reproduire les actes odieux de Matthew pour se venger de lui. Je pense d'ailleurs que, si l'un d'entre eux avait voulu commettre un meurtre pour tenter de l'atteindre, il ne s'en serait pas pris à des inconnus mais à vous ou à vos frères et sœurs.

Sam éclata de rire avant de lui montrer du doigt une table vide.

— Si quelqu'un avait fait ça, lui répondit-il en se glissant à ses côtés sur la banquette, il aurait été très déçu. Mon père se fout royalement de chacun d'entre nous.

— Ce n'est peut-être plus le cas aujourd'hui, dit-elle en lui jetant un regard du coin de l'œil.

— Ce sera toujours le cas, la corrigea-t-il d'une voix ferme.

— Si c'était vrai, il n'aurait pas décidé de distribuer au compte-gouttes, à chacun d'entre vous, les indices concernant le lieu où il a caché le corps de votre mère.

Malgré sa bienveillance et sa douceur, Zoe se trompait sur toute la ligne, pensa Sam.

— La fin du monde se produira bien avant que cet homme tente de se racheter de quoi que ce soit, rétorqua-t-il, l'air impassible.

— Très bien, concéda Zoe, peut-être veut-il seulement établir un lien. Il est brisé intérieurement, il veut probablement renouer avec ses enfants.

De nouveau, Sam eut le sentiment qu'il devait remettre Zoe sur les rails de la raison. Même s'il aurait aimé que le monde soit aussi naïf qu'elle semblait le percevoir, il savait que ce n'était pas le cas.

— Pour cela, il faudrait déjà qu'il ait *noué* des liens avec nous à un moment dans nos vies, mais cela n'a jamais été le cas, même avant qu'il ne devienne tueur en série. Il a toujours été un loup solitaire. Hormis son ADN, nous n'avons rien partagé avec lui.

Zoe regarda Sam pendant un long moment.

— On dirait que vous êtes vraiment déterminé à le garder à distance, n'est-ce pas ? lui dit-elle finalement d'une voix douce.

Sam allait lui répondre quand la serveuse vint prendre leur commande. Il n'avait pas besoin de regarder la carte, il la connaissait par cœur. C'était toujours ici qu'il venait manger quand la faim interférait avec son travail. Il venait d'abord ici, puis se rendait au Granite Gulch Bar & Saloon.

— Vous savez ce que vous voulez commander ou il vous faut plus de temps ? demanda-t-il à Zoe.

— Je sais ce que je veux, lui répondit-elle en rendant le menu à la serveuse.

Après le départ de cette dernière, Sam reprit la conversation là où ils l'avaient laissée.

— Je préfère encore attraper la gale plutôt que laisser ce vieux salopard entrer dans ma vie. Je n'ai accepté de jouer à son jeu pervers que pour retrouver les restes de ma mère et essayer de mettre la main au plus vite sur ce nouveau tueur. Certainement pas pour tenter une prétendue réconciliation. Cela fait bien longtemps que j'ai compris que rien de tel ne serait jamais possible.

Zoe n'en était pas aussi certaine que lui, mais elle n'avait pas traversé les mêmes épreuves.

— Et ça vous convient ? lui demanda-t-elle.

La serveuse les interrompit de nouveau en apportant leurs plats. Ils avaient tous les deux commandé la même chose : un cheeseburger et des frites.

— Cela me convient parfaitement, lui répondit Sam quand ils furent de nouveau seuls. Maintenant, mangez votre repas avant qu'il ne soit froid. On ne peut pas dire que cet endroit soit le summum de la cuisine maison.

Sam venait ici car le restaurant était chaleureux,

proche du commissariat et que les prix y étaient raisonnables. Et puis, il n'était pas du genre difficile.

Tout en mangeant, Zoe pensa qu'elle avait touché un point sensible chez lui. S'il se moquait de son père comme il le prétendait, sa réaction aurait été moins vive concernant les raisons qui avaient poussé Matthew à commencer ce petit jeu avec sa progéniture.

Quelque part derrière cet homme bourru et fermé se cachait toujours un petit garçon blessé, elle le savait.

Et Zoe pensa que, d'une manière ou d'une autre, elle allait devoir trouver un moyen de l'atteindre pour l'aider à panser ses blessures, car elle ne supportait pas de voir Sam souffrir.

Même si rien ne le laissait transparaître dans son comportement, elle savait que c'était le cas. Quiconque avait vécu de tels drames ne pouvait s'en sortir indemne.

Ce n'est que lorsqu'il raccompagna Zoe chez elle, une heure plus tard, qu'une nouvelle pensée vint à l'esprit de Sam.

Il resta silencieux un instant, sur son perron, étudiant un instant cette idée puis déclara :

— Nous fonctionnons depuis le départ comme si le nouveau tueur admirait Matthew… Et si nous faisions fausse route ?

— Fausse route ? Que voulez-vous dire ?

— Et si la personne qui a tué Celia était quelqu'un qu'elle connaissait ?

Plus il envisageait cette hypothèse, plus elle lui semblait plausible.

— Par exemple un ancien petit ami jaloux qui

aurait cherché à se venger d'elle parce qu'elle l'aurait quitté..., continua-t-il.

— Et la cible rouge ?

Il haussa les épaules. Il n'avait pas encore toutes les réponses mais voulait poursuivre son raisonnement.

— C'est peut-être pour nous égarer, dit-il en essayant de recoller les morceaux du puzzle. Celia était supposée m'épouser. Il est assez facile pour quiconque de découvrir la branche pourrie de notre arbre généalogique. Matthew a créé un sacré raz-de-marée médiatique à l'époque. Et il a fait de notre vie un véritable enfer. Son histoire nous poursuit encore partout où nous allons. Il a été très difficile d'apprendre à vivre avec tout ça.

Il laissa échapper un soupir avant d'ajouter :

— Et si celui qui a tué Celia, après avoir fait quelques recherches, avait décidé de se servir de cette cible pour brouiller les pistes ?

Plus il y pensait, moins cette possibilité lui semblait farfelue.

— Cette hypothèse mérite en effet d'être étudiée, lui répondit Zoe. Mais, et les deux autres victimes ?

— Peut-être que ce n'est pas la même personne qui les a tuées. Et que l'assassin de Celia a seulement profité de l'occasion pour se glisser dans ce nouveau schéma.

Il marqua une pause et haussa les épaules avant d'ajouter :

— Il y a beaucoup de possibilités.

— Vous allez avoir besoin de renforts, conclut Zoe, en réfléchissant, elle aussi, aux tenants et aboutissants de cette nouvelle hypothèse. Je vais poser des jours de congé à la bibliothèque. Avec ce qui est arrivé à ma sœur, ils ne peuvent pas me les refuser.

— Je pensais justement le contraire, protesta Sam. Que vous devriez probablement cesser de m'aider, je ne veux pas qu'il vous arrive quoi que ce soit, et vous serez plus en sécurité si vous continuez à travailler à la bibliothèque.

— Je serai plus en sécurité si je travaille à vos côtés, corrigea-t-elle. Que pourrait-il m'arriver avec un inspecteur de police qui veille sur moi ?

Sam laissa échapper un soupir de frustration.

— Pour quelqu'un de soi-disant facile à vivre, vous êtes sacrément têtue, dit-il d'un ton agacé.

Elle esquissa un sourire avant de lui expliquer avec sérieux :

— J'ai découvert que les gens n'hésitent pas à piétiner ceux qui ne défendent pas leurs idées et qui ne se protègent pas. C'est Celia qui m'a appris cela.

— Hum, acquiesça Sam, regardez où ça l'a menée…

Il ne voulait pas blesser Zoe, il voulait seulement l'effrayer suffisamment pour lui faire lâcher prise.

— Vous avez dit que j'étais têtue, pas cupide ni calculatrice.

Il décida de changer de sujet et de revenir à leur nouvelle supposition.

— Pourriez-vous me dresser la liste des anciens petits amis de Celia ? demanda-t-il.

— La plupart de ses histoires n'ont pas duré plus de quelques semaines, lui répondit-elle en passant en revue les aventures tumultueuses de sa sœur aînée. Elle finissait par se lasser ou rencontrer quelqu'un qui suscitait davantage son intérêt, la plupart du temps parce qu'il était plus riche.

Elle s'interrompit soudain et fronça les sourcils.

— Cependant, il y en avait un qui ne cessait de réapparaître, reprit-elle en s'animant. Ma sœur renouait avec lui entre chacune de ses nouvelles rencontres… Mais, vous êtes certain de vouloir entendre tout cela ?

— Cela ne me fait pas de peine, si c'est ce que vous craigniez, la rassura-t-il. Je crois que je suis immunisé en ce qui concerne votre sœur. Comment s'appelait ce petit ami boomerang ?

Zoe n'eut pas à chercher bien loin dans sa mémoire, Celia l'avait mentionné le jour même de sa mort.

— Johnny Vine, lui répondit-elle. Elle avait l'habitude de faire des blagues sur la façon dont il s'accrochait à elle, comme une sorte de vigne.

— Cela ne devait pas lui plaire beaucoup, commenta Sam.

— Je ne le connais pas bien, je sais seulement qu'il était un peu bizarre. Et…

Elle s'interrompit, semblant soudain hésiter à poursuivre.

— Et ? demanda Sam avec impatience.

— Je viens de me souvenir que, juste avant que Celia ne me révèle qu'elle vous avait manipulé pour que vous l'épousiez, elle a éclaté de rire et m'a dit qu'elle ne serait pas surprise que Johnny vienne gâcher la cérémonie du mariage et qu'il essaie de la reconquérir en l'entraînant hors de l'église sous la menace d'une arme.

Un vrai champion, pensa Sam en levant les yeux au ciel.

— Ce qui signifie qu'il en possède une, conclut-il en cherchant dans les yeux de Zoe une confirmation.

— Oui, elle m'en avait déjà parlé, acquiesça-t-elle. Elle m'avait dit qu'il aimait parader avec, lui montrer combien il était doué dans ce domaine.

Elle chercha dans sa mémoire d'autres souvenirs, ne pouvant s'empêcher de se sentir coupable de ne pas s'être remémorée tout cela plus tôt. Mais son cerveau semblait presque paralysé.

— Vous pensez que c'est lui qui l'a tuée ? demanda-t-elle.

— Je pense que cette piste vaut le coup d'être explorée. Je verrai demain matin ce que je peux trouver sur ce type. Et en attendant, vous allez dormir un peu.

Sur ces mots, il se pencha vers elle et déposa un tendre baiser sur son front.

C'était un geste presque fraternel, peut-être destiné à nier le dernier contact physique qu'il avait eu avec elle et dont il avait eu l'initiative.

Mais, lorsque ses lèvres quittèrent son front, Zoe leva son regard vers lui.

Elle ne prononça aucun mot.

Cela n'était pas nécessaire.

13

Sam ressentait quelque chose.

Il s'en rendait soudain compte et ce n'était pas une bonne nouvelle.

Les sentiments obscurcissaient le jugement.

Les sentiments poussaient les gens à faire des choses qu'ils ne devaient pas faire, à oublier les principes qu'ils s'étaient fixés et qu'ils s'efforçaient de suivre. Les sentiments troublaient la perception et rendaient instantanément toute personne intelligente totalement stupide.

Ressentir quelque chose pour quelqu'un était séduisant, cela créait une montée d'adrénaline qui pouvait temporairement – et complètement – effacer le monde présent.

Et il ne pouvait pas se permettre de laisser une telle chose se produire.

Malgré cela, il se sentait comme au bord d'un précipice. Il vacillait. Attiré irrésistiblement par un endroit où il n'avait rien à faire et où il n'avait pas le droit d'aller.

Alors qu'il se livrait à ce combat interne qui lui semblait durer depuis une éternité, il entendit Zoe lui demander :

— Vous voulez entrer un instant ?

Elle avait parlé si vite qu'elle était presque à bout de souffle. Elle tentait le tout pour le tout, même si elle savait que si Sam acceptait sa proposition ce serait par défaut.

Parce qu'il était fatigué.

Parce que la perspective de passer la nuit dans les bras de quelqu'un était réconfortante et que c'était elle qui se tenait devant lui à cet instant.

Pour ces simples et uniques raisons. Rien de plus, elle le savait.

On aurait pu lui reprocher de brader ainsi ses sentiments pour lui, mais de son point de vue ce n'était pas ce qu'elle faisait. Non, selon elle, elle allait peut-être enfin obtenir ce qu'elle avait toujours désiré, ce qu'elle attendait depuis si longtemps.

Passer une nuit avec Sam.

Sam qui, dès la première fois qu'elle l'avait vu, avait ensorcelé son cœur. Comme si elle était née pour tomber amoureuse de lui. Et si cet amour devait être à sens unique, qu'il en soit ainsi. Elle avait, depuis longtemps, accepté cette fatalité.

Tant qu'elle pouvait se trouver non loin de lui, respirer le même air que lui et l'aider à combattre ses vieux démons, elle était heureuse. Car c'était exactement ce qu'elle voulait faire et là qu'elle voulait être.

Faire l'amour avec lui – s'il acceptait – ne serait que l'énorme faveur autour d'un cadeau qu'elle n'avait jamais pensé recevoir.

Elle déverrouilla sa porte d'entrée et l'entrouvrit.

De son côté, Sam avait envie de la suivre à l'intérieur. Plus que tout au monde, il voulait entrer chez elle, refermer la porte derrière lui et, pendant un court instant, se débarrasser de cette souffrance qui l'enveloppait des pieds à la tête, tel un lourd linceul.

Mais ce ne serait pas juste pour Zoe.

Il ne voulait pas être comme son monstrueux père, ne voulait pas être de ceux qui ne pensent qu'à eux-mêmes.

Il cherchait en lui la force de partir quand…

Zoe prit sa main et l'entraîna à l'intérieur.

— Je ferais mieux d'y aller, lui dit-il, même si ses mots étaient en désaccord avec ce que son cœur lui dictait.

Elle fit semblant de ne pas l'avoir entendu.

— Vous voulez boire quelque chose ? lui proposa-t-elle, une foule de papillons lançant un assaut aérien au creux de son ventre. Je peux vous proposer du vin, du café et je crois que j'ai aussi au frigo une sorte de boisson gazeuse. Sans oublier un verre d'eau, bien sûr.

Elle lui adressa un sourire tout en sachant que ce ne serait pas suffisant pour masquer sa nervosité.

— Je n'ai pas soif, lui répondit-il.

Il savait qu'il ferait mieux de faire demi-tour et de partir. Ce serait la chose la plus intelligente, voire la plus sûre à faire. Cependant, il ne parvenait pas à détacher son regard de Zoe, comme si l'observer lui permettait de voir le monde plus clairement.

— Vous avez faim peut-être ? lui demanda-t-elle avant de se rappeler qu'ils sortaient tout juste du restaurant. Enfin, non, nous venons de dîner, pourquoi auriez-vous faim ?

Elle s'interrompit et sentit le rouge lui monter aux joues.

— Oui.

La réponse de Sam était sortie comme un murmure, prononcée si doucement que Zoe se demanda si elle était réelle.

— Qu'avez-vous dit ?

— Oui, répéta-t-il, un peu plus fort cette fois. J'ai faim.

— Ah, répondit-elle, un peu confuse. Vous avez faim ?

Ce qu'elle vit passer alors dans son regard lui indiqua qu'il n'était plus question à présent de nourriture. Elle sentit un sourire se dessiner sur son visage et avança d'un pas vers Sam.

C'était tout ce qu'il fallait.

La seconde suivante, il passa ses bras autour de sa taille et l'attira vers lui. Un battement de cœur plus tard, il posa ses lèvres sur les siennes, et tous les murs qu'il avait soigneusement érigés pour se protéger du reste du monde s'effondrèrent instantanément avant de disparaître, comme des gradins de sable balayés par le vent.

Il avait l'impression que Zoe flottait dans ses bras, légère et dansante comme un ruban de soie porté par la chaude brise des soirs d'été.

Son sang s'échauffait à l'idée de la posséder. Si elle avait été quelqu'un d'autre, une de ces femmes sans nom ni visage qui avaient défilé dans sa vie depuis tant d'années sans laisser de traces, il l'aurait emmenée dans la chambre sur-le-champ et lui aurait fait l'amour avant de partir. Le tout en moins d'une heure, au mieux.

Mais il s'agissait de Zoe. Et elle faisait naître en

lui une tendresse qui supplantait le violent désir qui le dévorait.

Il s'efforça donc de tenter quelque chose d'inédit. Plutôt que de céder à l'urgence nerveuse de son désir, il refréna son impatience et tenta de la séduire par étapes, décidant de faire l'amour à chacune des parties de son être avant de le lui faire intégralement.

Et, en agissant ainsi, il se rendit vite compte qu'il se faisait plaisir à lui-même autant qu'à elle. Il comprit également qu'il n'avait jamais été vraiment séduit jusqu'à présent. Pas de cette manière. Il ne s'était pas permis d'être charmé, c'était pourtant l'effet que Zoe lui faisait.

Plutôt que de la déshabiller brutalement, il écarta soigneusement ses vêtements, exposant progressivement sa peau à son regard. Ce faisant, il se sentit bientôt aussi piégé que Gulliver par le filet des Lilliputiens.

Elle semblait avoir tissé autour de lui une toile magique dont il ne pouvait plus se libérer et chacun de ses baisers réchauffait son corps autant que le sien.

Le désir que ressentait Zoe était devenu presque écrasant.

À vingt-quatre ans, elle n'avait encore jamais fait l'amour.

Elle avait vécu une expérience maladroite lorsqu'elle était à l'université, mais les tâtonnements hésitants et malhabiles de son partenaire l'avaient fait fuir avant que la tentative n'aboutisse.

Elle s'était donc rapidement considérée comme quelqu'un de froid, de frigide même, et destinée à être exclue de ce que tout le monde semblait célébrer : les unions romantiques.

Malgré cela, l'amour n'avait pas cessé de l'entourer, et les contacts physiques, les sentiments, les passions résonnaient autour d'elle dans chaque chanson, chaque film et dans la plupart des conversations.

Les hommes avec lesquels elle interagissait dans le cadre de son travail ou de sa vie quotidienne ne lui faisaient aucun effet et ne suscitaient en elle aucun fantasme, aucune envolée passagère de désir ou de rêverie spontanée.

Pourtant, se tenir à quelques mètres de Sam avait suffi à faire poindre en elle des sensations incroyables et inédites, la rendant plus audacieuse qu'elle ne l'avait jamais été.

Voilà pourquoi elle venait de se jeter à son cou et ne ressentait aucun remords à ce sujet.

Même à présent, elle n'avait pas le moindre doute, pas la moindre hésitation.

Il n'y avait que de la joie.

Une joie débordante et sans limite à cause de ce qu'elle ressentait pour cet homme. Sans compter son corps qui semblait suspendu, comme s'il attendait que quelque chose de merveilleux se produise.

Elle pouvait sentir l'anticipation grandir en elle, devenir de plus en plus forte, de plus en plus intense.

Et soudain, surgie de nulle part, une sensation semblable à une explosion se produisit en elle, la précipitant au cœur de cette déferlante pour ne pas en perdre une miette. Elle se rendit compte qu'ils semblaient avoir lévité jusqu'au canapé et que ce choc sensationnel s'était produit en réponse à quelque chose d'extraordinaire que Sam lui avait fait avec ses mains, son souffle et sa bouche.

Plutôt que d'être gênée – ce qui aurait pu être une réaction normale de sa part –, elle était ravie au-delà des mots. Incroyablement heureuse de sentir son corps vibrer tout entier.

Était-ce donc cela dont elle s'était privée en ne faisant l'amour avec personne ? Non, elle pressentait au fond de son cœur que la magie de ce qu'elle vivait n'existait que parce qu'elle le faisait avec Sam, l'homme à qui elle avait offert son âme tout entière, des années auparavant. Jamais elle n'aurait pu ressentir une telle chose avec quelqu'un d'autre, elle le savait. De tout son cœur.

Et puis, au moment où elle pensait ne pas pouvoir être plus comblée, il se plaça au-dessus d'elle, et, après avoir pris sa bouche, entama leur ascension finale.

Quand il entra en elle, un éclair de douleur inattendu la traversa et elle grimaça involontairement.

Cette réaction ainsi que la résistance qu'il rencontra suffirent visiblement à l'inquiéter.

Alors qu'il commençait à se dégager, elle comprit qu'une fois qu'il serait sorti tout serait terminé. Il lui tournerait le dos, la délaisserait, et peut-être même ne voudrait-il plus jamais la revoir.

Aussi, plutôt que d'accepter ce qui était sur le point de se produire, plutôt que de subir les événements comme elle l'avait fait tout au long de sa vie, elle se rebella.

Elle ne laisserait pas Sam partir.

Elle se cambra contre lui, le forçant à suspendre son retrait.

Puis elle commença à se mouvoir sous lui, ignorant la douleur que cette union physique avait créée jusqu'à ce qu'elle cesse complètement.

La seule chose qui importait à présent était que Sam ne se détourne pas d'elle, qu'il continue à lui faire l'amour. Elle ne voulait pas gâcher cette soirée en le rejetant.

N'écoutant que son instinct,elle fit l'amour avec Sam jusqu'à ce qu'il soit obligé de l'imiter.

Il n'était pas assez fort pour s'arrêter, alors qu'elle le retenait ainsi prisonnier.

Malgré sa maîtrise de lui-même, sa logique et sa raison, Sam découvrit qu'il ne faisait pas le poids contre la détermination de Zoe. Et il se laissa alors succomber aux désirs et aux besoins qu'elle avait su réveiller en lui.

Ses lèvres sur les siennes, son corps pressé contre le sien – ils étaient si bien entremêlés que personne n'aurait pu dire où chacun se trouvait –, il lâcha prise et s'abandonna, sans retenue, à cette danse naturelle et primitive qui résonnait en lui.

Qui vibrait dans tout son corps.

Le rythme s'accéléra, la musique se fit plus forte, plus rapide, et il suivit le tempo jusqu'à ce que, tout à coup, Zoe et lui plongent ensemble du plus haut sommet de cet incroyable nouveau monde qu'ils venaient de créer ensemble.

De ses bras puissants, il la serra si fort contre lui qu'aucun d'eux ne put respirer pendant un instant.

Alors, ils entamèrent leur descente, langoureusement, jusqu'à revenir sur terre.

Avec l'euphorie survint la pleine prise de conscience

de ce qu'il venait de se passer. Ce que Sam venait de faire et qu'il ne pourrait jamais défaire.

— Tu es vierge, dit-il à Zoe d'un ton presque accusateur.

— Étais vierge, corrigea-t-elle. Jusqu'à il y a quelques secondes, oui.

Sam ignora sa plaisanterie car le sujet, pour lui, était grave.

— Pourquoi ne me l'avais-tu pas dit ?

— Comment étais-je supposée amener ça dans le peu de conversations que nous avons eues ? lui demanda-t-elle en haussant les sourcils.

— Tu aurais dû m'en parler ce soir, avant que nous commencions.

— Dans ce cas, nous n'aurions rien commencé du tout, lui dit-elle en plongeant son regard dans le sien. N'est-ce pas ?

— Ce n'est pas ce que j'ai dit, déclara-t-il, l'air exaspéré.

— Tu n'as pas besoin de le dire, je peux le voir dans tes yeux.

Elle prit une profonde inspiration pour retenir ses larmes.

— Je suis désolée de t'avoir déçu, murmura-t-elle, s'excusant de cette inexpérience qui semblait être la cause de son agacement.

— Je n'ai pas dit ça, non plus.

Tout dans son comportement trahissait ce qu'il ressentait. Pourtant, s'accrochant au faible espoir de se tromper, Zoe lui demanda :

— Alors, dans ce cas, pourquoi es-tu en colère ?

— Parce que ta première fois aurait dû être différente, bon sang !

Il aurait pu être plus gentil, plus doux, plus attentionné, se disait-il. Il aurait pu choisir un meilleur moment, un meilleur endroit, ou, encore mieux, elle aurait pu choisir un meilleur partenaire, quelqu'un dont l'âme n'était pas aussi blessée que la sienne. Elle méritait le meilleur, et il n'était pas capable de le lui donner.

— C'était…, commença-t-elle à dire d'une voix douce tout en lui caressant la joue, c'était différent de tout ce que j'avais pu imaginer.

— Tu aurais dû vivre ta première fois avec quelqu'un de spécial, pas avec moi.

— Ce quelqu'un de spécial, c'est toi, lui répondit Zoe en insistant sur chaque mot.

Sam fut envahi par un millier d'émotions. Cependant, ce qui dominait était qu'il se sentait indigne. Malgré cela, il ne put s'empêcher de répondre avec un trait d'humour.

— Tu sais vraiment comment obtenir ce que tu veux, hein ?

Et, avant qu'elle n'ait le temps de pouvoir lui répondre, il l'attira vers lui et s'accorda la grâce de se perdre en elle une nouvelle fois.

Pour être honnête, il n'avait pas d'autre choix. Il la désirait tellement… Et ce qu'il lisait dans son regard le déstabilisait totalement. Elle le voyait tel qu'il voulait être, pas tel qu'il était.

14

Longtemps après que leur euphorie commune se soit évanouie dans l'obscurité, Sam resta éveillé, écoutant la respiration de Zoe qui était couchée à ses côtés.

Certaines choses avaient été réveillées en lui, des choses qu'il aurait mieux valu laisser sommeiller. Son existence était devenue plus simple depuis que son mariage avait été annulé et que ses espoirs de paternité s'étaient envolés.

Ce qui s'était passé ce soir apportait une troisième dimension à sa vie, et il n'était pas certain de pouvoir la gérer. Il valait mieux, pensa-t-il, ne même pas prendre la peine d'essayer.

Il attendit d'être certain que Zoe dorme profondément puis se glissa hors du lit.

À sa grande surprise, ils avaient refait l'amour dans le salon puis, à sa demande, une dernière fois dans son lit.

Il avait eu l'impression qu'il le lui devait. Céder à cette petite requête, alors qu'elle avait bouleversé tout son monde, l'avait fait se sentir, l'espace d'un instant, comme un homme normal. Faisant disparaître, momentanément, tous les lourds bagages qu'il traînait depuis tant de temps.

Après s'être habillé le plus silencieusement et rapidement possible, il ramassa ses chaussures et sortit sur la pointe des pieds.

Pourtant, alors qu'il allait passer la porte de la chambre, il ne put résister à la tentation de s'accorder quelques secondes de plus avec Zoe.

Il retourna donc auprès d'elle et se pencha pour déposer un baiser sur son front. Il pensa que, puisque c'était ainsi que tout avait commencé, il semblait approprié de clore le chapitre de la même façon.

Inconscient du fait que ce geste d'adieu éclairait d'une autre lumière son départ silencieux, il ne vit pas le léger sourire qui vint se dessiner sur les lèvres de Zoe.

Elle le regarda partir, les yeux mi-clos, puis serra son oreiller contre elle.

Tout allait bien, pensa-t-elle. Quoi qu'il puisse se passer par la suite, à cet instant, tout allait bien.

Le lendemain, Sam arriva de bonne heure au commissariat. Il avait un tueur en série à traquer et une intéressante piste à étudier. Mais il n'était pas préparé à ce qui l'attendait dans son bureau.

Zoe était déjà en train de lire les lettres de son père.

Il faillit laisser tomber sur le sol déjà sale le gobelet de café qu'il venait d'acheter.

— Que fais-tu ici ? lui demanda-t-il d'un ton bourru.

Une multitude de questions lui vinrent à l'esprit. Allait-elle lui reprocher la façon dont il l'avait quittée en douce la nuit dernière ? Était-elle venue lui dire qu'après ce qu'ils avaient vécu leur relation allait devoir évoluer ?

— Je suis venue poursuivre ma lecture, lui répondit-elle avec un calme et une simplicité qui suffirent à faire disparaître toutes ses inquiétudes.

— Il me semblait pourtant avoir rangé les lettres dans le tiroir et l'avoir fermé à double tour, répondit-il en sortant la clé de sa poche.

— Oh ! tu sais, il m'arrivait souvent d'oublier les clés de mon bureau à la bibliothèque. Mais un jour un étudiant qui venait régulièrement faire des recherches pour sa thèse m'a montré comment ouvrir une serrure avec une lime à ongles et un long clou... Sans abîmer la serrure, conclut-elle en jetant un coup d'œil au tiroir.

— Tu m'étonnes un peu plus chaque jour, lui répondit Sam en s'asseyant à son poste. Tu as découvert quelque chose d'intéressant ?

— Pas encore, non, déclara-t-elle en secouant la tête, l'air déçue. Quelques nouvelles lettres de parents de victimes, mais la plupart des autres sont des lettres d'admirateurs et d'admiratrices qui veulent lui ressembler ou porter son bébé, mais qui reconnaissent ne pas avoir assez de... comment dire... appelons ça du cran, pour ne pas citer le vrai terme qu'ils emploient.

— Si tu veux mon avis, dit Sam, avec amertume, c'est justement ce dont mon père manque cruellement. C'est un véritable lâche, il se vengeait de ses frustrations et de son sentiment d'insécurité sur des hommes qui ressemblaient à mon oncle, car il était absolument incapable d'accomplir quoi que ce soit par lui-même.

Il s'interrompit un instant pour tenter de retrouver

son sang-froid. Il savait qu'il n'était pas constructif de se laisser aller sur cette voie…

— Bon, puisque tu es ici, continue à éplucher tout ça, peut-être vas-tu finir par découvrir un indice…

Quelque chose dans le ton de sa voix alerta Zoe.

— Tu vas faire autre chose ? lui demanda-t-elle.

— Je vais voir si je trouve un lien entre ce Johnny Vine dont tu m'as parlé hier soir et les deux autres femmes qui ont été assassinées récemment.

Sam vit s'allumer dans le regard de Zoe une lueur de curiosité et ajouta :

— Je pense commencer par analyser les informations des différents dossiers auxquels nous avons accès pour voir si son nom apparaît quelque part. Ou s'il existe un lien entre ces deux femmes et ta sœur.

— Ça me semble une bonne idée, acquiesça Zoe avant de se replonger dans la lecture des courriers.

— Tu n'es pas obligé d'être d'accord avec tout ce que je dis, tu sais, lui dit-il après l'avoir regardée pendant un instant.

— Je sais, lui répondit-elle avec un sourire. Et ce n'est pas le cas.

Il ne l'avait encore jamais entendue manifester son désaccord, mais il décida de ne pas relever. Cela serait mieux pour eux deux s'il se contentait d'effectuer son travail.

Avec un soupir de frustration, Sam se laissa aller en arrière sur sa chaise et se passa les mains sur le visage en se demandant une nouvelle fois comme faire pour revitaliser son énergie défaillante.

Il avait l'impression qu'il tournait en rond depuis une éternité et qu'il n'arriverait jamais nulle part.

De son côté, Zoe n'avait pas bougé et avait poursuivi sa lecture, sans faire le moindre commentaire pour ne pas le déranger. Quelques lettres lui avaient pourtant retourné l'estomac… En entendant Sam s'agiter, elle pensa qu'il devait être dans une impasse ou qu'il avait besoin d'une pause.

— Tu n'as rien trouvé ? lui demanda-t-elle finalement, estimant qu'il était temps de briser le silence.

— Non, lui répondit-il, l'air déçu et irrité.

Il ouvrit puis referma un de ses tiroirs avec la satisfaction de pouvoir le faire claquer sans risquer de le casser. Il se connaissait et était conscient que son tempérament lui avait valu de nombreux problèmes au cours des deux dernières années.

Quand la frustration était trop intense, casser quelque chose pouvait être pour lui un moyen de l'atténuer.

Mais il n'était plus un enfant. Seuls les enfants faisaient des caprices. *Grandis un peu, bon sang !* se répétait-il souvent.

— Non, aucun lien, précisa-t-il en se redressant.

— Quelle est la prochaine étape ? lui demanda-t-elle, prête à le suivre s'il décidait de quitter le commissariat.

— Tout d'abord, nous allons faire venir ce type ici, afin de l'interroger pour comprendre s'il a pu passer entre les mailles du filet et s'il a un passé criminel.

Sam ne s'attendait pas à ce que cela soit aussi simple, même s'il arrivait de temps en temps que les choses se dénouent avec une facilité déconcertante.

— Et si je fouillais l'appartement de Celia, suggéra Zoe, pour voir si je trouve quelque chose d'intéressant ?

Je ne me sentais pas prête à le faire, mais maintenant que je sais que cela pourrait faire avancer l'enquête, je peux m'en charger. Je peux même m'y rendre immédiatement.

— *Nous* allons nous y rendre, la corrigea-t-il en se levant de son bureau. Mais avant j'ai quelque chose à finir. Tu peux terminer ta lecture…

— Tu vas t'y rendre sans moi, n'est-ce pas ? lui demanda-t-elle d'une voix calme.

Même si elle lui avait posé cette question, elle n'avait pas vraiment besoin qu'il lui réponde. Elle savait ce qu'il allait lui dire.

Toutefois, le fait qu'elle lise en lui comme dans un livre ouvert déconcerta Sam.

— Qu'est-ce qui te fait croire une telle chose ? rétorqua-t-il en fronçant les sourcils.

— J'étudie le langage corporel des gens, expliqua-t-elle. On a pas mal de temps libre quand on est bibliothécaire, et ta façon de te comporter n'est pas difficile à interpréter, il est évident que tu es sur le point de partir.

Sam soupira. Il mettait un point d'honneur à garder ses secrets, lui qui avait dû tout faire pour préserver son intimité quand ils étaient traqués, ses frères et sœurs et lui, par un public avide de disséquer leurs vies dans les moindres détails pour les jeter en pâture sur la place publique.

Puisqu'il comptait en effet se rendre dans l'appartement de Celia avec une équipe scientifique, peut-être que la présence de Zoe pourrait s'avérer utile. Il n'avait passé qu'une seule nuit là-bas et connaissait peu les lieux.

— Bien, dit-il d'un air résigné. Si tu veux m'accompagner, allons-y.

Zoe pensait pouvoir être utile à l'enquête. Quant à Sam, il espérait trouver un indice déterminant, mais aucun d'eux ne s'attendait à ce qu'ils découvrirent derrière la porte.

— Bon sang…, laissa échapper Sam en regardant autour de lui. On dirait que cet endroit a été dévasté par un ouragan.

Tout était sens dessus dessous. Les bibliothèques avaient été vidées de leurs ouvrages, les coussins jetés au sol et éventrés, les bibelots et les cadres dérangés.

Il se retourna vers la petite équipe de la police scientifique qui l'accompagnait.

— Voyez si vous pouvez trouver ce que cherchait celui ou celle qui a saccagé cet appartement. Peut-être n'a-t-il rien trouvé. Peut-être même a-t-il laissé quelques empreintes…

Même si toutes ces hypothèses lui semblaient peu vraisemblables, il savait qu'il était nécessaire de passer l'appartement de Celia au peigne fin.

— Tu as une idée de ce que cette personne pouvait chercher ? demanda-t-il à Zoe.

— Si Johnny avait voulu récupérer quelque chose chez Celia, je ne pense pas que l'appartement serait dans un tel état. Ma sœur avait beau avoir le don de pousser les gens à bout, je ne pense pas que cela aurait pu aller si loin…, lui répondit Zoe en lui montrant les débris qui jonchaient le sol. De plus, les quelques fois où j'ai croisé Johnny, il semblait d'un caractère plus calme et décontracté que la plus zen des tortues.

Cet homme ne ressemblait pas à ceux que Sam imaginait tourner autour de Celia. Celle-ci semblait rechercher l'excitation, pas l'ennui.

— Pourquoi laissait-elle cet homme revenir encore et encore dans sa vie ? Qu'est-ce qui pouvait tant lui plaire chez lui ?

Zoe n'avait pas de réponse à cette question. Elle avança malgré tout une théorie…

— Même si ce n'était pas un critère suffisant pour Celia, il est très bel homme.

— Est-il fortuné ? lui demanda Sam en se disant qu'il serait judicieux de jeter un œil aux finances de ce type dès que possible.

— Elle m'a confié un jour qu'il jetait l'argent par les fenêtres, lui répondit-elle, mais la dernière fois que je les ai vus ensemble, il était à court d'argent, donc non, je ne pense pas qu'il soit « fortuné ». Et sa façon de gagner sa vie ne m'a jamais semblé être tout à fait exemplaire, si tu vois ce que je veux dire.

Hormis Sam, pensa-t-elle soudain, les choix de sa sœur dans le domaine amoureux avaient d'ailleurs toujours été plutôt douteux.

Sam cessa de fouiller les vêtements de Celia qui avaient été jetés au sol, se releva et rangea dans sa poche le mouchoir dont il s'était servi afin de ne pas contaminer l'endroit avec ses propres empreintes.

Enfin, pensa-t-il, puisqu'il avait passé une nuit ici, il devait rester quelques traces de son bref passage. Il allait donc devoir donner ses empreintes aux experts afin qu'ils l'excluent de leurs recherches.

En retournant au salon, Zoe sur ses talons, il ne put s'empêcher de regretter un tel saccage.

— Je pense qu'il est temps de faire venir ce type au commissariat pour l'interroger, conclut-il en ramassant une photo encadrée qui gisait sur le carrelage.

En le retournant, il vit que la vitre était brisée. Il s'agissait d'un cliché qu'il avait accepté, à contrecœur, de faire avec Celia. Il avait été pris par un professionnel, dans un studio, et avait ensuite été envoyé au journal local pour annoncer leurs fiançailles et leur futur mariage.

En regardant cette image, il eut soudain du mal à croire que tout cela – sa relation avec Celia, le bébé qu'ils devaient avoir ensemble – s'était bien produit.

Laissant tomber le cadre sur le canapé, il releva le visage et vit que Zoe le regardait silencieusement. Il n'avait aucune idée de ce qu'elle pouvait bien penser, mais dans ses yeux brillait quelque chose qui ressemblait à de la tendresse.

Il se demanda soudain comment une telle femme pouvait être réelle. À sa place, n'importe qui aurait fait une remarque sur l'attitude sournoise de sa sœur ou aurait cherché à savoir s'il avait eu des sentiments pour elle.

Mais elle ne faisait rien de tout cela. Elle lui laissait de l'espace. Et il lui en était reconnaissant, même s'il ne le lui disait pas.

— Allez, déclara-t-il, nous n'avons plus rien à faire ici. S'il y a quoi que ce soit, les experts le trouveront et m'en feront part. Est-ce que tu as une idée de l'endroit où vit ce Johnny Vine ?

— Celia ne me l'a jamais dit précisément,

répondit-elle en secouant la tête. Je sais seulement qu'il habite en ville.

— Il ne devrait pas être trop difficile à trouver, conclut Sam en passant entre les agents pour sortir de l'appartement. Ce type a forcément un permis de conduire, une carte de crédit, quelque chose qui nous renseignera sur son adresse.

Zoe s'empressa de le suivre, soulagée de quitter ces lieux chargés d'émotion.

Si elle avait toujours un sentiment de culpabilité en pensant à ce qui était arrivé à sa sœur, être aux côtés de Sam lui paraissait le plus important.

Même s'il n'en avait pas conscience, il avait besoin d'elle.

Ce qui, se dit-elle, n'avait jamais été le cas de Celia.

15

Sans bouger la tête, Johnny Vine parcourait la salle d'interrogatoire du coin de l'œil, discrètement mais efficacement, tel un serpent.

Manifestement, il n'était pas aussi décontracté que l'avait dit Zoe. Car, même s'il paraissait un peu somnolent, Sam voyait bien que rien ne lui échappait. Aussi robuste qu'un adepte du bodybuilding, il devait mesurer près de deux mètres et portait un T-shirt bleu foncé qui mettait ses muscles en valeur.

Sam se demanda de quoi ce type était le plus fier, entre son corps athlétique et son tatouage multicolore tape-à-l'œil qui représentait un colibri sur son avant-bras gauche.

Hormis ses yeux, ce tatouage était la seule chose qui bougeait. Vine ne cessait de fléchir l'avant-bras.

Peut-être était-il nerveux ? se demanda Sam.

Cet homme était-il le Tueur Alphabet ou juste un type narcissique, amoureux de sa propre image ?

Il le surprit en train de regarder son reflet dans la vitre sans tain de la pièce.

Que pouvait bien lui trouver Celia ? Est-ce qu'elle se servait de lui, comme elle faisait avec quiconque croisait son chemin ?

Il s'assit en face du suspect et poursuivit son examen en gardant le silence. Malgré la demande de Zoe de pouvoir assister à son interrogatoire, il était seul avec l'ancien petit ami de Celia. Celui-ci étant peut-être le tueur qu'ils recherchaient, il ne pouvait autoriser Zoe à être présente. En revanche, elle pouvait observer leur entretien derrière la vitre sans tain.

Sam étudia un instant les notes rassemblées dans le dossier de Vine puis prit enfin la parole.

— Vous semblez mener une vie plutôt confortable, déclara-t-il sans quitter des yeux le document qu'il avait sous les yeux.

Un grand sourire s'afficha sur le visage de Johnny Vine, lui donnant une expression presque méchante.

— Je ne me plains pas.

— Pourtant, si j'en crois ce document, poursuivit Sam en tapotant le dossier sur la table, vous ne semblez pas avoir de source de revenus stable. Pouvez-vous me dire ce que vous faites exactement dans la vie ?

— Je suis entrepreneur.

— Vous voulez dire trafiquant de drogue, corrigea Sam.

— Je veux dire que je suis entrepreneur, répéta Vine sans cesser de sourire.

— Il est dit ici, continua Sam en lui montrant les papiers qui étaient posés sur la table, que vous avez été arrêté et inculpé pour trafic de stupéfiants.

Vine se laissa aller en arrière contre le dossier de sa chaise et commença à se balancer.

— Il doit être aussi inscrit que les charges retenues contre moi ont été abandonnées. Tout ça est vraiment de l'histoire ancienne…

Il fit un geste de la main pour ponctuer ses propos, puis regarda Sam en plissant les yeux et ajouta :

— De quoi est-il réellement question, inspecteur ?

Sam décida d'entrer dans le vif du sujet. Il voulait voir si cet homme était bon acteur…

— Celia Robinson a été assassinée le week-end dernier.

Vine réagit comme s'il venait d'apprendre la mort de quelqu'un qu'il connaissait à peine. Pas comme quelqu'un qui avait manifestement fait une scène à celle qu'il aimait et qui était sur le point d'en épouser un autre que lui.

— Ouais, dit-il en laissant échapper un sourire. J'ai entendu ça… C'est dommage.

Sam sentit une vague de colère monter en lui. S'il avait pu, il aurait tordu le cou de cette ordure et aurait eu ainsi le sentiment d'avoir rendu un fier service à la société.

Mais il aimait son travail et savait que ce genre d'écart lui coûterait cher. Il était censé servir et protéger la communauté, et non rendre la justice lui-même, même s'il pensait la punition méritée.

Il conserva donc la maîtrise de lui-même et continua à interroger Vine, avec une expression feinte de calme et de détachement.

— La rumeur dit que vous avez quelque chose à voir avec ce meurtre.

Vine resta imperturbable face à cette accusation.

— Vous et moi savons très bien ce que valent les on-dit, inspecteur. De plus, elle a été tuée… Quand dites-vous que c'est arrivé ?

— Je ne l'ai pas dit, lui répondit Sam. Le crime a eu lieu samedi matin, entre 10 heures et 10 h 15.

— Court laps de temps, fit remarquer Vine.

— Trop court pour que vous puissiez vous en tirer, lui répondit Sam qui luttait pour contenir sa colère.

Vine éclata alors de rire.

— Désolé de vous décevoir, inspecteur, mais j'ai un alibi. Le week-end dernier, j'étais à Las Vegas pour tenter de faire un peu de business. Et vous connaissez Vegas, il y a des caméras partout. Je suis certain que vous me trouverez sur de nombreuses vidéos, à chaque minute de ce « court laps de temps », comme vous dites.

Il jubilait clairement.

— Dans quel casino ? demanda Sam d'une voix menaçante.

Vine fit mine de réfléchir quelques instants.

— Dans tous, répondit-il avec désinvolture. Dame Fortune ne tient pas en place, vous savez. Je peux y aller maintenant ? Vu que vous n'avez rien contre moi pour me retenir ici ?

— Oui, vous pouvez partir, grommela Sam. Mais ne quittez pas la ville.

— Je n'en ai pas l'intention, en tout cas pas avant un moment, répondit Vine avec insolence avant de se tourner vers la vitre sans tain. Ah, et passez le bonjour de ma part à la sœur de Celia. Je suppose que c'est elle qui vous a parlé de moi et qu'elle se trouve là, juste derrière.

— Que sous-entendez-vous ? Vous pensez que je ne vous aurais pas retrouvé seul ?

— Je pense que vous vous servez des gens autant que moi, inspecteur.

Et sur ces mots, après avoir adressé un hochement de tête dédaigneux à Sam, il se leva.

Le jean moulant qu'il portait était usé. Toutefois ses bottes, elles, étaient neuves et brillantes.

Il ressemblait à un faux cow-boy, de ceux qui recherchent des chansons susceptibles de devenir des tubes, pensa Sam. Enfin… Chacun ses goûts.

La main sur la poignée de la porte, il se tourna une dernière fois vers Sam et lui lança :

— Ne le prenez pas mal, inspecteur, mais j'espère ne jamais vous revoir.

— L'avenir nous le dira, lui répondit Sam. Voulez-vous que je demande à quelqu'un de vous raccompagner ?

Le trajet jusqu'à la sortie du commissariat n'était pas évident et il n'avait pas la moindre envie que Vine se promène dans les couloirs.

— Ne vous embêtez pas. Je connais le chemin.

Cette dernière remarque contredisait totalement ce que venait de lui dire Vine, qui prétendait ne pas avoir eu affaire aux forces de l'ordre depuis longtemps. Quelqu'un avait dû le couvrir, probablement en échange de plusieurs doses de drogue gratuites, pensa Sam.

— Il a un alibi ? s'exclama Zoe en surgissant dans la pièce dès que Vine fut parti.

Son visage exprimait une détresse profonde.

— Il prétend en avoir un, lui répondit Sam. Ce qui n'est pas la même chose.

Zoe savait que Sam n'allait pas croire ce type sur parole, mais elle se demandait comment il comptait faire pour éclaircir ce point.

— Est-ce que tu vas envoyer quelqu'un dans tous

les casinos de Las Vegas pour étudier leurs bandes de vidéo-surveillance ?

Sam avait envisagé cette possibilité avant de la rejeter. Cette approche exigeait trop de temps et de main-d'œuvre.

— Non, je vais demander à Trevor de tirer quelques ficelles et de faire circuler la photo de Vine dans les casinos pour voir si quelqu'un se souvient de l'avoir croisé. Si un employé se rappelle l'avoir vu, alors je demanderai à Trevor de réquisitionner les vidéos et de procéder à des recherches avec un programme de reconnaissance faciale.

— C'est pratique d'avoir des relations, lui répondit Zoe avec soulagement.

— Quand ce sont de « bonnes » relations, oui, en effet…

Sur ces mots, ne voulant pas perdre une minute, il sortit son téléphone de sa poche et appela son frère.

Trevor décrocha à la troisième sonnerie.

— J'ai besoin d'un peu de coopération interdépartementale, lui annonça Sam.

— Que se passe-t-il ?

Sam lui expliqua la situation. Comme il n'avait pas le genre d'autorité qui lui permettrait de franchir les frontières de l'État et que faire une demande officielle prendrait trop de temps, il préférait faire appel à son frère et lui confier les rênes de cette enquête criminelle.

— Envoie-moi la photo de cet homme, lui répondit Trevor après l'avoir écouté patiemment, je vais charger quelqu'un de commencer immédiatement les recherches.

— Merci.

— C'est à ça que servent les frères et sœurs, conclut Trevor avant de mettre fin à leur conversation.

Pendant un certain temps, après les dix-huit ans de Trevor, un certain ressentiment était né dans la fratrie Colton. Personne ne comprenait pourquoi, en tant qu'aîné, celui-ci n'avait pas réclamé la garde de ses frères et sœurs, ce qui aurait pu leur permettre d'être enfin rassemblés et de sortir de l'enfer qu'avait été le système de placement familial du comté.

Aujourd'hui, Sam comprenait à quel dilemme Trevor avait été confronté. Un jeune homme de dix-huit ans, sans ressources fiables et régulières, ne pouvait assumer la charge d'élever et de s'occuper de six autres enfants.

Mais, à l'époque, tout ce que ses frères et sœurs et lui-même avaient ressenti était l'impression d'un nouvel abandon. Et cela avait été une chose très difficile à accepter.

— Trevor est sur le coup, annonça-t-il à Zoe en rangeant son téléphone dans sa poche.

— Tu ne penses pas une seconde que Vine puisse être le Tueur Alphabet, n'est-ce pas ? lui demanda Zoe qui avait le même doute.

Il secoua la tête en quittant la salle d'interrogatoire et ils prirent tous deux la direction de son bureau.

— Non, ces femmes ont été choisies par le tueur pour leur apparence et leur identité. Selon toute vraisemblance, il les a traquées et observées. Et malgré tous mes efforts je n'ai découvert aucun lien entre elles et Vine. Cependant, conclut-il, la relation qu'il entretenait avec ta sœur est, elle, véridique et reste pour le moins étrange.

— Et son alibi ? demanda-t-elle, espérant au plus profond d'elle-même que celui-ci s'effondre.

— Pour le moment, ce ne sont que des mots… Vine pense probablement que nous n'avons ni les moyens ni les effectifs pour vérifier ses dires. Aussi, jusqu'à ce que nous puissions le faire, nous devons considérer son histoire comme authentique.

— Mais tu as les moyens et les effectifs, fit-elle remarquer. Tu as Trevor.

— Heureusement pour nous, reconnut Sam en hochant la tête.

Faisant le tour de son bureau, il soupira en regardant les piles de documents qui s'y trouvaient et ajouta :

— J'ai beaucoup de retard sur tout un tas de trucs qui n'ont rien à voir avec l'enquête, pourquoi ne rentrerais-tu pas chez toi ? Je te tiendrai au courant.

Zoe le regard d'un air dubitatif. Elle avait l'impression qu'il essayait de se débarrasser d'elle mais ne pouvait vraiment lui en vouloir. Après tout, elle ne représentait pour lui qu'une erreur de jugement, au mieux une aventure d'un soir, et comme il était à présent temps pour lui de reprendre le cours de sa vie il la renvoyait poliment à la sienne.

Elle savait qu'elle avait obtenu bien plus que ce dont elle avait toujours rêvé. Certes, elle avait espéré que cela durerait le temps de l'enquête, toutefois les choses ne se passaient pas toujours comme on le souhaitait, se rappela-t-elle.

Alors, s'intimant intérieurement de faire bonne figure et de ne pas se transformer en pot de colle qui ferait instantanément regretter à Sam les moments qu'ils avaient passés ensemble, elle acquiesça doucement en hochant la tête.

— Oui, bien sûr, dit-elle, en s'efforçant de garder un ton léger et optimiste. Je vais te laisser tranquille.

— Zoe ! l'appela-t-il alors qu'elle allait sortir de son bureau.

Une partie d'elle-même voulait continuer et emprunter ce couloir jusqu'à la sortie sans se retourner. Mais d'une part elle aurait paru agacée, d'autre part elle ne pouvait pas faire semblant de ne pas l'entendre.

— Oui ? lui répondit-elle donc en jetant un regard par-dessus son épaule.

— Je te tiendrai au courant, répéta-t-il d'une voix rassurante.

Elle comprit qu'elle pouvait le croire. Alors elle lui sourit et lui répondit :

— D'accord.

Et cette fois, alors qu'elle quittait son bureau, elle n'eut pas l'impression d'être en train de tourner le dos aux meilleurs moments de sa vie pour revenir sur le banc de touche.

Sam, de son côté, la regarda s'éloigner. Comprenant à sa démarche qu'elle l'avait cru, il se sourit à lui-même.

Il savait qu'il aurait mieux fait de ne pas la rappeler, qu'il aurait dû la laisser s'en aller et sortir de sa vie. Pourtant il ne pouvait s'y résoudre, même s'il savait que ce serait préférable pour elle. Elle était bien trop parfaite pour fréquenter des gens comme lui. Quelqu'un comme elle méritait un homme qui n'était pas hanté par tant de vieux démons et qui croyait en des choses comme l'amour et le bonheur.

S'il avait été un homme convenable, se dit-il avec

regret, il l'aurait laissée partir. Mais il venait de découvrir qu'il avait besoin d'une lueur pour éclairer les ténèbres de sa vie.

Zoe était cette lueur.

Il n'était pas assez fort pour la laisser partir. Enfin, pas encore.

Le mieux qu'il pouvait espérer, c'était qu'elle se rende compte par elle-même qu'il était toxique.

En attendant, se dit-il en laissant échapper un soupir, s'il ne s'attaquait pas dès maintenant à ces piles de documents qui semblaient se multiplier à une allure affolante, il ne pourrait probablement plus sortir de son bureau avant le prochain nouvel an.

Il s'assit donc et s'attela à la tâche, curieux de voir combien de temps il pourrait s'y consacrer.

Zoe conduisit jusque chez elle en fredonnant.

Même si elle savait pertinemment qu'elle ne devait pas se faire de faux espoirs, elle ne pouvait s'en empêcher. Sam lui avait dit qu'il reviendrait vers elle. Il n'y avait aucune raison pour qu'il le dise s'il ne le pensait pas sincèrement. Alors elle pouvait s'autoriser à croire que ce merveilleux intermède dans sa vie – elle n'était quand même pas assez stupide pour imaginer qu'il pouvait s'agir d'autre chose – allait probablement durer encore un moment.

Avec un peu de chance, Sam passerait peut-être même la voir ce soir… Cette seule pensée fit naître chez elle une puissante vague d'excitation.

Elle devait faire un saut au marché, se dit-elle. Si Sam venait chez elle ce soir, elle voulait lui préparer quelque chose de spécial et elle n'avait plus rien dans son frigo. Elle n'avait pas eu la moindre envie de manger depuis la mort de sa sœur.

N'ayant aucune idée des goûts de Sam, elle pensa que comme la majorité des Texans il devait apprécier la viande et imagina qu'un ragoût de bœuf, accompagné de légumes frais, serait une valeur sûre. Elle achèterait aussi un pack de bières. Si Sam ne venait pas, la bière se gardait indéfiniment, quant au ragoût, elle pourrait le manger en quelques jours.

Elle mit donc son plan en action.

Ses courses faites, elle arriva chez elle, une heure plus tard. Elle était assez contente d'elle-même et avait hâte de cuisiner. Le fait de créer quelque chose avec trois fois rien la détendait.

Pleine d'espoir et d'énergie, elle se gara devant sa maison, descendit de voiture et, les bras chargés de ses provisions, se dirigea vers la porte d'entrée.

Essayant de garder son équilibre comme elle le pouvait, elle chercha ses clés dans son sac, déverrouilla sa porte et la poussa avec son dos pour entrer.

Qu'il est bon d'être chez soi ! pensa-t-elle avec un sourire.

Avant de se rendre compte, une seconde plus tard, de ce qui l'entourait. Toute sa maison avait été… saccagée.

Comme celle de Celia.

16

Comme prisonnière d'un cauchemar, Zoe fit quelques pas dans le salon, ses sacs de courses toujours serrés contre elle. Stupéfaite, elle parcourut son intérieur du regard.

Elle ne s'était absentée que quelques heures, comment une telle chose avait-elle pu se produire si rapidement ? Tout avait été chamboulé, déchiré, jeté au sol. Il semblait évident que ceux qui avaient fouillé l'appartement de Celia étaient responsables de ce désastre. Et, à en juger par le désordre effarant qui régnait ici, on pouvait croire qu'ils n'avaient pas trouvé ce qu'ils cherchaient.

Mais que cherchaient-ils d'ailleurs ?

Et pourquoi fouiller chez elle ? Pensaient-ils que Celia avait pu choisir de cacher quelque chose ici ?

La première chose à faire, se dit-elle en s'efforçant de garder son calme, était de prévenir Sam. Peut-être pourrait-il l'aider à comprendre ce qu'il se passait.

Se rendant soudain compte qu'elle portait toujours ses provisions serrées contre elle, elle se retourna pour les poser sur le canapé.

C'est alors qu'elle prit conscience du contact froid du métal pressé contre sa tempe.

Et qu'elle entendit la voix basse et menaçante lui souffler à l'oreille :

— Où est-elle ? Où est la clé ?

S'efforçant de ne pas trembler, elle fit un pas en arrière, se retourna lentement et se retrouva face au canon d'une arme de taille moyenne. La personne qui la tenait était la même que celle qu'elle avait aperçue quelques heures plus tôt.

Johnny Vine.

Il la regardait avec une expression qu'elle ne lui avait jamais encore vue. Il n'avait plus rien du petit ami détendu, insouciant et sans attache qu'il avait toujours fait mine d'être, il semblait à présent totalement désespéré.

— Je ne vais pas le répéter une deuxième fois, l'avertit-il en lui jetant un regard glacial et dangereux.

— Quelle clé ? lui répondit Zoe en se mettant à pleurer. De quoi parles-tu ? Je n'ai aucune clé qui t'appartienne.

— Ce n'est pas la clé qui m'appartient, rétorqua Vine. Dis-moi où elle se trouve, bon sang !

Il arma son revolver et Zoe comprit que si elle ne lui donnait pas de réponse il allait la tuer.

Sans prendre le temps de réfléchir, elle saisit la seule chance qu'elle avait et jeta vers lui ses sacs remplis de courses. De toutes ses forces.

Il lâcha une bordée de jurons et fit feu sur Zoe qui prit ses jambes à son cou.

Tremblante, elle sortit en courant de chez elle et baissa les yeux pour voir si elle avait été touchée. Son taux d'adrénaline était monté si haut qu'elle pensait ne plus pouvoir sentir quoi que ce soit. Toutefois, elle ne saignait pas. Elle n'était pas blessée.

Soulagée malgré la terreur dont elle était la proie, elle continua de remonter son allée en courant.

Prendre sa voiture ne serait pas une bonne idée, se dit-elle, car à coup sûr Vine la rattraperait avant qu'elle n'ait le temps de démarrer.

Et même si elle pensait pouvoir être plus rapide que lui, il serait, de toute façon, bien plus fort. Aussi, sa meilleure chance de lui échapper était bel et bien de s'enfuir à pied. Elle avait fait partie de l'équipe d'athlétisme au lycée puis à l'université, et elle n'avait pas perdu l'habitude de courir. Cette activité la soulageait de son stress. Certaines personnes noyaient leurs angoisses dans l'alcool, elle se vidait la tête en enchaînant les foulées.

Et jamais elle n'aurait pensé un jour que cette activité lui serait d'un si grand secours, même si les chaussures à talon qu'elle portait aujourd'hui n'étaient pas vraiment adaptées.

Une fois parvenue au bout de son allée, elle s'engagea dans une des rues transversales en se demandant à quelle porte elle pouvait sonner pour demander de l'aide et prévenir la police.

Surveillant ses arrières en jetant régulièrement des coups d'œil par-dessus son épaule, elle allait se décider quand elle entendit un crissement de pneus.

Cela ressemblait au bruit que fait un véhicule qui effectue un demi-tour brutal.

Terrifiée à l'idée que Vine puisse la poursuivre en voiture, elle fit demi-tour et prit une autre direction.

Le désespoir qu'elle avait lu dans son regard laissait

à penser qu'il serait capable de l'écraser si elle ne lui révélait pas où se trouvait cette mystérieuse clé.

Ses poumons semblaient sur le point d'éclater. Elle entendait le bruit de la voiture qui se rapprochait.

Soudain, comme surgi de nulle part, un véhicule s'immobilisa devant elle et lui bloqua le passage.

Le cœur battant, elle regarda autour d'elle à la recherche d'un objet qui pourrait lui servir d'arme. Apercevant une statue de nain dans un jardin, elle se précipita vers elle, la saisit à deux mains et la brandit en direction du conducteur.

En découvrant le visage de ce dernier, elle lâcha sa prise et sentit ses genoux fléchir.

— Sam ! s'écria-t-elle avant de se jeter dans ses bras. Dieu merci, c'est toi ! Mais… ce n'est pas ta voiture !

Il lui expliqua alors qu'il avait dû changer de véhicule au commissariat car il avait découvert que la batterie du sien ne fonctionnait plus, bien que sa voiture n'ait pas plus d'un an. Un sentiment d'urgence l'avait alors poussé à venir le plus vite possible pour vérifier que Zoe était en sécurité. En la voyant remonter son allée en courant, il avait compris qu'il avait bien fait d'écouter son instinct.

— Que s'est-il passé ? lui demanda-t-il en la serrant contre lui. Tu trembles comme une feuille.

Maintenant que Sam était là pour la protéger, Zoe devait lutter pour ne pas s'effondrer.

— Johnny Vine, réussit-elle à dire une fois son souffle retrouvé, Johnny Vine était chez moi.

J'en étais sûr, pensa Sam.

Il songea aussitôt qu'il aurait dû trouver une raison

de garder Vine sous les verrous, le temps de faire des recherches plus approfondies sur lui.

Il repoussa un instant Zoe en arrière pour l'examiner.

— Il t'a fait du mal ?

— Il a saccagé ma maison, lui répondit-elle d'une voix plus calme. Comme chez Celia. J'ai dû l'interrompre, il cherchait une clé et il m'a demandé où elle se trouvait.

Elle s'interrompit et déglutit avec peine.

— Il avait une arme.

Le regard de Sam changea et devint glacial.

— Monte dans la voiture, lui ordonna-t-il.

Elle s'exécuta lentement, comme si elle était en pilote automatique.

Sans perdre une minute, il démarra et, quelques minutes plus tard, se gara devant chez elle.

— Reste dans la voiture, dit-il avant de lui tendre son téléphone portable. Et appelle les renforts.

Puis il sortit du véhicule et dégaina son arme avant d'avancer lentement vers la maison.

La porte était grande ouverte, exactement comme Zoe devait l'avoir laissée en prenant la fuite. Il entra lentement, l'arme à la main, et balaya du regard le salon, puis la cuisine, examinant tout avec la plus grande prudence.

Il procéda de la même façon dans toutes les autres pièces, en prenant soin de ne pas trébucher sur les objets qui jonchaient le sol. Ce qui était loin d'être évident car Vine avait tout retourné avec la même minutie qu'il l'avait fait chez Celia.

Que pouvait donc ouvrir cette clé qu'il cherchait avec tant d'empressement ?

Une fois qu'il eut inspecté l'intégralité de la maison, il se détendit légèrement. Il entendit soudain un bruit au rez-de-chaussée, se précipita dans les escaliers qu'il descendit en trombe et aperçut une silhouette qui se déplaçait dans le salon. Il se rapprocha doucement jusqu'à s'apercevoir qu'il s'agissait de… Zoe.

Furieux à l'idée de ce qui aurait pu se produire, il s'exclama :

— Il me semblait t'avoir demandé de rester dans cette maudite voiture !

— Tu as mis tellement de temps, j'ai pensé qu'il t'était peut-être arrivé quelque chose, lui répondit-elle calmement. Je voulais seulement t'aider.

— Tu penses que te faire tirer dessus m'aurait aidé peut-être ?

Mais il regretta aussitôt ses mots. Zoe s'était inquiétée pour lui, et personne ne lui avait jamais révélé ses sentiments avec autant de sincérité. Il vivait seul depuis si longtemps qu'il ne se rappelait plus si quelqu'un s'était même un jour préoccupé de savoir comment il se portait.

— Vine est parti, lui dit-il en changeant de ton. As-tu une quelconque idée de ce que peut être cette clé dont il t'a parlé ?

— Celia ne m'a jamais parlé d'une clé, lui répondit Zoe en secouant la tête, ou de quoi que ce soit appartenant à Johnny. Car cela doit être de ça dont il s'agit, tu ne crois pas ? Elle devait avoir en sa possession quelque chose qui lui appartient et elle a dû l'enfermer quelque part. Soit pour le garder en sécurité, soit comme une sorte d'assurance pour l'empêcher de s'en prendre à elle.

— De quoi peut-il bien s'agir ? dit Sam en entendant les sirènes qui approchaient. Une chose est sûre…

Il s'interrompit et elle le regarda avec curiosité.

— Quoi ?

— Tu ne peux pas rester ici, c'est trop dangereux.

Elle détestait le fait de ne plus se sentir en sécurité chez elle. Cependant, Sam avait raison, elle ne pouvait pas habiter ici tant que celui qui avait tué Celia était en liberté.

— Je vais prendre une chambre d'hôtel pour quelques jours, dit-elle en acquiesçant.

— Non, lui répondit Sam d'un ton catégorique, tu vas venir chez moi. De cette façon, je pourrai garder un œil sur toi vingt-quatre heures sur vingt-quatre. Et quand je ne le pourrai pas, je demanderai à un agent de s'en charger à ma place.

— Tu as du travail, protesta Zoe, que l'idée ne dérangeait pas mais qui ne pouvait s'empêcher de se sentir coupable. Tu ne peux pas perdre autant de temps à jouer les gardes du corps.

— Je ne vois pas cela comme une perte de temps, même si le fait de débattre de ce sujet en est une, lui fit-il remarquer. Prends ce dont tu as besoin pour quelques jours et cesse ces protestations inutiles.

Si elle avait envisagé de poursuivre cette discussion, elle dut se résoudre à changer de programme car sa maison fut soudain envahie par les agents de police et l'équipe scientifique de Granite Gulch.

Le chef de l'équipe, le lieutenant Gary Reynolds, qui était dans la police depuis vingt-trois ans, parcourut du regard l'étendue des dégâts dans le petit salon de Zoe et hocha la tête.

— Tu nous as encore mis un beau bazar, dit-il à Sam en plaisantant.

— Ce n'est pas moi qui crée le bazar, chef, répondit Sam en levant les mains en l'air avec un air innocent, moi j'appelle juste pour le signaler… D'ailleurs, pendant que vous passez la maison au peigne fin, pouvez-vous me prévenir si vous trouvez une clé ?

— Une clé ? Quel genre de clé ?

— Si seulement je le savais…, soupira Sam. Peut-être la clé d'un casier ou d'un garde-meuble. Quelque chose qui sort de l'ordinaire… Vous savez quoi ? En fait, mettez toutes les clés que vous trouverez de côté et transmettez-les-moi le plus vite possible.

Tandis qu'il discutait avec le lieutenant, il vit que Zoe s'agitait d'une façon étrange.

À quoi pensait-elle donc ?

Quand il eut terminé avec Reynolds, il l'entraîna à l'écart.

— Tu te souviens de quelque chose ? lui demanda-t-il, doucement.

— Peut-être, oui, lui répondit-elle avec prudence.

Elle ne voulait pas qu'il nourrisse de faux espoirs, et elle se demandait si ce souvenir n'était pas un tour que lui jouait son cerveau, fabriquant quelque chose qui n'existait pas pour satisfaire son envie de faire avancer l'enquête.

— Ce n'est pas le moment de jouer les timides, Zoe, jette-toi à l'eau. Même si j'aime l'idée de jouer le rôle de ton garde du corps, nous serons tous soulagés quand Vine sera derrière les barreaux.

— Tu as probablement raison, c'est peut-être lui qui a tué ma sœur, acquiesça Zoe. Cependant, nous n'avons toujours rien trouvé qui le lie aux deux autres meurtres et, dans ce cas, rien n'indique qu'il puisse être le Tueur Alphabet.

— Nous allons continuer d'enquêter là-dessus, lui répondit-il. Mais en attendant, essayons de le retrouver au plus vite.

Il prit son menton dans sa main et étudia son visage avec la plus grande attention.

— Qu'est-ce que tu fais ? lui demanda-t-elle en retenant son envie de se dégager.

— Je vérifie que tu n'as pas d'ecchymoses.

— Il ne m'a pas touchée, Sam, je te l'ai déjà dit. Il m'a seulement menacée de son arme.

Et soudain quelque chose lui revint en mémoire.

— Ils vont d'ailleurs probablement retrouver une balle coincée quelque part ici.

— Il t'a tiré dessus ? demanda Sam d'un ton furieux.

— Il a essayé quand je lui ai jeté mes sacs de courses à la tête.

— Attends, dit-il en levant la main pour l'interrompre, de quels sacs parles-tu ?

Zoe n'avait pas pensé que ce genre de détails pouvait avoir son importance. Au vu de sa réaction, pourtant, elle essaya de lui répondre de manière précise.

— Je suis passée au magasin sur le chemin du retour pour faire quelques courses en me disant que tu viendrais peut-être dîner ici, et que tu serais probablement affamé après ta journée de travail. Comme je n'avais rien d'autre que des restes dans mon réfrigérateur, je suis allée acheter de quoi préparer un bon repas.

Sam prit un moment pour réfléchir à ce que venait de lui dire Zoe. Personne n'avait jamais pris la peine de s'inquiéter autant pour lui. Il lui était même déjà arrivé de ne pas manger pendant plusieurs jours quand il était en famille d'accueil.

Il pensa soudain que si les choses avaient mal tourné il aurait pu perdre Zoe. Elle aurait pu recevoir une balle et mourir, alors qu'il n'avait même pas encore eu la chance de passer plus d'une journée avec elle. Si elle n'avait pas jeté ces sacs au visage de Vine, elle serait probablement morte à cette heure-ci.

Cette pensée le bouleversa.

— Eh bien, on dirait que tu as eu de la chance d'avoir ces provisions avec toi, lui dit-il simplement, peu enclin à se fier sur ce qu'il ressentait à cet instant.

Il avait besoin de temps pour comprendre et analyser tout ce qu'il se passait en lui. Et pour le moment une question restait toujours sans réponse.

— Tu ne m'as pas dit ce dont tu pensais t'être souvenue, rappela-t-il à Zoe.

— Celia louait un box de stockage. Peut-être que c'est la clé de cet endroit que Vine recherche…

17

Si sa maison n'avait pas été à cet instant remplie d'une multitude de policiers chargés de tout passer au crible, Sam aurait embrassé Zoe.

Certes, l'information devait être vérifiée, mais si Celia avait bien loué un box de stockage cela pourrait être décisif pour l'enquête.

Cependant, afin de conserver sa capacité d'analyse, Sam décida de se laisser un peu de temps pour juguler le sentiment de joie et de légèreté qui l'avait soudain envahi. Tout cela était nouveau pour lui après avoir vécu si longtemps dans l'obscurité, et ce changement incroyable était le bienvenu.

Mais il devait faire attention et ne pas se tromper, pensa-t-il avec prudence. Il ne pouvait pas se permettre d'y accorder plus d'importance, ce genre de chose n'était pas dans sa nature, et allait même à l'encontre de tout ce qu'il avait toujours pensé. Certains croyaient aux arcs-en-ciel après la tempête. Lui n'avait expérimenté que de brèves accalmies entre deux tornades.

Secouant la tête, il essaya de se concentrer sur le problème qui se posait à lui à cet instant, à savoir résoudre cette enquête plutôt que de trop réfléchir au dilemme interne qui l'animait et dont, pour le moment, il ne trouvait pas l'issue.

— Maintenant, il ne nous reste plus qu'à découvrir où se situe ce garde-meuble, déclara-t-il.

Il était temps de se retrousser les manches et de travailler à l'ancienne, en se rendant sur le terrain, en étant patient et en se remettant en question.

— Il me semble qu'elle l'avait depuis environ trois mois, ajouta Zoe avec enthousiasme. Il doit exister une sorte de relevé de paiements, une facture ?

— Si elle a payé en liquide pour plusieurs mois ou même un an d'avance, nous ne trouverons aucun document.

— Tu ne connaissais pas vraiment Celia, n'est-ce pas ? répondit Zoe en lui jetant un regard surpris.

— Qu'est-ce qui te fait penser une telle chose ?

— Si tu l'avais connue, tu saurais qu'elle ne payait jamais rien en liquide. Elle était du genre à vouloir garder l'illusion que ses réserves d'argent étaient inépuisables.

Zoe avait perdu le compte du nombre de fois où sa sœur lui avait emprunté de l'argent et avait ensuite oublié de la rembourser.

— Celia payait toujours avec des chèques ou avec l'une de ses cartes de crédit. Ce qui signifie qu'il existe forcément quelque part une trace concernant la location de cet endroit, un document qui nous révélera toutes les informations dont nous avons besoin pour le trouver et nous y rendre.

Elle s'interrompit en se rendant compte que Sam la regardait étrangement.

— Quelque chose ne va pas ? lui demanda-t-elle, soudain gênée.

— Rien du tout, lui répondit-il avec empressement.

Il ne voulait pas le reconnaître, mais il était en réalité en train d'essayer de cerner les défauts de Zoe. Personne n'était parfait. Certains en avaient plus que d'autres.Cependant, plus il fréquentait Zoe, plus elle lui paraissait proche de la perfection. Elle était intelligente, douce, désintéressée, gentille, la liste de ses qualités était longue. Jamais il n'aurait pensé un jour rencontrer quelqu'un de son genre et pourtant…

Il inspira profondément. *Ressaisis-toi, Colton*, se dit-il. *Tu n'as pas de temps pour toutes ces stupidités… Tu as un tueur en série à attraper et les restes de ta mère à retrouver.*

— Attends-moi une seconde ici, dit-il à Zoe. Je vais aller dire à Reynolds de rechercher un document en lien avec un entrepôt de stockage. Ensuite, nous partirons d'ici.

En revenant dans le salon, quelques minutes plus tard, il la découvrit agenouillée sur le sol, tentant de rassembler les courses qu'elle avait jetées sur Vine pour se protéger.

— Que fais-tu ? lui demanda-t-il.

Elle continua de ranger ce qu'elle avait acheté dans un sac sans lever les yeux.

— Je ramasse le dîner, répondit-elle sur un ton désinvolte.

— Selon moi, tu es plutôt en train de falsifier des preuves.

— J'ai jeté ces sacs sur Johnny, vous ne trouverez

rien d'intéressant là-dedans. J'ai seulement réussi à gagner un peu de temps, mais je n'ai pas dû l'atteindre, sinon c'est lui qui se trouverait par terre à la place de mes courses.

— Tu ferais une bonne avocate, lui fit-il remarquer en riant. Je vais quand même aller expliquer tout ça à Reynolds. En attendant, ne touche plus à rien, s'il te plaît.

Elle se releva et lui obéit, impatiente de quitter les lieux le plus vite possible.

Sam revint rapidement, le lieutenant sur ses talons. Sans dire un mot, ce dernier prit plusieurs photos de ce qui se trouvait au sol puis fit signe à Zoe qu'il avait ce dont il avait besoin.

— Vous pouvez ramasser vos provisions, lui dit-il.

Il n'eut pas besoin de le dire deux fois.

— Eh bien, déclara Sam, jamais je n'aurais pu imaginer qu'on puisse aussi bien cuisiner.

— Comme je te l'ai déjà dit, lui répondit Zoe qui s'était levée pour débarrasser la table, les bibliothécaires ont beaucoup de temps pour lire.

— La dernière fois que je suis allé consulter un livre dans une bibliothèque, j'étais en première année de lycée, dit-il, et la seule raison de ma présence là-bas était d'éviter au maximum la maison dans laquelle j'avais été placé.

— Pourquoi ? demanda Zoe en cessant un instant de débarrasser le couvert.

— J'avais quinze ans et la femme du couple qui était ma « famille d'accueil » ne cessait de me draguer dès que son mari avait le dos tourné. Et son mari était du genre grand gars très costaud…

Il s'était vite rendu compte que beaucoup de gens qui proposaient d'héberger des enfants chez eux le faisaient uniquement pour recevoir de l'argent.

Émue, Zoe lui caressa la joue. Penser qu'il avait vécu de telles choses la bouleversait. Si elle le connaissait vaguement à l'époque, jamais elle n'aurait pu imaginer le genre d'épreuves qu'il traversait déjà.

— Et dire qu'étant de nature timide et réservée je m'apitoyais sur mon propre sort, lui confia-t-elle d'une voix douce. Je n'avais pourtant pas de réelles raisons de me plaindre par rapport à tout ce que tu affrontais.

Il lui prit les mains et l'attira sur ses genoux.

Oubliant la vaisselle, le meurtre de Celia et l'enquête en cours, ils trouvèrent, dans les bras l'un de l'autre, le réconfort dont ils avaient tant besoin.

Le lendemain matin, Sam ne perdit pas de temps et, n'ayant reçu aucune nouvelle de Reynolds et de son équipe, il entreprit d'étudier les relevés bancaires de Celia. Il trouva vite les traces d'un chèque rédigé le mois dernier, à l'adresse d'un garde-meuble en périphérie de la ville.

Quand Zoe et lui arrivèrent à l'entrepôt, la personne en charge de la réception était partie pour sa pause déjeuner.

— Et si nous attendions ? suggéra Zoe en regardant le panneau accroché à la fenêtre poussiéreuse qui indiquait son horaire de retour.

Sans lui répondre, Sam retourna à sa voiture, ouvrit le coffre et s'empara de son couteau multilame.

Ou pas, pensa Zoe en le suivant jusqu'à la porte du box de Celia.

D'un mouvement rapide, il fit sauter le cadenas qui tomba au sol.

En entrant, le bref élan de joie suscité par la découverte de l'existence de ce lieu de stockage se changea immédiatement en déception. À part de grands cartons contenant tous les vêtements que Celia semblait avoir jamais possédés, il n'y avait pas grand-chose à l'intérieur.

Dans un coin, des boîtes, pleines de souvenirs qui n'avaient probablement de sens que pour elle, étaient empilées les unes sur les autres.

— Nous voilà revenus à la case départ, marmonna Sam d'un ton amer, en réfléchissant à un nouveau plan d'action.

Il fut interrompu par son téléphone portable qui se mit à vibrer dans sa poche.

— Colton à l'appareil, dit-il en décrochant.

Observant son visage, Zoe l'écouta et essaya de comprendre de quoi il s'agissait. Les nouvelles semblaient inquiétantes.

— Compris, conclut-il d'un ton sinistre. J'ai quelque chose à finir mais je serai là dès que ce sera fait.

Sur ces mots, il raccrocha et rangea son téléphone dans sa poche.

— Qu'est-ce que tu dois finir ? lui demanda Zoe, sentant un certain malaise naître en elle. Et où dois-tu aller après ça ?

— Je vais te déposer chez moi, lui répondit-il en la prenant par le bras pour sortir du box.

— Pourquoi ne puis-je pas t'accompagner ? insista-t-elle, se sentant devenir un peu plus audacieuse chaque jour.

Sam referma le volet roulant et se dirigea vers la voiture sans lui répondre. En passant devant la réception, il s'aperçut qu'il n'y avait toujours personne.

— Parce qu'un nouveau meurtre a été commis, expliqua-t-il, et que je pense que tu n'as pas besoin de voir un autre cadavre. Je ne veux pas t'emmener sur une nouvelle scène de crime.

Son ton était clair : il n'y avait pas de discussion possible.

Elle décida malgré tout de tenter sa chance.

— Mais je pourrais t'être utile, je pourrais voir quelque chose que tu ne vois pas.

— C'est un travail d'inspecteur, lui répondit-il tandis qu'ils montaient tous les deux en voiture. Je serai de retour dès que possible.

Elle savait ce que cela signifiait. Quelque chose entre quatre-vingt-dix minutes et trente-six heures. Cependant, consciente du fait qu'elle ne pourrait pas le faire changer d'avis, elle décida de prendre les choses comme elles étaient et acquiesça en silence.

— Elle s'appelle Daphne Picard, lui dit le premier policier que Sam croisa en arrivant sur les lieux du crime, une trentaine de minutes plus tard.

Il venait de déposer Zoe chez lui et avait chargé l'un de ses hommes de la surveiller et surtout de le prévenir si Vine pointait le bout de son nez.

Sur la route qui menait à Rosewood, une des villes voisines de Granite Gulch, il avait essayé plusieurs fois de chasser le pressentiment qui l'habitait depuis qu'il avait reçu ce coup de téléphone.

Même si ce nouveau meurtre était déjà une très mauvaise nouvelle, quelque chose d'autre le tracassait.

Avec le temps, son travail le rendait de plus en plus paranoïaque, mais le fait qu'il ait aujourd'hui, qu'il le reconnaisse ou non, quelqu'un à qui il tenait dans sa vie, ne faisait que renforcer cette psychose.

Il constata également qu'il passait beaucoup de temps à essayer d'ignorer cette réalité, et que celle-ci ne cessait de lui venir à l'esprit à des moments peu opportuns.

Se forçant à se concentrer sur les détails de ce dernier crime, il se remémora les informations les plus importantes.

Daphne Picard était une jeune femme célibataire d'une vingtaine d'années. Comme les autres victimes, elle avait de longs cheveux bruns, avait été abattue d'une balle, et on lui avait dessiné sur le front une cible rouge avec un point légèrement décentré à l'intérieur.

Ce fichu salopard courait toujours, se dit-il en réprimant un accès de colère.

Et, d'après la probable heure du décès annoncée par le médecin légiste, Vine ne pouvait être le coupable puisqu'il se trouvait en garde à vue à ce moment-là.

Il n'avait pas avancé d'un pouce dans cette enquête.

Il resta sur les lieux suffisamment longtemps pour pouvoir tout examiner en détail et prendre quelques notes. Il demanda également à ce qu'on lui envoie tous les rapports qui seraient établis sur ce meurtre.

Puis il sortit et appela Zoe.

Il tomba sur sa messagerie.

Deux fois de suite.

Tentant de se persuader qu'il existait mille raisons possibles au fait qu'elle ne lui réponde pas, il essaya de joindre le policier qu'il avait laissé en faction devant chez lui.

Mais celui-ci ne répondit pas non plus.

Il ne perdit pas de temps à réfléchir à ce qu'il pouvait se passer et se précipita vers sa voiture.

La seule chose qui importait était de se rendre chez lui.

Le plus vite possible.

La voiture du policier se trouvait toujours au même endroit, garée sur le trottoir, juste devant sa maison. L'agent, prénommé Allen Davidson, était assis au volant.

*Pourquoi diable n'a-t-*il pas répondu à son téléphone ? se demanda Sam.

Il s'arrêta à côté de la voiture, prêt à insulter le jeune homme, mais il n'eut malheureusement pas l'opportunité de le faire. Il était raide mort, on lui avait tiré une balle en pleine tête.

Se maudissant d'avoir laissé Zoe, Sam gara son véhicule à la hâte et se précipita vers la porte d'entrée. Elle était fermée mais pas verrouillée.

Dégainant son arme, il entra chez lui.

Son être tout entier brûlait de courir dans toutes les pièces en hurlant le prénom de Zoe. Cependant, il savait que si Vine était toujours là – car de toute évidence c'était lui qui était derrière ce meurtre – ce n'était pas la meilleure des idées.

Ainsi, même si cela lui demandait un effort coûteux, il garda le silence et avança le plus lentement possible, examinant chaque endroit dans les moindres détails en gardant à l'esprit qu'on pouvait lui tirer dessus à n'importe quel moment.

Quand il eut inspecté la dernière pièce, il se sentit à la fois soulagé et perplexe.

Si Zoe et Vine ne se trouvaient plus ici, où pouvaient-ils bien être partis ?

Il resta un instant immobile, sans savoir quoi faire, ni où aller. Lorsque son téléphone se mit à vibrer dans sa poche, il sursauta.

— Colton à l'appareil, hurla-t-il en décrochant nerveusement.

— Je crois que j'ai quelque chose qui vous appartient, inspecteur, lui répondit une voix à l'autre bout du fil, sur un ton moqueur et méprisant. Et vous avez de la chance, je suis prêt à faire un échange.

Il y eut une longue pause. Sam comprit que Vine appréciait la situation.

— Cela vous intéresse ? lui demanda ce dernier.

— Que voulez-vous ? gronda Sam.

— J'aime les gens qui vont droit au but, répondit Vine d'un ton joyeux. Mais je crois que vous savez ce que je veux, Colton.

Même si cela lui demandait un énorme effort, Sam laissa passer quelques instants sans parler pour tenter de déstabiliser au maximum son interlocuteur.

— La clé, je veux cette putain de clé ! hurla ce dernier avant de prendre une profonde inspiration, comme pour se calmer. Vous me donnez cette clé et je vous rends la fille en bon état. Sinon, je vais devoir essayer tous mes nouveaux outils, vous me suivez ?

Sur ces mots, Vine explosa d'un rire à glacer le sang.

18

Une rage puissante monta en Sam, lui faisant presque perdre la parole.

Tout en tentant de garder le contrôle de lui-même, il lança un avertissement à celui qu'il considérait comme la pire des ordures.

— Si vous la blessez, si vous touchez ne serait-ce qu'à un seul cheveu de sa tête, vous ne trouverez aucun endroit sur cette terre où vous pourrez vous cacher. Et quand j'en aurai fini avec vous, personne ne sera capable de vous identifier.

— Eh bien, on dirait que j'ai fait mouche, lui répondit Vine en riant. Mais ne vous en faites pas, inspecteur, faites ce que je vous demande et vous récupérerez cette pauvre fille dans l'état dans lequel vous l'avez laissée.

Il laissa passer quelques secondes puis ajouta, d'une voix plus dure :

— Toutefois, si vous ne me donnez pas cette clé, alors vous serez le seul responsable de ce qui lui arrivera… Je vous donne trois heures, conclut-il.

Il ajouta – aimablement, comme s'ils venaient d'avoir une conversation normale :

— Sur ce, je vais vous laisser travailler.

— Attendez un instant, s'écria Sam avant qu'il ne

raccroche. Laissez-moi lui parler ! Après tout, comment puis-je être certain qu'elle est encore en vie ?

— La confiance, mon pote, lui répondit Vine en laissant de nouveau éclater son rire froid. Vous allez devoir me faire confiance.

— Parce que vous croyez peut-être que…, protesta Sam.

Mais Johnny avait raccroché.

Sam réprima sa soudaine envie de jeter son téléphone contre le mur, laissa éclater sa colère en criant quelques jurons puis se calma. Inutile de perdre son énergie, pensa-t-il, il avait du pain sur la planche.

Mais où pouvait bien se trouver cette satanée clé ?

L'appartement de Celia et la maison de Zoe avaient été perquisitionnés, fouillés minutieusement par l'équipe scientifique de la police du comté, et aucune clé n'avait été retrouvée. De son côté, il avait inspecté avec la plus grande attention le box de stockage de Celia et était parvenu au même résultat.

Il décrocha son téléphone pour appeler Reynolds et, après lui avoir révélé les détails de toute l'affaire et l'avoir averti du meurtre du policier chargé de la surveillance de Zoe, il lui demanda de procéder à un deuxième examen des scènes de crime.

Après l'avoir écouté avec attention, Reynolds lui répondit, d'une voix calme et assurée :

— Je ne sais pas si tu es au courant, Sam, mais on a découvert le corps d'une nouvelle victime, aujourd'hui, à Rosewood. Elle a été tuée selon le même mode opératoire que les autres. Mon équipe et moi sommes en train de nous rendre sur les lieux.

— Oui, je sais, je te remercie, lui répondit Sam en

tentant de cacher l'angoisse qui montait en lui. Mais cette fille, à Rosewood, est déjà morte, et de mon côté je suis en train d'essayer d'en sauver une qui est encore vivante. Reynolds, si nous ne trouvons pas cette clé, elle n'en a plus pour longtemps.

— OK, soupira le lieutenant, je vais voir qui je peux envoyer là-bas.

— Merci, je te revaudrai ça.

— Ouais, conclut Reynolds d'un ton blasé. Tu as tout intérêt.

Comme s'il était possédé, Sam retourna à l'entrepôt de stockage. Il lui fallut près d'une heure pour tout examiner une nouvelle fois, fouiller le petit espace de fond en comble, déplacer les étagères métalliques que Celia avait dû installer elle-même et vider les boîtes une à une avant de tout remettre en place. Il inspecta même les vêtements, vidant les poches, explorant les coutures, pour s'assurer que la clé n'y avait pas été cachée. Il feuilleta les quelques livres qu'il avait également trouvés mais en vain. Il n'y avait pas la moindre trace d'une clé.

— Bon sang, où diable peut-elle être cachée ? s'écria-t-il en donnant un coup au portant sur lequel étaient suspendus les cintres.

Le portant bascula et tomba au sol.

Sam jura. Découragé, il envisagea de le laisser par terre avec les vêtements, mais son sens du rangement le fit changer d'avis.

Il laissa échapper un profond soupir et s'accroupit pour tenter de soulever la lourde barre métallique sans faire tomber tous les cintres.

En la bougeant, il remarqua soudain des interstices

entre les lattes du vieux plancher en bois, et il lui sembla voir quelque chose briller.

Même s'il se doutait que son imagination lui jouait des tours, il jugea préférable malgré tout de vérifier et, sortant la petite lampe-stylo qu'il gardait toujours sur lui, il éclaira minutieusement la fissure. Alors qu'il arrivait à son extrémité, quelque chose scintilla dans son faisceau.

Il chercha un objet pour faire levier sur la latte de plancher, puis décida d'aller chercher le pied-de-biche qui était rangé dans le coffre de sa voiture.

Cinq minutes plus tard, il souleva la planche et se retrouva nez à nez avec une clé.

Il se demanda si Celia l'avait volontairement cachée à cet endroit ou si elle était tombée là accidentellement. Mais s'agissait-il seulement de la fameuse clé ?

Après tout, peu lui importait, l'essentiel était que Vine pense qu'il l'avait en sa possession.

Sans elle, il n'avait aucune chance de retrouver Zoe vivante.

Vine lui avait laissé trois heures, mais nelui avait donné aucun moyen de le contacter s'il découvrait la clé plus tôt. Le numéro qui s'était affiché lors de l'appel était masqué et Sam ne pouvait pas le retracer car il devait probablement s'agir d'un appareil prépayé.

Il n'avait donc pas d'autre choix que d'attendre que Vine le recontacte. Pour calmer ses nerfs, il tenta de mettre en place un piège pour être certain d'arrêter le criminel. Cependant, comme ce dernier n'avait pas donné d'indications précises, il n'obtint aucun résultat.

Quand son téléphone sonna enfin, le cœur de Sam

manqua un battement. Il prit une profonde inspiration puis décrocha.

— Vous avez la clé ? lui demanda Vine sans perdre une seconde.

— Oui.

— Je savais que vous étiez un bon petit soldat. Vous aviez seulement besoin d'être un peu stimulé.

Ne pas dire à cette ordure ce qu'il pensait de lui ou ce qu'il avait envie de lui faire demanda à Sam un véritable effort. Mais il savait que ce salaud avait la vie de Zoe entre ses mains.

— Où voulez-vous que nous nous retrouvions pour faire l'échange ?

— Vous connaissez la vieille usine abandonnée qui se trouve à environ huit kilomètres de l'aéroport ?

— Oui, répondit Sam.

— Apportez la clé là-bas à minuit tapant.

— Et Zoe ?

— Quoi, Zoe ? répéta Vine d'un ton moqueur.

— Laissez-moi lui parler, gronda Sam.

— Ne soyez pas trop gourmand. Vous aurez tout le temps de papoter avec elle quand vous m'aurez remis ce que je veux.

— Maintenant vous allez bien m'écouter, s'exclama soudain Sam avec colère, je ne vous apporterai rien du tout tant que je ne lui aurai pas parlé !

— Ah, vous les Colton… Vous avez toujours été autoritaires et capricieux, fit remarquer Vine avant d'éclater de rire.

Pourtant, après quelques secondes, Sam entendit enfin la voix de Zoe à l'autre bout du fil.

— Sam ?

— Zoe ! Tout va bien ? lui demanda-t-il, sentant un flot l'adrénaline le parcourir de la tête aux pieds. Est-ce qu'il t'a fait du mal ?

— Pas encore, lança Vine en reprenant le téléphone.

— Repassez-la-moi ! lui ordonna Sam.

— Je vous ai déjà dit que la gourmandise était un vilain défaut, inspecteur, répéta Sam, d'un ton paternel. Vous avez eu la preuve que vous exigiez, elle est toujours vivante, maintenant si vous voulez qu'elle le reste, apportez-moi cette putain de clé à minuit à l'endroit dont je vous ai parlé. À tout à l'heure.

Et il raccrocha.

Les sept heures qui suivirent parurent une éternité à Sam. Mais il devait contrôler son impatience, il devait garder son calme. Pour le bien de Zoe.

Car s'il voulait mettre Vine derrière les barreaux, le plus important, pour le moment, était de la retrouver saine et sauve. Même s'il avait demandé le déploiement de nombreux policiers, cachés aux abords de l'usine, il ne voulait prendre aucun risque et attendrait qu'elle soit en sécurité pour se concentrer sur l'arrestation du criminel.

Minuit arriva. Puis minuit et quart.

Et enfin, à minuit et demi, Vine apparut, comme surgi de nulle part. Il pressait son bras droit contre la gorge de Zoe, et dans la main gauche tenait le canon de son arme posé sur sa tempe.

— Nous voilà, annonça-t-il, d'une voix dramatique. Un peu en retard, mais en un seul morceau.

— Si vous lui avez fait quoi que ce soit..., commença Sam.

— Alors quoi ? L'échange sera annulé ? Ne vous foutez pas de moi, inspecteur, nous savons tous les deux que vous êtes prêt à tout pour la récupérer. Mais ne vous en faites pas, elle est vivante.

Il s'interrompit et regarda Sam d'un air malveillant avant d'ajouter :

— La clé, donnez-la-moi.

— Venez la chercher, lui répondit Sam en la sortant de sa poche.

— Vous croyez vraiment que c'est moi qui vais faire le premier pas ? Vous me prenez pour un imbécile ! s'exclama Vine en lui montrant du doigt un objet jaune posé au sol à quelques mètres d'eux. Vous voyez ce jouet là-bas, le petit camion jaune télécommandé ? Posez la clé dans son coffre, puis appuyez sur le bouton. Quand j'aurai récupéré la clé, vous retrouverez la fille.

— Comment puis-je être certain que vous allez tenir parole ?

— Oh ! inspecteur, rétorqua Vine avec un petit rire. Vous ai-je déjà menti ? Vous savez quoi, je vais vous dire une chose : je la libérerai dès que le camion viendra vers moi, cela vous convient-il ?

Sam savait qu'il n'avait aucun recours contre Vine. Son arme était rangée dans son holster et, même s'il pouvait facilement l'attraper, le criminel aurait le temps d'abattre Zoe avant qu'il n'ait eu le temps de dégainer.

— OK, faisons comme ça, déclara-t-il alors.

— Je savais que vous finiriez par choisir la voie de la raison, conclut l'autre en jubilant. Maintenant, allez déposer la clé dans le camion.

Il attendit que Sam s'exécute puis le félicita avec condescendance :

— C'est bien, vous êtes un bon petit gars, Colton. À présent, mettez l'engin en marche et dirigez-le dans ma direction.

Sam lui obéit et le petit camion s'élança sur le sol de l'entrepôt, en direction de Vine et de Zoe.

Quand il ne fut plus qu'à quelques mètres d'eux, Sam s'écria :

— Libère-la !

— Que ferez-vous si je ne le fais pas ? lui répondit Vine d'un ton moqueur. Vous nous tirerez dessus ? Ne vous faites donc pas tant de bile, Colton, je n'ai qu'une parole.

Sur ces mots, il desserra son emprise et délivra Zoe.

— Allez-y, ma chérie, il vous attend, lui dit-il en la poussant vers l'avant.

Elle tomba sur le sol et Sam se précipita vers elle tandis que Vine, après avoir ramassé la clé, prenait la fuite dans la direction opposée et disparaissait derrière des rangées d'étagères vides.

— Je vais bien, cria Zoe. Va le chercher !

— Allez-y ! ordonna alors Sam dans la petite radio qu'il avait dissimulée dans sa poche arrière.

En quelques secondes, une multitude de policiers envahit l'entrepôt tandis que Sam fonçait vers l'endroit où avait disparu Vine. Mais il n'y avait plus personne.

Après une rapide fouille des lieux, ils durent se rendre à l'évidence, le criminel avait réussi l'impossible, il s'était évaporé. Il s'était bel et bien volatilisé de cet endroit, pourtant entièrement cerné par des agents de police.

— Où a-t-il bien pu passer ? demanda Zoe à Sam en le rejoignant.

— Si seulement je le savais, lui répondit celui-ci, en laissant échapper un profond soupir de frustration. Il doit y avoir une sorte de tunnel qui permet de sortir d'ici d'une autre façon.

Il n'y avait pas d'autres explications possibles, Vine n'était pas Houdini.

— Inspecteur !

L'un des agents l'appelait, debout devant ce qui ressemblait à une sorte de buanderie. En s'approchant, Sam vit qu'il y avait une trappe dans le sol.

— Voilà par où il s'est enfui, dit le policier.

— Découvrez où cela mène, lui ordonna Sam, même s'il savait que c'était probablement inutile.

Il commençait à comprendre que Vine n'était pas aussi bête qu'il en avait l'air. Ce psychopathe semblait avoir orchestré l'opération de main de maître.

— Je suis désolée, Sam, lui glissa Zoe à l'oreille tandis que les agents s'engouffraient dans le passage souterrain.

— Tu n'y es pour rien, lui répondit-il avant de la prendre dans ses bras. Nous allons l'attraper, ne t'en fais pas.

Puis, soulagé de l'avoir retrouvée saine et sauve, il déposa un baiser sur son front.

— Il n'a pas encore gagné la partie, ajouta-t-il.

— Il a la clé, lui fit remarquer Zoe d'un ton dubitatif.

— Oui, mais j'ai toujours la main sur le jeu…, lui répondit Sam avant de se tourner vers le policier qui se tenait à ses côtés. McKinley, je pense qu'il est temps de lancer le plan B.

— Oui, chef, acquiesça le jeune homme avant de s'adresser au reste des effectifs. Les gars, vous avez tous entendu l'inspecteur : on lance le plan B !

— Le plan B ? répéta Zoe en jetant à Sam un regard chargé de curiosité. De quoi s'agit-il ?

Il lui adressa un large sourire.

— Il y a toujours un plan B, expliqua-t-il. Mais, avant toute chose, je dois me rendre seul quelque part. Je vais te déposer chez moi, même si je sais que la dernière fois que je l'ai fait ça ne s'est pas très bien passé.

— Pas question, dit-elle. Après ce qu'il vient de se passer avec Johnny, je ne te lâcherai plus d'une semelle pendant quelques jours. Ou même plus d'ailleurs…

— On peut peut-être s'arranger, lui dit-il en lui lançant un regard chargé de sous-entendus avant de reprendre son sérieux. Tant que tu me promets de m'écouter et de ne rien faire d'imprudent.

— Je te le jure, dit-elle d'un ton solennel.

Mais Sam savait que la croire à ce sujet serait d'une grande naïveté.

19

— Je commençais à croire que tu m'avais posé un lapin, mon garçon, déclara Matthew en regardant son fils qui avançait vers lui.

Si le lieu de leur rencontre était le même que lors de leurs dernières entrevues, le vieux Colton avait cette fois donné de nouvelles instructions pour que le « jeu » puisse continuer.

— Où est Juliet ? demanda-t-il en ricanant. Elle en a déjà eu assez de toi ?

Sam avait décidé de ne parler que de l'essentiel et ne prit donc pas la peine de répondre.

— Tu as demandé à me voir, je suis là, dit-il en s'asseyant en face de son père. J'ai rempli ma part du marché, à ton tour.

— Oh ! on ne prend pas la peine de bavarder un peu avant ? rétorqua le vieil homme d'un ton moqueur. Tu ne veux plus prétendre au rôle du fils parfait ?

Sam était à bout de nerfs. Il avait failli perdre Zoe et n'était pas d'humeur à jouer à n'importe lequel des nouveaux petits jeux que pouvait inventer son père.

— Va droit au but, s'il te plaît. Rien de ce qui nous concerne ne t'a jamais intéressé, nous savons tous très bien que tout cela n'est pour toi qu'un moyen de te divertir, lui dit-il avec dégoût. C'est ta dernière pathétique tentative de prise de pouvoir.

— Fais attention, mon garçon, lui répondit Matthew en plissant les yeux. Si tu continues à essayer de me blesser, tu vas rentrer chez toi les mains vides.

— Et si je cesse, je rentre avec quoi ?

Il commençait à croire que, même si lui et ses frères et sœur sautaient au travers de tous les cerceaux que tenait leur pervers de père, il n'allait probablement pas leur donner l'information qu'ils désiraient.

— Eh bien, avec ton indice bien sûr. Ton premier indice, répondit Matthew sur un ton exagérément dramatique.

— Très bien, alors je t'écoute, dit Sam en le regardant droit dans les yeux.

Pendant un long moment, il lui sembla que leur entretien s'était changé en concours de regards.

Mais, alors qu'il allait déclarer que tout cela n'était qu'une perte de temps, son père prononça enfin un mot :

— Texas.

Sam se demanda s'il avait bien entendu.

— Qu'as-tu dit ?

— Texas, répéta le vieil homme, plus distinctement cette fois.

Sam laissait passer quelques secondes, mais le vieux Colton resta silencieux.

— C'est tout ? lui demanda-t-il incrédule.

Matthew le regarda d'un air suffisant, manifestement très satisfait de son petit effet.

— C'est tout, oui.

Sam laissa échapper un profond soupir de frustration. Cependant, puisque le vieil homme semblait accorder beaucoup d'importance à cette indication, il présumait que ce qu'il voulait dire avec ce simple mot était que sa mère était enterrée quelque part au Texas, dans cet État dont la superficie n'était dépassée que par celle de l'Alaska.

Ce n'était pas grand-chose, mais c'était un début, se dit-il.

Avec un peu de chance, ses frères et sœur récolteraient d'autres indices qui permettraient de faire progresser leurs recherches.

Après avoir accordé à Matthew suffisamment de temps pour qu'il puisse ajouter quelque chose à cette maigre information, il se leva.

— Très bien, dit-il en se dirigeant vers la porte. À la prochaine fois, alors.

— Une dernière chose, lança son père avant qu'il ne quitte la pièce.

Sam fit demi-tour et le regarda. Il savait que si Matthew faisait toujours ça – adjoindre des post-scriptum au dernier moment – c'était pour montrer qui avait le contrôle.

— Oui ? demanda Sam, avec impatience.

— Je me sens d'humeur généreuse aujourd'hui, alors je vais te jeter un autre os, déclara le vieil homme en articulant lentement chacun de ses mots. Tu te souviens de ces lettres que je t'ai prêtées ?

— Oui.

— Eh bien, si j'étais toi, mon garçon, je ne lirais que celles qui ont été écrites par des femmes, précisa-t-il en riant. Ce sont elles les plus dangereuses de nous tous.

Sam revint sur ses pas rapidement.

— Dis-m'en plus ! demanda-t-il avec empressement.

Le père prit un instant pour regarder son fils, une expression provocante sur le visage. Il savourait manifestement le fait d'avoir toutes les cartes en main.

— Je suis épuisé à présent, alors laisse-moi, mon garçon, répondit-il finalement d'un ton autoritaire.

Sam le fusilla du regard et repartit vers la porte.

Une fois sorti de la pièce, il pensa que leur entrevue n'avait pas été très instructive. Le premier indice était bien trop général et ne pourrait pas les aider pour le moment. Toutefois, le second, concernant l'enquête, pouvait être intéressant…

— Alors, qu'est-ce qu'il t'a dit ? demanda Zoe à Sam en le voyant sortir de la pièce réservée aux visites.

Il passa son bras autour de ses épaules et le simple fait de la sentir à ses côtés le revigora.

— Il m'a demandé où tu étais.

— Je ne te crois pas, lui répondit-elle en pouffant.

— Si, vraiment. En revanche, il t'a appelée Juliet.

— T'a-t-il dit quelque chose d'intéressant ?

Zoe avait maintenant compris combien il était important pour Sam et ses frères et sœur de retrouver le corps de leur mère et de lui offrir la digne sépulture qu'elle méritait.

— Il a dit le mot « Texas », lui répondit Sam en riant.

— Texas…, répéta Zoe en fronçant les sourcils. Qu'est-ce que cela peut bien signifier ?

— Que c'est là qu'il a enterré ma mère, je suppose.

— Il n'a pas donné de précisions ? demanda-t-elle, même si elle se doutait que Matthew Colton n'allait pas fournir à son fils d'autres indices sans contrepartie.

— Non, ça le rendrait humain, lui répondit Sam en les guidant hors du bâtiment, et cela fait bien longtemps que j'ai compris que mon père est tout sauf « humain ». Il n'a jamais eu et n'aura jamais une once de compassion envers ses semblables. Cependant, à propos de ses lettres, il m'a dit que nous ferions mieux de nous concentrer sur celles qui ont été écrites par des femmes.

— Eh bien, c'est déjà quelque chose, déclara Zoe d'un ton enjoué.

— Je l'espère…, répondit Sam qui avait appris à ne rien tenir pour acquis concernant son père. Mais, avant tout, j'ai quelque chose d'important à faire.

Zoe s'immobilisa et lui lança un regard interrogateur.

— De quoi s'agit-il ?

Il lui prit la main et l'attira vers l'endroit où il avait garé la voiture.

— Le plan B, lui rappela-t-il, l'air mystérieux.

— Qui est ?

— Qui va bientôt se dérouler, lui répondit-il en restant dans le flou pour la taquiner.

— Quelle est la sanction pour coups et blessures sur un inspecteur de police ?

Il éclata de rire. Zoe lui faisait du bien. Malgré tout ce qu'il se passait, elle lui donnait le sentiment de vivre des émotions qu'il pensait ne plus être capable de ressentir.

— Cela dépend de celui qui frappe et de la violence de l'agression, lui répondit-il avec un sourire avant d'ajouter : je vais tout t'expliquer dans la voiture.

— J'ai hâte, lui répondit-elle avec impatience.

Tout semblait très simple, pensa Zoe quand Sam eut fini de lui faire part de la stratégie mise en place.

Quand il avait découvert la clé que Vine cherchait si désespérément, il l'avait envoyée à la police scientifique pour la faire analyser. Les experts lui avaient alors appris que c'était celle d'un casier. Et plus précisément, d'une consigne comme on en trouve dans les aéroports.

Cette information avait été le point central de leur plan, conclut Sam tandis qu'ils roulaient vers l'aéroport du comté.

Zoe pensa soudain qu'il s'agissait peut-être des derniers instants avant la fin de ce casse-tête infernal.

Après s'être garé aussi près que possible de l'entrée de l'aéroport, Sam coupa le moteur et se tourna vers elle.

— Maintenant, je vais t'expliquer comment les choses vont se passer. Dès que j'aurai reçu l'appel m'annonçant que Vine a été repéré sur les lieux, je vais me joindre aux équipes déjà présentes sur place. Toi, indiqua-t-il en fronçant les sourcils, tu vas rester dans la voiture et m'attendre ici. Je veux que tu verrouilles les portes de l'intérieur dès que je serai sorti, c'est compris ?

Un seul regard suffit à Zoe pour comprendre qu'il était inutile de protester. D'ailleurs, si elle tentait de le faire changer d'avis, il risquait de demander à un de ses hommes de la ramener chez lui, ou pire de la surveiller comme si elle avait deux ans.

— Compris, lui répondit-elle donc.

— Bien.

Il déposa un baiser sur son front tandis que son téléphone se mettait à vibrer.

— Colton, je vous écoute, dit-il en décrochant.

— Chef, Vine vient d'être repéré à l'extrémité nord

de l'aéroport. Tout porte à croire qu'il se dirige vers les casiers. Il est vêtu d'un sweat à capuche gris et d'un jean déchiré.

— J'arrive, répondit Sam en ouvrant la portière.

Une fois dehors, il se pencha et ajouta à l'attention de Zoe :

— Toi, tu ne bouges pas d'ici.

Et il claqua la portière avant de partir en courant vers le terminal principal.

S'il ne lui avait pas parlé comme à son chien, Zoe aurait peut-être respecté leur accord, mais son attitude l'avait mise en colère.

Et, même en imaginant que le pire puisse lui arriver, même si une part d'elle-même voulait tenir sa promesse, elle savait qu'elle ne parviendrait pas à obéir à Sam.

Depuis le jour de la mort de Celia, quelque chose avait changé en elle, son comportement passif ne lui convenait plus, elle ne voulait plus se conduire comme le bon petit soldat qu'elle avait toujours été.

Aussi, moins de cinq minutes à peine après que Sam fut entré dans l'aéroport, elle sortit de la voiture et se dirigea, elle aussi, vers le terminal central.

Elle avait une vague idée de l'endroit où se trouvaient les casiers. Elle n'était venue ici qu'une seule fois, pour chercher un ami qui lui rendait visite. Elle supposa toutefois que l'endroit n'avait pas beaucoup changé depuis cette époque et prit la direction de l'extrémité est du bâtiment.

Elle avançait d'un pas décidé quand quelqu'un l'attrapa brusquement par le bras et la tira d'un coup sec en arrière.

— Tiens, tiens, mais qui voilà ! lui glissa à l'oreille

une voix qu'elle connaissait bien. Tout cela a un petit goût de déjà-vu, tu ne trouves pas ?

Vine la dévisageait avec un regard chargé de malveillance.

— C'est gentil de ta part de vouloir de nouveau me servir de police d'assurance, ajouta-t-il en souriant. D'autant plus que ça a bien fonctionné la dernière fois.

— Lâche-moi ! s'exclama Zoe qui se sentait plus en colère qu'effrayée.

Elle tenta de se dégager, mais il lui pressa le bras plus fort et elle se sentit vite comme dans un étau.

— Bien sûr, lui répondit-il en l'attirant contre lui avant de se mettre à crier : Hé, Colton !

En l'entendant, toutes les personnes présentes sur les lieux se tournèrent vers eux. La vue de son arme créa la panique et la foule se dispersa en hurlant. Quelques secondes plus tard, le terminal était désert.

— Je sais que votre équipe de minables et vous êtes cachés ici, meugla-t-il. Vous savez ce qu'il se passera si l'un d'entre vous fait le moindre geste vers moi. La sœur de Celia y passera. Je veux juste récupérer ce qui me revient, rien de plus. Vous me laissez faire et tout le monde pourra rentrer chez lui, heureux et… en vie.

Il entraîna Zoe en direction de la consigne, et celle-ci, refusant de lui montrer qu'elle souffrait, le fusilla du regard.

— Tu as tué Celia.

— Tu plaisantes ? Gâcher ma vie pour me débarrasser de cette salope ? rétorqua Vine en esquissant un sourire. Je n'aurais pas risqué de me retrouver en prison pendant des années à cause d'elle ! Non, ma chérie, ce n'est pas moi qui ai tué ta sœur.

Tout en la serrant fort contre lui et en maintenant le canon de son arme pressé contre sa tempe, il sortit de sa poche la clé du casier.

— Tiens, prends cette clé, ouvre le casier et sors ce qui se trouve à l'intérieur. Et n'oublie pas que si tu fais ce que je te demande personne ne sera blessé, pas même ce pauvre flic si cher à ton cœur. Mais si tu cherches à jouer à la plus fine avec moi, alors tu ne seras pas la seule sur qui je tirerai, ça, tu peux le croire.

Sam sortit à cet instant de derrière les consignes, son arme braquée sur le criminel.

— Baissez votre arme, Vine ! lui ordonna-t-il.

— À vous l'honneur, inspecteur ! Rappelez-vous que si vous cherchez à m'atteindre ce sera elle qui trinquera en premier… Et je ne crois pas que vous souhaitiez prendre ce risque, si ? Alors, déposez votre flingue au sol, et tout le monde pourra reprendre le cours de sa vie, je veux juste récupérer ce qui m'appartient.

Il tourna la tête vers Zoe et lui dit :

— Maintenant, ouvre ce putain de casier. Et sors son contenu doucement. Quand ce sera fait, nous repartirons en reculant. Et personne d'autre ne bougera, ajouta-t-il plus fort, c'est bien compris ?

— OK, approuva Zoe, la gorge serrée.

Elle glissa la clé dans la serrure de la consigne et l'ouvrit. Elle remarqua avec étonnement que ses mains ne tremblaient pas. À l'intérieur du casier se trouvait une boîte. Du même genre que celles dont on se sert dans les coffres-forts des banques. Soulevant légèrement le couvercle, elle vit briller quelque chose à l'intérieur, quelque chose qui ressemblait à des briques de drogue enveloppées dans du papier cellophane. Elle referma le couvercle, prit la boîte et la sortit délicatement.

Elle pouvait saisir sa chance à cet instant, pensa-t-elle. Car elle se doutait que Vine ne les laisserait pas tous partir indemnes et que la situation allait dégénérer. Et la simple idée que Sam puisse être blessé lui était insupportable.

— Par ici ! cria-t-elle alors et, au lieu de suivre les ordres de Vine, elle se retourna brusquement et le frappa à la tête avec la lourde boîte en métal.

Il se mit à hurler de douleur, et la violence de ce coup inattendu réussit à le déséquilibrer.

Il tira, mais la balle partit vers le haut tandis que Sam et ses hommes se précipitaient sur lui.

Cette fois, il n'avait plus aucun moyen de s'enfuir.

— Je t'avais dit de rester dans la voiture ! cria Sam à Zoe tandis qu'on passait les menottes à Vine.

— C'est tout ce que tu trouves à dire ? lui répondit Zoe en le regardant avec étonnement.

— Je devrais te tordre le cou, ajouta-t-il.

La seule idée de ce qui aurait pu lui arriver si les choses avaient mal tourné lui était insoutenable.

— Comme c'est aimable…, lui dit-elle sur le ton de la plaisanterie avant de lui montrer le contenu de la boîte. On dirait que Celia voulait empêcher cette drogue de circuler librement, peut-être avait-elle un tempérament de redresseuse de torts, finalement…

— Peut-être, acquiesça Sam.

Sur ces mots, il l'attira vers lui et la serra dans ses bras comme pour ne plus la laisser partir. Puis, comme si ce qu'ils avaient déjà traversé n'était pas assez clair pour lui, il comprit qu'il n'aurait pas pu supporter de la perdre.

— Ne me refais jamais une chose pareille, l'avertit-il, sentant que sa colère et sa peur n'étaient pas encore tout à fait calmées.

— Tu progresses, lui répondit-elle en souriant.

Alors, malgré la présence de tous ses hommes et la multitude de détails qui demandaient encore à être réglés, Sam céda à ses propres envies et embrassa longuement Zoe.

Il l'embrassa de tout son être.

Conscient du fait que, si tout s'était passé différemment, ses lèvres auraient pu ne plus jamais toucher les siennes.

Quand il recula pour la regarder, il vit s'afficher un large sourire sur son beau visage.

— De mieux en mieux, murmura-t-elle, les yeux brillants.

— Oh ! je peux encore m'améliorer, lui répondit-il dans un souffle.

Son cœur battait si fort qu'il semblait sur le point d'exploser. Ce sentiment était totalement inédit pour lui et il le savourait autant qu'il le pouvait.

Zoe leva les yeux vers lui et plongea son regard au plus profond du sien.

— Montre-moi, lui glissa-t-elle doucement.

Et il s'exécuta.

Épilogue

Une fois Johnny Vine derrière les barreaux, Sam alla voir ses frères et sœur. Il voulait partager avec eux le maigre indice que leur père lui avait révélé.

Il faudrait encore attendre un long mois avant que l'un d'eux n'aille lui rendre visite et qu'il daigne leur donner une nouvelle piste. L'arrangement, comme chacun le constatait, n'était pas à leur avantage, mais pour le moment c'était le mieux qu'ils pouvaient espérer.

Concernant la sincérité du vieil homme, les avis divergeaient. Certains, comme Zoe, pensaient que voyant la fin de ses jours approcher il essayait de faire amende honorable et d'endosser tardivement son rôle de père.

D'autres continuaient de croire qu'un vieux chien, surtout quand il est méchant, ne pouvait pas changer sa nature profonde.

Quoi qu'il en soit, tous parvenaient à la même conclusion : seul le temps pourrait leur dire s'ils se trompaient ou non.

Et, bien que découvrir l'emplacement des restes de sa mère soit très important pour lui – tout comme retrouver Josie, sa sœur disparue –, Sam avait une autre affaire pressante à résoudre.

Une affaire qui impliquait Zoe.

Aussi, dès que la réunion familiale fut terminée, il se précipita chez elle, abandonnant pour quelques instants son travail d'inspecteur.

Elle lui ouvrit la porte au deuxième coup de sonnette.

— Comment ça s'est passé avec tes frères et sœur ? lui demanda-t-elle.

— Ils sont sceptiques, comme moi, lui répondit-il en entrant chez elle. Mais nous n'avons pas vraiment le choix, nous allons devoir continuer à jouer à son jeu, en espérant que cela finisse par aboutir à quelque chose. J'ai aussi réfléchi à ce nouveau tueur en série qui s'inspire des meurtres de mon père. Je pense que le vieux en sait bien plus sur son identité que ce qu'il prétend. D'ailleurs, il m'a laissé entendre que ce tueur était en réalité une femme, ce qui blanchit définitivement Vine et le range dans la catégorie des trafiquants de drogue de bas étage, ce qui lui correspond nettement mieux.

Il laissa échapper un soupir avant d'exposer sa conclusion à Zoe.

— Mais ça signifie aussi que l'auteur de ces quatre meurtres est toujours en liberté et cherche sans doute sa prochaine proie, tuant des femmes par ordre alphabétique pour une raison qui nous échappe. Aussi, Zoe, je pense que tu vas avoir besoin d'une protection.

Touchée par sa sollicitude, elle lui rappela quand même un point qu'il semblait avoir oublié.

— J'ai tendance à croire que les efforts du département de police de Granite Gulch et du FBI, sans parler de ceux du clan Colton, vont finir par payer et que le tueur sera arrêté avant de parvenir à la lettre Z.

Et puis, apparemment tu ne sembles pas l'avoir noté, ajouta-t-elle avec un sourire, mais je suis blonde et pas brune.

— Oh ! si, j'ai remarqué, dit-il. J'ai tout remarqué chez toi. Et ce que tu dis est vrai. Homme ou femme, nous attraperons ce meurtrier avant qu'il ne termine l'alphabet. Malgré cela, je ne suis pas réputé pour mon optimisme... C'est pourquoi je ne veux prendre aucun risque. Et te laisser sans surveillance *est* un risque. On ne peut pas prévoir la prochaine action de ce psychopathe, ni savoir s'il ne décidera pas un jour de changer les règles de son jeu malsain pour s'attaquer aux jeunes femmes blondes.

— Alors, que veux-tu faire ? lui demanda-t-elle. Demander à un garde du corps de me suivre en permanence ?

Sam passa les bras autour de sa taille et l'attira contre lui. Au passage, il songea que son subtil parfum suffisait à le réconforter.

— D'une certaine façon, oui.

— Que veux-tu dire ?

Il prit une profonde inspiration. C'était à lui de jouer. Maintenant ou jamais.

— Zoe Robinson, veux-tu m'épouser ?

Elle le regarda en écarquillant les yeux. Elle avait rêvé de ce moment tant de fois et depuis si longtemps. Elle l'avait si souvent imaginé... Toutefois, jamais, au grand jamais, elle n'avait pensé qu'il pourrait un jour se produire dans la réalité.

— Sam, tu n'es pas obligé de faire ça.

— Je ne sais pas si j'y suis « obligé », comme tu dis, mais je sais que je le veux. Maintenant si, de ton côté,

ce n'est pas ce que tu désires, il n'y a pas de problème, tu peux me le dire, je comprendrai. Devenir une Colton peut être compliqué, donc si tu n'en as pas envie…

— Oui.

Il fallut une seconde à Sam pour se rendre compte de ce qu'il venait de se passer.

— Quoi ?

— Tais-toi donc, lui répondit-elle avant de répéter : oui.

— Oui, tu n'as pas envie de complications, ou oui…

Zoe décida de couper court. Parfois les actes étaient plus puissants que les mots. Elle passa donc ses bras autour du cou de Sam, se dressa sur la pointe des pieds et pressa ses lèvres contre les siennes. Avec détermination.

Le message était clair. Il cessa de parler.

JULIE ANNE LINDSEY

Une fillette à protéger

Traduction française de
CAROLE PAUWELS

BLACK ROSE

HARLEQUIN

Titre original :
KENTUCKY CRIME RING

© 2021, Julie Anne Lindsey.
© 2022, HarperCollins France pour la traduction française.

1

Allison Hill installa sa fille, Bonnie, dans le grand châle enroulé autour de son torse, qui faisait office de porte-bébé kangourou. Il faisait frais, comme souvent en avril dans le Kentucky, et elle avait encore quelque chose à faire avant de pouvoir rentrer chez elle.

Son voisin, Mason, avait pour habitude de sortir l'attendre sur son perron dès qu'il entendait son pick-up remonter la longue allée gravillonnée. Aujourd'hui il était resté à l'intérieur.

Il n'avait pas répondu quand elle avait frappé, mais sa ligne était occupée et elle en avait déduit qu'il était plongé dans une longue conversation téléphonique. Le vieil homme était une des rares personnes de sa connaissance à posséder encore une ligne fixe – qui plus est, le téléphone était fixé au mur et doté d'un interminable cordon en spirale. Et Mason refusait de souscrire à l'option de double appel, clamant qu'il ne pouvait parler qu'à une personne à la fois. Cette personne était généralement sa fille, Franny, qui vivait à Minneapolis, et s'inquiétait que son père s'entête à vouloir vivre seul après son récent infarctus.

Pressant le pas le long de la maison, Allison se dirigea vers le potager, aujourd'hui à l'abandon, afin de nourrir les poules de Mason et de collecter les œufs dans le poulailler.

Elle avait promis à Franny de s'en occuper durant la convalescence de Mason. Un autre ami de la famille se chargeait de tondre la pelouse.

Le bruit de la rivière se mêlait au souffle du vent, et le sol, boueux après l'orage de la veille, collait à ses semelles.

Rabattant sur les boucles blondes de son bébé le petit bonnet en laine tricoté par ses soins, elle leva le bras pour protéger de la morsure du vent le visage de sa fille. Son congé maternité s'achevait dans quelques jours, et elle regrettait déjà cette parenthèse exclusive avec Bonnie. Heureusement, son emploi à la crèche lui permettrait de rester proche d'elle, même quand elle aurait repris le travail.

Allison poussa la barrière de l'enclos, et les poules se groupèrent aussitôt autour de ses jambes, reconnaissant leur source d'alimentation. Elle souleva le couvercle du fût métallique contenant le grain, et en jeta plusieurs poignées au sol. Aussitôt, les poules s'égaillèrent en caquetant et en se bousculant l'une l'autre, avides de picorer ce festin matinal.

En maniaque de la propreté, ce qu'elle assumait parfaitement, elle s'agaça de voir un bout de papier traîner au sol, et se pencha pour le ramasser et le fourrer dans la poche de sa vieille parka. Ce faisant, des empreintes de pas dans la boue attirèrent son attention.

Elles étaient étrangement petites, plus proches des siennes que de celles de Mason, et on pouvait distinguer des contours d'orteils. Ce constat lui fit plisser le front. Des pieds nus ? Dans le poulailler d'un vieil homme ? Il ne faisait pas assez chaud pour se passer de chaussures, et le sol était dur avant l'orage.

Étrange.

L'anse d'un panier calée dans le creux de son coude, Allison termina de collecter les œufs, puis elle se dirigea vers l'entrée de service de la maison, impatiente de savoir si Mason avait réalisé qu'il avait de la compagnie.

À peine avait-elle quitté le poulailler qu'elle eut sa réponse. D'autres empreintes étaient visibles près du perron. Elles s'accompagnaient de marques plus larges et plus profondes, sans doute faites par des bottes d'homme, et de centaines de traces de pattes laissées par Clark, le vieux basset de Mason.

Allison frappa à la porte, qui s'ouvrit sous la poussée. Un frisson d'inquiétude la traversa.

— Mason ? appela-t-elle, tandis qu'elle se glissait dans la cuisine.

Son pied heurta un petit bouton blanc, et elle se pencha pour le ramasser.

Délicat et en forme de fleur, le bouton ne ressemblait pas à ceux des chemises en flanelle de Mason. Peut-être appartenait-il à la personne qui avait laissé des empreintes…

Allison retint son souffle en entrant dans la pièce ordinairement bien rangée. Les plans de travail étaient encombrés de chiffons ensanglantés, de bandages et de pansements. Le contenu d'une trousse de premiers secours était répandu sur la table. Un flacon d'eau oxygénée gisait dans l'évier.

— Mason ?

Allison se précipita dans le salon, où se trouvait l'antique poste téléphonique. Abandonné, le combiné pendait au bout de son cordon.

— Mason !

Elle avait crié, tirant Bonnie de son sommeil.

Un mauvais pressentiment révulsa son estomac, tandis qu'elle se ruait à travers la vieille ferme, ouvrant les portes et appelant.

Soudain, dans une petite pièce au bout du couloir, elle aperçut les pieds de Mason. Il gisait au sol, les yeux ouverts et vitreux, la chemise couverte de sang.

— Non !

Elle composa le 911 sur son téléphone portable, tout en tombant à genoux à côté du vieil homme, tâtant ses joues froides, cherchant à la base de son cou un pouls introuvable. Les sanglots martelaient sa voix tandis qu'elle livrait les détails au régulateur de l'unité de secours.

— Il est mort. Enfin, je crois. Il y a tellement de sang. Je ne sais pas où il est blessé.

Elle essuya vivement ses yeux, tout en reprenant son souffle par petites bouffées précautionneuses, luttant pour garder le contrôle. Puis une autre idée lui traversa l'esprit.

— Il y avait quelqu'un d'autre. J'ai vu des empreintes de pas dans le jardin, et j'ai trouvé un bouton par terre.

— Vous êtes certaine d'être seule maintenant ? demanda le régulateur.

Un frisson glacé courut le long de la colonne vertébrale d'Allison.

— Non.

Elle avait fait rapidement le tour du rez-de-chaussée,

mais il y avait aussi un sous-sol et un étage qu'elle n'avait pas inspectés.

Et où était passé Clark, le chien ? Il avait forcément disparu, sinon il serait resté à côté de son maître

Dans le silence, deux voix se firent soudain entendre.

— J'entends des gens dehors, chuchota-t-elle.

— Des voisins ?

— Il n'y a pas de voisins.

Sa maison était la plus proche de celle de Mason, et elle se trouvait à un kilomètre.

Allison se glissa jusqu'à une fenêtre, et repéra deux hommes qui avançaient à pied vers la maison. Deux quads étaient garés dans le sous-bois, à côté d'un baraquement à demi effondré. Les hommes étaient en colère et se lançaient des invectives, que la distance et la vitre étouffaient. Des taches sombres maculaient les manches et le devant de leur chemise.

— Je les vois par la fenêtre, dit-elle. Je ne les connais pas. Et on dirait qu'ils ont du sang sur eux. Qu'est-ce que je fais ?

— Pouvez-vous quitter les lieux sans risque ? demanda le régulateur ? J'ai l'adresse, et des unités sont en route, mais elles ne seront pas là avant plusieurs minutes.

Allison baissa les yeux vers sa fille qui, percevant sa peur, s'agitait contre elle.

— Je le crois, dit-elle, animée d'un regain de détermination.

Elle était arrivée trop tard pour aider Mason, mais elle protégerait son bébé coûte que coûte.

Le cœur battant à tout rompre, elle adressa un dernier regard au vieil homme.

— Je suis désolée, murmura-t-elle, avant de se tourner vers le couloir qui l'avait conduite jusqu'à lui.

Arrivée au bout de l'étroit corridor, elle guetta le moindre son indiquant que les hommes étaient entrés dans la maison. Constatant que le silence régnait, elle traversa la cuisine à la hâte.

— Je suis garée dans l'allée devant la maison, expliqua-t-elle au régulateur. Je pense que les hommes ont fait le tour vers l'entrée de service. Je vais sortir par la porte principale.

Calant son téléphone entre son oreille et son épaule, elle tourna le verrou et ouvrit la porte.

La carrosserie de son pick-up étincelait sous le soleil matinal, trônant seul au milieu de l'allée. À quelques mètres de là seulement.

— Hé ! cria dans son dos une voix hargneuse.

Allison se figea, tenant d'une main la porte, et un pied déjà à l'extérieur.

— Restez où vous êtes.

De lourds bruits de pas résonnèrent dans le couloir.

Allison se mit à courir.

Elle jeta son téléphone dans le châle soutenant le bébé et dévala les quelques marches du perron, atterrissant avec rudesse sur la pelouse.

Instinctivement, elle enroula un bras autour de son bébé pour le protéger, posant sa main libre et un genou à terre.

Bonnie hurla à pleins poumons.

— Stop ! ordonna l'homme.

Allison se redressa et se jeta de toutes ses forces en avant. Elle ouvrit la portière du pick-up, se hissa sur le siège et inséra maladroitement sa clé dans le contact, pendant que Bonnie poussait des cris suraigus. Elle souleva sa fille hors du porte-bébé kangourou et la déposa dans le siège enfant fixé dos à la route. Ses mains gourdes et les mouvements nerveux et désordonnés de son bébé lui compliquaient considérablement la tâche tandis qu'elle essayait de fermer le harnais de sécurité.

Un coup de feu explosa dans l'air et se répercuta à travers les bois et les collines.

— Sortez de cette voiture.

Son assaillant se tenait en haut du perron. Il tendit le bras et pointa son arme d'abord vers Allison, puis dans la direction du siège bébé.

Allison actionna le levier de vitesses automatique et appuya sur la pédale d'accélérateur, tandis que l'homme posait le pied sur la pelouse. Son vieux pick-up bondit en avant, dans la direction du tireur. C'était sans doute risqué, mais plus sûr d'après elle que d'obéir à un inconnu couvert de sang.

Il fit un écart, proférant une bordée de jurons tandis qu'elle enclenchait la marche arrière et tournait le volant. Le pick-up zigzagua à travers le jardin de Mason, avant de tressauter le long de l'allée ralliant une route de campagne déserte.

Dans son rétroviseur, Allison vit que l'homme prenait position et la visait.

La déflagration résonna violemment à ses oreilles et son cœur s'accéléra.

Bonnie hurla à côté d'elle.

— Ce n'est rien, dit Allison, dans un souffle. Tout va bien.

Elle tendit la main pour caresser les joues baignées de larmes de son bébé.

— Ne t'inquiète pas, dit-elle. Nous allons nous en sortir. Les secours vont arriver.

Elle avait eu le temps de bien regarder son assaillant et elle serait capable de le décrire à la police.

Un éclair de rouge attira son attention dans le rétroviseur.

— Oh ! non !

Un quad les avait pris en chasse.

Allison appuya sur le bouton de verrouillage des portières et enfonça avec détermination la pédale d'accélérateur.

Elle devait mettre le plus de distance possible entre sa voiture et son poursuivant.

Le pilote, visible dans son rétroviseur, manœuvrait son guidon d'une main, tout en continuant à tirer.

Allison se recroquevilla sur son siège, tout en essayant de récupérer son téléphone à l'intérieur de l'écharpe mollement drapée autour de son torse.

— Allô ? dit-elle, en espérant que la communication n'avait pas été coupée.

— Je suis là, dit le régulateur. Est-ce que ça va ?

— Non ! cria-t-elle. Ça ne va pas ! Je suis prise en chasse par un homme sur un quad, qui me tire dessus.

— Où êtes-vous ?

— Dans ma voiture. Je roule sur River Road, et je me dirige vers la ville.

Allison leva les yeux vers le rétroviseur central pour vérifier la progression du quad. L'engin était rapide, mais sa vieille Ford avait encore du répondant. Bientôt, Bonnie et elle seraient à l'abri et tout irait bien.

Un nouveau coup de feu retentit et le pick-up se mit à tanguer.

Le téléphone échappa à Allison qui agrippa le volant, dans un effort désespéré pour reprendre le contrôle de sa voiture.

— Il a tiré dans mon pneu !

Elle avait crié de toutes ses forces, le regard baissé vers le plancher, où gisait ton téléphone, en espérant que le régulateur l'entendrait.

Un long et puissant coup de klaxon lui fit reporter son attention sur la route. Elle avait franchi la ligne jaune, et un énorme pick-up noir tractant un double van fonçait sur elle.

Allison donna un coup de volant sur la droite, et sa voiture fila vers le bas-côté, glissant d'abord le long de la ridelle de sécurité, dans un affreux hurlement de métal contre métal, avant de finir sa course dans une zone herbeuse où elle s'embourba définitivement.

2

Derek Winchester enfonça le frein, laissant vraisemblablement des traces de gomme sur l'asphalte. Un conducteur inconscient avait mordu sur la ligne jaune juste en face de lui, et avait atterri dans le fossé.

Ce cinglé aurait pu les tuer tous les deux.

En tout cas, l'inconscient avait définitivement gâché sa journée. Le petit pick-up rouge rongé par la rouille ne sortirait pas du fossé sans dommages sérieux, et le montant des réparations serait supérieur à la valeur de l'antique véhicule.

Il mit son frein à main, ouvrit sa portière à la volée, et descendit de voiture en dégainant son téléphone.

Le vrombissement distant d'un quad attira son attention, tandis qu'il repérait un point rouge s'évanouissant au loin.

— C'est Derek Winchester. Il y a eu un accident sur River Road, dit-il au régulateur quand l'appel aboutit. Une seule voiture. Un vieux Ford Ranger. Je jette un coup d'œil au conducteur. Il devait sûrement faire un SMS. Envoie une ambulance et une dépanneuse avec treuil.

Il avait à peine terminé sa phrase qu'une sirène déchira le silence.

— J'entends les secours. Bon sang, tu es doué, Casey.

— Très drôle. Il y avait déjà des unités en route vers ta localisation. Combien de passagers ?

— Je ne sais pas. Et nous avons peut-être un autre témoin. Il y avait un quad.

Derek s'interrompit, alerté par des pleurs.

— Il y a un bébé à bord.

Dérapant dans l'herbe humide, il s'approcha de la portière du côté conducteur, et tenta de l'ouvrir. Elle était verrouillée.

Une femme blonde le regarda, hagarde et visiblement sous le choc. Sa voiture datait d'avant l'invention des airbags, et sa tête en avait payé le prix.

— Ouvrez, dit-il. Vous êtes blessée.

Les cris du bébé parurent s'enregistrer dans l'esprit de la conductrice avant les paroles de Derek, et elle se retourna brusquement pour retirer l'enfant de son siège.

— Éloignez-vous, dit-elle, en passant un bras protecteur autour du bébé qu'elle tenait serré contre elle.

Comme elle se tournait à nouveau vers lui, il remarqua une épaisse traînée de sang qui coulait d'une plaie à la racine de ses cheveux.

— Laissez-moi tranquille, insista-t-elle. La police est en route.

Elle se pencha, étira le bras pour atteindre le plancher, et brandit un téléphone.

— Allô ?

Plissant le front, elle laissa échapper un juron.

Derek se rembrunit.

— Vous étiez au téléphone ? Avec un bébé dans la voiture ? Et en roulant à toute allure ?

Est-ce qu'elle se moquait du monde ? Le sang de

Derek bouillait dans ses veines. La moitié de son immense famille était dans les forces de l'ordre, et il était bien placé pour connaître les dégâts que pouvait provoquer un conducteur distrait.

Tout en secouant la tête à l'attention de la jeune mère, il se concentra sur sa communication téléphonique.

— Elle est consciente, mais elle saigne, et le bébé n'arrête pas de pleurer. Pas d'airbag. Elle s'est pris un sérieux coup sur la tête, et sa voiture est bien endommagée. Elle ne risque pas de repartir de sitôt.

La blonde frappa à sa vitre pour attirer son attention, et agita un Taser sous ses yeux.

— Allez-vous-en ! ordonna-t-elle.

— Elle me menace. Elle a peut-être pris de la drogue. En tout cas, elle a l'air cinglée. Elle a sa ceinture, et le bébé était dans un siège pour enfant. C'est déjà ça.

— L'enfant présente des blessures visibles ?

Derek se pencha, une main en visière contre la vitre, pour essayer de mieux voir.

La conductrice agita son Taser d'une main, tout en composant de l'autre un numéro sur son téléphone.

— Les pleurs ont faibli, mais je ne sais pas s'il est en sécurité avec elle. Et elle refuse toujours de m'ouvrir la portière.

— Qu'est-ce qui se passe, Winchester ? Ton charme n'agit plus ?

Ignorant la plaisanterie de Casey, Derek tambourina à la vitre.

— Hé ! C'est bien votre bébé, au moins ?

Une lueur d'incertitude passa dans le regard de la jeune femme.

— Vouscherchez à échapper à la police ou quoi ? insista-t-il.

Elle essaya de faire démarrer la voiture, mais le moteur était mort. Jetant un regard précautionneux à Derek, elle posa son Taser et se concentra sur son téléphone.

Il vint alors à l'esprit de Derek que la blonde ensanglantée était une victime.

— Quelqu'un vous a fait du mal ?

Elle cilla et ses mains se mirent à trembler, tandis que son expression trahissait un immense désarroi.

— J'ai besoin d'une ambulance pour Bonnie, dit-elle.

— J'ai déjà appelé les secours, répondit Derek, en brandissant son téléphone.

Elle fixa l'écran qu'il lui montrait.

— Je ne sors pas d'ici tant qu'une ambulance ou la police ne sera pas arrivée.

— Très bien.

Elle embrassa la tête du bébé, délogeant sans le vouloir le petit bonnet en tricot. Du sang et des larmes coulèrent de son visage, maculant les adorables boucles blondes de l'enfant. Elle écarquilla les yeux et porta une main à son front, semblant réaliser seulement maintenant qu'elle saignait.

— Casey ? Il se passe quoi, exactement ?

Le régulateur soupira.

— Secours sur place dans moins de trois minutes.

— Ce n'est pas ce que je te demande. Je veux savoir ce qui se passe. Tu as dit que des unités étaient déjà en route quand j'ai appelé. Pourquoi ? Violence domestique ? Enlèvement d'enfant ? Quelque chose de pire ?

Une procession de véhicules d'urgence apparurent et

filèrent sans ralentir. Le déplacement d'air fit tanguer le van de Derek sur le bas-côté.

— J'ai reconnu la voiture de patrouille de Blaze, dit-il, en se passant la main sur le visage. Mon frère se rend sur une scène sensible. Je veux savoir de quoi il s'agit.

— Il est mort, dit la conductrice, à travers la vitre. Quelqu'un l'a tué. Je l'ai trouvé. Ils nous ont poursuivis. Ils nous ont tiré dessus.

Voyant que son bébé levait vers elle son petit visage inquiet, elle essaya de se calmer.

Derek tourna la tête, regardant les véhicules d'urgence disparaître au loin. Il y avait peu d'habitations le long de cette portion de route, et l'une d'elles appartenait à quelqu'un qu'il avait connu toute sa vie.

— Qui ?

Il avait l'impression que le mot était tombé de ses lèvres comme une pierre.

Les lèvres de la jeune femme tremblèrent, et ses pâles yeux bleus s'emplirent de larmes.

— Mason Montgomery.

Le choc fit vaciller Derek.

Les gyrophares d'une voiture de patrouille et d'une ambulance apparurent avant qu'il ait eu le temps de reprendre ses esprits et son souffle. Il mit fin à sa communication avec Casey, et se déplaça d'un pas d'automate sur le bas-côté glissant pour rejoindre les patrouilleurs, et leur répéter ce qu'il venait d'apprendre.

L'officier Flint ne fut pas surpris.

— J'ai entendu l'appel, dit-il sobrement, en assénant une claque amicale sur l'épaule de Derek. Je suis vraiment désolé, mon vieux. Je sais que vos familles sont proches. Blaze est en train de se rendre chez Mason.

Quelques minutes plus tard, Derek avait appris les noms de la femme et de son bébé, Allison et Bonnie Hill, et les détails de leur matinée. Allison avait répondu aux questions de Flint, tandis que le secouriste – Isaac, le cousin de Derek – les examinait, elle et sa fille. Heureusement, elles allaient bien toutes les deux, mais Derek avait du mal à se remettre de l'annonce de la mort de Mason.

Il avait vu le vieil homme la veille, et tout allait bien.

Allison avait également expliqué que le conducteur du quad n'était pas un témoin de l'accident, mais en était l'instigateur. L'homme avait tiré dans un pneu du pick-up, faisant perdre à Allison le contrôle de son véhicule.

Lorsque la dépanneuse arriva, Allison grimaça en voyant son pick-up extrait du fossé et remonté sur la route. Les dégâts à l'avant n'étaient pas beaux à voir.

L'officier Flint revint vers l'ambulance avec le siège bébé.

— Il va falloir le remplacer dès que possible. Il n'est pas recommandé de réutiliser ce genre de modèle après un impact comme celui-ci.

— J'ai un autre siège, répondit Allison. Je me débarrasserai de celui-ci dès que je serai rentrée.

Flint hocha la tête.

— Je vous raccompagne.

— Je peux le faire, proposa Derek, sans laisser à Allison le temps de répondre. Elle va devoir parler à Blaze chez Mason, et je vais dans cette direction.

Flint se dandina d'un pied sur l'autre.

— Ça vous convient ? demanda-t-il. Vous pouvez aussi aller voir l'inspecteur Winchester demain au commissariat. Ou bien c'est lui qui viendra chez vous.

Pinçant les lèvres, Allison regarda tour à tour sa fille, puis Flint et Derek.

Isaac lui adressa un sourire rassurant.

— Vous ne risquez rien avec Derek, dit-il. Un peu grognon parfois, mais il fait partie de la famille, alors on s'en accommode.

Flint eut une mimique narquoise.

— Vous, en revanche, n'êtes pas obligée de le supporter. Je serai ravi de vous conduire où vous voulez.

Allison fixa son regard étréci sur Derek.

— Vous êtes apparentés ? Je ne vois pas la ressemblance.

Derek croisa les bras.

— Parce qu'Isaac a hérité du physique de beau gosse. Moi, j'ai l'intelligence et les muscles.

Isaac ricana et se tourna pour remballer ses affaires.

— Nous sommes cousins, mais nous avons été élevés ensemble. C'est une grande famille unie, et complètement dingue. L'inspecteur qui se trouve chez Mason est Blaze, le frère de Derek. Vous êtes entre de bonnes mains.

Derek observa Allison tandis qu'elle assimilait l'information. Balayés par le vent, ses longs cheveux blonds lui effleuraient le visage. Elle avait les joues rouges, et sa lèvre inférieure était tuméfiée tant elle l'avait mordillée.

À première vue, elle semblait frêle et sans défense, mais Derek doutait que ce soit le cas. Sa façon de regarder son bébé, avec un mélange de tendresse et de férocité en disait long. Finalement, il était plutôt content que sa portière ait été verrouillée quand il l'avait approchée. Faute de quoi, il aurait pu récolter un coup de Taser pour prix de l'aide qu'il essayait de lui apporter.

— Quoi ? demanda-t-elle, d'un ton presque hargneux. Pourquoi me regardez-vous comme ça ? À quoi pensez-vous ?

Le sourire d'Isaac s'élargit, tandis que Flint ricanait.

Derek haussa les épaules, agacé par l'apparente hostilité d'Allison à son égard, et par leur public.

— Je me disais que vous êtes très jolie quand vous ne menacez pas avec un Taser.

Elle resta bouche bée.

Isaac ferma les portes arrière de l'ambulance et caressa délicatement la tête de Bonnie.

— Aspirine pour la douleur. Pack de glace sur votre cou et vos épaules si nécessaire. Repos. Hydratation. Faites-vous suivre par votre médecin et votre pédiatre. Et ne vous inquiétez pas pour Derek. Vous n'êtes pas la première femme à vouloir lui mettre un coup de Taser.

Allison sourit, et Derek dut faire un effort pour détacher les yeux de ses lèvres.

— Je vais chez Mason, dit-il. Libre à vous de m'accompagner, ou d'accepter l'offre de Flint.

Il fit tourner l'anneau de son porte-clés autour de son index, et commença à s'éloigner.

— Attendez !

La demande d'Allison lui fit venir un sourire aux lèvres.

Il se retourna lentement, prenant soin de dissimuler la satisfaction sur son visage avant qu'elle ne l'aperçoive.

Elle marcha stoïquement vers lui, peinant à dissimuler une légère claudication.

— C'est ridicule de demander à l'officier Flint de me conduire là où vous allez déjà.

Elle leva le menton d'un air de défi, et Derek comprit qu'elle essayait de paraître forte.

Il tendit le bras dans la direction de Flint, qui lui passa le siège bébé.

Ce n'était pas si souvent qu'il était amené à transporter une jolie jeune femme et un bébé.

3

Allison faisait de son mieux pour paraître courageuse et forte, alors qu'elle était terrifiée. Son sang battait à ses tempes. Sa nuque était raide. Et son genou avait violemment heurté le tableau de bord au moment du choc, au point de la gêner quand elle marchait.

En dehors de la douleur physique immédiate, son esprit était comme un train qui déraillait. Et si le secouriste s'était trompé ? Bonnie était peut-être grièvement blessée. Et si, à cause de l'impact, elle souffrait du syndrome du bébé secoué ? Et si Derek avait un accident en les conduisant chez elle, et que le siège bébé ne protégeait pas sa fille cette fois… Même dans ce pick-up surdimensionné, qui avait tout d'un mammouth, il était toujours possible de se blesser. Bonnie n'avait que onze semaines et demie. Un rien pouvait la mettre en danger.

Allison observa avec une peur grandissante le défilement du paysage. Le monde extérieur, si familier, et paraissant si beau, s'était terni. La route sinueuse, bordée de fleurs sauvages, serait toujours liée à sa fuite de chez Mason, après la découverte de son assassinat.

Au détour du virage suivant, elle distingua des véhicules d'intervention garés dans la longue allée de

Mason. Son chauffeur se gara sur le bas-côté et coupa le moteur. Tout en conduisant, il n'avait cessé de lui jeter des coups d'œil, mais il n'avait pas dit un mot.

C'était sans doute mieux comme ça.

Derek Winchester était bien trop beau pour sa tranquillité d'esprit. Avec sa musculature et sa peau hâlée, il aurait pu poser en couverture d'un magazine de rodéo. Son jean ajusté était aussi perturbant que sa mâchoire carrée et sa personnalité de dur à cuire. Il sentait la terre et le foin, et il y avait assez de boue sur ses bottes pour prouver qu'il ne s'agissait pas d'un accessoire de mode.

Il était le terreau de ses rêves les plus fous et, pour le moment, elle n'avait pas le luxe de rêver, ni même de dormir.

— Ça va ? demanda-t-il, en se penchant dans sa direction.

Ombrant son regard, le rebord de son chapeau enveloppait d'un air de mystère ses yeux bruns expressifs.

— Oui.

Elle ouvrit sa portière et descendit de voiture.

Un homme à l'air sérieux, portant un coupe-vent du département de police de West Liberty, s'approcha aussitôt.

— Madame Hill ? demanda-t-il, en élevant la voix pour couvrir le souffle rauque du vent. Je suis l'inspecteur Winchester. Comment allez-vous ? J'ai appris que vous avez eu un accident.

Il détailla son visage d'un regard rapide et professionnel.

— Et votre petite fille ?

— Nous allons bien, dit-elle en se tournant vers la portière arrière du pick-up de Derek.

Derek s'interposa.

— Je m'en occupe.

Elle attendit, les lèvres pincées, tandis qu'il détachait le siège bébé et le lui tendait.

— Je préfère la porter contre moi, dit-elle.

Elle défit le harnais et souleva Bonnie hors de son siège, pour la glisser dans l'écharpe qu'elle avait repositionnée en travers de son épaule et de son torse.

— Merci, ajouta-t-elle, avec un temps de retard.

Derek haussa les épaules, ayant déjà replacé le siège dans son pick-up et refermé la portière.

— Elle a failli me faire quitter la route, dit-il à l'inspecteur. Elle a explosé sa voiture.

— C'est ce que j'ai entendu.

L'inspecteur Winchester planta les mains sur ses hanches, révélant un holster sous sa veste, et s'adressa à Allison.

— On dirait que vous avez eu votre lot de frayeur aujourd'hui. Vous êtes sûre d'être en état de répondre à mes questions ? Ça ne me dérange pas de m'arrêter chez vous quand j'en aurai terminé ici, si vous voulez vous reposer un peu. Je suis sûr que Derek sera ravi de vous accompagner à votre domicile.

Derek grommela, et elle se refusa à regarder dans la direction du cow-boy, ou à relever sa réaction, quoi que cela veuille dire. Jusqu'ici, elle avait rencontré deux parents de son sauveteur, et elle les préférait tous les deux à lui.

— J'aurai tout le temps de me reposer plus tard. Je

veux faire le point tout de suite pendant que les détails sont encore frais dans ma mémoire.

L'inspecteur lui répondit par un petit sourire accompagné d'un hochement de tête, puis il l'invita à le suivre dans la maison.

Elle fit sa déposition tout en marchant, répondant à des questions basiques sur son emploi du temps, et la raison de sa présence chez Mason.

Les deux frères échangèrent un regard quand elle évoqua son passage quotidien au poulailler.

— Franny m'a demandé de l'aider, expliqua-t-elle.

Retenant son souffle, elle porta la main à sa bouche.

— Quelqu'un l'a appelée ? Elle est au courant ?

— Je le ferai, dit l'inspecteur. Quand nous aurons terminé.

Le cœur d'Allison se serra. Franny était tellement inquiète pour son père la dernière fois qu'elle était partie. Elle avait supplié Mason de venir chez elle le temps de sa convalescence, mais il avait obstinément refusé. Franny craignait pour sa santé, mais qui aurait pu imaginer une telle chose ? Pas ici. Pas dans leur petite communauté rurale. Aux abords de la ville de West Liberty, peut-être. Mais pas à River Road, où les fermiers respectaient les bonnes vieilles valeurs à l'ancienne.

Elle essuya du pouce une larme solitaire qui coulait au coin de son œil. Ce n'était pas le moment de craquer. Elle aurait tout le temps plus tard de pleurer sur les tragédies du jour.

— Vous avez trouvé Clark ? demanda-t-elle, présumant que les Winchester connaîtraient aussi le basset adoré de Mason.

L'inspecteur secoua la tête, ne lui jetant qu'un bref coup d'œil en biais.

— Pas encore. Mais il est vieux, presque aveugle, et dur de l'oreille. Il a dû aller fureter quelque part et s'endormir. Il reviendra pour le dîner.

Allison espérait que le policier disait vrai, et que l'odorat du brave vieux chien le guiderait jusque chez lui.

Elle suivit les frères Winchester dans la maison, en essayant de ne pas se laisser impressionner par les experts scientifiques qui prenaient des photos et déposaient un peu partout de petits cavaliers en plastique numérotés.

— Avez-vous quelque chose à ajouter ? demanda l'inspecteur, tout en tapotant le bout de son stylo sur son carnet.

Ils se tenaient dans la salle à manger que Mason n'utilisait jamais, et où régnait une atmosphère de tristesse et d'abandon.

— Non. Je pense vous avoir tout dit. C'est arrivé tellement vite. Par moments, j'ai l'impression d'avoir fait un mauvais rêve.

Elle berça Bonnie contre elle, regrettant que sa fille se soit indirectement trouvée mêlée à tout ça. Et aussi que Mason ne soit plus là pour la voir grandir.

Elle leva les yeux vers l'inspecteur, qui était en train de l'observer.

— Je peux vous poser une question ?

— Allez-y.

— Qu'est-il arrivé à Mason ?

Elle avait essayé d'assembler les détails pour parvenir à une conclusion, mais rien n'avait de sens.

— Il y avait beaucoup de sang. Sur sa chemise et sur les bandages dans la cuisine, mais je n'ai vu aucune blessure sur lui. L'homme qui m'a prise en chasse avait une arme, pourtant Mason ne semblait pas avoir pris de coup de feu. Si c'était le cas, pourquoi aurait-il essayé de se soigner seul, au lieu d'appeler les secours comme je l'ai fait ? Le téléphone était décroché quand je suis arrivée. Un homme suffisamment valide pour se soigner lui-même aurait pu composer un numéro de téléphone. Ça n'a pas de sens.

— Ce n'est pas son sang, dit l'inspecteur. Nous pensons qu'il a fait un AVC. Mason avait des blessures défensives sur les bras et le torse. Il a dû être bousculé et frappé à plusieurs reprises avant que son cœur ne lâche.

À côté d'elle, Allison sentit Derek écumer de colère.

— Qui pourrait vouloir s'en prendre à un homme de soixante-dix ans malade et affaibli ? Pourquoi ? Mason aurait donné tout ce qu'il avait si quelqu'un le lui avait demandé.

La main agrippée à sa nuque, il regarda vers la cuisine, où un membre de la police scientifique prenait des clichés du plan de travail en désordre.

— C'est le sang de qui ? demanda Allison. Et où est allée cette personne ?

Derek reporta son attention sur elle, un éclat d'intérêt dans les yeux.

— Vous pensez qu'il essayait d'aider quelqu'un ? Ça lui ressemble bien. Vous êtes sûre qu'il était seul quand vous êtes arrivée ?

— Non.

Elle secoua la tête.

— Je n'ai vérifié que le rez-de-chaussée. Quand j'ai trouvé Mason, j'ai cessé de chercher et j'ai appelé les secours. Mais il y avait des empreintes de pas dehors.

— Nous les avons vues, dit l'inspecteur.

Il se tourna vers son frère.

— Compte tenu de la taille et de la profondeur, elles ont probablement été faites par une femme. Les empreintes de bottes à côté sont celles de Mason.

Des souvenirs revinrent à l'esprit d'Allison. En revivant le moment où elle avait ouvert la porte de Mason en l'appelant, sans savoir ce qu'elle allait découvrir, elle sentit ses bras se couvrir de chair de poule. Puis elle se rappela que la pointe de sa chaussure avait heurté quelque chose sur le sol.

— J'ai trouvé un bouton, dit-elle, en plongeant la main dans sa poche. Je l'ai ramassé par terre avant de voir le sang, et je suis partie à la recherche de Mason.

Elle tendit le bouton en forme de fleur à l'inspecteur, qui lui présenta un sachet en plastique, afin qu'elle le laisse tomber dedans.

— Où peut bien être cette femme maintenant ? demanda Derek. Et qui sont les conducteurs des quads ?

— Nous avons deux paires d'empreintes de bottes à semelle crantée entre la forêt et la maison. Une taille quarante et une quarante-quatre.

— Quarante, c'est petit pour un homme, remarqua Derek. Des empreintes de pieds nus ?

— Non.

— Un des hommes aurait pu la porter.

L'inspecteur désigna la porte de service.

— Et si nous allions jeter un coup d'œil ?

Allison les suivit, intriguée.

— Comment Derek le saura si vous n'avez pas pu le déterminer ? demanda-t-elle.

— Parce que je suis un pisteur.

Derek avait répondu à la question adressée à son frère, et il ne se donna pas la peine de se retourner tandis qu'il continuait à parler.

— Je saurai si un des jeux d'empreintes est plus profond au retour.

— Parce qu'il pèserait une cinquantaine de kilos de plus en portant la femme, devina Allison. C'est malin.

Elle tendit le bras.

— C'est là que j'ai vu les quads garés quand j'ai regardé par la fenêtre.

Derek s'accroupit près des empreintes, voisines de traces de pneus bien visibles sous les arbres.

Son frère resta en retrait et s'entretint avec Allison.

— Mason était important pour nous dit-il. Et je connais bien Franny. Je veux l'appeler quand je serai disponible pour elle, et ne pas faire ça à la hâte au téléphone. Je sais que j'ai dû vous paraître froid, mais ne croyez pas que je sois insensible, et que je fasse passer les enquêtes avant les gens.

— Je n'ai pas pensé ça. Je me suis dit que ça faisait partie du protocole.

L'inspecteur sourit tristement.

— Je sais qu'il comptait beaucoup pour votre grand-mère et vous. Il parlait souvent de vous deux.

Allison plissa le front de surprise.

— C'est vrai ?

— Il attendait la naissance de votre fille comme s'il s'agissait de sa propre petite-fille.

Allison sentit sa gorge se serrer, tandis que les larmes lui montaient aux yeux.

— Ça me touche beaucoup. Merci de me l'avoir dit. Il parlait aussi d'un certain Jack, en disant que c'était le fils qu'il aurait voulu avoir. C'est un membre de votre famille ?

Elle omit de dire que Mason voulait lui faire rencontrer depuis presque deux ans, en affirmant qu'il était l'homme idéal pour elle.

L'inspecteur se passa la main sur le visage, tout en fixant Derek avec une expression étrange.

— Je crois que vous l'avez déjà rencontré.

Allison observa Derek, qui évitait soigneusement de croiser son regard.

— Vous êtes Jack ?

Son regard passa d'un frère à l'autre.

— Je ne comprends pas.

— C'est un surnom, dit Derek. Mason adorait les surnoms.

— Oui. Je sais. Mais, je ne vois pas le rapport.

Derek haussa les épaules.

— Je crois que c'est lié au conte *Jack et le haricot magique*, mais ne me demandez pas de vous l'expliquer.

— Nous sommes désolés pour le décès de votre grand-mère, dit l'inspecteur. Nous ne la connaissions pas, mais Mason a été très affecté. Ils étaient amis depuis cinquante ans.

Derek plissa les paupières.

— Vous êtes *Alice au pays des merveilles* ?

Le ton était froid, vaguement narquois, ajoutant

une touche déplaisante au gentil surnom dont Mason l'avait affublée depuis l'enfance.

— C'est bien moi, dit-elle, en retournant à Derek son regard buté. Mason s'amusait de la similitude entre Allison et Alice et trouvait que je ressemblais au personnage.

Tandis que Derek se redressait et s'époussetait les mains, l'inspecteur éclata de rire.

— Je crois qu'il faut faire à nouveau les présentations. Je suis Blaze, le Blasé.

Un petit rire inattendu s'échappa des lèvres d'Allison.

— Eh bien, j'ai maintenant l'impression que je vous connais depuis toujours.

Sa gorge se noua un peu plus. Le fait que Mason ait apprécié les deux frères lui donnait l'impression qu'ils étaient des amis et non des inconnus. Et elle avait bien besoin d'un ami ou deux.

— Pareil pour moi, dit Blaze.

Reprenant son souffle, Allison regarda Derek d'un œil nouveau.

— Vous êtes le détective privé local, doublé d'un éleveur de chevaux ?

Derek porta deux doigts au rebord de son chapeau, sans toutefois que son expression ne se déride, et Allison se retint de lever les yeux au ciel.

Un agent en uniforme leur fit signe depuis le perron à l'arrière de la maison.

— Inspecteur ?

— Excusez-moi, dit Blaze. Vous pouvez rentrer chez vous, Allison. Je sais que vous êtes épuisée, et je reprendrai bientôt contact avec vous.

Il fit quelques grandes enjambées en direction de

la maison, avant de ralentir le rythme, et de lancer par-dessus son épaule :

— Derek, elle est notre seul témoin. Veille sur elle.

Allison sentit un frisson courir le long de sa colonne vertébrale.

— Pourquoi a-t-il dit ça ? Est-ce qu'il pense que le tueur pourrait m'avoir reconnue ?

Derek se rapprocha d'elle, les pouces glissés dans les passants de sa ceinture.

— Peut-être. Ou alors le type peut vous retrouver grâce à votre plaque d'immatriculation. Il a dû avoir le temps d'y jeter un coup d'œil pendant qu'il vous suivait.

Allison ouvrit de grands yeux.

— Ils peuvent vraiment faire ça ? Ce ne sont pas des policiers. Tout le monde n'a pas accès à ce genre d'information.

— Les criminels peuvent faire beaucoup de choses. Heureusement, ils ne sont pas tous doués.

Elle chercha le regard de Derek, espérant y trouver du réconfort.

— Je dois m'inquiéter ?

— Ça dépend, répondit-il.

Et cette fois son regard ne se déroba pas.

— La seule chose que je peux vous dire, c'est que les assassins détestent laisser un témoin derrière eux.

Allison sentit tous ses espoirs s'effondrer.

— Je ne peux pas protéger Bonnie contre deux hommes, dit-elle, désespérée. Je ne serais pas de taille dans une bagarre, et je ne possède pas d'arme.

— C'est sans importance.

Croisant les bras, il la dévisagea avec le plus grand sérieux.

— Je ne perds jamais une bagarre. Je suis champion de tir. Et je ne vais pas vous quitter d'une semelle.

4

Derek gara son pick-up dans l'allée gravillonnée menant à la maison d'Allison. La petite maison blanche aux volets noirs, possédant probablement moins de mètres carrés que ses écuries, était bâtie au milieu d'un terrain d'à peine cinq hectares bordé par de grands arbres.

Au pied de la véranda ouverte qui ceinturait la façade, des plates-bandes fleuries s'épanouissaient en un radieux camaïeu de roses, tandis que des pots de fleurs de toutes tailles ornaient les extrémités des marches du perron.

Sur un des côtés de la maison, un potager cerné d'une barrière s'ornait d'étranges silhouettes faites de boîtes de conserve en aluminium fichées sur des perches en bambou.

— C'est efficace comme épouvantail, les boîtes de conserve ? demanda Derek.

Il n'était pas très doué pour parler de la pluie et du beau temps mais, après s'être soudainement immiscé dans sa vie, et ce pour un certain temps, il devait au moins essayer de la mettre à l'aise.

Ce n'était pas une tâche facile, étant donné qu'il l'avait visiblement irritée.

Allison grommela.

— Ce n'est pas un jardin, mais une banque alimentaire pour la faune sauvage.

Derek retint un sourire tout en la suivant vers le perron. Comme il s'en doutait, il en fallait plus que des boîtes de conserve pour tromper les animaux et les éloigner du potager.

Allison déverrouilla la porte, puis elle s'écarta et jeta un coup d'œil incertain à Derek.

— Vous devriez peut-être vérifier que tout est normal, avant que je rentre avec Bonnie.

Elle avait de nouveau installé sa fille dans le châle kangourou, et elle inclina la tête pour déposer un baiser sur son petit crâne.

— Bien sûr.

Derek passa devant elle et entra dans un salon exigu. Il aurait dû proposer de vérifier les lieux avant de la laisser entrer, mais elle l'avait pris de vitesse. Que lui arrivait-il ? Il connaissait pourtant la procédure.

Il essaya de masquer son trouble.

— Je ne sais pas si je suis honoré que vous me fassiez confiance pour accomplir cette tâche, ou si je dois m'offenser que vous m'ayez désigné pour recevoir la première balle.

— Je vous laisse décider, rétorqua-t-elle, en lui faisant signe de commencer.

Il sourit sous cape, tout en faisant rapidement le tour des pièces parfaitement rangées. Les murs, les objets et les tapis se paraient de couleurs vives, ce qui contrastait avec sa propre maison, où seuls les tons neutres avaient droit de cité. L'étage mansardé ne comportait que deux chambres et une salle de bains.

Le regard de Derek se posa sur un panier de linge fraîchement plié d'où montait une odeur fleurie de lessive.

Remarquant un bout de dentelle colorée, il se passa la main sur le visage, essayant d'effacer de son esprit des images spontanées mais mal venues.

Au retour, un mur de photos encadrées lui fit ralentir le pas. Allison était sur tous les clichés, parfois en compagnie d'une femme âgée qui devait être sa grand-mère, mais le plus souvent avec son bébé.

Il ne put s'empêcher de se demander ce qu'il était advenu des parents d'Allison, et surtout du père de Bonnie. Encore que cela ne le regardait aucunement.

Allison était belle, dans le genre grande fille toute simple. Une belle plante de la campagne, avec de longs cheveux blonds et de grands yeux bleus. Sur les photos, elle portait des shorts coupés dans des jeans, des casquettes de base-ball et des bottes. Elle était perchée sur un rocher, ou assise sur un ponton avec une canne à pêche. Avec elle, la vie avait l'air facile, plaisante. Autour d'elle, le monde semblait beau.

— Derek ? appela-t-elle, lui signalant qu'il était resté parti trop longtemps.

— Oui, dit-il, en dévalant l'escalier. Vous avez un sous-sol ?

Allison désigna une porte à côté de la cuisine, et Derek l'ouvrit.

Il actionna l'interrupteur et descendit les marches.

L'inspection des lieux ne lui prit pas longtemps. Le sous-sol était aussi bien rangé que les autres pièces. On n'y trouvait que quelques piles de cartons et de caisses en plastique soigneusement étiquetés. Aucun endroit où se cacher.

— Tout va bien, annonça-t-il en remontant.

— Merci de vous être donné ce mal.

— Pas de problème. Si ça se trouve, votre poursuivant a déjà quitté la région.

— Et si ce n'est pas le cas ?

Derek afficha un sourire confiant.

— Dans ce cas, il va vite regretter de ne pas l'avoir fait. Je suis là. Vous pouvez être tranquille.

— Et après ? Je vis seule ici avec un bébé. Vous ne pouvez pas rester indéfiniment. Il est possible que les tueurs ne soient jamais identifiés, et encore moins retrouvés.

Derek ne savait pas quoi répondre. Allison avait raison, bien sûr. Mais le reconnaître ne lui apporterait aucun réconfort.

Ôtant son chapeau, qu'il plaqua contre son torse, il se passa la main dans les cheveux.

— Quoi ? demanda Allison, d'un ton impatient. J'ai le droit d'être perturbée.

— C'est vrai. J'essaie de penser à quelque chose de réconfortant à ajouter, mais ce n'est pas mon fort.

Il suffisait de demander à sa mère. Ou aux femmes avec qui il était sorti.

— Quand je suis perturbé, je bois un whisky, je vais à la pêche, ou je fais une balade à cheval. Je doute que ça vous convienne.

— J'ai la solution, décréta Allison, en se ruant vers le réfrigérateur.

Elle ouvrit la porte de la partie congélation.

— Une glace, ça vous dit ?

— Et comment !

— Vous voulez qu'on s'assoie dehors ?

— Pourquoi pas.

Allison installa Bonnie dans un siège balancelle et prépara deux bols, qu'elle tendit à Derek, puis ils s'installèrent sur la terrasse.

Ils dégustèrent quelques cuillerées en silence, puis Derek demanda.

— Ça va ?

La question était ridicule. Comment pouvait-elle aller bien ? Mais il espérait paraître attentif et gentil en réponse à son hospitalité.

Elle balança par-dessus une épaule ses longs cheveux raides, et hocha la tête d'un air absent, tandis que son regard se détournait vers le siège balancelle posé à côté d'elle.

— Ça finira par aller.

— Vous voulez en parler ?

Plongeant sa cuillère dans son bol de glace, il étendit ses jambes devant lui.

— Ça m'ennuie que Bonnie se soit trouvée avec moi aujourd'hui. Elle n'aurait pas dû vivre ça.

Derek fut surpris par la culpabilité et la honte qui vibraient dans sa voix. Se reprochait-elle une partie de ce qui lui était arrivé ?

— Je continue à me dire que j'aurais dû y aller plus tôt ce matin.

Elle essuya une larme sur sa joue, tout poussant un long soupir.

— Parfois, des choses terribles arrivent à des gens bien.

Il en était témoin tous les jours en tant que détective

privé et, avant cela comme policier à West Liberty, et comme soldat.

— Est-ce que vous croyez au destin ? demanda Allison, en changeant brusquement de sujet et le cours des pensées de Derek.

— Comment ?

— Le sort. L'intervention cosmique. Les signes qui vous indiquent la direction à suivre, à partir du moment où vous voulez bien les voir.

Ce qu'elle disait n'avait pas grand sens. Le meurtre de Mason serait donc son destin ?

Allison le fixait, attendant une réponse, tandis que sa glace fondait dans son bol.

— Pas vraiment, non.

— Moi si.

Son intonation était pensive, et son regard papillonna vers sa fille.

— Je crois qu'un grand projet qui dépasse tout nous entoure partout et tout le temps. Et parfois, quand nous nous demandons pourquoi les choses nous arrivent, il ne s'agit pas du tout de nous, mais de l'autre personne. Vous comprenez ?

— Pas du tout.

Tout en discutant, Derek avait continué à déguster sa glace, et il posa son bol vide, cherchant une excuse pour partir.

— Est-ce que vous parlez de vous ou de Mason ? Parce que je ne vois pas quel bénéfice peut ressortir de son assassinat. Surtout s'il a été tué en essayant d'aider quelqu'un.

Sa gorge se noua et il détourna les yeux, essayant de s'endurcir.

— Ce n'est pas ce que je suggérais. Ce que je voulais dire, c'est que je crois qu'il y a une raison à chaque chose, à chaque rencontre. Par exemple, s'il n'avait pas été malade, je ne serais pas venue nourrir les poules et ramasser les œufs, et il aurait pu se passer des jours avant que quelqu'un ne le découvre.

— Et alors ? répliqua Derek, d'un ton brusque. C'était trop tard de toute façon. Qu'est-ce que ça change qu'il soit découvert maintenant ou dans trois jours ?

— Trop tard pour sauver Mason, mais peut-être pas trop tard pour trouver le coupable et sauver cette femme. J'ai vu les visages des hommes et leurs quads, et vous avez pu examiner les empreintes. S'il devait pleuvoir, toutes les preuves disparaîtraient. Le temps compte. Et si l'inconnu s'était réfugié dans une autre maison, l'enquête n'aurait peut-être pas abouti. Mais elle a choisi Mason, un vieil homme calme, avec un grand cœur et des liens profonds avec une famille de policiers. Grâce à lui, cette femme sera peut-être sauvée, après tout.

Derek emporta son bol à la cuisine, ayant besoin d'espace. Son cœur vibrait de chagrin et de colère face à la mort injuste de son ami. Trouver son assassin serait une bonne chose, mais ça ne changerait rien, et ça n'atténuerait pas sa peine. Rien ne le ferait.

Son téléphone vibra dans sa poche, et il le sortit pour consulter l'écran.

Il s'agissait de Blaze, et il répondit aussitôt.

— Comment ça se passe là-bas ?

— Aussi bien que possible, lui dit Blaze tandis qu'un roulement de tonnerre se faisait entendre derrière lui.

Nous avons eu la chance d'arriver au bon moment. La pluie risque de tout lessiver d'ici peu.

Derek tourna la tête vers la porte de service restée ouverte. Allison venait juste de dire quelque chose de similaire.

— Nous avons terminé dehors, et nous pouvons prendre tout notre temps à l'intérieur. Mais j'ai une bonne et une mauvaise nouvelle. Clark est revenu. Il a l'air d'aller bien. Il est affreusement sale, mais pas blessé. Et il a compris que quelque chose n'allait pas. Il n'arrête pas de hurler tel un loup, et d'essayer d'entrer dans la maison. Il sème la pagaille ici, et je n'ai personne pour m'occuper de lui.

— J'ai compris. Je viens le chercher.

— Fais vite. Un sacré orage est en train de se préparer.

— Je serai là dans dix minutes.

Derek mit fin à la communication, et retourna sur la terrasse.

— Clark est revenu. Je dois aller le chercher parce qu'il sème la pagaille là-bas. Je pensais le déposer chez moi et revenir ici.

— Non. Ne le laissez pas seul. Amenez-le ici. Il est probablement confus et terrifié. Il nous connaît, Bonnie et moi. Ça le réconfortera probablement.

— Il va tout salir.

— Ça m'est égal. Le propos est de l'évacuer d'une scène de crime, non ? Amenez-le ici, et nous verrons ensuite.

Il observa tour à tour le bébé endormi et Allison. Elle avait parlé comme s'il avait l'intention de la laisser seule après la matinée qu'elle avait passée.

— Vous venez avec moi, dit-il. Quand vous l'aurez vu tel que Blaze me l'a décrit, vous changerez peut-être d'avis.

Allison hésita, posant brièvement les yeux sur sa fille.

— J'aimerais la laisser dormir. Nous ne pouvons pas rester ? Vous avez dit tout à l'heure que nous étions en sécurité pour le moment. Et d'ailleurs, combien de temps ça va vous prendre, exactement ?

Il croisa les bras, n'aimant pas le tour que prenait la conversation. Il ne pouvait pourtant pas la charger de force dans son pick-up, tel un colis. Et, d'un autre côté, Blaze avait besoin qu'on éloigne le chien de la scène de crime.

— Bien, dit-il finalement. Je vais chercher le chien et je reviens le plus vite possible. Fermez soigneusement les portes et les fenêtres. Restez à l'intérieur, et appeler le 911 si vous voyez, entendez ou percevez quoi que ce soit. Il vaut mieux une fausse alerte que le contraire.

Elle hocha la tête et transporta le siège balancelle à l'intérieur.

Derek collecta leurs bols abandonnés sur la terrasse, puis il ferma et verrouilla la porte tandis qu'elle installait sa fille dans le salon.

— Faites vite, murmura-t-elle, perdant un peu de sa superbe tandis qu'elle l'accompagnait jusqu'à la porte.

Derek lutta contre l'envie étrange de l'embrasser pour lui dire au revoir. Peut-être était-ce un effet de l'étrange connexion qu'ils ressentaient après leur récent deuil. Peut-être était-ce autre chose, auquel il n'était pas prêt à penser maintenant.

Quoi qu'il en soit, il aurait été déplacé de la toucher,

et le temps lui était compté. Aussi, il porta deux doigts au rebord de son chapeau, et se dirigea vers sa voiture en petites foulées.

Déjà, il avait hâte d'être de retour.

5

Allison arpentait les pièces de sa maison, jetant systématiquement un coup d'œil à travers chaque fenêtre, à la recherche d'une quelconque menace extérieure.

Elle se sentait bien avant que Derek ne parte, plus préoccupée par le repos de sa fille que par la crainte d'une nouvelle attaque.

Mais, dès que son pick-up s'était évanoui au loin, d'horribles pensées avaient commencé à l'envahir. Elle avait donc entamé un circuit de reconnaissance, vérifiant les pelouses avant et arrière à travers les fenêtres du rez-de-chaussée, puis elle était allée à l'étage pour avoir une meilleure vue sur les arbres. La végétation était verte et épaisse à cette époque de l'année mais, avec le vent orageux qui venait de se lever, elle était certaine de pouvoir repérer deux quads rouges.

Elle vérifia sa montre en retournant à la cuisine, comme elle le faisait chaque fois qu'elle avait terminé son tour. Il s'était écoulé une minute depuis sa dernière vérification, et dix-huit minutes depuis que son protecteur était parti.

— Vite, murmura-t-elle, prononçant ce mot comme une prière.

Quelque chose dans le ciel assombri, le tonnerre

et le vent, ainsi que la chair de poule sur ses bras lui annonçaient des ennuis à venir.

Peut-être était-ce une peur irrationnelle, mais son intuition lui soufflait de prendre Bonnie et de partir. Seulement, elle n'avait pas de voiture. La sienne avait été enlevée par une dépanneuse.

Des souvenirs de la poursuite lui revinrent à l'esprit, suivies d'images sordides et terrifiantes de sa matinée. Les empreintes de pas boueuses. Le sang. Mason.

Les larmes se mirent à rouler sur ses joues sans qu'elle puisse les retenir.

Elle avait déployé des efforts surhumains pour les contenir le plus longtemps possible. Mais à présent, seule dans sa maison, avec sa fille endormie, elle pouvait s'autoriser ce soulagement dont elle avait tellement besoin.

Se laissant glisser doucement au sol, le dos contre la porte, elle pleura doucement dans ses mains.

Elle se rappela l'expression des hommes quand ils avaient émergé des bois. La haine dans les yeux du tireur quand il avait réalisé qu'il y avait un témoin, et qu'elle était en train de s'enfuir. Il n'avait pas hésité à tirer sur elle, alors qu'elle avait un bébé dans les bras.

Il valait mieux qu'elle ne pense pas à ce qui aurait pu arriver à Bonnie si Derek n'était pas passé par là au moment où elle avait eu son accident. Il l'avait sauvée, et elle lui en était infiniment reconnaissante.

Allison s'essuya les yeux et laissa son souffle reprendre doucement son rythme normal. Mason n'était plus là pour le voir, mais son chemin avait finalement croisé celui de Derek, et ça lui avait sauvé la vie.

Elle se releva et vérifia sa montre. Avec un peu de chance Derek n'allait pas tarder à arriver.

Elle n'avait pas envie qu'il parte à nouveau. En tout cas pas ce soir. Mais de quelle façon pouvait-elle lui demander de rester ?

Son estomac grommela et une réponse idéale lui vint à l'esprit.

Elle n'avait rien ingurgité d'autre que quelques cuillerées de glace depuis le petit déjeuner. Et c'était probablement aussi le cas de Derek.

Lui offrir un bon repas était une chose qu'elle pouvait faire pour lui. Elle l'amadouerait, puis elle lui demanderait de rester dormir sur son canapé. C'était un plan éhonté qu'elle s'apprêtait à mettre en action.

Elle attrapa la boîte de recettes de sa grand-mère sur le dessus du réfrigérateur, et consulta rapidement les fiches, à la recherche du repas idéal. Les escalopes de poulet panées de Grandma étaient exceptionnelles. Tout le monde les aimait, et Allison s'enorgueillissait de les réussir plutôt bien. Servies avec une purée de pommes de terre, il n'y avait rien de meilleur. À part peut-être les chaussons aux pommes de sa mère.

Un bruit de moteur la fit sursauter, et elle reposa la boîte sur le réfrigérateur. Il ne s'agissait pas d'une voiture.

Elle écouta attentivement, le cœur battant à tout rompre, et fit à nouveau le tour de la maison, cherchant les signes d'un quad en approche, tout en priant pour avoir tort.

Le bruit cessa, et le tonnerre se déchaîna. Depuis les fenêtres du rez-de-chaussée, il n'y avait pas trace d'un quelconque intrus.

Son téléphone à la main, elle monta à la hâte l'escalier et scruta la lisière du bois depuis la fenêtre de sa chambre.

Les quads qu'elle avait aperçus chez Mason étaient garés à moins de cinquante mètres, et les conducteurs n'étaient pas en vue.

— Non, non, non, murmura-t-elle, en se ruant hors de la pièce.

Elle composa le 911 tout en dévalant l'escalier, récupéra l'écharpe porte-bébé dans la cuisine, puis se rua dans le salon pour sortir Bonnie de son siège balancelle.

— Centre de régulation de West Liberty, annonça une voix de femme. Donnez-moi votre localisation et la nature de votre urgence.

— Je suis Allison Hill, dit-elle, tout en installant Bonnie contre elle. J'ai appelé tout à l'heure, après avoir été prise en chasse par un tireur. Je crois qu'il m'a retrouvée et qu'il est devant chez moi.

Elle donna son adresse, d'une voix tremblante, tout en courant vers la porte, prête à…

— Je n'ai pas ma voiture, dit-elle, submergée par la panique. Je suis coincée chez moi avec mon bébé.

Bonnie était en danger, et elles ne pouvaient pas s'échapper. Ce constat était comme un poignard dans le cœur d'Allison.

— Vous voyez l'homme en ce moment ?

— Non. Je ne veux pas regarder dehors et prendre le risque de me faire repérer. Comme ma voiture n'est pas là, on peut croire que je ne suis pas à la maison.

Sauf que l'homme qui l'avait prise en chasse l'avait vue partir dans le fossé.

— Je vais essayer de me cacher, dit-elle. Dans combien de temps quelqu'un peut-il être ici ? Il y a des officiers chez Mason Montgomery. Ce n'est qu'à un kilomètre.

— J'ai une unité en route. Restez en ligne.

Allison ouvrit la porte du sous-sol et descendit l'escalier, sans allumer le plafonnier, se laissant guider par la lumière extérieure filtrant par les vasistas.

Des craquements de bois volant en éclats résonnèrent soudain au-dessus d'elle. Les intrus avaient probablement brisé sa porte, mais Allison n'osa pas parler pour prévenir son interlocutrice.

Des lourds bruits de pas faisaient vibrer le plafond au-dessus de sa tête, tandis que des voix hargneuses l'appelaient, l'invitant à sortir de sa cachette.

Traversant la pièce au sol en ciment, elle contourna une rangée de caisses en plastique et palpa le mur, cherchant la porte de l'ancien cellier. Ses doigts entrèrent en contact avec une poignée rectangulaire, qu'elle actionna. Après avoir opposé une certaine résistance, le battant en bois, gonflé d'humidité, finit par s'entrebâiller.

Une odeur de terre moite et de légumes oubliés depuis longtemps la suffoqua, tandis que l'obscurité l'enveloppait.

Lorsque la maison avait été construite, il y avait une bonne centaine d'années, et jusqu'à ce que sa grand-mère soit trop âgée pour se risquer dans l'escalier, la pièce avait servi pour entreposer les récoltes excédentaires du potager. De vieilles étagères en bois s'alignaient le long d'un mur, chargées de conserves faites en été pour nourrir sa famille pendant l'hiver. À présent, l'air humide se chargeait de relents d'oignons, de choux, et de navets.

Bonnie commença à s'agiter et à gémir.

— Chuuut, chantonna Allison, en se penchant sur son bébé, espérant la réconforter par son odeur maternelle.

Puis elle regarda à travers les fentes entre les lattes de bois de la porte.

Ne bénéficiant pas de la lumière procurée par les vasistas, le cellier était comme une tombe, et cette pensée perturbait grandement Allison.

Elle essaya de tenir à distance les peurs idiotes de son enfance. Les souris et les araignées. Les vers et les serpents. Mais, finalement, rien de tout cela n'était aussi terrifiant que les hommes au-dessus de sa tête.

Elle ferma les paupières, déposa un baiser sur le front de Bonnie, et porta le téléphone à son oreille.

— Ils sont à l'intérieur, murmura-t-elle.

— Les hommes que vous avez vus précédemment ?

— Oui.

— Combien sont-ils ? Comment sont-ils entrés ?

Au-dessus d'elle, les voix étaient agitées et hostiles. Quelque chose explosa, et Bonnie se mit à gémir.

— Chuut.

Allison déposa une pluie de baisers sur le visage de sa fille, tout en la berçant doucement.

— Tout va bien, je suis là, chantonna-t-elle.

— Madame Hill ? Pouvez-vous me dire ce qui se passe ?

Le plafond au-dessus d'elle vibra, tandis que les hommes s'arrêtaient brusquement. Un frisson courut le long de la colonne vertébrale d'Allison. Est-ce qu'elle avait murmuré trop fort ? Avaient-ils entendu Bonnie ?

— Il n'y a personne, dit l'un des hommes.

— On est pourtant bien chez elle. Je la reconnais sur les photos, rétorqua son acolyte.

La respiration d'Allison se fit haletante, et Bonnie se tortilla nerveusement contre elle.

Le grincement familier de la porte de son sous-sol lui fit un coup au cœur.

— Madame Hill ? demanda la régulatrice. Pouvez-vous faire un point sur votre situation ?

Allison écouta attentivement le craquement des marches de l'escalier, ignorant son interlocutrice.

— Madame Hill ?

— Tu as entendu ça ? demanda un des hommes.

Allison pressa le téléphone contre sa poitrine, terrorisée.

Concentrée sur les fentes dans la porte, elle vit un homme passer dans la lumière des vasistas. Il avait un pistolet à la ceinture ainsi qu'un couteau de chasse, et il tenait à la main un rouleau de corde.

— Je pense qu'elle est ici et qu'elle se cache, dit-il à son complice, resté en haut de l'escalier.

Il ricana.

— Tu te caches, fillette ? Tu m'as échappé une fois, mais tu ne t'en sortiras pas cette fois-ci.

L'estomac d'Allison se révulsa, et sa gorge se noua, tandis que l'homme se rapprochait, scrutant la rangée de caisses en plastique.

— Allez ! Sors de là ! Toi et moi, on a un compte à régler.

Bonnie se tortilla et gémit, avant d'éclater brusquement en sanglots.

Un sourire mauvais étira les lèvres de l'homme.

— Alors, c'est là que tu te caches, dit-il.

6

Le déluge s'abattit sur Derek tandis qu'il fermait la portière de son pick-up derrière Clark. Il avait dû soulever le vieux basset obèse qui refusait de monter tout seul.

L'animal avait reçu une douche vite expédiée à l'aide du tuyau d'arrosage branché à l'arrière de la maison de Mason, avant d'être bouchonné avec de vieilles serviettes que Derek gardait à l'arrière de sa voiture pour bricoler. À présent, l'habitacle ne sentait que le chien mouillé, au lieu de l'horrible odeur de carcasse dans laquelle le chien s'était roulé.

Derek se mit au volant avec un mélange de soulagement et d'urgence, pressé de retrouver Allison et son bébé. Il fit démarrer le moteur, conscient qu'il avait promis à Allison de ne s'absenter qu'une demi-heure, et qu'il était déjà en retard sur son programme.

Le pick-up ronronna tel un gros fauve tandis qu'il s'engageait dans l'allée. Le van, qu'il n'avait pas pris le temps de dételer, le ralentissait considérablement. Il s'apprêtait à le déposer quand il était quasiment tombé nez à nez avec la voiture d'Allison, et il avait hâte de se débarrasser de ce poids mort.

Avec un peu de chance, Allison aurait pris un moment

pour se reposer et recouvrer ses esprits pendant son absence. Il n'avait pas insisté quand elle avait demandé à rester, parce qu'il voulait lui laisser la possibilité de se ressaisir après avoir expérimenté ce qui devait être l'événement le plus traumatique de sa vie. Mais, une fois de retour, il n'avait pas l'intention de la laisser seule de sitôt.

À moins qu'elle ne le jette dehors, auquel cas il resterait dans sa voiture à la surveiller, tel un psychopathe.

Les essuie-glaces peinaient à balayer la pluie torrentielle qui s'écrasait sur son pare-brise tandis qu'il roulait vers la petite maison blanche. Heureusement, la vieille route de campagne était dénuée de circulation. Il se brancha sur le canal de la police pour savoir où en était Blaze chez Mason. Avec un peu de chance, son frère n'aurait pas encore fini. L'idée qu'Allison discute avec lui en dehors de sa présence lui déplaisait, sans qu'il comprenne pourquoi. Blaze était fou amoureux de sa compagne, avec qui il venait d'avoir un bébé, et même la plus belle et la plus en vue des top models n'aurait pu retenir son attention.

À quoi rimait sa réaction ? Était-ce une prérogative de frère aîné qui voulait que son cadet reste à sa place ? Ou quelque chose d'autre ?

Il grimaça en sentant dans son corps une réaction sensuelle qu'il n'avait pas éprouvée depuis longtemps.

Peut-être était-ce lui qui devait reprendre ses esprits.

Il aurait dû demander à Allison s'il pouvait appeler quelqu'un pour elle. Une personne qui aurait pu la soutenir dans cette épreuve. Mais il ne voulait pas sous-entendre qu'elle avait besoin d'aide. Elle lui avait immédiatement fait l'effet d'une personne qui était capable de se prendre en charge, et qui serait offensée si quelqu'un suggérait le contraire.

Il n'empêche qu'il aurait pu poser la question avec tact. L'absence des parents d'Allison sur les photos l'intriguait.

Étaient-ils décédés ? Avait-elle encore de la famille ? Des cousins ? Quelqu'un en dehors de son bébé et de sa grand-mère, qui n'était plus là désormais ?

De son côté, il y avait une armée de Winchester largement et généreusement répandus à travers le pays. Plus d'une centaine d'entre eux convergeait tous les ans vers une ville chaque fois différente, pour des festivités familiales qui duraient une semaine.

Était-il possible qu'Allison soit complètement seule ?

Cette idée l'attristait, et il s'efforça de l'évacuer. Personne n'était totalement seul. Il était stupide et inutilement dramatique. À l'évidence, la journée l'avait également affecté à l'excès.

Tout en roulant, il caressait de temps en temps Clark, qui s'était roulé en boule sur le siège passager. La pauvre vieille bête, qui n'avait pas revu son maître, était malheureuse et comprenait que quelque chose n'allait pas.

Derrière lui, Derek repéra soudain les gyrophares de deux voitures de patrouille qui se rapprochaient à vive allure.

Il monta le volume du scanner de la police, réduit jusqu'à présent à un simple murmure.

— Je répète, dit la voix, cernée des chuintements caractéristiques dus à la transmission. Effraction confirmée au 4 411 River Road. Assistance requise pour une mère et son bébé.

— Bien reçu, répondit Blaze, en donnant son identifiant, et en confirmant que l'officier Flint et lui seraient sur place dans trois minutes.

Le cœur battant à tout rompre, Derek enfonça l'accélérateur, et son pick-up bondit, faisant tanguer derrière lui la lourde remorque.

Le visage tuméfié et la frêle silhouette d'Allison lui apparurent en pensée. Elle n'était déjà pas de taille à lutter contre un homme. Elle n'aurait aucune chance contre deux.

Et son enfant la rendait particulièrement vulnérable.

Il ne la connaissait que depuis quelques heures, mais il avait vu la féroce détermination dans son regard quand il s'était approché de sa voiture accidentée. Elle était prête à tout accepter, même au péril de sa vie, si son agresseur promettait de ne pas faire de mal à sa fille.

Jurant, il tapa du poing sur le volant, s'agaçant que la voiture ne puisse avancer plus vite sur la route détrempée.

Son instinct de protection se rebellait devant l'éventualité de ce scénario.

Il s'engagea un peu trop vite dans l'allée, faisant crisser les gravillons. Enfonçant le klaxon, il défit sa ceinture et sauta à terre, espérant affoler les intrus et provoquer leur fuite.

Relevant la tête, Clark se mit à hurler tel un loup, et Derek l'enferma dans la voiture pour sa sécurité.

Blaze et Flint étaient juste derrière, sirènes hurlantes.

Soulagé d'avoir ces renforts, Derek se précipita sur le perron, son arme à la main.

Une seule idée l'obsédait : sauver Allison et son bébé.

Des signes visibles d'effraction lui confirmèrent qu'il n'était pas le premier à se présenter à la porte.

Au même moment, il entendit crier Allison, et se rua à l'intérieur. La petite maison si soignée avait été dévastée, les meubles retournés, les objets brisés.

Derek s'immobilisa et écouta le silence autour de lui.

Des vagissements de bébé attirèrent son attention vers la porte ouverte du sous-sol.

Dehors, un coup de feu éclata, sans doute tiré par son frère, voulut-il se rassurer.

Il se hâta vers l'escalier, la peur lui donnant des ailes.

— Allison ! appela-t-il, en dévalant les marches.

Il faisait sombre dans la pièce, les lourds et sombres nuages orageux masquant la lumière procurée par les vasistas.

Les pleurs de Bonnie le guidèrent jusqu'à une cave, dont l'entrée se situait derrière une rangée de caisses en plastique renversées.

La petite était en sécurité dans une caisse garnie de vieux chiffons.

Tournant sur lui-même, Derek chercha la mère de l'enfant. Allison n'était nulle part. Malgré des signes visibles de lutte, il n'y avait pas de trace de sang.

Il jura, le cœur serré. Elle avait laissé sa fille, se sacrifiant pour elle.

Prenant conscience que son arme était soudain déplacée, il la glissa dans son holster et souleva Bonnie dans ses bras.

Le bébé cessa de pleurer et l'observa, sa petite bouche tremblante, et ses grands yeux humides.

Derek remonta à la hâte au rez-de-chaussée et appela les secours. Il y avait eu un coup de feu dehors et une ambulance était peut-être requise. Bonnie ne présentait pas de blessures visibles, mais cela ne voulait rien dire pour un petit être aussi fragile. À défaut de voir un médecin, le bébé devait au moins être examiné par un secouriste.

Un vent violent s'engouffra dans la cuisine, tandis qu'il traversait la pièce pour se diriger vers la porte de service restée ouverte.

Blaze et Flint étaient visibles à la lisière du bois, s'approchant lentement, l'arme à la main, en luttant contre la tempête.

Bientôt, Derek repéra Allison à quelques mètres de la maison, trempée par la pluie, et agitée de violents tremblements. Un bras passé autour de sa taille, un homme était juché sur un quad. Du sang coulait de son épaule. Touché par le coup de feu entendu précédemment, ce lâche se servait d'Allison comme d'un bouclier humain.

Derek serra les dents. Il brûlait de pouvoir agir, de faire tomber l'homme de sa selle et de lui montrer quel effet cela faisait d'être à la merci de quelqu'un de plus fort que soi.

Au lieu de quoi, il dut rester en retrait, retenu par un bébé de quatre kilos et demi, et assister à la scène en spectateur impuissant.

— Ne vous approchez pas, cria l'assaillant. Ou je la remorque derrière moi par les cheveux, jusqu'à ce que mort s'ensuive. Je jure que je n'hésiterai pas à le faire.

Comme pour donner du poids à sa menace, il démarra l'engin tout-terrain.

Blaze et Flint reculèrent d'un même mouvement.

Allison tourna la tête vers Derek, et il se concentra

sur ses traits. Elle n'était pas terrifiée, comme il l'avait d'abord pensé. Elle était plutôt en colère. Non, c'était de la détermination qui se lisait sur son visage.

Elle baissa les yeux vers son côté droit. Trois doigts jaillirent de son poing serré puis se rabaissèrent un à un.

Elle avait démarré un compte à rebours. Mais dans quel but ?

Derek reporta son attention sur Blaze et Flint. Voyaient-ils ce qu'elle faisait ?

Elle se mit à geindre, d'abord doucement, puis de plus en plus fort

— Mon bébé ! S'il vous plaît, prenez soin de mon bébé.

Elle se plia en deux, en hurlant, mimant l'hystérie.

— Mon, bébé ! Mon bébé !

— Tais-toi ! tonna son agresseur.

Mais elle semblait maintenant incontrôlable, s'agitant et hurlant comme une possédée.

Profitant de la diversion, Blaze et Flint commencèrent à s'approcher.

— Arrête de pleurer ! Redresse-toi ! cria l'homme.

Profitant de ce qu'il avait desserré le bras passé autour de sa taille, Allison se rua en avant, pataugeant dans le terrain boueux pour gagner le couvert des bois.

Ayant perdu son bouclier humain, l'homme démarra à toute allure, tandis que Blaze et Flint le prenaient en chasse à pied.

Derek se lança alors sous l'orage pour réunir une mère incroyablement courageuse et son enfant.

7

Allison sortit de la douche, épuisée par cette éprouvante et interminable journée. Elle épongea ses cheveux dans une serviette, qu'elle noua en turban, et passa la main sur le miroir recouvert de buée.

Ses joues étaient rouges et ses yeux bouffis. L'hématome sur son front avait noirci, et ses côtes, malmenées par l'accident de voiture et sa lutte acharnée contre son assaillant, lui faisaient mal.

Elle jeta un regard protecteur sur Bonnie, qui dormait paisiblement dans son siège balancelle. Ce qui comptait, c'était qu'elle soit saine et sauve.

Passant la brosse dans ses cheveux, elle les natta sans les sécher. Elle était pressée de descendre, de mettre le dîner au four, et de commencer à ranger et à nettoyer le désordre laissé par les intrus.

Cuisiner et faire le ménage l'aidait toujours à mettre de l'ordre dans ses idées.

Les gestes gauches, elle enfila un grand T-shirt et un legging noir. Le coton doux collait à sa peau encore humide tandis qu'elle se hâtait de rejoindre Derek, qui était sans doute toujours occupé à réparer sa porte.

— Je te déplace encore une fois, murmura-t-elle à

son bébé endormi. Ensuite, c'est promis, je te laisserai passer tranquillement le reste de la nuit au même endroit.

Allison ouvrit la porte de la salle de bains, et transporta le siège balancelle sur l'étroit palier. Clark, le vieux basset, attendait en haut des marches.

Une odeur de détergent et le bruit étouffé d'une perceuse montaient du rez-de-chaussée.

Avant de déposer Bonnie dans son berceau, elle vérifia la sécurité de la fenêtre, puis elle brancha le babyphone et emporta le receveur avec elle.

Ses jambes vacillèrent tandis qu'elle suivait Clark à la cuisine.

Sa douleur au genou droit était un peu moins virulente, mais elle soupçonnait que ce serait désagréable au toucher pendant quelques jours. Un vilain bleu s'était déjà formé.

Derek était resté avec elle pendant que la police locale sillonnait la forêt derrière sa maison, à la recherche des quads et de leurs conducteurs. Le second homme avait détalé au son des sirènes, laissant son agresseur se débrouiller seul pour la tirer hors de la cave et la traîner vers la forêt.

Finalement, son ange gardien, Derek, et son coéquipier à quatre pattes étaient restés près d'elle pendant qu'elle faisait sa déposition. Puis il lui avait proposé de l'eau, de l'aspirine et du repos.

Il se tenait toujours à proximité, sans toutefois envahir son espace personnel. Il se montrait protecteur et attentif, sans dépasser les limites.

C'était exactement ce dont elle avait besoin, et elle n'avait pas les mots pour exprimer sa gratitude.

Quand elle lui avait annoncé qu'elle avait envie de

prendre une douche, Derek avait sorti une caisse à outils de son pick-up et s'était attelé à réparer la porte.

Allison se figea sur le seuil de la cuisine, surprise de découvrir un séduisant trentenaire aux cheveux cendrés, qui s'apprêtait à sortir la poubelle de la pièce désormais complètement nettoyée.

— Je suis Cruz, dit-il.

Tournant les yeux vers la porte d'entrée, d'où provenait toujours un bruit de perceuse, il ajouta :

— Winchester, le cousin de Derek. Son associé à l'agence de détectives. Blaze a reçu un autre appel, donc je suis venu prendre le relais, et apporter à Derek le sac de vêtements de rechange qu'il laisse toujours au bureau.

Soudain embarrassé, il se gratta l'oreille.

— J'aurais peut-être dû vous demander d'abord si ça ne vous gênait pas.

Allison sourit malgré elle.

Tous les Winchester étaient-ils aussi séduisants et serviables ? Elle en avait rencontré quatre jusqu'à présent. Combien d'autres pouvait-il encore en rester ?

— Merci d'être venu, dit-elle. J'apprécie tout ce que vous et votre famille avez fait pour moi aujourd'hui. Je ne sais pas comment vous remercier tous.

Le bruit de perceuse cessa, et Clark se dandina dans la pièce. Derek ne tarda pas à apparaître derrière le vieux chien.

— Tout a l'air parfait, dit-il, en inspectant la pièce.

Remarquant la présence d'Allison, il lui adressa un large sourire. Elle en éprouva une étrange chaleur dans tout le corps.

— Comment était la douche ? demanda-t-il.

— Agréable. Je me sens beaucoup mieux maintenant.

— Vous avez mangé ? Je peux peut-être vous préparer quelque chose.

— Je peux aller vite fait vous acheter des plats à emporter, suggéra Cruz. Je vous les déposerai sur la route du retour pour rentrer chez moi.

Il souleva le sac-poubelle et franchit le seuil avant qu'Allison ait eu le temps de répondre.

— Désolé, c'est Cruz, dit Derek. Je ne vous ai pas entendue descendre. Sinon, j'aurais fait les présentations.

— Ce n'est rien.

Mal à l'aise, Allison se tortilla, toujours médusée par l'étrange alchimie entre eux.

C'était sans doute dû au trop-plein d'émotions en une seule journée, voulut-elle se convaincre.

— La cuisine est impeccable, dit-elle.

Se déplaçant dans la pièce, elle fut surprise par la vue sur les pièces adjacentes.

— Je suis restée si longtemps que ça sous la douche ? Vous avez rangé toute la maison ?

— C'est surtout l'œuvre de Cruz. Il est venu tout remettre en ordre pendant que je remplaçais votre serrure et ajoutais un verrou. J'ai aussi renforcé le chambranle pendant que j'y étais.

Allison tourna la tête vers la porte que venait de franchir Cruz. L'homme qui avait emporté sa poubelle ressemblait plus à un footballeur vedette dans un film pour adolescents qu'à un homme capable de ranger et nettoyer une maison. Surtout de façon aussi impressionnante.

— Vous en avez fait beaucoup trop, tous les deux. Je peux prendre la suite à partir de maintenant. Et, en parlant de repas, j'avais prévu de cuisiner pour vous. Je peux toujours le faire, si ça ne vous dérange pas. Cuisiner me permet de penser à autre chose, et j'en ai bien besoin en ce moment.

Les lèvres de Derek s'étirèrent en un sourire paresseux.

— Vous vouliez cuisiner pour moi ?

— Je voulais vous faire la surprise quand vous seriez revenu avec Clark. C'est une simple question d'hospitalité.

Croisant les bras, il s'appuya contre l'arche séparant la cuisine de la pièce à vivre.

— Vous croyez ?

— Oui.

La porte de service s'ouvrit à la volée, et Cruz entra en trombe. Il prit un sac-poubelle vide sous l'évier et en garnit le conteneur.

— Alors, on fait quoi pour le dîner ? demanda-t-il, en joignant les mains. Je serais ravi d'aller vous chercher quelque chose.

— Je vais cuisiner, dit Allison. J'en ai pour une heure.

Elle regarda Derek.

— C'est trop long ?

Il secoua la tête.

— Non, c'est très bien.

— Très bien, dit Cruz, en se lavant les mains à l'évier. L'offre tient toujours si vous changez d'avis.

— Vous partez ?

Cruz confirma par un hochement de tête, et donna au passage une tape sur l'épaule de son cousin.

— N'hésite pas à m'appeler si tu as besoin de quelque chose.

— Mouais, marmonna Derek.

— Merci ! lança Allison dans le dos de Cruz, en regrettant de ne pas pouvoir mieux exprimer sa reconnaissance.

En allant fermer la porte derrière lui, elle ajouta à l'attention de Derek :

— C'était vraiment gentil de sa part de venir m'aider. Il ne me connaît même pas.

Derek haussa les épaules.

— Dans la famille, on a le sens de l'entraide.

Ignorant l'alchimie qui avait fait un retour en force depuis le départ de Cruz, Allison attrapa sa boîte de recettes sur le dessus du réfrigérateur.

Derek s'accouda au comptoir.

— Qu'est-ce que vous allez faire de bon ? Je peux vous aider ?

Elle rit.

— Des escalopes de poulet panées et de la purée.

Elle osa un regard dans sa direction pour vérifier son expression, et vit qu'il souriait.

— Asseyez-vous, suggéra-t-elle. Vous en avez assez fait pour aujourd'hui.

Une heure plus tard, Allison prenait place en face de Derek à la petite table de la cuisine, et proposait un repas chaud fait maison dont sa grand-mère aurait été fière.

Clark ronflait à côté de la porte de service.

— Ça a l'air excellent, dit Derek.

— Merci. J'ai suivi la recette de ma grand-mère pour les escalopes, et celle de ma mère pour la purée.

— Votre mère vit dans la région ?

— Non.

Allison eut un sourire crispé.

— Papa et elle se sont installés en Floride, il y a quelques années. C'est à ce moment-là que je suis venue vivre avec Grandma.

— Quel âge aviez-vous ?

— À peine dix-neuf ans. Je venais de m'inscrire à l'université quand papa a pris sa retraite. Grandma allait bien à l'époque, et elle a eu la gentillesse de me laisser rester avec elle.

— Dix-neuf ans, dit Derek, d'un ton pensif.

Cet âge semblait remonter à une éternité pour lui.

— Et vous ne vouliez pas déménager en Floride ? demanda-t-il.

— Je me plais ici. Mais je n'étais pas en situation financière de me débrouiller seule.

Elle soupira.

— Il se trouve que d'être assistante maternelle dans une crèche ne paie pas très bien. Mais je n'ai pas pensé à l'argent quand je suis tombée amoureuse de ce travail.

Elle laissa passer un silence, avant d'afficher une moue attristée.

— Il me restait une dernière année d'études pour obtenir mon diplôme quand la santé de Grandma a commencé à décliner. Je me suis dit que c'était un signe, et je me suis concentrée sur elle plutôt que sur moi. Puis Bonnie est arrivée.

Elle se mordit la lèvre.

— Désolée. J'ai tendance à trop parler quand je suis nerveuse.

Derek haussa les sourcils, avant de se pencher, les avant-bras sur la table.

— Je vous rends nerveuse ?

Elle baissa les yeux vers son assiette, ne voulant pas lui laisser lire la vérité dans ses yeux. Derek Winchester la rendait nerveuse de toutes sortes de façons, jusqu'aux plus déplacées.

— Comment êtes-vous devenu détective privé ? C'est un métier plutôt inhabituel par ici.

Il l'observa longuement avant de répondre.

— Je suppose que c'est pour ça que j'ai fini par le faire. J'ai passé huit ans dans l'armée, dont la moitié à l'étranger. Je suis rentré à la maison, et j'ai essayé une ou deux choses plus traditionnelles, mais ça ne m'a pas plu.

— Quoi, par exemple ?

Il haussa les épaules.

— J'ai toujours aimé les chevaux, et j'ai fait quelques compétitions de rodéo, mais j'ai fini par me blesser, et j'ai cherché à me reconvertir. J'ai pensé à la police, car toute ma famille est dans les forces de l'ordre, mais j'avais eu une mauvaise expérience avant, et je savais que ce n'était pas pour moi.

Il chercha son regard.

— Ne vous y trompez pas. J'ai beaucoup de respect pour mes frères. Ce n'est vraiment pas un métier facile.

— J'imagine.

Visiblement, Derek n'avait pas l'intention d'en dire plus sur ce sujet, car il s'empressa de poursuivre.

— Quoi qu'il en soit, j'ai réalisé que Blaze et Lucas faisaient souvent appel à des détectives privés pour des travaux de recherches. C'était quelque chose que je pouvais faire, donc pourquoi ne pas m'appeler moi ?

Allison aurait bien aimé lui demander en quoi

consistait sa mauvaise expérience, mais elle ne voulait pas se montrer trop indiscrète. Derek ne semblait pas du genre à s'ouvrir à des inconnus, donc elle devait se contenter d'apprécier ce qu'il était prêt à offrir.

Pour le moment.

— Vous montez toujours à cheval ?

— Aussi souvent que possible.

Ils terminèrent le repas en silence, et Allison essaya de ne pas se laisser emporter par des rêveries à propos de séduisants cow-boys.

Un sourcil ironiquement levé, comme s'il lisait dans ses pensées, Derek l'observa tandis qu'elle buvait une gorgée d'eau.

— Ça va ?

— Mmm…

Elle posa son verre et essaya de retrouver sa concentration.

— J'ai quelque chose à vous demander.

Une curieuse sensation, entre espoir et inquiétude, l'envahit.

— Quoi ?

— Laissez-moi rester ici quelques jours. Jusqu'à ce que Blaze pense qu'il n'y a plus de danger pour vous. Ou au moins jusqu'à ce que votre voiture soit réparée.

Quelques jours en compagnie de Derek ?

Son esprit envisagea diverses possibilités, tandis que son cœur se gonflait de gratitude. Elle avait prévu de lui demander de rester seulement ce soir, mais c'était encore mieux.

— Rien ne vous y oblige, dit-elle.

Elle essayait d'être polie, alors qu'elle rêvait de jeter ses bras autour du cou de Derek.

— Je suis sûre que vous avez une vie que vous rêvez de retrouver, et vous avez déjà tellement fait pour moi.

— Vous auriez pu être tuée la dernière fois que je suis parti, dit-il, l'air sombre. Je ne ferai pas deux fois la même erreur. Mason ne me le pardonnerait pas.

Allison sentit ses joues s'empourprer.

Rêveries mises à part, Derek était là par obligation envers un ami mutuel. Le lien qu'elle imaginait entre eux n'était dû qu'à sa solitude et à une journée intense en émotions.

— Bien, dit-elle.

Puis elle se leva brusquement.

— Je vais me coucher. Laissez tout cela. Je m'en occuperai demain matin.

Elle désigna d'un geste vague les restes du repas et la vaisselle sale.

— Je vais vous chercher un oreiller et une couverture pour le canapé.

Sur le palier, elle s'arrêta avant d'atteindre le placard où elle rangeait son linge de maison. Un bout de papier traînait au sol.

En se penchant pour le ramasser, un souvenir lui revint. C'était le papier qu'elle avait trouvé dans le poulailler de Mason. On pouvait y lire une succession de lettres et de chiffres sans logique apparente.

Et ce n'était pas l'écriture de Mason.

Elle se hâta de redescendre.

Découvrant Derek en train de faire la vaisselle, elle sourit. Son entêtement était charmant.

— J'avais dit de laisser ça. Pour un ancien militaire, vous n'obéissez pas facilement aux ordres.

Il s'essuya les mains dans le torchon jeté en travers de son épaule, et se tourna pour lui adresser un sourire.

— Vous n'êtes pas la première à me le dire.

Levant les yeux au ciel, Allison s'approcha.

— J'ai récupéré ça chez Mason ce matin. Je crois que c'est tombé de ma poche quand j'ai mis mon linge dans la machine.

Elle lui tendit le bout de papier.

— Ça ne me dit rien, mais c'est peut-être lié à l'enquête.

C'était peut-être un coup d'épée dans l'eau, mais elle était prête à retourner chaque pierre du Kentucky si ça permettait de retrouver les hommes qui avaient tué Mason, et l'avaient forcée à abandonner son enfant.

Derek prit le papier.

— Je vais y jeter un œil. Nous le donnerons à Mason demain matin.

Allison s'absenta à nouveau pour aller chercher l'oreiller et la couverture.

Pour la première fois depuis longtemps, l'espoir renaissait au cœur de sa poitrine.

Elle avait perdu ses parents au profit de leur retraite.

Elle avait perdu son petit ami au profit des rêves de celui-ci, qui n'incluaient pas une famille inattendue.

Et elle avait perdu sa grand-mère au profit de la maladie.

Mais peut-être pourrait-elle contribuer à ce que justice soit faite pour Mason. Et peut-être que cette pauvre femme qu'il avait essayé d'aider serait sauvée après tout…

8

Incapable de dormir malgré sa fatigue, Allison fut levée avant le soleil. Elle fit le ménage dans sa chambre et se renseigna sur les procédures de police dans le cadre d'une enquête pour meurtre. Puis elle noua ses longs cheveux en deux nattes, appliqua un peu de mascara sur ses cils, et se posta devant sa penderie, observant d'un œil morose le peu de vêtements qui n'étaient pas de maternité et qu'elle pouvait réussir à enfiler.

Bonnie commença à s'agiter, et Allison se précipita vers son bébé.

Finalement trop inquiète de savoir sa fille seule dans la chambre de l'autre côté du couloir, alors que les deux hommes qui l'avaient agressée étaient toujours dans la nature, elle l'avait à nouveau déplacée.

— Coucou, ma petite princesse, murmura-t-elle, en soulevant Bonnie de son siège balancelle. J'espère que tu as fait de beaux rêves.

Elle câlina son bébé en déposant de doux baisers sur son petit visage.

— Je suis sûre que tu es prête pour une jolie tenue et un petit déjeuner de reine.

Lorsqu'elles descendirent à la cuisine, le soleil levant illuminait la pièce d'un halo ambre et abricot.

Dehors, des lambeaux de brume s'étiraient encore au creux des collines. Des gouttes de rosée, posées sur l'herbe comme de minuscules diamants, scintillaient de mille feux.

Tout en préparant un biberon, Allison se démancha le cou pour essayer d'apercevoir Derek dans le salon. Il n'y avait personne sur le canapé. La couverture était pliée avec soin et posée sur l'oreiller.

La porte de service s'ouvrit tout à coup, et elle sursauta.

— Bonjour, dit Derek.

Il était torse nu, un T-shirt jeté en travers de l'épaule comme une serviette.

— Je ne vous ai pas réveillée, au moins.

— Non, pas du tout.

Clark se dandinait sur les talons de Derek. Il but la moitié de son bol, en arrosant copieusement le carrelage fraîchement lavé, et s'effondra à côté, en soupirant.

— Je vais te donner tes croquettes, mon vieux, dit Derek en se penchant pour gratter la tête du vieux chien.

Allison s'obligea à détourner le regard du filet de transpiration qui coulait entre les pectoraux de Derek, descendant vers son estomac aux muscles bien dessinés.

Du coin de l'œil, elle le vit enfiler son T-shirt, et contint un grommellement de déception.

— En fait, je suis réveillée depuis un moment, dit-elle. Je suis surprise de ne pas vous avoir entendu.

Derek haussa les épaules.

— Clark devait sortir, et je voulais inspecter la propriété au-delà du jardin. Combien de terrain avez-vous ?

— Cinq hectares.

Il hocha la tête, tout en prenant une bouteille d'eau minérale dans le réfrigérateur.

— J'avais peur que les types en quad accèdent par la rivière, mais c'est impraticable. Leurs seules possibilités sont la route ou les bois.

Il avait raison. Sa limite de propriété consistait en une pente abrupte surplombant la rivière, et cette parcelle était noyée dans les buissons et les ronces. Ça n'avait rien à voir avec la ferme de Mason, qui profitait d'un accès plat et dégagé, avec un joli ponton en bois.

— Vous êtes allé loin ? demanda-t-elle, en considérant la chevelure humide de Derek et l'extrême fatigue de Clark.

— Presque jusque chez Mason. Mais je ne me suis pas absenté plus d'une demi-heure. Et je ne serais pas parti si j'avais pensé que vous étiez en danger.

Allison présenta son biberon à Bonnie, qui le prit goulûment.

— Vous avez repéré quoi que ce soit d'inquiétant ?

Derek termina la bouteille d'eau et la mit dans le bac de recyclage.

— L'orage a nettoyé toutes les traces éventuelles de pneus. Mais ce n'est pas une coïncidence si les deux types sont intervenus dans le court laps de temps où je suis retourné chez Mason pour récupérer Clark.

— Vous pensez qu'ils nous ont suivis jusqu'ici ? Mais… pourquoi prendre un tel risque ? Bien sûr, je peux en faire une description assez précise, mais ils avaient largement le temps de fuir avant que je ne fasse ma déposition.

Elle se déplaça pour allumer la cafetière. Il allait lui falloir de l'énergie, quand elle serait au commissariat, pour tenter de reconnaître les criminels sur le fichier central d'identification ou, à défaut, aider à en faire un portrait-robot.

— Je crois qu'ils veulent récupérer quelque chose qui est en votre possession.

— Vous parlez du bout de papier ?

Il hocha la tête.

— À votre avis, que peuvent vouloir dire ces annotations ?

— Je n'en ai pas la moindre idée. J'ai envoyé une photo à Blaze hier, et il m'a dit qu'il y travaillerait.

De façon inattendue, Derek se rapprocha d'Allison, et observa Bonnie, qui tétait avidement son biberon.

— Comment va-t-elle ?

— On ne peut mieux. Elle a bien dormi. Son humeur et son appétit sont parfaits.

La fierté gonflait le cœur d'Allison, plus forte que l'insupportable culpabilité maternelle qui l'avait rongée toute la nuit.

— J'ai fait quelques recherches en ligne. Elle est trop jeune pour qu'un quelconque traumatisme émotionnel influe sur sa psyché. À condition que tout cela ne me rende pas folle. Si elle est élevée par une mère anxieuse et paranoïaque, ce sera une autre histoire.

— Je ne pense pas que vous ayez à vous inquiéter de ça. Vous êtes beaucoup plus forte que vous ne le pensez.

— Vous vous trompez. Je suis peut-être douée pour donner le change mais, à l'intérieur, je suis en lambeaux. Et je suis son seul modèle. Elle ne pourra compter que sur moi pour la guider, lui donner de la force, de l'amour, de la compassion.

Allison soupira.

— Parfois, je réalise combien c'est injuste pour elle, et ça me désespère.

Derek l'observa avec un curieux regard, et elle ressentit le besoin de s'excuser.

— Je suis désolée. Je ne sais pas pourquoi j'ai dit ça.

À sa grande surprise, Derek lui ouvrit les bras, et elle se laissa aller contre son torse solide, pressant la joue sur son T-shirt.

— Merci, murmura-t-elle.

Elle avait besoin de ce geste de réconfort bien plus qu'elle n'aurait pu l'imaginer.

— Ça fait des années que personne ne m'a prise dans ses bras, dit-elle, estimant qu'elle lui devait une totale honnêteté. Mason était d'un soutien incomparable, mais c'était plutôt le genre à vous taper sur l'épaule d'un geste bourru.

S'il en était besoin, ça lui rappelait qu'elle était absolument tout ce que Bonnie avait au monde, qu'elle soit prête à l'assumer ou non.

Derek installa à l'arrière de son pick-up le siège bébé de rechange, et se mit au volant.

— Prête ? demanda-t-il.

Il avait pris le temps de décrocher sa remorque, ne voulant pas être plus longtemps handicapé par ce poids mort, au cas où ils devraient échapper à une course-poursuite.

— Merci de me conduire, dit Allison, en triturant nerveusement ses mains. Désolée que vous ayez dû abandonner votre remorque. Il n'y avait pas de possibilité de la laisser à proximité du commissariat ?

— Non. Cela aurait été trop loin.

Il jeta un coup d'œil vers son T-shirt délavé, son jean déchiré au genou et ses tennis blanches. Ses longs cheveux nattés encadraient son visage, et elle avait enfoncé une casquette de base-ball sur son crâne pour dissimuler sa plaie à la racine des cheveux.

Simple et naturelle, elle était tout à fait son genre de femme, mais il ne devait pas oublier qu'Allison Hill était une mère célibataire qui avait besoin d'un ami pour la protéger, et pas d'une aventure sans lendemain.

Sa fille et elle méritaient quelqu'un qui resterait dans leurs vies pour toujours et l'améliorerait. En tout cas, elles méritaient plus que ce qu'il avait à offrir. Et, s'il n'en avait pas forcément eu conscience avant, il avait reçu le message cinq sur cinq quand Allison lui avait dit que personne ne l'avait prise dans ses bras depuis des années.

Comment était-ce possible ?

— Vous semblez contrarié, dit-elle, tandis qu'ils s'arrêtaient à l'unique feu rouge entre sa maison et la ville.

Il lui jeta un bref coup d'œil.

— Que s'est-il passé entre le père de votre fille et vous ? demanda-t-il brusquement.

Il savait que c'était impoli, mais il avait besoin de le savoir.

Elle tourna la tête.

— Je ne vois pas ce que vous voulez dire.

Derek reporta son attention sur la route quand le feu passa au vert. Il savait qu'il ferait mieux de ne pas insister, et pourtant il ne put s'empêcher de préciser sa pensée.

— Il n'est plus dans les parages ? Parce qu'il me

semble que vous auriez pu l'appeler. Ou alors, il aurait dû venir de lui-même après avoir appris ce qui s'était passé… Au moins pour être là pour vous et sa fille…

Allison tourna résolument la tête vers sa vitre, faisant mine de s'absorber dans le paysage, et serrant les poings sur ses genoux.

Derek comprit qu'il était allé trop loin et qu'il l'avait peinée.

— Je suis désolé. Je n'aurais pas dû insister. Ce qui se passe entre vous et le papa de Bonnie ne me regarde pas.

— Bonnie n'a pas de papa, rétorqua sèchement Allison. J'avais un petit ami qui m'a quittée quand je lui ai annoncé que j'étais enceinte. Il n'a jamais rien été pour Bonnie et il ne sera jamais rien. Il n'a même pas voulu la reconnaître. Je le sais parce que je l'ai appelé de l'hôpital après la naissance. Et encore, j'ai eu de la chance qu'il décroche. Il n'avait pas répondu à mes précédents appels, quand j'ai senti que le travail commençait. Finalement, j'ai accouché toute seule. Mes parents ne sont pas arrivés à temps de Floride.

Derek tiqua, regrettant amèrement d'avoir, par son insistance déplacée, réveillé des souvenirs douloureux. Allison avait suffisamment de problèmes immédiats sans réveiller ceux du passé.

— Désolé, dit-il à nouveau. Je n'aurais pas dû insister.

Elle lui jeta un bref regard.

— Ce n'est rien.

— On vous l'a sûrement déjà dit, mais ce type ne vous mérite pas, ni vous ni votre fille. Il a l'air du genre de personne à vous tirer vers le bas. Vous devriez être avec quelqu'un qui fait tout ce que vous attendez d'un homme, et bien d'autres choses auxquelles vous n'avez pas pensé.

— Merci.

Elle esquissa un sourire.

— En fait, personne ne m'a jamais dit ça.

— Si vous avez besoin d'un rappel… Je suis à votre service.

Il ralentit aux abords du commissariat, et tourna la tête pour lui adresser un sourire éblouissant.

— Je ne dis pas que certains hommes ne sont pas difficiles à vivre. Je dis juste que certains valent la peine qu'on se donne le mal de les connaître.

Et il espérait bien compter parmi ces derniers.

9

Situé en bordure d'un parc, le commissariat de police de West Liberty était un bâtiment d'un seul étage, tout en longueur, qui se fondait plaisamment dans le quartier ancien du centre-ville.

Il se trouvait à quelques pas d'un campus, petit mais animé, que bordaient des boutiques aux façades charmantes et pittoresques.

Les étudiants de Bellemont représentaient la moitié de la population neuf mois de l'année, et l'université était une source majeure d'emplois locaux et de revenus. La police de West Liberty était donc choyée et, à en juger par ses bureaux, peut-être même un peu gâtée.

En passant, Allison observa les jolies boutiques. Les couples qui se tenaient la main. Les mères faisant rouler des poussettes. Les gens promenant leur chien.

— J'aime vraiment cette ville, dit-elle, autant pour elle-même que pour Derek.

Bellemont était en tout cas un endroit où elle ne craindrait pas d'envoyer Bonnie plus tard. Il était seulement à regretter que, pour le moment, des criminels laissent leurs monstrueuses marques partout.

Derek lui jeta un coup d'œil.

— C'est vrai que la vie y est plaisante. Comment était votre ancienne ville ?

— Petite et triste. Il y avait juste une église et un bureau de poste. Pas d'hôpital. Pas de police. Un taux de chômage supérieur à la moyenne nationale.

Elle soupira, attristée par l'évocation de ces souvenirs.

— Les enfants doivent faire une heure de bus scolaire pour se rendre en cours. Et, comme au bout du compte il n'y a pas de travail, on y retrouve tous les maux de notre société : dépression, drogue, délinquance…

Derek se gara dans la zone réservée aux visiteurs et grimaça.

— Ça n'a pas l'air très gai. Frustrant, en tout cas. Pour tout le monde.

— Effectivement.

Allison descendit de voiture, se réjouissant d'avoir pu partir, quand tant de personnes avec qui elle avait grandi ne le pourraient jamais.

— West Liberty est parfaite. Il y a tout ce dont on a besoin, sans l'hystérie des grandes villes. De l'espace pour respirer et être libre, sans avoir à faire trente minutes de voiture juste pour faire le plein d'essence.

Derek éclata de rire.

— C'est vrai que nous ne manquons pas de stations-service.

Quelques minutes plus tard, le temps pour Allison d'installer Bonnie dans son porte-bébé kangourou, ils entraient dans le commissariat.

— Salut, Derek, dit la jeune femme à l'accueil. Tu peux aller directement au fond.

Il changea de direction avec un sourire, et leva la

main pour pousser une porte métallique, qu'il retint à l'attention d'Allison.

Ils suivirent un large couloir peint en gris où s'affichaient des photos et les récompenses gagnées par les officiers locaux ou du département. L'air était frais et il y flottait un arôme de café noir.

Derek s'arrêta devant la porte marquée au nom de Blaze. Un homme, qui avait un air de ressemblance avec les deux frères Winchester qu'Allison connaissait déjà, se trouvait dans le bureau, occupé à discuter avec l'inspecteur.

Derek entra directement, et échangea une accolade avec les deux hommes.

— Blaze, tu te souviens d'Allison. Lucas, je suis sûr que tu es au courant de toute l'histoire.

Il se tourna vers Allison.

— Lucas est mon autre frère. Il est aussi inspecteur, mais à l'unité spéciale pour les victimes, pas à la Criminelle.

Allison tendit la main, se sentant incroyablement petite au milieu de ces trois géants qui la surplombaient.

— Ravi de vous rencontrer enfin, dit Lucas.

Observant son frère, il eut une moue narquoise.

— Je t'adore avec ce look.

Allison sourit.

Tout en muscles et en attitude virile, Derek s'affichait avec un grand sac de toile à pois roses et blancs à l'épaule, et un siège bébé gris et jaune se balançant dans la main opposée.

Elle avait oublié de prendre le sac de change dans la voiture et il n'avait pas dit un mot. Il s'en était tout simplement chargé.

— Ravie de vous rencontrer également, Lucas. Voici Bonnie.

Les présentations faites, Lucas s'excusa.

— Je vais vous laisser. Gwen ne va pas tarder à apporter le repas. Elle prévoit toujours large, pour ceux qui seraient intéressés. Nous avons l'habitude de déjeuner dans le jardin. Si vous voulez vous joindre à nous…

— C'est tentant, dit Allison.

— Avec plaisir, ajouta Derek. Préviens-nous quand elle sera là.

Blaze désigna à Allison une chaise en face de son bureau. Un ordinateur portable avait été installé devant elle.

— Je me suis déjà connecté à la base de données, dit-il. Vous pouvez fouiller autant que vous voulez.

Pendant qu'elle se mettait au travail, Derek et Blake firent le point.

— Pour le moment, nous analysons les informations préliminaires, et la plupart de nos suppositions se confirment, dit l'inspecteur. Le sang trouvé dans la cuisine de Mason n'était pas le sien. Certains des moulages d'empreintes faits à l'extérieur de sa maison concordent avec ceux réalisés chez Allison. Un détail curieux, cependant…

— Je t'écoute.

— Il y avait une série d'empreintes en taille quarante chez Mason, qui ne se trouvaient pas chez Allison.

— Une idée de la provenance des quads ? demanda Derek. J'ai marché le long de la rivière ce matin, mais je n'ai pas vu d'endroit où ils auraient pu traverser.

— Je pense qu'ils ont dû emprunter l'ancien chemin

rural qui passe derrière chez Mason, et qui rejoint la route un peu plus loin.

Jetant un coup d'œil à Allison, qui était toujours concentrée sur sa tâche, Derek reporta son poids d'une jambe sur l'autre.

— Du nouveau du côté des personnes disparues ?

— Peut-être.

Blaze contourna son bureau et s'installa dans son fauteuil, tandis que Derek prenait place dans l'autre siège destiné aux visiteurs, en laissant tomber le sac de toile à ses pieds.

— Trois femmes correspondent à peu près au poids de celle qui a laissé des empreintes chez Mason. Et elles ont quelque chose d'autre en commun : elles ont toutes disparu pendant qu'elles faisaient des courses dans un quartier animé de leur ville.

— Trois villes différentes, mais toutes au cours du même mois, dit pensivement Derek. Un tueur en série ?

L'estomac d'Allison se révulsa, et ses doigts se suspendirent au-dessus du clavier, tandis qu'elle attendait la réponse de Blaze.

— C'est possible. Elles sont toutes blondes, âgées de dix-neuf à vingt-quatre ans, et vivent dans des villes implantées le long du fleuve. Ça suggère un mode opératoire spécifique.

Allison cessa de faire mine de ne pas écouter.

— Vous parlez de trafic d'êtres humains ?

Son regard fit l'aller-retour entre Blaze et Derek.

— C'est pour ça que Lucas était là. Parce qu'il fait partie de l'unité spéciale pour les victimes.

Blaze se gratta l'oreille.

— C'est une éventualité que nous explorons. Mais ça reste du domaine de la supposition pour le moment.

Derek se recula contre le dossier de sa chaise, posa un pied sur son genou opposé.

— Des indices pointant dans cette direction ?

— Les relevés sur la chemise de Mason ont révélé l'ADN de plusieurs femmes. Nous pensons que les cheveux étaient sur les vêtements de la blessée, et se sont transférés à ceux de Mason quand il a essayé de l'aider. Si elle était détenue avec d'autres femmes, ça confirmerait ce que nous savons sur les déplacements de femmes et d'enfants dans les situations de trafic.

Allison resserra les bras autour de sa fille, qui dormait paisiblement dans son porte-bébé kangourou.

Son cœur s'affolait.

Il y avait des trafiquants sexuels dans cette ville ? Et deux d'entre eux étaient entrés chez elle ?

Soudain, le fait d'avoir laissé Bonnie derrière elle pendant sa tentative d'enlèvement était une plus grande bénédiction qu'elle ne se l'était imaginé.

— Le laboratoire compare les cheveux et les groupes sanguins avec les trois femmes disparues que j'ai repérées. Un de mes hommes est en train de faire le même type de recherches, en remontant sur six mois.

Allison se remit à la tâche, tout en écoutant les hommes élaborer des théories et établir des plans.

Finalement, elle trouva dans la base de données un homme qui ressemblait un peu à celui qui l'avait traquée jusque dans sa cave. Il avait une longue barbe et le crâne rasé sur la photo, mais il était aujourd'hui imberbe avec une coupe mi-longue.

La photo avait été prise six ans plus tôt, mais le

regard était le même. Un petit peu trop serein pour une photo d'identité judiciaire. Trop détaché pour la circonstance. C'était sa cinquième arrestation pour violence domestique.

Lucas et une grande femme aux cheveux roux apparurent dans l'encadrement de la porte, au moment où Allison s'apprêtait à parler à Blaze de la photo. Lucas la présenta comme sa fiancée, Gwen, puis les invita tous à le suivre dans le jardin.

Allison partagea ses soupçons sur l'homme, tout en marchant.

— Redmon Firth. Numéro vingt-deux. De Cincinnati dans l'Ohio.

Blaze envoya un SMS et lui tapota l'épaule.

— Bon travail.

À l'arrière du bâtiment, un petit jardin ombragé par des arbres qui n'avaient pas encore atteint leur maturité, et agrémenté de quelques massifs fleuris, donnait sur le parking réservé aux policiers. L'accès était sécurisé par un portail automatique et des caméras.

Allison prit place à côté de Derek, à l'une des tables en bois équipées de bancs, comme on en trouve sur les aires de pique-nique, et regarda Gwen sortir de sa glacière une invraisemblable variété d'aliments.

— J'espère que vous trouverez votre bonheur, dit Gwen. Je ne sais jamais quoi apporter, alors j'essaie de proposer un peu de tout.

— C'est fantastique, dit Allison.

Elle était touchée par la gentillesse de la jeune femme, et par la façon dont elle avait été admise dans le petit groupe. Cela faisait longtemps qu'on ne lui avait pas demandé de partager un repas.

C'était à ça que devait ressembler une famille, réalisa-t-elle.

Elle n'avait jamais rien connu de tel avec ses parents, quand elle était petite. Les conversations étaient toujours tendues, les sourires et les rires inexistants. Elle avait partagé des repas plus heureux avec sa grand-mère, puis avec Mason, et ça lui manquait beaucoup à présent.

Soudain, Lucas posa son deuxième sandwich pour vérifier son téléphone. Blaze s'essuya la bouche dans une serviette en papier et fit de même.

— Quoi ? demanda Derek.

Il s'était exprimé presque en même temps que Gwen, qui échangea un sourire avec lui.

Se levant déjà, Lucas déposa un baiser sur son front.

— Le directeur de la prison a une information à me communiquer. Il me veut en visioconférence avec le commissaire.

— Je viens aussi, dit Blaze, en emboîtant le pas de son frère. Gwen, merci pour tout. C'était délicieux, comme toujours.

Derek lança un regard interrogateur à Allison.

— Allez-y.

Il se leva et se pencha, comme s'il allait l'embrasser comme l'avait fait Lucas avec Gwen, puis il rougit et fila sans demander son reste.

— Euh… il allait vous embrasser, ou je me trompe ? demanda Gwen. Vous sortez ensemble ?

— Non. Pas du tout. Je ne comprends pas

Le visage en feu, elle tourna la tête vers la porte derrière laquelle les hommes avaient à présent disparu.

— Il devait avoir la tête ailleurs.

— Intéressant, dit Gwen.

— Il s'est proposé pour nous protéger, Bonnie et moi, jusqu'à ce que les assassins de Mason soient sous les verrous.

Elle se corrigea.

— En fait, Blaze lui a demandé, et il a accepté.

Gwen jeta un grain de raisin dans sa bouche et secoua la tête.

— Derek ne fait jamais rien qu'il n'a pas envie de faire. Ils sont tous un peu comme ça dans la famille, d'ailleurs.

— Vous connaissez les frères Winchester depuis longtemps ?

— Des années. J'ai commencé à sortir avec Lucas au lycée, et j'étais proche de sa famille jusqu'à notre rupture. C'est une longue histoire.

Quelque chose de sombre était passé dans ses yeux, et Allison ne voulut pas se montrer indiscrète.

— Quand je suis revenue, Lucas et moi avons repris notre histoire où nous l'avions laissée huit ans plus tôt.

Baissant les yeux vers Bonnie, qui commençait à s'agiter sur son siège, elle demanda :

— Je peux ?

— Bien sûr.

Allison libéra sa fille de son harnais et tendit Bonnie à sa nouvelle amie.

— Je vais lui préparer son biberon. C'est l'heure.

Allison profita du reste de son repas tandis que Gwen donnait le biberon à Bonnie. Elle lui indiqua les meilleurs endroits à visiter en ville, lui raconta des anecdotes de ses études à Bellemont avec Lucas, et l'invita même à déjeuner quand la situation serait plus sûre.

Le biberon terminé, Gwen retourna Bonnie contre son épaule et lui tapota gentiment le dos.

Le son qui suivit fit se figer brièvement les deux femmes.

Bonnie venait de régurgiter sur le joli chemisier en soie verte et dans les cheveux de Gwen.

— Oh ! dit Allison, en bondissant. Je suis désolée. Ça n'arrive presque jamais.

Calant Bonnie sur sa hanche, elle fouilla d'une main dans le sac de change.

— J'ai des lingettes pour vos cheveux, mais il va falloir rincer votre chemisier à l'eau froide si vous voulez le sauver.

— Ce n'est pas grave, affirma Gwen en se levant. Ce n'est qu'un chemisier.

Gardant la tête inclinée pour éviter que les mèches humides touchent son visage, elle ajouta :

— Je vais quand même essayer de voir ce que je peux faire pour mes cheveux. Je reviens très vite, et je vous envoie Derek si je le trouve.

Restée seule, Allison réinstalla Bonnie dans son siège, et débarrassa rapidement la table.

— Je vais jeter ça et je reviens, dit-elle à sa fille, avant d'aller déposer les déchets dans la poubelle située à quelques pas de là.

Les mains vides, elle se retournait quand elle sentit le canon d'une arme appuyer dans le bas de son dos.

— Suis-moi, dit une voix masculine, ou je tire sur ta fille.

La panique envahit Allison. Elle reconnaissait cette voix, cette odeur, cette poigne.

L'homme qui avait essayé de l'enlever l'avait retrouvée.

Le visage de Bonnie se crispa et rougit, signe qu'elle n'allait pas tarder à se mettre à pleurer.

— Pourquoi faites-vous ça ? demanda Allison, d'une voix tremblante. C'est un commissariat de police. Il y a des caméras. Quoi que vous fassiez, ça ne fera qu'aggraver les choses.

L'homme glissa les doigts dans ses cheveux, et les y enroula brutalement.

— Parce que le boss veut que je te ramène maintenant. Et si je reviens les mains vides, je finirai comme le vieux bonhomme. Je ne peux pas me pointer sans toi.

Le hurlement de Bonnie déchira l'air comme une sirène et l'homme se crispa.

— Vous n'êtes pas obligé de faire ça, Redmon, dit-elle, testant le nom qu'elle avait lu dans la base de données.Vous pouvez vous enfuir. Ou même dénoncer celui qui vous oblige à faire ça.

Bonnie continuait à hurler à pleins poumons, et Allison sentit que l'homme hésitait, abaissant son arme.

La porte de service du commissariat s'ouvrit à la volée, et Derek bondit dans le jardin.

Plantant fermement ses deux pieds au sol, l'homme prit de l'élan, en entraînant Allison avec lui, puis il la poussa de toutes ses forces en avant, avec un rugissement de fauve.

Elle cria tandis qu'elle heurtait violemment Derek, avant de retomber brutalement à terre.

Le choc lui coupa le souffle, et sa vision se brouilla.

La dernière chose qu'elle entendit fut les hurlements de Bonnie, avant que tout devienne noir autour d'elle.

10

Derek faisait les cent pas dans la petite salle de conférences où Isaac examinait Allison. Jamais il n'avait été aussi heureux de voir son cousin.

Tout en nettoyant ses égratignures, le secouriste parlait de tout et de rien, guettant probablement des signes de confusion. L'impact avec l'allée du jardin avait râpé ses coudes et laissé des marques sur ses avant-bras. Mais chaque blessure mineure était une bénédiction comparée à l'éventualité d'un enlèvement.

Isaac vérifia ses yeux avec une lampe-stylo pour la troisième fois, et glissa l'ustensile dans la poche de sa chemise.

— Je crois que tout est normal. Votre perte de conscience a été brève. Elle est probablement due à la façon dont vous avez atterri. Souvent, une chute à plat sur le dos provoque un brusque manque d'oxygène, ou une incapacité à reprendre son souffle. Si on ajoute à cela une pression sanguine élevée due au stress…

— Mais je vais bien ? demanda Allison, d'une voix inquiète.

— Oui.

Des bruits de pas résonnèrent dans le couloir, avant que Blaze, Lucas et Gwen n'apparaissent.

— Elle n’a rien, dit Isaac, en refermant sa mallette.

Tout le monde soupira de soulagement.

— Eh bien ? demanda Derek, sans parvenir à masquer son irritation. Que se passe-t-il ici ? C’est un commissariat, non ? Comment se fait-il qu’un homme que nous recherchons activement ait pu pénétrer ici sans que personne ne le remarque ? J’espère au moins que vous avez réussi à l’arrêter.

Tenant Bonnie dans ses bras, Allison se rapprocha.

— Il s’est enfui, murmura-t-elle, en le devinant à la mine piteuse des policiers.

Derek passa un bras autour de son dos. Il fut à la fois surpris et heureux qu’elle prenne appui contre lui.

— On le voit sur la bande-vidéo qui fait le tour du bâtiment, trente minutes avant qu’il n’apparaisse dans le jardin, dit Blaze. Il s’est caché dans le bois à l’arrière, puis il a coupé le grillage avec un coupe boulons, et a attendu une opportunité pour agir.

Gwen porta une main à sa bouche.

— Et je vous ai laissée toute seule. Je suis désolée.

— Vous ne pouviez pas le deviner, dit Allison. Ça paraît tellement fou de prendre le risque de s’introduire dans un commissariat. Mais il a dit qu’il avait reçu l’ordre de me ramener, et qu’il se ferait tuer s’il revenait bredouille.

— Par qui ? demanda Blaze.

— Il n’a pas donné de nom. Mais je l’ai appelé Redmon – c’est le nom que j’ai vu sur la photo d’identité judiciaire – et il ne m’a pas corrigée.

Blaze et Lucas hochèrent la tête d’un air entendu.

— Quelqu’un peut m’expliquer ? demanda Isaac.

— Il a un casier long comme le bras, dit Blaze.

Agressions mineures. Bagarres. Désordre sur la voie publique. Ivresse. Violences domestiques… Cela fait quarante-cinq jours qu'il a été libéré, après une peine d'emprisonnement de six mois. Nous le recherchons, en ciblant les endroits où il a vécu, les emplois qu'il a occupés, la famille ou les amis qu'il a visités…

— Allison ne peut plus rester chez elle, dit Derek. Nous devons lui faire quitter la ville le plus vite possible, et sans que ce type ne s'en rende compte.

— Je vais avoir besoin de récupérer des choses chez moi, dit Allison. Essentiellement pour Bonnie.

Derek remarqua que Gwen hochait la tête avec empathie. Elle avait été à la place d'Allison autrefois, et elle comprenait mieux que personne ce que cette dernière traversait.

— Faites une liste, dit-elle. Lucas ira tout chercher pour vous. Vous n'aurez qu'à lui expliquer où se trouvent les différentes choses.

Elle se tourna vers son fiancé.

— Prends des sacs de la police. Si quelqu'un surveille la maison, il se dira que tu installes un équipement de surveillance, ou quelque chose de ce genre.

Elle reporta son attention sur Allison.

— Je suis sûre que vous pourrez emprunter un lit pliant à Blaze et Maisy.

Blaze sortit son téléphone de sa poche.

— Je lui envoie un message.

— Merci, dit Allison.

— C'est à ça que sert la famille, dit Gwen, en tournant les yeux vers Derek.

Le cœur de Derek se serra tandis que ses frères grommelaient leur approbation.

Était-ce cela qu'Allison et Bonnie étaient maintenant ? Des membres de la famille. Et dans ce cas, que devenaient-elles par rapport à lui ?

C'était un sujet auquel il devrait réfléchir plus tard. Pour le moment, il devait trouver un abri sûr pour elles. Un endroit où elles pourraient disparaître jusqu'à ce que les criminels soient arrêtés.

— Et Clark ? demanda soudain Allison. Il est chez moi, et il est probablement inquiet. Ça fait un moment que nous sommes partis. Il a traversé tellement de choses. Il pourrait croire que nous ne reviendrons pas non plus.

Derek faillit rire. Elle pensait que le chien avait vécu beaucoup de choses ? Et elle ? N'avait-elle pas aussi perdu Mason ? N'avait-elle pas été prise pour cible et failli être enlevée deux fois ? Y avait-il quelque chose ou quelqu'un dont Allison ne se souciait pas plus que d'elle-même ?

— Nos parents prendront le chien, dit-il. Papa adore ce vieux basset, et Clark le connaît bien.

Elle s'appuya doucement contre lui.

— C'est bien. Il n'aura pas peur.

— J'ai besoin de changer de voiture, annonça Derek, en détestant cette perspective. Qui me passe la sienne ?

Lucas lui tendit une clé.

— Blaze est rentré hier soir avec la voiture de patrouille, et il est revenu avec ce matin. Tu ne peux pas conduire ça. Prends mon 4x4, mais fais-y attention.

Derek accepta la proposition et confia à regret la clé de son pick-up à son frère.

— Toi aussi.

Le sourire de Lucas s'élargit.

— Absolument.

Derek ferma les yeux et soupira, avant d'accepter son sort. Il allait se retrouver au volant d'une vieille guimbarde qui n'avançait pas.

— On se donne rendez-vous chez moi dans une heure, dit-il. Viens avec le chien. Je dirai à papa et maman de passer le récupérer.

Ôtant son chapeau de cow-boy, Derek le tendit à son frère, en échange de sa casquette de base-ball.

— On va rester chez vous ? demanda Allison, sans masquer son étonnement. Si Redmon Firth surveillait ma maison, il sait sûrement qui vous êtes et où vous habitez.

— Ce n'est pas un problème, affirma Derek.

Les yeux rivés sur l'écran de son téléphone, Blaze grommela.

— De nouveaux orages sont prévus cette nuit. Si tu penses au chalet familial, il vaut mieux y aller demain après-midi, quand la pluie aura cessé, et que la route aura eu le temps de sécher. Même ton pick-up ne monterait pas ce chemin dans la boue.

— Vous avez un chalet ? demanda Allison.

— Il est vieux, et le confort y est sommaire, mais il y a tout ce qu'il faut. Nous y serons bien, mais Blaze a raison. Nous devrons passer la nuit ici.

— Nous devrions peut-être aller en ville avec le pick-up, suggéra Lucas. Dans un endroit très peuplé et à l'opposé de la direction prise par Derek et Allison.

— Excellente idée, approuva Gwen.

Lucas l'attira contre lui.

— Où allons-nous ?

— Louisville. Nous resterons en centre-ville, où

il y a plein de parkings souterrains où dissimuler le pick-up. Et la comédie musicale *Wicked* se joue au State Theater. Je m'occupe des billets.

Elle sortit son téléphone, et Lucas sourit.

Blaze lui donna une tape dans le dos.

— Je vais te suivre chez Allison avec la voiture de patrouille et les sacs. J'attendrai une demi-heure après ton départ, avant d'y aller aussi. S'il surveille la maison, Redmon Firth devrait suivre le pick-up de Derek. Tu pourras déposer Clark en quittant la ville. J'apporterai plus tard chez Derek ce dont Allison a besoin, quand j'aurai la certitude de ne pas avoir été suivi.

Allison s'installa à la table de conférences, pendant que le plan prenait forme. S'emparant d'un bloc et d'un stylo, elle commença à faire sa liste.

— Combien de temps serons-nous partis ? demanda-t-elle à Derek. J'aurai peut-être besoin de choses pour moi aussi.

— Écrivez tout, lui recommanda Derek. Il vaut mieux l'avoir et ne pas en avoir besoin, plutôt que le contraire.

Puis il adressa un regard perçant à ses frères.

S'ils ne progressaient pas mieux que ça sur cette enquête, il risquait de se retrouver coincé pour un bon moment à la montagne avec Allison.

11

Le trajet vers la maison de Derek fut plus court que ne le pensait Allison. Il vivait le long de la même route qu'elle et Mason, mais dans la direction opposée. Au feu dans Main Street, là où elle aurait tourné à gauche et se serait éloignée du quartier commerçant, il avait pris à droite et roulé pendant quelques kilomètres sur la route à deux voies qui suivait le tracé du fleuve.

Derek s'engagea bientôt dans une longue allée gravillonnée cernée par des barrières blanches de pâture. Tout au bout, adossée à la forêt, se dressait une maison de style Cape Cod. La façade était grise, et les fenêtres blanches à petits carreaux étaient encadrées par des volets noirs.

Sur les kilomètres d'herbage plats et verdoyants qui l'entouraient, , on apercevait une écurie, une bergerie, et un poulailler. Dans un enclos paissaient deux adorables chèvres miniatures.

Derek se gara devant la maison, descendit de voiture, détacha le siège bébé de son socle et arrima à son épaule le sac de change.

— Tout va bien ?

Allison hocha rapidement la tête.

— C'est magnifique ici.

Il sourit, et son visage parut soudain rajeuni.

— Vous voulez visiter ?

— Avec plaisir.

Derek déposa le siège et le sac sur le perron, et souleva Bonnie dans ses bras.

— J'ai près de huit cents hectares, dont quatre boisés.

Il tendit le bras pour désigner les arbres derrière la maison.

— J'ai deux chevaux, continua-t-il, en se dirigeant vers l'écurie. Izzy et Cash. Izzy est avec moi depuis longtemps. Cash est venu plus tard.

Ils entrèrent dans un bâtiment beaucoup plus récent que la maison, doté de six stalles. Derek s'arrêta pour caresser les naseaux de ses chevaux et leur parler gentiment.

— J'ai acheté Izzy au père d'un ami l'année où j'ai obtenu mon diplôme universitaire, et elle est restée chez mes parents pendant que j'étais dans l'armée. Quand je l'ai achetée, je n'avais pas encore décidé de m'engager, et je me suis senti un peu coupable, non que mes parents ne l'aient pas gâtée. J'ai pris Cash, il y a deux ans, parce que je pensais qu'elle avait besoin de compagnie. J'héberge des chevaux de temps en temps, et elle est toujours réceptive.

— Quel genre de chevaux ?

— Essentiellement malades ou maltraités, dit-il, avec un air de profonde tristesse dans les yeux. Parfois, ils sont victimes de propriétaires cruels. Mais il y a aussi le cas de personnes qui vieillissent et ne peuvent plus s'en occuper correctement. Les vétérinaires du coin savent qu'ils peuvent me les confier le temps qu'ils se requinquent. Le matin où je vous ai rencontrée, je venais d'emmener deux chevaux dans leur famille adoptive.

— C'est pour ça que vous aviez la remorque.

— Oui. J'avais prévu de m'arrêter chez Mason pour lui annoncer la bonne nouvelle.

Il accorda une dernière caresse à ses chevaux, et invita Allison à rebrousser chemin.

— Je les mettrai au pré quand vous serez installée.

Elle plissa les yeux, éblouie par le soleil, tandis qu'ils se dirigeaient vers la maison.

— Vous avez beaucoup de poules.

— Oui. J'ai la mauvaise habitude d'en acheter tous les ans à la foire à la volaille locale. Et j'ai l'intention de récupérer celles de Mason.

Allison le regarda jeter du grain au sol d'une seule main, tout en soutenant Bonnie de l'autre, comme si c'était la chose la plus naturelle du monde.

Essuyant sa paume sur son jean, Derek désigna les chèvres.

— Je vous présente Jack et Jill.

Allison avait très envie d'aller les voir de plus près, mais elle savait qu'elle ralentirait Derek, et elle n'insista pas.

— Merci de nous laisser rester cette nuit. Je ferai le maximum pour ne pas vous déranger.

Il leva les yeux au ciel, retrouvant son air bougon.

En arrivant devant le perron, il souleva le siège et le sac.

Allison protesta.

— Donnez-moi quelque chose. Vous ne pouvez pas tout porter. Vous n'êtes pas une mule de bât.

Il ricana en tournant la poignée, et entra le premier.

— Bienvenue dans votre foyer temporaire.

Allison sourit. C'était gentil de sa part de ne pas avoir dit « chez moi » et d'avoir fait un effort pour qu'elle se sente un peu plus qu'une simple visiteuse.

La porte d'entrée franchie, Allison regarda autour d'elle. Un petit hall d'entrée donnait sur une vaste pièce à vivre avec un plafond cathédrale et une imposante cheminée en pierre, dont le conduit était apparent jusqu'au faîte. Une série de tabourets à l'assise pivotante s'alignaient le long d'un comptoir en marbre qui délimitait l'espace cuisine. Un escalier menait à une vaste mezzanine surplombant l'ensemble.

— C'est incroyable, dit-elle, en balayant du regard le décor.

— Je l'ai rénovée avec mon père et mes frères, dit-il, mais ce n'est pas encore tout à fait terminé.

Contrairement à sa maison, décorée avec une abondance de couleurs, tout chez Derek était beige, gris et noir.

— Venez, je vais vous montrer où déposer vos affaires.

Revenant vers le hall, ils empruntèrent un couloir menant aux chambres. Ils passèrent devant trois portes, que Derek ouvrit pour qu'elle puisse regarder à l'intérieur de chaque pièce. La salle de bains d'invités était entièrement blanche, jusqu'aux serviettes-éponge. Il en allait de même pour la chambre, dont la seule touche de couleur était le couvre-lit gris pâle, et pour la buanderie.

Derek poussa une dernière porte.

— C'est la suite parentale. Vous pouvez vous y installer avec Bonnie, comme ça, vous n'aurez pas à traverser le couloir pour aller à la salle de bains. Je changerai les draps en revenant de m'être occupé des animaux. En attendant, faites comme chez vous. Si vous avez faim, ou si vous voulez vous faire un café, n'hésitez pas. Et la vue depuis la terrasse vaut le détour.

Allison essaya de ne pas regarder le grand lit en désordre. Hier, Derek s'était réveillé en pensant qu'il s'agissait d'un jour comme les autres, s'attendant à rentrer chez lui le soir. Au lieu de quoi, elle avait failli lui faire quitter la route, et il n'était pas rentré chez lui depuis.

— Nous pouvons prendre la chambre d'invités, dit-elle.

Elle était certaine que les oreillers auraient son odeur, et elle se demandait déjà quel type de gel douche il utilisait.

— Hors de question !

Avant qu'elle ait eu le temps de protester davantage, un bruit de pneus sur les gravillons les fit sursauter tous les deux.

Jetant un coup d'œil par la fenêtre, Derek vit une Ford blanche flambant neuve avancer précautionneusement dans son allée.

— C'est trop tôt pour rencontrer mes parents ? demanda-t-il.

Allison haussa les épaules.

— Je ne suis pas sûre qu'il y ait un protocole pour la situation que nous vivons. Alors, pourquoi pas ?

Derek se dirigea vers la porte, avec Bonnie qui dormait paisiblement dans ses bras.

— S'ils sont là, c'est que mon frère a déjà déposé Clark chez eux.

Et ses parents avaient hâte de faire la connaissance d'Allison et de Bonnie.

— Tout à l'heure, vous avez dit que vous n'aviez pas peur que le tueur relie votre voiture à la maison, fit remarquer Allison. Pourquoi ?

— Le pick-up est enregistré au nom de l'agence de détectives, et j'ai acheté le domaine sous statut d'exploitation agricole à responsabilité limitée pour la sauvegarde des chevaux. Je n'allais quand même pas exposer l'adresse d'un détective local.

— Oh… c'est malin.

— J'essaie.

Ses parents descendirent de leur voiture avec de grands yeux et des expressions impatientes. Ils étaient définitivement là pour voir le bébé.

À peine avait-il ouvert la porte que sa mère lui prit des bras l'enfant endormi.

— Oh ! comme elle est mignonne, murmura-t-elle.

— C'est Bonnie, la fille d'Allison, dit-il, en s'écartant pour laisser passer ses parents. Je vous présente Allison Hill.

Au passage, la mère de Derek tapota l'épaule de son fils, et passa un bras autour d'Allison, en une rapide accolade.

— Bonjour, je suis Rosa. Et voici Hank.

Le père de Derek porta deux doigts au rebord de son chapeau.

— Merci de garder le chien, dit Derek. Nous apprécions.

— Nous ? répéta sa mère, avec un regard surpris.

— Allison et moi, précisa Derek.

Puis il réalisa que ça n'avait aucun sens. Clark

n'était ni son chien, ni celui d'Allison. Ils n'en étaient assurément pas propriétaires en commun.

Ils n'étaient pas un couple.

En avait-il envie ? Et elle ?

Sa mère souriait poliment, soit intriguée, soit agacée par son absence de réponse.

— Ton père et moi avons appris que tu avais besoin d'affaires pour un bébé. Nous avons donc chargé dans la voiture tout ce que nous avions chez nous, en tant que grands-parents, pour que ton frère n'ait pas à sortir d'objets trop volumineux de chez Allison. Si la maison est surveillée, ça ne ferait qu'éveiller les soupçons. Tu devras remonter le berceau, mais tout le reste est prêt à être utilisé. Dis-moi juste où il faut les mettre.

— N'importe où, dit Allison. Je m'en occuperai après. Merci, en tout cas, de vous être donné autant de mal.

Rosa balaya cette remarque d'un geste de la main.

— Ne dites pas de sottises, voyons.

— Dans ma chambre, dit Derek. J'ai proposé à Allison de s'y installer pour pouvoir profiter de la salle de bains communicante. J'ai pris la chambre d'invités.

Il se sentait aussi mal à l'aise qu'un adolescent de quinze ans obligé de se justifier.

Rosa reporta son attention sur Allison.

— Vous tenez le choc ? Et si nous prenions un verre, pendant que Derek aide son père à décharger le coffre ?

Derek se tourna et donna une tape sur l'épaule de son père, ravi de cette diversion.

— Nous n'en aurons pas pour longtemps, dit-il. Et

ne dis pas de mal de moi. J'ai l'ouïe fine, et je pourrais t'entendre.

Allison installa Bonnie dans le berceau que les parents de Derek avaient gracieusement fourni, et emporta le récepteur du babyphone avec elle.

Derek était sur la terrasse, en train de débarrasser la table. Il avait fait griller du poisson pour un dîner improvisé, et ses parents avaient emporté les restes.

L'apercevant par la porte-fenêtre coulissante, Derek lui sourit. Une brise légère soulevait ses cheveux bruns, libérés de son sempiternel chapeau de cow-boy.

Elle s'avança sur la terrasse, les bras noués autour de la taille, et leva les yeux vers le ciel. L'air était chargé d'humidité, et des nuages gris commençaient à s'amonceler.

— J'adore ce temps, dit-elle. Je sais que c'est bizarre, mais j'ai toujours aimé les orages de printemps. Et j'adore me promener sous la pluie.

Elle laissa tomber ses bras le long de son corps, et sourit à Derek, en espérant alléger un peu la tension qui était toujours plus ou moins présente entre eux.

— Vous avez été formidable avec mes parents, dit-il. Je sais qu'ils sont un peu envahissants et qu'ils manquent de tact, mais vous vous en êtes bien sortie.

— Je les aime bien. Ils sont naturels et sincères. Ils n'ont pas joué un rôle devant moi.

Elle rit doucement.

— Au moins, je me dis qu'ils ne sont pas en train de raconter des horreurs sur moi pendant le trajet de retour.

Cette pensée la fit se rembrunir. Au fil des années, elle avait rencontré des quantités de gens comme ça.

— Vos parents compensent leur absence de tact par des brassées de compassion et d'affection.

— J'ai connu mon lot d'hypocrites, et je préfère rester toujours sur mes gardes, plutôt que de me prendre un coup de poignard dans le dos au moment où je m'y attends le moins.

Allison l'observa avec surprise. Il était difficile d'imaginer qu'un homme comme Derek puisse se laisser déstabiliser par qui que ce soit. Ou se soucier que quelqu'un le fasse. À première vue, c'était le genre d'homme que tout le monde aimait et respectait.

— Je suis désolée que vous ayez connu ça, dit-elle. Certaines personnes peuvent être affreuses.

— Mouais.

Il lui adressa ce sourire éblouissant qui avait le don de la faire fondre.

— Mais d'autres personnes sont formidables.

Allison se mordit la lèvre, attirant l'attention de Derek sur sa bouche, et un courant électrique passa entre eux.

Elle imagina le ciel s'ouvrir et la pluie se déverser. Puis Derek l'aurait embrassée éperdument sous l'orage.

— Je ferais bien de rentrer les chevaux, dit-il. Vous m'accompagnez ?

Elle le suivit dans sa routine du soir, aidant quand elle pouvait, caressant chaque créature qui le tolérait, des chevaux aux chèvres, en passant par un chat qui avait élu domicile dans la grange. Ce faisant, elle ne put s'empêcher de se demander ce qu'elle ressentirait si elle vivait dans un endroit comme celui-ci, entourée d'animaux et d'amour.

— Qu'y a-t-il ? demanda Derek, en la voyant pensive.

— Rien.

Elle frotta ses paumes poussiéreuses l'une contre l'autre.

— C'est beau ici.

— Vous aimez ?

— Qui n'aimerait pas ? C'est formidable. Clark sera vraiment heureux ici. Et les poules de Mason aussi. C'est vraiment gentil à vous de vous en occuper, alors que vous avez votre agence à gérer, et des damoiselles en détresse à sauver.

Il rit.

— C'est vous, la damoiselle ?

Allison haussa les épaules.

— En tout cas, je suis en détresse, et vous me protégez du danger.

— Quand je ne vous y mets pas.

Morose, il commença à se diriger vers la maison. Allison lui emboîta le pas.

— Vous ne m'avez jamais mise en danger.

— Peut-être pas intentionnellement, mais je suis parti et les ennuis ont commencé. La première fois, c'était de la négligence. La deuxième fois, de la stupidité. Les gens intelligents apprennent de leurs erreurs. Ils ne les répètent pas.

— Hé !

Elle s'arrêta et lui prit le poignet pour le contraindre à s'arrêter.

— Rien de ce qui est arrivé n'est votre faute.

Il baissa les yeux vers l'endroit où les doigts d'Allison se refermaient sur sa peau.

— Je n'ai pas envie d'argumenter.

— Tant mieux, parce que j'ai raison, rétorqua-t-elle.

Se forçant à laisser retomber sa main, elle demanda :

— Peut-on aller faire un tour jusqu'à votre ponton avant de rentrer ?

Le fleuve gonflait et s'agitait à l'approche de l'orage, et elle adorait contempler le déchaînement des eaux.

Derek la guida vers le ponton, et elle savoura le bruit de leurs pas sur les planches blanchies par le soleil et les intempéries.

À cet endroit, le fleuve était plus large que ce à quoi elle s'attendait, et les vaguelettes scintillantes qui troublaient sa surface semblaient s'étirer sur des kilomètres. Il fallait un bateau pour traverser ici, contrairement à chez elle, où on pouvait franchir le cours d'eau à la nage.

— Vous faites parfois du bateau ? demanda-t-elle.

— Ça m'arrive, mais j'ai tendance à avoir le mal de mer. J'aime nager, faire de la plongée, et pêcher. Mais les bateaux et moi ne sommes pas amis.

Allison observa avec émerveillement la scène enchanteresse.

— Vous avez vraiment de la chance d'avoir un tel accès au fleuve.

— J'ai des kayaks et un canoë, si ça vous dit.

Il sourit et détourna un instant le regard pour contempler la surface de l'eau.

— Mes frères et moi avons grandi au bord du fleuve. Mon père connaît son histoire par cœur et peut vous raconter des centaines d'anecdotes. Nous faisions souvent des virées de plusieurs jours en canoë. On s'arrêtait pour camper sur les berges, et on levait le camp aux premières lueurs du jour, pour une nouvelle journée d'aventures.

Le regard de Derek s'était illuminé à l'évocation de ces souvenirs, tandis que l'enthousiasme se communiquait à sa voix.

— Nous répartissions l'équipement et la nourriture dans deux canoës, et nous partions à quatre, parfois à cinq quand Isaac nous accompagnait. Ma mère nous récupérait au bout du circuit et nous ramenait à la maison par la route. Par endroits, le paysage est à couper le souffle, et nous avions l'impression d'être dans un film d'Indiana Jones.

— C'est incroyable de penser que le fleuve traverse six États avant de se jeter dans le Mississippi.

— Vous connaissez votre géographie. Papa serait fier de vous.

Elle rit, puis une curieuse idée se forma dans son esprit, et son humeur s'assombrit.

— Le fleuve s'étend de la Pennsylvanie au golfe du Mexique, dit-elle.

Derek sortit son téléphone de sa poche, semblant penser à la même chose.

— L'eau est un mode de transport pour beaucoup de choses, dit-elle encore.

— Y compris des femmes, conclut Derek.

12

Derek guida Allison à l'intérieur et verrouilla soigneusement derrière eux.

Il était perturbant de penser que les assassins de Mason pouvaient utiliser le fleuve pour déplacer les femmes qu'ils enlevaient. Et ce sans grande difficulté, à condition d'avoir quelques connexions utiles et une bonne organisation. La plupart des bateaux se déplaçaient de port en port, et d'État en État avec un minimum de contrôles.

Allison posa le babyphone sur le comptoir de la cuisine.

— Vous avez envoyé un message à Blaze ?

Derek hocha la tête, en espérant que leur théorie soit fausse. Le nombre de femmes vivant en bordure du fleuve, et susceptibles de devenir des proies, était effrayant.

Rien que dans sa ville, il connaissait suffisamment de personnes dont il se souciait pour que cette possibilité lui fasse l'effet d'un coup de poing dans l'estomac.

— Oui. Il va passer après son astreinte.

Il fit le tour du comptoir en soupirant. Que leur théorie soit vraie ou fausse, il fallait arrêter ces criminels coûte que coûte.

— Un café, ça vous dirait ?

— Oui, s'il vous plaît. Comme je ne m'attends pas à dormir cette nuit, autant que je sois alerte.

Derek avait du mal à imaginer comment il allait pouvoir passer une nuit blanche avec Allison sans poser les mains sur elle, même s'il était connu pour avoir beaucoup de self-control.

— Ça vient tout de suite.

Il alluma la cafetière et consulta sa montre.

— Bonnie va de nouveau se réveiller dans combien de temps ?

La présence du bébé l'aiderait à se rappeler qu'il ne s'agissait pas d'un rendez-vous amoureux.

Allison était une mère célibataire qui avait besoin de ses services.

Ses services de protection. Rien de plus.

— Elle se réveillera pour son biberon vers 23 heures, et dormira jusqu'à 6 heures du matin.

Allison consulta sa montre.

— Ça devrait nous laisser quelques heures de tranquillité.

Il était à peine 20 heures.

Dépité, Derek s'accota au comptoir, en espérant que Blaze ne tarderait pas trop à arriver.

Allison chercha son regard, le front plissé par la réflexion.

— Vous pensez que les notes sur le bout de papier que j'ai trouvé chez Mason pourraient être des coordonnées ?

Il secoua la tête.

— Non. Mais je l'ai pris en photo. Nous pouvons y jeter un œil avant l'arrivée de Blaze, si vous voulez.

Cette proposition réjouit Allison.

— Nous aurons peut-être une théorie à lui proposer…

— L'idéal serait de résoudre cette énigme, et nous en aurions terminé avec tout ça.

— Exact. Je me demande ce que nous faisons encore à discuter. Mettons-nous au travail.

Elle observa le plan de travail de la cuisine et le comptoir.

— Vous auriez un bloc-notes et un crayon ? Ce serait plus facile à lire si nous recopions les inscriptions.

— Dans mon bureau, sur la mezzanine.

— J'y vais, lança Allison, en se dirigeant déjà vers l'escalier. Je suis curieuse de voir à quoi ressemble votre antre.

— Je viens avec vous. La pièce est dans un tel désordre que je suis le seul à pouvoir m'y retrouver.

— Donc, c'est là que vous vivez, en réalité ?

— Quand je suis chez moi, et que je dois absolument rester à l'intérieur.

Le bureau était un vrai capharnaüm comparé au reste de la maison, car c'était là qu'il passait la plupart de son temps. Après le travail, les soins aux animaux, les corvées en tout genre, et l'entretien de la propriété.

Les classeurs verticaux et les étagères des bibliothèques croulaient sous les livres et les dossiers, un arsenal d'outils de détective privé, et les trophées remportés quand il était cavalier de rodéo.

La table de travail disparaissait sous les dossiers et les feuilles de papier s'élevant en piles inégales et instables. Et, à la grande honte de Derek, le sous-main était couvert des miettes du dernier sandwich qu'il avait mangé là tout en travaillant.

— Eh bien, dit-elle, en s'approchant d'une étagère chargée de photos, rubans, et coupes. Vous ne plaisantiez pas, en parlant du rodéo.

Amusée, elle se pencha sur une série de photos où on le voyait enfant à des parades locales, des foires rurales, et des rassemblements de l'association des futurs fermiers d'Amérique.

— Regardez-vous ! Vous êtes adorable dans votre tenue de minicow-boy.

Il rit, embarrassé, et fourra les mains dans ses poches.

— Mouais.

Petit, il adorait tout ce qui tournait autour de l'univers des cow-boys, comme d'autres enfants se passionnent pour les superhéros. Et ses parents lui avaient fait plaisir, lui offrant des cours d'équitation western, de maniement de lasso, et de rassemblement de bétail.

Allison souleva un lot de médailles et de rubans couverts de poussière.

— Champion de rodéo sur mouton, lut-elle. Deux années de suite.

— C'était pendant mes deux premières années à l'école primaire, dit-il, à la fois gêné et un peu fier.

Ça semblait ridicule maintenant, mais il avait travaillé dur pour apprendre à chevaucher ces moutons. Et gagner deux fois dans un comté où les jeunes enfants comme lui étaient nombreux n'avait pas été chose facile.

— Et ça, qu'est-ce que c'est ?

Allison s'était postée devant un article de journal encadré. Sur la photo, on le voyait se faire éjecter du plus rude taureau qu'il eut jamais chevauché. Le journaliste local avait pris le cliché au moment où il était suspendu dans les airs, juste avant que sa vie défile devant ses yeux, et qu'il comprenne ce qui était important.

— J'ai été désarçonné et presque tué, dit-il, aussi franchement et simplement que possible. Ça a été mon dernier concours.

— Qu'avez-vous fait ensuite ?

— Une fois rétabli, j'ai suivi la tradition familiale, et je suis entré à l'académie de police. J'ai suivi les cours et passé l'examen sans problème. Puis on m'a associé à un vieux flic proche de la retraite, qui n'avait aucune envie de former un bleu.

Il soupira, tandis que son regard se perdait au loin, revivant ce passé douloureux.

— Quelques semaines après le début de notre inconfortable partenariat, nous étions supposés faire tomber un gros trafiquant de drogue. Il travaillait sur cette affaire depuis des années, et je suppose qu'il ne voulait pas partager la gloire de l'arrestation. Le jour du coup de filet, il est parti sans moi, et il m'a fallu un moment pour réaliser ce qui s'était passé. Quand je suis arrivé sur place, la cache avait été vidée, les structures démontées, et mon coéquipier avait pris quatre balles. Je suis resté avec lui. J'ai appelé une ambulance, puis sa femme, et je lui ai tenu le téléphone pour qu'il puisse lui dire au revoir.

Derek fit jouer sa mâchoire, tandis qu'il essayait de contenir ses émotions. Ça remontait à deux ans, mais il en était toujours affecté comme si c'était hier.

Il s'arma de courage pour faire face à la réaction d'Allison.

— Derek, murmura-t-elle, avec un air de sincère empathie.

Puis elle s'avança et passa un bras autour de lui, en une accolade de réconfort.

— Je suis désolée que vous ayez vécu ça. Et je suis contente que vous me l'ayez dit. Ça veut dire que vous me faites confiance.

Elle laissa passer un silence.

— Et aussi, je me réjouis que vous soyez devenu détective privé. Bonnie et moi n'aurions pas survécu aussi longtemps sans vous.

Spontanément, il passa un bras autour de la taille d'Allison.

— Je ne suis pas sûr que ce soit vrai, mais j'accepte le compliment. Et, c'est vrai que j'ai confiance en vous.

À un point, d'ailleurs, qu'il en était presque effrayé.

Levant son visage vers lui, Allison lui adressa un sourire contrit.

— Puisque nous en sommes aux confessions, je vous ai mal jugé à cause de ce qui s'est passé avec mon ex. Mais vous n'êtes pas du tout comme lui. Vous êtes un bien meilleur homme, frère, fils et ami. J'ai eu tort de vous juger avant de vous connaître.

Il arrondit les doigts autour de sa taille, l'attirant exagérément près.

Ce serait facile de transformer l'accolade amicale en tout autre chose. De joindre ses lèvres à celles d'Allison, et d'échanger un baiser qui leur mettrait sûrement des étoiles plein les yeux.

— Derek ? souffla-t-elle, en posant les mains contre son torse.

Elle avait les yeux rivés à ses lèvres, comme si elle pensait la même chose.

Il inclina la tête au-dessus de sa bouche, poussé par quelque chose de plus fort que sa volonté.

La sonnette retentit, et Allison bondit en arrière, les joues écarlates.

Derek grommela et sortit son téléphone de sa poche pour vérifier la caméra au-dessus de sa porte, qu'il pouvait contrôler à distance.

— Mon frère et son sens du timing, dit-il, avec un soupir agacé.

— Je suis désolée, murmura Allison. Je ne suis jamais comme ça. Je ne sais pas ce qui m'a pris.

Il secoua la tête, se munit d'un carnet et d'un stylo, et saisit la main d'Allison, la guidant dans l'escalier et jusqu'à la porte d'entrée.

— Et si nous en parlions plus tard, une fois que notre visiteur sera parti ?

Et il apprécia dans cette phrase l'usage du « nous » et du « notre » bien plus qu'il n'aurait pu l'imaginer.

13

Derek versa du café dans trois mugs et rejoignit Blaze et Allison, qui avaient pris place au comptoir de la cuisine.

Blaze avait posé devant lui un ordinateur portable et son câble, plusieurs photographies, et des copies de rapports d'enquête.

Dehors, l'orage se déchaînait, créant une atmosphère lugubre qui n'aurait pas déparé dans un film policier. Et, pour la première fois de sa vie, Derek aurait bien aimé être un personnage de fiction. Parce que dans les films et les romans les méchants allaient en prison, et les héros sauvaient le monde.

Depuis l'assassinat de Mason, Derek ne se sentait pas du tout comme un héros. Il était même plutôt inefficace, car il n'avait toujours pas trouvé la moindre piste. Et les deux tentatives d'enlèvement d'Allison qui s'étaient produites depuis n'avaient fait que renforcer son sentiment d'inaptitude.

Le fracas du tonnerre fit trembler les vitres, et Bonnie s'agita dans son sommeil, ses minuscules protestations résonnant dans le babyphone qu'Allison ne laissait jamais hors de sa portée.

Le déluge qui menaçait depuis le début de la soirée

s'était finalement produit, et leur petite ville allait connaître une nuit difficile.

Allison entoura de ses mains le mug fumant et tourna la tête vers Blaze.

— Comment s'est passé l'échange de voitures ? Lucas et Gwen sont arrivés à bon port à Louisville ? Savent-ils s'ils ont été suivis ?

Derek cala une hanche contre le comptoir, pressé d'entendre la réponse de son frère.

Leur plan avait-il fonctionné ? Lucas avait-il réussi à détourner l'attention du tueur ? Ou bien l'agresseur d'Allison était-il quelque part dehors à les surveiller ? Se servant peut-être même de l'orage comme couverture.

— Cela fait à peu près une heure qu'ils sont arrivés, dit Blaze. Ils ont garé le pick-up dans un parking souterrain, et sont allés dîner avant le spectacle. Ils vont rentrer ce soir pour que Lucas puisse m'aider à travailler sur votre théorie du fleuve. En tant qu'inspecteur à l'unité spéciale pour les victimes, il a des relations qui pourraient savoir quelque chose à ce sujet. Surtout si nous parlons de trafiquants sexuels.

Allison pâlit.

— Donc, nous pourrions avoir raison ?

— C'est tout à fait possible. Le nombre de femmes disparues récemment semble étayer cette théorie.

Elle posa son mug avec détermination, et consulta les photos devant elle.

— Nous devons sauver ces femmes.

Blaze lança à Derek un regard intrigué.

Derek haussa les épaules en retour. Allison paraissait fragile, mais elle ne cessait de le surprendre.

— Que savez-vous d'autre ? demanda-t-elle posément à Blaze, en fixant sur lui ses grands yeux bleus, lumineux comme un ciel d'été.

Il sirota une gorgée de café, baissa les yeux, et consulta les documents devant lui.

— Le labo a confirmé que les cheveux proviennent de quatre femmes blondes différentes. Le sang concorde avec l'ADN de l'une d'elles. Le cinquième cheveu est noir, probablement teint. Une fois que nous aurons confirmé les identités, nous pourrons saturer les médias avec leurs photos. Si tout le monde se met à les rechercher, ça nous aidera.

— À condition que leurs ravisseurs les laissent voir la lumière du jour, commenta Allison.

Derek feuilleta les avis de disparition. Il y en avait six en tout.

— Toutes ces femmes ont disparu le mois dernier ?

Il lut les détails personnels, cherchant un lien entre elles.

— Elles vivent toutes au bord du fleuve ?

— C'est plus compliqué que ça.

Il écarta deux photos du reste.

— Ces femmes vivent à une heure environ de l'accès le plus proche au fleuve. Mais elles se trouvaient dans une ville portuaire quand elles ont disparu.

— Elles sont tellement jeunes, dit Allison.

— La plus jeune a seize ans, la plus âgée vingt-cinq. Mais son allure est celle d'une lycéenne.

Blaze tourna un regard hésitant vers Derek, avant de poursuivre.

— Ce qui m'inquiète, c'est que vous avez le même profil que les victimes.

Derek serra les poings. À la pensée qu'Allison puisse

être enrôlée de force dans un réseau de prostitution, il avait envie de frapper. Mais son frère avait raison. Elle avait vingt-trois ans, mais paraissait beaucoup plus jeune. Elle était mince, avec de longs cheveux blonds, la peau claire et les yeux bleus.

Allison regarda les clichés de plus près et blêmit.

— J'aurais pu figurer sur ces avis de recherche.

Derek grommela, serrant les poings de plus belle et faisant jouer sa mâchoire.

— En fait, non, ajouta Allison, le regard profondément triste. Je ne serais pas sur ces avis de recherche, parce que personne ne saurait que j'ai disparu.

Elle reprit son souffle et s'obligea à continuer d'exposer ses douloureuses pensées.

— Si ces types m'avaient enlevée avec Bonnie le premier jour, nous n'aurions pas survécu, parce que personne ne nous aurait cherchées. Je suis toujours en congé maternité, et je ne suis pas particulièrement proche de mes collègues. Je n'ai pas de famille ou d'amis dans la région…

Elle frissonna et essuya une larme qui coulait sur sa joue.

— Désolée, je…

Derek lui tendit un mouchoir en papier.

— Ne vous inquiétez pas. C'est tout à fait compréhensible. Et vous avez de la famille, maintenant. Vous avez des amis. Et nous saurons toujours si vous avez besoin d'aide. Nous le saurons, et nous serons là.

Blaze hocha la tête.

— C'est vrai. Et si vous vous en sentez capable, ça nous serait vraiment utile que vous regardiez à nouveau la base de données des criminels.

— Tu peux te connecter d'ici ? demanda Derek. Parce que nous devons partir demain, dès que la pluie aura cessé. Et je n'ai pas envie de retourner au commissariat.

— Pas de problème.

Quelques instants plus tard, un agaçant sentiment de déjà-vu envahissait Allison, tandis qu'elle faisait défiler les photos d'identité judiciaire, et elle eut le plus grand mal à réprimer un frisson.

La dernière fois qu'elle avait consulté la base de données, un psychopathe avait essayé de l'enlever.

Il y eut une déflagration de tonnerre à l'extérieur, et elle sursauta.

Les Winchester étaient suffisamment bien élevés pour ne pas faire de commentaire, mais elle était certaine qu'ils l'avaient remarqué.

Très peu de choses semblaient leur échapper, d'après ce qu'elle avait pu constater.

Allison continua à examiner les photos, plus très sûre de pouvoir reconnaître le second homme.

Son esprit était fatigué, et empli de choses horribles. Ses souvenirs du second homme étaient brouillés et presque effacés. Ce serait un miracle si elle parvenait à le reconnaître dans une base de données qui comportait des milliers de photos.

— Comment ça va de ton côté ? demanda Blaze.

Allison tourna un instant la tête vers les deux frères.

— Aussi bien qu'espéré, répondit Derek, en grimaçant un sourire. Papa dit que tout est en ordre au chalet. Il y est allé avec maman le week-end dernier. Nous aurons tout ce qu'il faut, sauf de la nourriture, que nous achèterons en route.

— Que penses-tu de cette organisation ? Tu sembles tendu.

Derek fit rouler sa tête sur ses épaules, et jeta un coup d'œil à Allison, qui détourna aussitôt le regard.

— Je le suis. Je n'ai jamais fait un tel déplacement avec un bébé, et ça change tout.

Allison s'agaça.

— Bonnie ne posera pas de problème, dit-elle, sur la défensive. Je m'occuperai d'elle.

— Je sais. Mais les bébés pleurent. On ne peut pas les raisonner, et ils ne comprennent pas ce qui se joue. Si nous devons nous cacher, nous ne pourrons pas lui dire de se taire et de ne pas bouger.

Allison voulut protester, mais elle savait qu'il avait raison. Et ce n'était pas de la méchanceté de le dire.

— Elle ne peut pas courir non plus, ou obéir à des ordres simples susceptibles de nous sauver la vie. Tout cela en fait un poids. Je ne dis pas cela pour être négatif. J'envisage seulement les pires scénarios dans ma tête, afin d'être le mieux préparé possible. Tout est plus compliqué avec un bébé.

— Il n'est pas question que je la laisse !

— Je sais.

— Soyons positifs, intervint Blaze. Tout va bien se passer. Derek va établir un solide périmètre autour du chalet. Lucas et mon équipe allons nous assurer que personne ne sache où vous êtes. Et nous allons passer la ville au peigne fin pour retrouver Redmon Firth, ou quelqu'un qui le connaisse.

— Tu as raison, approuva Derek. Nous avons la situation sous contrôle.

Ils baissèrent la voix et leur discours s'émailla

d'acronymes et d'une terminologie qui était peu familière à Allison.

Se désintéressant de leur conversation, elle se remit à la tâche, plus désireuse que jamais d'identifier le second homme qu'elle avait vu chez Mason et chez elle.

Elle devait faire tout son possible pour aider la police à localiser et arrêter les hommes qui prévoyaient de l'enlever.

Au-delà de ça, ils devaient sauver toutes ces femmes disparues. Elle s'imaginait sans peine dans leur situation : effrayée, seule, promise à un sort épouvantable.

Se rappelant les empreintes boueuses devant la maison de Mason, elle songea à cette femme courageuse qui n'avait pas perdu espoir, et qui avait essayé de fuir.

Cette femme avait couru, pieds nus dans le froid. Elle avait demandé de l'aide à un inconnu. Il fallait la sauver.

S'il n'était pas déjà trop tard.

Allison fit défiler plus lentement les photos, espérant de toutes ses forces que l'une d'entre elles lui paraisse familière.

Le téléphone de Blaze sonna, et les deux frères interrompirent leur conciliabule.

— Winchester, dit Blaze.

Puis il écouta attentivement.

Son regard gris-bleu aiguisé se posa sur Derek, tandis qu'il mettait fin à sa courte mais visiblement perturbante communication.

— Quoi ? demanda Allison. Il s'est passé quelque chose ?

L'expression livide de Blaze la fit frissonner.

— Oui. Une autre jeune femme a disparu.

14

Allison fut réveillée par le babil heureux de Bonnie.

Elle bâilla, s'étira entre les draps d'une incroyable douceur, et sourit à son bébé qui gigotait dans son berceau, installé juste à côté du lit.

Derek avait changé les draps pour elle, mais il avait oublié la taie d'oreiller, qui sentait exactement comme ses chaleureuses accolades. L'odeur fraîche du dehors, à laquelle s'ajoutait un mélange de gel douche et d'eau de Cologne, qu'elle commençait à associer à lui seul.

Elle repoussa la couette chaude et douillette et balança ses pieds par-dessus le rebord du matelas, pressée de prendre sa fille chérie dans les bras.

— Bonjour, ma petite princesse, murmura-t-elle. Tu en as fait une grande nuit pour une si petite demoiselle.

D'après la pendule sur la table de chevet, Bonnie avait dormi huit heures d'affilée. Un record.

De son côté, Allison avait eu du mal à trouver le sommeil. Son esprit était obsédé par ses peurs et ses interrogations, revivant sans cesse les choses épouvantables qu'elle avait vues et éprouvées ces derniers jours. Sans compter les scénarios abominables que son imagination élaborait pour les jours à venir.

L'orage n'avait pas aidé. Le ululement lugubre du

vent. Les coups de tonnerre. La pluie qui battait les fenêtres. Tout cela n'avait fait qu'accroître son malaise jusque tard dans la nuit.

À présent, avec son bébé dans ses bras, et le soleil radieux qui entrait dans la chambre, dessinant des rais de lumière où, tels des papillons, dansaient quelques particules de poussière, elle se sentait animée d'une nouvelle détermination.

Vingt minutes plus tard, ayant expédié sa routine matinale et celle de sa fille, Allison se dirigeait vers la cuisine, guidée par une odeur de pancakes et de sirop d'érable. De la musique country jouait en sourdine, et Derek fredonnait en cuisinant.

— Bonjour, dit-il, avec un grand sourire. J'espère que vous aimez les pancakes.

— J'adore.

Elle s'arrêta au comptoir pour préparer le biberon de Bonnie, en essayant de ne pas trop loucher sur son séduisant ange gardien.

Il semblait à l'aise dans sa cuisine, pieds nus, en train de préparer le petit déjeuner. Il semblait à l'aise aussi avec les animaux et avec sa famille. Tout comme quand il travaillait ou se détendait…

Derek était bien dans sa peau. Confiant et sûr de lui comme elle aurait voulu l'être. Et l'admiration qu'elle lui portait grandissait un peu plus après chaque expérience vécue en sa compagnie.

— Vous avez réussi à dormir ? demanda-t-il.

— Pas vraiment.

Elle secoua vigoureusement le biberon de Bonnie tout en parlant.

— Je ne peux pas m'empêcher de penser à ces

femmes arrachées à leur vie. Le choc, la douleur, le sentiment d'impuissance… Elles doivent être tellement effrayées, surtout celles qui sont parties depuis un moment et qui doivent se dire qu'elles ne rentreront jamais chez elles.

Elle présenta le biberon à Bonnie, tout à la fois heureuse que sa fille soit dans ses bras, et honteuse de cette pensée égoïste.

Derek remplit deux mugs de café et les porta à la table, déjà dressée pour deux. Une chaise haute était positionnée sur un côté.

— Merci, dit-elle. Je suppose qu'il n'y a rien de nouveau sur la jeune femme qui a disparu la nuit dernière ?

— Pas encore, mais il est tôt.

Allison installa Bonnie sur la chaise haute et vérifia que le harnais de sécurité était convenablement sanglé.

— Depuis combien de temps êtes-vous réveillée ? demanda Derek.

— Un moment.

Repérant près de la porte d'entrée des piles de cartons, ainsi que des sacs et des bagages, elle s'étonna :

— Vous avez déjà tout préparé pour le chalet ? Vous n'avez vraiment pas chômé.

Il haussa les épaules.

— J'aime que les choses avancent.

Elle s'assit en face de lui et fit glisser un pancake dans son assiette.

— J'aimerais pouvoir vous rendre tout ce que vous faites pour moi, mais je ne crois pas qu'il existe de faveur assez grande à accorder pour ça. Vous n'arrêtez pas de me sauver la vie.

Et elle n'était pas seulement redevable à Derek. Elle devait beaucoup à ses parents pour leur compréhension et leur gentillesse, ainsi que pour le prêt des équipements pour bébé et du chalet. Et elle avait une dette envers les frères et les cousins de Derek.

Cette déferlante de générosité était compliquée à gérer. Quelques jours plus tôt, elle était une inconnue pour eux.

— Mes parents vont s'occuper des animaux, et Cruz aidera papa à transporter les poules de Mason jusqu'ici. Une patrouille vérifiera deux fois par jour que tout va bien chez vous.

Allison hocha la tête. Tous les arrangements avaient été pris, sans qu'aucun détail ne soit négligé.

— On dirait que vous avez pensé à tout.

Entre leurs affaires personnelles, que Blaze avait apportées, et les prêts des Winchester, Allison avait de quoi tenir au moins une semaine. Il lui faudrait cependant appeler la crèche pour expliquer qu'elle ne reprendrait pas le travail à la date prévue. Sa directrice comprendrait, mais il faudrait lui fournir une explication qui tienne la route.

Quarante minutes plus tard, ils avaient chargé la voiture et roulaient vers la maison de Mason, Allison ayant insisté pour nourrir les poules une dernière fois.

Elle apprécia de retrouver son ancienne routine, mais l'absence de Mason était palpable, dans l'atmosphère et dans son cœur.

— Ça va ? demanda Derek, tandis qu'elle collectait les œufs dans un panier.

— Oui. Je réfléchissais.

— À quoi ?

Il franchit la distance entre eux en quelques enjambées assurées, et planta ses mains sur ses hanches.

Elle se mordilla la lèvre, ne sachant pas par où commencer.

— Hier soir, j'ai fait des recherches sur les disparues. Je ne pouvais pas me sortir leurs noms et leurs visages de l'esprit. Bailey, Cari, Genny, Hannah, Lexi, Meg. C'est comme si elles me hantaient, et je sais que je dois les aider.

Il se rembrunit.

— Nous en avons déjà parlé au petit déjeuner. Vous devriez plutôt vous concentrer sur vous.

— Je sais.

Elle devait penser à prendre soin de Bonnie et d'elle-même, mais Derek avait aussi dit qu'elle ne devait pas hésiter à demander de l'aide si elle pensait en avoir besoin.

— Vous pouvez peut-être m'aider à les aider, suggéra-t-elle. Je pense que la femme qui se trouvait ici avec Mason est Cari Fletcher.

Allison sortit son téléphone de sa poche et balaya l'écran.

— Elle a vingt ans et étudie au Hanover College dans l'Indiana. Le site web du campus dit que c'est idéalement situé sur les rives de l'Ohio.

— Ah.

L'attention de Derek était concentrée sur le son de l'eau en mouvement aux confins de la propriété.

— Voici la photo que sa mère a postée sur les réseaux sociaux le jour de la disparition de Cari.

Derek se pencha sur l'écran de son téléphone qu'elle tournait vers lui.

— La photo sur l'avis de disparition était zoomée sur son visage. Ça disait qu'elle portait un jean et un T-shirt, mais regardez…

Elle élargit la photo, révélant le sweater plié sur le bras de Cari.

— Elle avait aussi un cardigan avec elle. Blanc, avec des petits boutons en forme de fleur.

— Je peux ? demanda Derek, avant de prendre son téléphone en main.

Leurs doigts se frôlèrent, et Allison eut l'impression qu'un courant électrique passait sous sa peau.

Derek tapota plusieurs fois l'écran, et lui rendit son téléphone.

— J'ai envoyé une capture d'écran de ce gros plan à Blaze, avec le lien vers la page de sa mère.

— Vous pensez que ça pourrait être elle ?

— Peut-être. En tout cas, c'est bien vu pour le sweater. Je m'en veux de ne pas l'avoir vu.

— Vous avez fait des recherches aussi ?

— J'ai étudié leur profil pour essayer de trouver un lien entre elles. Des amis ou des activités en commun, par exemple. Sans succès.

Allison soupira. Derek était lui aussi resté éveillé, à penser aux femmes disparues.

— Je suis désolée de vous avoir entraîné dans tout ça. Je ne peux pas m'empêcher de penser combien vous avez manqué de chance de vous trouver là quand j'ai eu mon accident. Maintenant, vous êtes coincé avec moi. Indéfiniment. Depuis plusieurs jours, vous ne pouvez pas faire normalement votre travail, ni assumer vos responsabilités. Ce n'est pas juste.

— Rien n'est juste. Ni pour Mason, ni pour ces

femmes, ni pour vous. Mon travail est de rechercher la vérité pour mes clients, et de protéger ceux qui en ont besoin. Bonnie et vous en avez besoin.

Il avait raison sur ce point. Allison n'était pas capable d'assurer sa propre protection. Elle en avait eu la preuve à deux reprises. Et pendant ce temps sa fille était restée seule.

— Mason avait raison à propos de vous, dit-elle. J'aurais dû faire l'effort de vous connaître plus tôt.

— Je suis content de vous connaître maintenant. Et je ne veux pas que vous vous inquiétiez. Tout ira bien pour Bonnie et vous.

— Espérons…

Allison laissa passer un silence avant de demander :

— Ça vous ennuierait d'aller marcher un peu au bord du fleuve, avant de partir ?

Derek savait qu'il était largement temps pour eux de se mettre en route pour le chalet, mais il était incapable de lui refuser quoi que ce soit.

— Si vous y tenez… Mais ne tardons pas trop quand même.

Gonflé par les récents orages, le fleuve était agité et bruyant, et son niveau était plus haut qu'à l'automne dernier.

— Mason et moi avons passé de nombreuses journées ici à pêcher, dit Allison, avec nostalgie. Après son AVC, tout ce qu'il voulait c'était être dehors. Mais il n'avait pas le droit de faire le moindre effort. Alors, je poussais son fauteuil roulant jusqu'ici, et je pêchais pour lui. Nous passions des heures à parler. Il était drôle et c'était un incroyable conteur.

Derek soupira.

— J'ai toujours du mal à réaliser qu'il est parti.

— Et son sacrifice n'aura peut-être servi à rien…

Le vent se leva soudain, soulevant les longs cheveux d'Allison et lui coupant la parole.

— Nous ne pouvons pas changer ce qui est arrivé, mais nous pouvons aider Blaze à sauver ces femmes. Nous pouvons faire en sorte de terminer ce que Mason a commencé.

Une rafale plus violente que la précédente fit soudain s'envoler le petit bonnet en laine à rayures roses et blanches de Bonnie, qui fila dans les hautes herbes, le long du fleuve.

— Oh ! non ! s'écria Allison. C'est ma grand-mère qui l'avait tricoté.

Derek s'était déjà élancé, traquant le bonnet qui roulait à travers la végétation, jusqu'à ce qu'il soit bloqué par quelque chose qui était logé dans le sol.

— Je l'ai ! s'exclama-t-il, d'un ton victorieux.

— Merci ! Soyez prudent. Il pourrait y avoir des serpents.

— J'en ai vu d'autres, dit-il.

Puis il libéra le bonnet bloqué par un vieux panneau de signalisation métallique.

Une combinaison de lettres et de chiffres similaire à celle du papier trouvé par Allison y était inscrite.

Derek glissa le bonnet dans sa poche et fit une photo du panneau.

Agrandissant le cliché qu'il venait de prendre, il découvrit un amas de laine blanche.

Peut-être arrachée à un cardigan avec des boutons en forme de fleur.

15

Allison attendit nerveusement que Derek récupère le bonnet de Bonnie sur la rive.

— Soyez prudent, cria-t-elle à nouveau, en élevant au maximum la voix pour couvrir le bruit de l'eau en mouvement.

La rive caillouteuse s'arrêtait brutalement quelques mètres plus loin, et la végétation rendue à l'étage sauvage était haute et broussailleuse.

Allison n'allait jamais par là. Elle avait une peur bleue des serpents. D'ailleurs, rien que d'y penser, elle commençait à avoir les mains moites.

Derek pivota soudain sur ses talons et revint en courant vers elle.

— Ohé, fit-il, en agitant la main.

Arrivé à sa hauteur, il lui tendit son téléphone et la clé de la voiture de Lucas.

— Tenez-moi ça, s'il vous plaît. Je voudrais vérifier quelque chose, et j'ai peur de les faire tomber à l'eau.

— Qu'avez-vous trouvé ? demanda-t-elle, en courbant le dos pour protéger Bonnie du vent. Des traces de pas ?

— De la laine.

— Quoi ?

— Regardez les photos.

L'écran n'était pas verrouillé, et elle accéda à la galerie.

En dehors des herbes et de l'eau, il était difficile de distinguer quelque chose.

— Et, au fait, voici le bonnet de Bonnie.

Il le sortit de sa poche et le lui tendit.

— Merci.

Elle glissa le téléphone dans sa poche, et remit le bonnet sur la tête de sa fille, en veillant cette fois à bien nouer les liens sous son menton.

— Le bout de laine que j'ai trouvé est sale, mais blanc à l'origine, je pense. Je retourne le chercher. Lucas garde sous le siège de sa voiture des sachets en plastique pour les pièces à conviction. Nous pourrons en utiliser un pour conserver la laine jusqu'à ce que nous soyons en contact avec Blaze ou lui.

— Je dois appeler quelqu'un ?

— Accordez-moi cinq minutes pour voir ce que je trouve.

— D'accord. Et faites attention aux serpents.

Une nouvelle bourrasque charia une odeur familière qui fit se couvrir de chair de poule les bras d'Allison. Huile de moteur ? Essence ? Quelque chose en tout cas qu'elle associait à un atelier de mécanique. Et qui n'était pas à sa place dans cette parcelle de nature sauvage.

Elle observa scrupuleusement les parages, en se concentrant tout particulièrement sur les bois. Elle finit par distinguer deux formes bizarres, qu'elle mit un moment à identifier.

Deux quads recouverts de peinture camouflage étaient garés à l'orée du bois.

La peur lui glaça le sang quand elle réalisa que les conducteurs étaient absents.

Les hommes pouvaient se trouver n'importe où.

Suffisamment proches pour profiter de la distraction de Derek et prendre le dessus sur lui.

Suffisamment proches pour l'enlever sans que Derek ne s'en rende compte.

Elle chercha son téléphone, mais celui sur lequel ses doigts s'enroulèrent n'était pas le sien. C'était celui de Derek.

Sa respiration s'accéléra tandis que l'indécision la tétanisait.

Courir vers Derek, c'était se rapprocher des bois et mettre Bonnie en danger.

Courir vers la voiture, là où elle serait davantage en sécurité, c'était s'éloigner de Derek, le laissant inconscient du danger.

Un mouvement à la lisière des bois attira son attention vers un homme vêtu d'une combinaison kaki.

Il avançait lentement, les yeux rivés sur Derek, l'approchant à revers.

— Non ! cria-t-elle. Derek !

Surprise par les cris de sa mère, Bonnie se mit à pleurer.

Derek se retourna, surpris, comme s'il n'était pas sûr d'avoir bien entendu.

— Derrière vous ! Il y a quelqu'un.

Elle tendit le bras vers la forêt.

— Là-bas. Regardez !

Derek tourna la tête au moment où l'homme bondissait vers lui en essayant de le frapper à la tête avec une branche. Derek le reçut avec un coup de poing à l'estomac. L'impact les projeta tous deux dans l'eau.

Allison retint son souffle. Les hommes ne remontaient pas. En tout cas, pas là où elle pouvait voir.

Et l'autre conducteur de Quad n'était nulle part en vue.

Elle fit demi-tour et courut vers la voiture.

Sortant de sa poche la clé de Lucas, elle actionna le déverrouillage automatique dès qu'elle aperçut le 4x4.

Le cœur battant à tout rompre, elle se mit au volant et verrouilla à nouveau les portières.

À genoux sur son siège, penchée au-dessus du levier de vitesses, elle transféra Bonnie à l'arrière, en bataillant avec le harnais.

— C'est bon, dit-elle, autant pour elle-même que pour Bonnie, quand elle entendit le cliquètement final de la ceinture.

Se redressant, elle sortit les téléphones de sa poche, laissa tomber celui de Derek dans un porte-gobelet, et s'installa au volant.

Elle composa le 911 sur son téléphone, actionna le haut-parleur, et déposa l'appareil dans le second porte-gobelet. Puis elle démarra.

Les hurlements de Bonnie résonnaient dans l'habitacle, mettant les nerfs d'Allison à rude épreuve, tandis qu'elle attendait que son appel aboutisse.

— Police de West Liberty, dit une voix de femme. Donnez-moi votre position et la nature de votre urgence.

Allison ouvrit la bouche pour répondre mais fut interrompue par une explosion.

Du verre vola en éclats derrière elle, se répandant en pluie sur la banquette.

Allison cria, et les pleurs de Bonnie redoublèrent.

Dans son rétroviseur, elle vit un homme en veste noire et en jean courir dans sa direction, bras tendu, arme à la main.

Allison poussa le levier de la boîte automatique sur Drive et enfonça l'accélérateur.

Le 4x4 bondit en avant, dans la direction du poulailler. Des plaques d'herbe, de boue et de gravillons jaillirent derrière elle.

La voiture tanguait et tressautait tandis qu'elle traversait la propriété. La route était derrière elle, mais Redmon Firth l'avait obligée à changer de direction.

— Pouvez-vous confirmer les tirs ? demanda l'opératrice de la police, la voix s'élevant du téléphone oublié dans le porte-gobelet.

— Oui ! hurla Allison Il y a un tireur chez Mason Montgomery. Envoyez de l'aide.

Une silhouette apparut soudain sur sa droite.

Reconnaissant Derek à l'instinct, avant même de pouvoir distinguer ses traits, elle freina.

— Montez ! dit-elle, en pressant le bouton de déverrouillage des portières.

Il se jeta à l'intérieur. Ses vêtements dégoulinaient. Ses cheveux trempés étaient plaqués sur son visage et collaient à son front.

— Faites demi-tour !

— Je ne peux pas, il y a un tireur.

Le bruit d'un quad qui accélérait attira son attention sur le côté du véhicule.

Redmon Firth conduisait l'un des tout-terrain qu'elle avait repérés dans les bois.

Les cris perçant de Bonnie déchiraient le cœur d'Allison.

Elle devait mettre son bébé en sécurité.

— Qu'est-ce que je fais ?

— Percutez-le.

Allison donna un grand coup de volant et enfonça l'accélérateur, au moment où le quad la dépassait.

Le pare-chocs du 4x4 de Lucas heurta une des roues arrière du quad, qui se mit à tanguer.

Le conducteur venait à peine de retrouver le contrôle de son engin qu'elle chargea à nouveau. Elle ne voulait pas blesser l'homme, mais il n'était pas question qu'il mette plus longtemps son bébé en danger.

Elle allait suivre l'ordre de Derek, et assumerait les conséquences plus tard.

Le second choc fut plus violent.

Désarçonné, Redmon Firth fut projeté dans les airs.

Le quad roula encore quelques mètres, avant de plonger dans le fleuve.

16

Derek arpentait nerveusement la rive.

Il était mouillé, frigorifié, et en colère.

Il s'était fait surprendre, et pourtant il était meilleur que ça. En tout cas, il le croyait.

Vingt ans d'entraînement combiné dans l'armée et la police, plus son expérience de détective privé auraient dû lui apprendre à rester en alerte et à ne jamais baisser la garde.

Surtout quand il était dans un endroit regorgeant de cachettes.

La frustration et l'humiliation le submergeaient, le laissant d'une humeur fracassante.

Il était tellement obsédé par ce bout de laine blanche qu'il avait oublié toute prudence.

Pestant contre lui-même, il observa l'endroit où il avait remonté son assaillant sur la berge, après l'avoir assommé dans l'eau glacée. L'homme s'était évaporé, à présent.

Quand il avait entendu le coup de feu, le sang de Derek n'avait fait qu'un tour, et il n'avait plus pensé qu'à Allison.

Il croyait bien l'avoir perdue cette fois, mais elle s'en était sortie. Et pas grâce à lui.

Il se passa la main sur le visage, tout en regardant la police tenter de récupérer le quad retourné dans l'eau. Son conducteur, Redmon Firth, avait lui aussi disparu.

Il se tourna ensuite vers l'ambulance, où Allison et Bonnie étaient examinées par Isaac.

— Hé, Winch ! cria son cousin, en se dirigeant vers lui avec un kit médical.

— Je vais bien, protesta Derek.

— Laisse-moi en juger.

Isaac s'arrêta à quelques pas, et le regarda en grimaçant.

— Tu as une sale mine.

— Mouais.

Il reporta son attention sur les policiers qui sortaient le quad du fleuve.

— Tu aurais dû voir l'autre type !

Isaac sourit, ouvrant son kit.

— J'aimerais bien le voir. Tu sais dans quelle direction il est parti ?

— Non.

C'était le problème. Personne ne savait où trouver ces deux cinglés.

Isaac s'activa efficacement autour de Derek, nettoyant et pansant ses égratignures et ses coupures.

Quand il eut fini et voulut braquer une lampe dans ses yeux, Derek le repoussa.

— Laisse tomber.

— Des vertiges ? Des nausées ? demanda Isaac, en glissant la lampe dans sa poche. Une douleur à la tête ou au cou ?

— Pas avant que tu débarques. Maintenant, j'ai un peu un mélange de tout.

— Je vois que ton humour est toujours aussi nul.

— Comment vont Allison et Bonnie ?

À l'évidence, ni l'une ni l'autre n'avaient besoin de prise en charge urgente, ou bien Isaac ne serait pas là à discuter avec lui. Mais ce serait rassurant de l'entendre.

L'expression de son cousin se radoucit.

— Je m'inquiète davantage pour toi.

Il lui glissa un regard en biais, tandis qu'il commençait à remballer son matériel.

— Tu as toujours été indépendant, sûr de toi et, plus récemment, solitaire. Je ne suis pas d'accord avec ta vision des choses, mais nous en connaissons tous deux la cause.

— Je n'ai aucune envie de parler de ça maintenant. Merci pour tes soins.

— Je n'insiste pas. Mais si tu as besoin de parler…

— Oui, je sais.

Isaac était bien intentionné, mais Derek n'était pas un parleur. Il était un faiseur. Et, à cet instant, il avait besoin de faire quelque chose.

Un claquement de portière le fit se retourner.

Isaac rit sous cape en voyant Lucas approcher.

— C'est quoi ce délire, mec ? On a tiré sur ma voiture, et le pare-chocs avant est défoncé. Je t'avais pourtant dit de faire attention.

Derek ne se laissa pas impressionner par cet accès d'humeur.

— C'était comment à Louisville ?

— Génial. Mais la question n'est pas là. Qui va payer les dégâts ?

Derek haussa les épaules

— Vois avec ton assureur.

— En tout cas, il lui faut une autre voiture, remarqua Isaac. Mais ça m'étonnerait qu'il veuille prendre mon hybride.

— Exact, confirma Derek.

Entre-temps, Blaze s'était approché.

— Il me faudrait ta déposition.

Il tendit un T-shirt sec à Derek.

— Allison a déjà fait la sienne.

— Je ne peux pas t'envoyer ça par mail quand je serai rentré à la maison ?

Il ôta sa chemise mouillée et enfila le T-shirt.

— Si tu veux. Mais fais-le avant de partir pour le chalet.

Derek hocha la tête.

— Comment ça se passe avec Allison ? demanda Blake, en baissant la voix.

— Ça se passe très bien si on oublie le fait que quelqu'un essaie en permanence de la tuer.

Allison apparut soudain.

— Excusez-moi, je ne voudrais pas vous interrompre, mais je me demandais si vous aviez du nouveau sur les conducteurs des quads.

— Non, mais celui qu'ils ont abandonné va nous aider, répondit Blaze.

— Grâce à son immatriculation ?

L'inspecteur secoua la tête.

— Dans le Kentucky, ce type d'engin n'est pas soumis à l'immatriculation, mais son propriétaire doit s'enregistrer.

— Oh ! c'est parfait. Ça prendra longtemps ?

— Non. Il faut juste espérer que le quad n'a pas été volé. Comment vous en êtes-vous sortie avec la base de données hier soir ? Vous avez pu identifier l'autre homme ?

— Non, mais je l'ai mieux vu aujourd'hui. Je pourrais peut-être le reconnaître cette fois.

— Il va falloir faire vite. Vous devez être au chalet avant la nuit. Il n'y a pas d'Internet là-bas, et le réseau de téléphonie mobile est fluctuant. Mais il a au moins le mérite d'exister.

— Je vais faire un message à Cruz, dit Derek. Sa jeep sera parfaite pour le trajet jusqu'au chalet. Il pourra surveiller ma maison pendant mon absence.

— Avez-vous pu établir une concordance entre le sang et le cheveu chez Mason ? demanda Allison à Blaze. Est-ce que, par hasard, ils appartiendraient à Cari Fletcher ?

— Effectivement. Vous aviez vu juste à propos du sweater.

— Et la jeune fille qui a disparu la nuit dernière ? Vous avez son nom ?

— Zoey Walls. Elle est en dernière année au lycée. C'est une excellente élève, membre de la chorale, sportive accomplie… Rien n'indique qu'elle pourrait avoir fugué.

Blaze affichait une expression morose.

— Mon instinct me dit qu'elle a été enlevée par les hommes que nous recherchons.

17

Le trajet du retour chez Derek fut silencieux.

Allison était totalement épuisée par une nouvelle matinée éprouvante, et Bonnie s'était endormie après son biberon. Jamais elle ne serait assez reconnaissante aux étoiles que son bébé soit totalement indemne après qu'une vitre eut explosé à quelques centimètres de son siège.

Malgré toutes les choses atroces qui s'étaient produites dernièrement, sa petite famille de deux personnes allait miraculeusement bien.

Et elle commençait à se sentir comme une famille de trois.

Arrivée à la maison, Allison installa Bonnie dans son berceau et prit le babyphone, avant de retourner au salon où Derek l'attendait.

— Nous devrions peut-être parler avant de quitter la civilisation, dit-elle, en espérant paraître plus détachée et légère qu'elle ne l'était.

Derek détourna les yeux de la fenêtre derrière laquelle il était posté. Ses traits étaient tirés par l'angoisse, et elle put lire la culpabilité et la honte sur son beau visage.

— Ce qui est arrivé aujourd'hui n'était pas votre faute, dit-elle. Pas plus que tout le reste. Ces types nous suivent sans relâche. Ils se cachent et ils attendent. C'est pour cette raison que nous partons. Mais, ce qui est important, c'est que nous continuons à déjouer leurs plans.

Un muscle joua dans sa mâchoire, mais il ne dit rien.

— Parlez-moi du chalet, demanda-t-elle.

— C'est mon grand-père qui l'a construit quand mon père était enfant, et nous l'utilisons depuis des dizaines d'années pour les vacances. Au début, il n'y avait ni eau courante, ni électricité, mais ma mère a insisté pour que ce soit fait dès que les compagnies locales ont proposé une offre de raccordement. Il n'y a pas d'Internet, mais le réseau de téléphonie locale est à peu près correct. Nous pourrons rester en communication avec Blaze et Lucas. Il y a des DVD, des jeux de société, des réserves de nourriture en conserve, et une vue fantastique. Nous pourrons faire ce que nous faisons ici, mais l'endroit est juste un peu plus privé.

Allison sentit ses joues s'enflammer en songeant aux choses qu'elle aimerait faire en privé avec Derek.

— Et c'est loin ?

— À environ une heure. La route est étroite et tortueuse, et la vitesse limitée. Mais, avec la jeep de Cruz, ça devrait être un peu plus facile.

— D'accord.

Elle croisa les mains, essayant de paraître calme, tout en observant l'homme qui était devenu son ange gardien. Un homme qui, petit à petit, était aussi en train de lui voler son cœur.

— Pensez-vous que nous devrions parler de certaines choses, avant de nous isoler pour un temps indéterminé ?

Le profond regard brun de Derek se fit curieux.

— Comme quoi ?

— Eh bien, pour commencer… j'ai parfois l'impression qu'il y a quelque chose entre nous.

Elle s'interrompit, luttant pour ne pas abandonner sa mission.

Ça devait être dit, avant que l'intimité forcée du chalet ne se referme sur eux. Elle devait savoir si elle avait imaginé cette troublante alchimie entre eux. Ou si elle était seule dans cette histoire aussi.

— C'est juste une sensation, continua-t-elle, mais ça devient compliqué à ignorer. Pour moi, en tout cas. Et, la nuit dernière, il y a eu un moment où j'ai pensé que vous ressentiez la même chose.

Elle se mordit la lèvre et attendit, déterminée à obtenir sa réponse et à s'en accommoder ensuite. Mais si c'était un rejet, elle aurait envie de disparaître dans un trou de souris.

Le regard de Derek s'assombrit tandis qu'il étudiait son visage.

— Maintenant que vous le dites, il y a eu un moment où j'ai cru que vous alliez m'embrasser, dit-il, avec une note d'humour dans la voix.

Le soulagement envahit Allison. Il ne l'avait pas nié.

Et elle n'était pas folle. Ou si désespérément seule qu'elle avait commencé à s'imaginer des choses.

— C'est vous qui alliez m'embrasser, rétorqua-t-elle. Moi, je me demandais comment je devais réagir.

— Vous l'avez décidé ?

— Pas encore tout à fait.

— Dommage. Mais, pour le moment, je vais me

consacrer plus que jamais à ma mission, qui consiste à vous protéger, Bonnie et vous.

— Marché conclu.

— Je ne vous ferai pas défaut.

— Je sais.

Un mouvement derrière la fenêtre attira soudain leur attention et rompit la magie entre eux.

Une jeep blanche roulait à toute allure dans l'allée.

— Cruz est arrivé, dit Derek. Tout est clair entre nous ?

— Parfaitement clair. Cette conversation a été utile.

Derek retrouva son cousin à l'extérieur, et transféra tous leurs bagages dans le coffre de la jeep.

Quand ce fut fini, Cruz lui tendit ses clés.

— J'ai appris que tu avais eu une matinée difficile, dit-il. Tu penses avoir été suivi ?

— Comment veux-tu que je le sache ?

Derek secoua la tête, dégoûté par la façon dont les choses s'étaient déroulées jusqu'à présent.

— Je suis tellement déconnecté ces derniers temps qu'ils pourraient aussi bien être dans la maison sans que je le sache.

Cruz ne se donna pas la peine de lui dire qu'il se trompait, comme l'avaient fait ses frères. C'était pour cette raison qu'ils travaillaient si bien ensemble à l'agence de détectives. Ils étaient coéquipiers et savaient qu'il fallait laisser l'autre tranquille, sauf s'il demandait de l'aide.

— Le tireur aurait pu toucher Allison ou Bonnie, dit-il, écœuré et frustré. Et je n'étais pas là pour les protéger…

— Vois le bon côté des choses. Ça t'a permis de faire avancer l'enquête.

— Qui t'a parlé de ça ?

— L'élite de West Liberty, bien sûr.

Cruz afficha un sourire triomphant.

— À ton avis, qui a été chargé d'identifier le propriétaire du quad pour le compte de la police ?

— Blaze t'a engagé pour ça ? Tu vas avoir le temps de t'en occuper.

— Oui, et oui. La plupart de mes enquêtes en cours consistent à faire des recherches. Je peux travailler depuis chez toi pendant quelques jours.

Il prit sur la banquette arrière un sac militaire en toile kaki, qu'il balança par-dessus son épaule.

— Vendredi soir, je dois filer une épouse potentiellement infidèle mais, d'ici là, tu me trouveras ici, à boire ton whisky et à profiter de ta vue.

— Bien.

Tandis qu'ils montaient côte à côte les marches du perron, Derek donna une tape amicale sur l'épaule de son cousin.

— Profite, mais ne touche pas à mon whisky !

La porte d'entrée s'ouvrit à la volée, et Allison les accueillit avec un sourire.

— Bonjour, Cruz.

— Bonjour, Allison. Il paraît que vous avez eu une matinée occupée.

Elle eut un petit rire.

— Eh bien, je fais ce que je peux.

Elle s'écarta pour les laisser entrer.

— Je ne me sens pas totalement productive tant

que je n'ai pas percuté quelqu'un en voiture avant le déjeuner.

— La productivité est la clé du bonheur, rétorqua Cruz, sur le même ton de plaisanterie.

Laissant tomber son sac au sol, il demanda, en désignant du menton l'ordinateur de Blaze ouvert sur le comptoir de la cuisine :

— Sur quoi travaillez-vous ?

— J'essaie d'identifier le second assaillant.

L'estomac de Derek grommela bruyamment, et il se massa le ventre.

— Et si on grignotait quelque chose avant de partir ?

— Bonne idée, approuva Allison. Besoin d'aide ?

— Je m'en occupe.

Pendant que Derek se mettait à la tâche, Cruz et Allison récapitulèrent les événements de la journée.

— Et le pire, conclut Derek, en s'approchant avec un plateau de sandwichs, c'est que je n'ai même pas récupéré ce fichu bout de laine que j'avais repéré.

— Ce n'est pas grave, dit Cruz. On a le quad. C'est encore mieux. Je vais pouvoir retrouver facilement son propriétaire.

— En espérant qu'il n'ait pas été volé, rétorqua Derek.

S'emparant d'un sandwich, dans lequel il mordit à belles dents, il demanda :

— On t'a parlé du panneau ?

— Non.

Derek décrivit le panneau de signalisation rouillé dissimulé par les hautes herbes.

— Je crois qu'il s'agit d'anciennes bornes kilométriques.

Allison, qui s'apprêtait à porter son sandwich à ses lèvres, suspendit son geste.

— Il pourrait y en avoir d'autres.

Derek sortir son téléphone de sa poche.

— Je me suis fait la même réflexion.

Il fit défiler les photos, cherchant celle du papier retrouvé par Allison.

Cruz posa son téléphone sur le comptoir, appela Blaze sur haut-parleur, et expliqua la théorie.

— Bien vu, dit Blaze. Une partie du code ressemble à des dates et des heures, mais je n'étais pas sûr pour la suite. Il doit s'agir de localisations.

Allison se pencha sur le comptoir, au-dessus du téléphone.

— Cari Fletcher a peut-être réussi à se procurer les informations sur leurs prochaines étapes, puis elle s'est enfuie avec la liste, pour essayer de sauver les autres femmes.

— Ça expliquerait pourquoi ils sont toujours là, alors qu'ils auraient pu s'enfuir depuis des jours, ajouta Derek.

— Ils suivent un calendrier précis, conclut Blaze.

18

Derek roulait en observant avec le plus grand soin leur environnement.

Il était presque 15 heures, et ils s'étaient mis en route pour le chalet bien plus tard que prévu. Il avait pris le temps d'envoyer par mail sa déposition à Blaze, puis une série de messages à propos de l'évolution de l'enquête les avaient laissés pendus au téléphone, et emplis d'interrogation sur la suite des événements.

Une fois établi que les anciennes bornes kilométriques étaient la clé du code sur lequel ils travaillaient sans succès depuis des jours, Blaze leur avait livré une nouvelle information. Un des quads avait laissé des traces d'huile dans les bois, ainsi que des fragments de phares cassés, indiquant qu'un de ses tirs, ou un de ceux de Flint, avait touché l'engin, deux jours plus tôt chez Allison.

Elle avait confirmé qu'elle avait senti une odeur d'huile avant de repérer les véhicules et, une fois la communication coupée, ils avaient cru en avoir terminé.

Mais le téléphone de Derek avait de nouveau sonné, tandis qu'Allison installait Bonnie dans son siège. Blaze les prévenait qu'un homme, correspondant au signalement de Redmon Firth, s'était présenté dans une clinique proche du campus de Bellemont College, en prétendant s'être blessé à la chasse. Blaze avait prévenu en amont tous les établissements hospitaliers et, comme ce n'était pas la saison de la chasse, et que l'homme était trempé après sa chute dans le fleuve, l'infirmière de garde des urgences avait prévenu les autorités.

Blaze était maintenant en route pour la clinique et les appellerait dès qu'il aurait confirmation de l'identité de l'homme.

— Vous croyez que Redmon Firth serait assez stupide pour se rendre dans une clinique ? demanda Allison. Il doit bien se douter que la police le recherche.

— C'est possible. Tout dépend de la gravité de sa blessure. Il a chuté lourdement, il a perdu son moyen de transport, et son téléphone est probablement tombé à l'eau. Donc, il a dû marcher jusqu'à la clinique, peut-être avec une fracture, ou une commotion cérébrale... Il a eu de la chance de pouvoir se relever et se déplacer.

Allison soupira.

— Vous allez peut-être trouver ça bizarre mais, après tout ce qu'il a fait, j'espère qu'il n'est pas trop grièvement blessé.

Derek lui glissa un regard, avant de bifurquer à la sortie de la ville.

— Ça ne m'étonne pas du tout de vous. Vous êtes quelqu'un de gentil et d'humain. Lui, c'est un monstre.

— En tout cas, si c'est lui à la clinique, je ne pense pas qu'il parlera. Il semblait vraiment redouter son chef, « le boss » comme il le surnomme. S'il pense que c'est mieux de se faire prendre, plutôt que de rentrer bredouille, je ne le vois pas aider Blaze à résoudre l'affaire.

Derek tendit le bras et lui pressa brièvement la main.

— Il parlera. Tout le monde a un point faible. Même les personnes qui semblent ne rien avoir à perdre. Et Blaze a l'habitude de traiter avec ces gens-là. Il parle leur langage. Il trouvera un moyen.

Tournant la tête vers sa vitre, elle se laissa absorber quelques instants par le paysage qui défilait.

— J'aurais aimé pouvoir trouver l'autre homme dans la base de données.

— Moi aussi, admit Derek. Mais le plus important pour le moment, c'est que nous arrivions sains et saufs au chalet, et que nous y restions jusqu'à ce que tout danger soit écarté.

— Espérons que nous n'ayons pas à y rester trop longtemps.

— Ça vous angoisse ?

— Un peu. Je n'ai jamais séjourné dans un chalet perdu dans les bois. J'espère qu'il n'y aura pas de serpent.

Derek ne put retenir un sourire. Elle avait vraiment un problème avec les serpents.

— Pas de serpent, c'est promis.

Allison s'émerveilla devant la beauté sauvage des lieux. Elle avait vécu dans le Kentucky toute sa vie, mais elle n'était jamais allée à la montagne.

La jeep de Cruz tanguait et tressautait sur l'étroit chemin en pente raide. D'un côté se dressait une paroi rocheuse parsemée d'une maigre végétation. De l'autre, il y avait un ravin vertigineux, qu'elle préférait ne pas trop regarder.

Ils traversèrent bientôt une sombre forêt de pins, dont l'odeur fraîche et un peu âcre entrait par sa vitre entrouverte, puis la végétation s'éclaircit, ouvrant sur une clairière. Un chalet en rondins de bois s'y dressait, flanqué d'une véranda ouverte et d'un imposant conduit de cheminée en pierre, qui s'élevait sur toute la hauteur de la façade.

Allison détacha sa ceinture, descendit de voiture et s'étira, en respirant l'air frais et sain de la montagne.

Derek éjecta le siège bébé de son support et la rejoignit.

— Prête pour la visite guidée ? demanda-t-il.

— Absolument.

De grosses pierres rondes, comme celles qu'Allison avait remarquées sur le conduit extérieur, couvraient la cheminée du sol au plafond. Sur le manteau, composé d'une vieille poutre de récupération, s'alignaient des photos de famille.

Un canapé et des fauteuils dépareillés étaient disposés autour d'une table basse devant la cheminée. Des tapis aux chaleureuses couleurs sable, ocre et orangées réchauffaient le plancher.

— Pièce à vivre, et cuisine, annonça Derek.

Elle se tourna vers un ensemble de placards en L, se terminant de part et d'autre par un vieux modèle de réfrigérateur aux formes arrondies et un antique fourneau à gaz. Un profond bac d'évier en porcelaine blanche était placé sous la fenêtre, qui donnait sur la jeep garée à l'extérieur. Une table ronde en pin, entourée de six chaises à barreaux tournés, complétait l'ensemble.

— La salle de bains.

Derek tourna l'interrupteur d'une petite pièce, à peine plus grande qu'un placard, qui accueillait un lavabo, une douche et des toilettes.

Avançant dans le couloir, il désigna deux portes de part et d'autre.

— Deux chambres.

La première était équipée d'un grand lit, de deux tables de chevet et d'une commode. La seconde abritait une série de lits de camp.

— Je vais prendre le canapé, annonça Derek.

— Bonnie et moi pouvons très bien dormir ici, dit Allison. Vous m'avez cédé votre lit, la dernière fois. À mon tour de faire quelques sacrifices.

— Devoir quitter votre maison et vous retrouver coincée à la montagne avec moi ne vous semble pas une punition suffisante ?

Elle se mordilla la lèvre, tandis que leurs regards se croisaient, et l'air se chargea soudain d'électricité.

— Être avec vous n'est pas un sacrifice.

Une curieuse expression passa sur le visage de Derek, avant qu'il ne se ressaisisse.

— Et si je faisais du feu pendant que vous vous familiarisez avec les lieux ?

Le reste de la journée se déroula sans incident. Derek avait contacté sa famille pour lui faire savoir qu'ils étaient bien arrivés. Ses parents avaient envoyé une photo de Clark, affublé d'une des cravates de Hank. Lucas et Blaze avaient répondu plus sobrement qu'on pouvait compter sur eux. Cruz avait fait parvenir une photo d'une bouteille de whisky.

Allison n'avait pas compris l'allusion, mais ça avait fait rire Derek, et c'était l'essentiel.

Entre les moments occasionnels de gêne et d'alchimie difficile à ignorer, il y eut des périodes de silence complice qu'elle aurait voulu voir durer éternellement.

Et parfois, quand elle surprenait le regard de Derek sur elle, il lui semblait qu'il ressentait la même chose.

19

Derek faisait les cent pas sous la galerie, tandis que le soleil commençait à se coucher, en formulant des prières silencieuses pour que ses frères l'appellent, et en vérifiant son téléphone toutes les dix minutes.

Il y avait trop de silence radio, et il n'aimait pas ça.

Que fabriquaient-ils ?

Avaient-ils fait des progrès ? Quels nouveaux obstacles avaient-ils rencontrés ? Pourquoi Blaze ne le bombardait-il pas de coups de téléphone comme il l'avait fait plus tôt ?

Les mains sur les hanches, il faisait vibrer de sa démarche pesante les lames de plancher que les intempéries avaient paré d'une couleur gris cendré.

L'obscurité recouvrait déjà les contreforts de la montagne, mais les cimes enneigées baignaient encore dans une lumière flamboyante et, entre les arbres, quelques nuages laiteux bordés de rouge semblaient jouer à cache-cache dans le ciel.

Derek restait indifférent à ce spectacle que lui offrait la nature. Il détestait être tenu à l'écart, et l'attente commençait à le rendre fou.

Cela ne faisait que quelques heures. Qu'en serait-il dans deux ou trois jours ?

— Derek ?

Allison apparut, enveloppée dans un long gilet beige à l'aspect duveteux, ses cheveux blonds cascadant librement sur ses épaules.

Aussitôt, Derek s'approcha.

— Vous avez froid ?

Il lui ouvrit les bras, et elle vint s'y réfugier.

— Merci, dit-elle, tandis qu'il la guidait vers la balancelle.

Ils s'y installèrent, et elle se blottit étroitement contre lui.

— Des nouvelles de Blaze ?

— Pas encore. Est-ce que Bonnie dort ?

— Oui. J'ai laissé le babyphone sur la table de la cuisine. Mais je ne pense pas que j'en aurai besoin. Ce n'est pas très grand ici. Si elle a besoin de moi, je le saurai.

Laissant passer un silence, elle ajouta.

— J'ai cru entendre sonner un téléphone, tout à l'heure.

— C'était Lucas. Le type à la clinique est bien Redmon Firth. Il refuse de parler. Blaze et le commissaire lui ont mis la pression toute la journée.

Juste comme Allison l'avait prédit. Parfois, il se demandait si elle n'était pas un peu médium…

— Ses blessures sont graves ?

— Trois côtes et la clavicule fracturées.

Elle resta silencieuse, songeant peut-être à ce qu'elle ressentait après avoir volontairement blessé un autre être humain. Au besoin, Derek était prêt à justifier à nouveau ce qu'elle avait fait, et autant de fois que nécessaire.

Beaucoup trop tôt à son goût, elle s'écarta.

— Cruz a du nouveau à propos du quad ?

— Je ne sais pas.

Généralement, son cousin était rapide quand il s'agissait de trouver des informations, surtout quand elles étaient aisément accessibles, comme dans ce cas précis. Et il était généralement plus doué que ça pour communiquer.

Le regard d'Allison se perdit au loin et, tandis qu'il observait les petites lignes soucieuses qui creusaient son front et pinçaient les coins de ses lèvres, il eut envie de la prendre à nouveau dans ses bras.

Ce besoin qu'il avait d'elle n'était pas normal.

Pas plus que la fréquence à laquelle il pensait à construire une vie avec elle, une fois que le danger aurait disparu.

Pour le moment, se rappela-t-il, il n'avait qu'une mission : assurer la sécurité d'Allison et Bonnie.

— Vous ne croyez pas qu'il aurait pu arriver quelque chose à Cruz ? demanda-t-elle, d'une voix où vibrait l'inquiétude. C'est peut-être pour cette raison qu'il n'appelle pas.

Derek secoua la tête, confiant dans sa réponse.

— C'est très improbable. Cruz est solide et malin. Quiconque serait assez stupide pour s'en prendre à lui le regretterait aussitôt.

Allison serra les bras autour de sa taille.

— Dans ce cas, pourquoi n'appelle-t-il pas ?

— Je suis sûr qu'il a une bonne raison.

Derek se leva et lui tendit la main.

— Que diriez-vous d'un bon thé bien chaud ?

Une douce sensation l'envahit quand elle posa sa main délicate au creux de sa paume.

Il mit la bouilloire à chauffer sur l'antique fourneau, et Allison prit place à table, croisant les jambes et agitant le pied.

Il ne comprenait pas pourquoi elle était nerveuse à ce point, mais elle n'arrêtait pas de chercher son regard, comme s'il avait la solution à tous ses problèmes.

Il cherchait vainement un moyen de la réconforter quand son téléphone vibra.

Allison se leva d'un bond.

— C'est Cruz, dit-il.

Elle le rejoignit aussitôt et lut le message avec lui.

— Il a réussi !

Elle soupira et prit appui contre lui.

— Il a réussi, confirma Derek.

Le quad appartenait à une femme du nom de Lonnie Voss, domiciliée à Louisville. Elle était fichée pour chèques sans provision et fraudes diverses, et avait de nombreuses amendes impayées. Elle avait également été impliquée dans un cas de violence domestique, quelques années auparavant, en lien avec un ancien petit ami et violeur en série, George Lanier.

Derek passa un bras autour de la taille d'Allison, tandis qu'ils continuaient à lire les messages entrants.

George avait un passé émaillé de violences, et il avait fait de nombreux allers-retours en centre de détention juvénile, avant de finir en prison. Il avait été libéré quatre-vingt-dix jours plutôt, grâce à un vice de procédure, soit environ trois semaines avant le premier enlèvement.

Le message suivant était de Blaze.

Avons négocié avec Lonnie. Effaçons ses amendes en échange d'informations sur la localisation de George Lanier. Sommes en route.

Allison poussa un petit cri.

— C'est incroyable !

Elle se couvrit la bouche d'une main tremblante, jeta un coup d'œil au babyphone et, comme Bonnie ne bronchait pas, se détendit un peu.

— Et maintenant, que fait-on ?

— Nous attendons d'apprendre que Blaze a mis Lanier en garde à vue.

La bouilloire siffla, et Derek la souleva pour verser l'eau bouillante dans deux tasses, avant d'ajouter un sachet de thé.

Il déposa les mugs sur la table et fit un autre voyage pour prendre une boîte de sucre en sachet.

Allison déchira avec enthousiasme deux dosettes en papier et fit tomber la poudre cristalline dans sa tasse.

— Vous pensez que George Lanier détient les femmes disparues ? Dans ce cas, Blaze pourra les libérer après l'avoir arrêté.

— Je ne sais pas… Lucas prendra probablement la suite. Il a les informations et les relations qu'il faut dans ce monde-là. En attendant, nous ne pouvons rien faire d'autre que d'attendre.

— C'est vrai.

Elle porta la tasse à ses lèvres d'une main tremblante.

Le thé était encore un peu trop chaud, et elle reposa sa tasse, en heurtant brutalement la table.

— Je ne sais pas ce que je dois ressentir, dit-elle, inquiète.

Elle soupira.

— C'est un curieux mélange. Je suis soulagée qu'une nouvelle piste ait été découverte. J'ai peur pour ces femmes qui ne sont pas encore en sécurité. Je suis heureuse que la chance tourne enfin en notre faveur, et angoissée que quelque chose d'horrible puisse encore se produire.

— Il reste beaucoup d'inconnues, reconnut Derek. Je comprends que ce soit difficile de débrancher son esprit.

Et il avait ses propres inquiétudes. Ainsi, Blaze pouvait arriver trop tard, et trouver la cache de Lanier déserte. Lonnie Voss pouvait aussi lui avoir donné une fausse information pour gagner du temps.

— Essayons de penser à autre chose, suggéra-t-il.

Allison porta à nouveau la tasse à ses lèvres, le visage un peu rosi.

— Qu'avez-vous en tête ?

Le téléphone de Derek bipa une nouvelle fois, et il consulta l'écran, heureux de ne pas avoir eu la possibilité de réfléchir à cette question.

— Croisons les doigts pour que ce soit de bonnes nouvelles, dit Allison, en se penchant sur l'écran.

Une photo de George Lanier s'y affichait, avec ces mots :

On l'a eu !

Allison jeta ses bras autour du cou de Derek et planta un baiser enthousiaste sur sa joue.

Lorsqu'elle s'écarta, son regard était luisant de larmes contenues.

— Et les femmes ? Elles n'étaient pas là ?

Tandis que Derek secouait la tête, l'orage annoncé se déchaîna.

Trois orages en trois nuits. Avec un peu de chance, il n'y aurait pas d'inondations majeures, susceptibles de réduire les équipes disponibles au commissariat, ou de coupures d'électricité ou de réseau qui empêcheraient Blaze et son équipe de communiquer.

Derek se leva, agacé. Il n'avait pas les réponses qu'il voulait et se sentait comme un lion en cage. Mais ce n'était pas le moment de retarder ses frères avec ses questions.

Se souvenant qu'Allison aimait les sucreries, et qu'elle avait pour habitude de se consoler en dégustant de la glace, il eut soudain une idée.

— Et si nous faisions griller des guimauves, en attendant le prochain compte rendu ?

Allison s'affaissa sur sa chaise, en jetant un regard dehors, où le ciel s'était considérablement obscurci, tandis qu'un vent violent agitait les arbres.

— Je ne suis pas sûre que ce soit le temps idéal pour ça.

— Nous avons une cheminée.

Le premier moment de surprise passé, elle rit.

— Eh bien, pourquoi pas… J'ai bien besoin d'une distraction pour le moment, et je n'ai pas fait griller de guimauve depuis mon enfance.

— C'est le moment de changer ça. Je prépare les ingrédients, et vous allez chercher une couverture et des coussins.

— Marché conclu !

Au retour, Derek actionna l'interrupteur, et le lustre

illumina la pièce d'un chaleureux halo orangé, tandis que, dehors, la pluie martelait les fenêtres.

Il s'assit à côté d'Allison, tandis qu'ils présentaient à la flamme leurs guimauves assemblées sur des piques en métal.

— Comment ce moment peut-il être aussi parfait, observa-t-elle, alors que la situation générale est aussi horrible ?

— Vous pensez que c'est parfait ? demanda-t-il, en souriant.

Elle rit.

— Vous trouvez que je me contente de peu, c'est ça ?

Avant de répondre, il lécha un peu de guimauve fondue qui avait coulé sur son doigt.

— En fait, je vous trouve étonnante.

— Vraiment ?

Il fut surpris par son regard à la fois incrédule et empli d'espoir. Ne le savait-elle pas ?

— Oui.

— Et je ne suis pas un monstre de me réjouir dans un moment pareil ?

— Certainement pas ! Il faut savoir trouver ce que la vie a de bon, et s'y accrocher. Parce que les mauvaises nouvelles arrivent partout et tout le temps. Si vous ne voyez que le côté sombre et passez à côté du reste, à quoi bon ?

L'expression inquiète d'Allison laissa place à de la surprise, puis à quelque chose de plus intense.

Le regard de Derek se posa sur sa bouche, et il lutta contre l'envie de l'attirer près de lui.

Se hissant sur les genoux, elle prit son visage entre ses mains.

— Vous voulez bien ?

Il sourit.

Était-elle en train de lui demander la permission de le toucher ?

S'imaginait-elle qu'il était capable de dire non ?

— Seulement si vous m'embrassez. Là, je suis en train de me poser toute sorte de questions.

Elle sourit et approcha ses lèvres des siennes, et il fut perdu.

Il n'y avait plus moyen de revenir en arrière.

Et il ne s'en souciait même pas.

20

Allison embrassa Derek avec prudence, testant les limites, et inquiète de franchir une ligne rouge.

Il lui avait fallu toute la journée pour trouver le courage d'essayer.

Pourtant, elle était certaine de ne pas se tromper en percevant que leur connexion grandissait de minute en minute, électrique et intense.

Mais elle avait tant d'autres émotions à gérer…

De toute façon, il fallait bien que l'initiative vienne d'elle. À chaque fois qu'elle pensait qu'il allait l'embrasser, il changeait de sujet ou s'en allait.

Il n'y avait qu'une seule chose à faire : tester sa théorie.

Elle l'avait fait, et c'était merveilleux.

Sa barbe naissante irritait délicieusement la paume de ses mains, déclenchant de petites étincelles dans tout son corps, et elle imagina les sensations qu'elle éprouverait à sentir ces frottements sur ses seins, le long de son ventre, et entre ses cuisses.

Ces images lui arrachèrent un petit gémissement, et Derek grommela contre sa bouche en réponse.

Elle ouvrit les lèvres, lui donnant l'opportunité

d'un baiser plus passionné, et accueillit avec délice les caresses habiles de sa langue.

Une intense chaleur l'envahit tandis qu'elle explorait les muscles de son torse, de ses bras et de son dos.

Tirant sur le bas de sa chemise, pour la sortir de la ceinture du jean, elle glissa les mains sur son abdomen.

Derek sursauta et rejeta la tête en arrière pour croiser son regard.

— Rien ne presse, dit-il. Nous ne sommes pas obligés de faire quoi que ce soit.

Elle lisait l'indécision sur son visage, le devinant coincé entre ce qu'il voulait et ce qu'il pensait être juste.

Il devait sans doute s'imaginer être chevaleresque, mais ce n'était pas ce dont elle avait besoin.

Tout ce qu'elle voulait, c'était le corps de Derek contre le sien, ses lèvres sur sa bouche, ses mains dans ses cheveux…

Et un peu de temps pour profiter de cette douce victoire que représentait le fait de savoir que Derek la désirait aussi.

Ils s'embrassèrent jusqu'à en avoir la tête tournée, et ne s'interrompirent que pour reprendre leur souffle.

Tout en lui caressant doucement les cheveux, il l'enveloppa d'un regard émerveillé, comme si elle était une récompense que tout le monde voulait, mais qu'il était le seul à avoir reçue.

Et, pour la première fois de sa vie, elle se sentit chérie.

De tout son cœur, elle espérait qu'il voudrait la garder, car plus elle passait de temps avec lui, plus elle était certaine qu'elle aurait un chagrin fou quand il partirait.

— Tout va bien ? demanda-t-il, en lui glissant doucement une mèche de cheveux derrière l'oreille.

— Je me disais qu'on ne m'a jamais embrassée comme ça avant, et ça me plaît.

Derek fit tomber une pluie de petits baisers sur son visage.

— On devrait t'embrasser comme ça tous les jours, et autant que tu le souhaites.

— Tu as prévu des vacances prochainement ? demanda-t-elle, sur le ton de la plaisanterie.

— Pour les passer à t'embrasser ? Il ne manquerait plus que mon patron essaie de m'en empêcher.

Elle rit, puis se blottit contre lui, le visage dans le creux de son épaule.

— J'attendais que nous soyons hors de danger pour tenter ma chance, dit-il. Puis je serais passé chez toi pour t'inviter avec Bonnie à aller manger une glace.

Allison sentit son cœur s'accélérer tandis que son corps, à peine apaisé, ressentait une nouvelle vague de plaisir.

— Tu voulais sortir avec moi ? Et ta technique de drague, c'était de m'offrir une glace ?

— J'en ai toujours envie. Et Bonnie est un peu jeune pour le whisky, qui est mon autre technique de drague.

Allison eut un sourire ému.

— Je n'avais jamais pensé que je rencontrerais quelqu'un après la naissance de Bonnie. Pas pendant dix-huit ans au moins. Et te voilà. Un homme à qui je n'ai pas peur de confier ma fille. Et entre les mains de qui je peux remettre nos vies.

— Quiconque ne te donnerait pas ce que tu veux ne mériterait pas que tu perdes ton temps.

Inclinant la tête, il traçait un chemin de baisers humides le long de son cou quand son téléphone bipa.

Se hissant sur un coude, il glissa la main dans sa poche pour consulter le message.

— Qu'est-ce que ça dit ? demanda Allison.

— Blaze garde George Lanier cette nuit pour l'interroger. Il a demandé à être assisté par un avocat.

— Donc, il est coupable ? Sinon, il n'aurait pas besoin d'un avocat.

— Ça dépend. Des criminels professionnels comme Lanier savent qu'il faut toujours demander un avocat. Avec un casier comme le sien, ça peut vite mal tourner.

— Mais il est en détention provisoire ce soir, et nous pouvons respirer.

— À condition que Lanier soit bien l'homme que redoute Redmon Firth.

Allison réfléchit à cette hypothèse et laissa tomber sa tête dans ses mains.

— Alors, il se pourrait que je sois toujours en danger ?

Derek saisit ses mains pour les écarter de son visage et, en portant une à sa bouche, lui embrassa le bout de doigts.

— Attendons d'avoir plus de détails avant de paniquer.

Glissant la main sous son menton, il lui releva gentiment la tête.

Doucement leurs lèvres s'approchèrent et se mêlèrent en un baiser d'une tendresse enivrante. Leurs corps se réunirent, chacun devinant la chaleur de l'autre à travers l'étoffe des vêtements.

Un désir brûlant les envahissait, les conduisant à un enchaînement de gestes qu'ils ne contrôlaient déjà plus, quand un violent coup de tonnerre fit trembler le chalet.

Soudain l'électricité fut coupée, et ils se retrouvèrent dans une obscurité presque totale, que seuls les éclairs troublaient par intermittence.

Bonnie se mit à pleurer, et Allison bondit aussitôt.

— J'y vais. C'est l'heure du biberon, de toute façon. Et ensuite, nous reprendrons notre différend à propos des arrangements pour la nuit.

Derek se laissa retomber sur le dos avec un soupir annonçant qu'il n'y aurait pas trop à batailler pour le convaincre.

Allison prépara le biberon à la lumière de la torche de son téléphone. Une notification météo fit vibrer et biper l'appareil. On annonçait des inondations dans le comté.

Allison ne se sentit pas concernée. Ils étaient à la montagne.

Dehors, l'alarme de la jeep se déclencha.

Elle s'immobilisa, le biberon à la main.

— Derek ?

— J'y vais.

Il prit son arme avant de se diriger vers la porte, tandis qu'Allison se pressait d'aller rejoindre sa fille.

Un éclair illumina la pièce au moment où elle y entrait.

Une femme se tenait à l'intérieur, juste devant la fenêtre.

Elle avait un blouson noir de moto, un jean et des bottes.

Ses longs cheveux noirs, trempés par la pluie, collaient à son visage et à son blouson.

Elle posa un doigt sur ses lèvres et pointa son arme vers le berceau.

21

La lumière du perron était éteinte, à cause de la coupure d'électricité.

Derek dirigea la télécommande vers la jeep pour arrêter l'alarme, en espérant que Bonnie ne serait pas trop perturbée par ce vacarme.

Pour tout dire, il serait ravi d'aider à rendormir l'enfant, avant de reprendre avec Allison là où ils s'étaient arrêtés.

La jeep se tut sous l'impulsion de la télécommande.

Derek se tint parfaitement immobile, écoutant la forêt autour de lui.

Un vent violent soufflait une mélopée lugubre. Les feuilles s'agitaient. La pluie tambourinait sur la carrosserie de la voiture.

Derrière lui, le chalet était silencieux, à l'exception des pleurs de Bonnie, quasi étouffés par les bruits environnants.

Tandis qu'il retournait à l'intérieur, il appela Cruz.

— L'électricité est coupée ici, dit-il, de but en blanc. L'alarme de ta voiture s'est déclenchée sans raison. Tu crois que ça a pu être provoqué par l'orage ?

— J'en doute. À moins que le vent n'ait fait tomber une branche dessus ?

Derek observa les branches qui se balançaient vigoureusement. C'était tout à fait possible.

— Je te dirai demain.

— Et si je venais vérifier moi-même ? Je ne suis qu'à dix minutes.

Derek ne fut pas sûr d'avoir compris.

— Dix minutes de quoi ? demanda-t-il, en observant le raidillon boueux par lequel ils étaient arrivés.

— De toi. J'ai décidé de venir vous tenir compagnie. Comme ça, nous pourrons organiser des tours de garde. Tu as pris des coups violents ce matin, sans parler de ta chute dans le fleuve. Et tu n'as sans doute pas dormi depuis la mort de Mason. Qui plus est, l'orage peut causer toute sorte de problèmes dans un vieux chalet.

Cruz était intarissable, et Derek se demanda quand il allait finir par reprendre son souffle.

— En plus, cette enquête me file des boutons. Je suis arrivé. Je me gare le long de la route, et je monte à pied. Comme ça, si la jeep est coincée, pour une raison ou une autre, il nous restera une option.

— Comment ça, cette enquête te file des boutons ? Quel est le problème ?

— Tout. Tes frères pensent que je surréagis, mais ce n'est pas mon genre. Blaze est confiant, maintenant que Lanier est en détention provisoire, mais nous ne savons même pas si c'est notre homme. Il pourrait être impliqué, mais sans être celui qui tire les ficelles. Ou alors il n'a rien à voir du tout avec ça. Nous pourrions perdre notre temps sur une fausse piste, pendant que les femmes sont en train d'être déplacées hors de notre portée. Je n'aime pas ça. Il y a trop de suppositions, et de questions sans réponse.

Derek avait eu exactement le même raisonnement. Et ce n'était pas avec George Lanier qu'il s'était battu. Il restait donc encore un homme non identifié.

— Et ça ne me plaît pas que ce Lanier décide d'attendre un avocat pour parler. D'accord, c'est un habitué des arrestations et des interrogatoires, mais il n'est pas du genre à attendre tranquillement. C'est un bagarreur, habitué à tout casser, qui menace de porter plainte pour détention illégale, même quand il sait qu'il est coupable. Pour moi, il essaie de gagner du temps.

— Dans quel but ?

Les pleurs de Bonnie avaient gagné en intensité, et Derek ressentait à présent un étrange malaise.

— Va savoir. Mais, quoi qu'il manigance, ça ne peut pas être bon.

Les bras de Derek s'étaient couverts de chair de poule.

— Attends une seconde !

Bonnie pleurait sans discontinuer. La gorge nouée par l'inquiétude, il se rua vers le couloir menant aux chambres, en dégainant son arme.

— Allison ! cria-t-il.

Comme il le redoutait, il n'y eut pas de réponse, et Bonnie hurlait à fendre l'âme.

— Que se passe-t-il ? demanda Cruz.

Sa voix était faible et n'était audible que par intermittence dans le téléphone. On entendait le vent siffler en bruit de fond.

Plaqué contre le mur, Derek compta jusqu'à trois et donna un coup de pied dans la porte.

Il fut momentanément aveuglé par l'obscurité, avant de voir la pluie entrer à flots par la fenêtre ouverte, tandis que les rideaux se soulevaient, exécutant une danse lugubre.

Trois heures plus tard, infiniment reconnaissant à ses parents d'avoir pris Bonnie en charge, Derek était assis dans la salle de conférences du commissariat de West Liberty, en compagnie de ses frères et de son coéquipier.

La police dont la circonscription s'étendait au chalet était en train de faire une battue dans les bois, pour tenter d'établir dans quelle direction était partie Allison. Mais l'orage les empêchait de faire correctement leur travail.

La pluie masquait l'odeur d'Allison, rendant la brigade canine inopérante, et effaçait toutes les empreintes.

— Alors, que savons-nous ? demanda Blaze, tandis que Lucas prenait des notes sur un tableau blanc.

Derek avait si mal à l'estomac qu'il redoutait d'être malade. Allison avait disparu, enlevée alors qu'elle était sous sa surveillance.

Une fois encore, il avait failli à sa mission.

— Nous savons que George Lanier a le profil pour être impliqué dans un réseau de prostitution, dit Lucas. Nous savons qu'un des quads utilisés lors de l'attaque chez Mason appartient à Lonnie Voss, une des anciennes petites amies de Lanier. Nous savons que Redmon Firth a attaqué Allison à trois reprises et dans trois endroits différents, et qu'il a reconnu recevoir des ordres de quelqu'un dont il a peur.

Il déplaça son marqueur effaçable de photo en photo, désignant les personnages principaux de l'enquête.

La photo d'Allison avait pris place parmi les avis de disparition.

— Et les annotations sur le bout de papier ? demanda Derek. En se servant du vieux panneau de signalisation pour décoder les inscriptions, on devrait pouvoir trouver leur prochaine destination ?

— Hélas, ce n'est pas aussi simple, dit Lucas.

— Je vais prendre contact avec les comtés du sud, dit Blaze. S'ils ont un vieux système de bornage comme le nôtre, ça pourrait nous aider à préciser le lieu.

— Bonne idée, approuva Derek. Tu penses qu'ils vont partir sans leurs complices, Firth et Lanier ?

Cruz, qui tapotait nerveusement la table du bout des doigts, intervint.

— Ils n'auront aucun scrupule à les laisser tomber si ce sont des seconds couteaux. Dans le cas contraire, ils ont sûrement un plan B.

— Leur chef pourrait être le type que j'ai jeté à l'eau, dit Derek.

— Il nous faut son identité le plus vite possible, dit Blaze. Tu pourrais peut-être regarder à nouveau la base de données.

— Mouais, dit Derek, sans enthousiasme.

Il ne voyait pas l'intérêt de perdre son temps à chercher parmi des milliers de photos un visage qu'il avait à peine vu, et qui ne s'y trouvait peut-être pas.

Croisant les bras, Blaze ajouta :

— Redmon refuse toujours de parler. Il sait que nous ne pouvons pas le relier au meurtre de Mason, mais seulement confirmer sa présence après les faits. Il sera poursuivi pour des crimes mineurs : effraction, tentative d'enlèvement… Et, même s'il est condamné, il sera dehors très vite.

— Comment a-t-il réagi quand tu as mentionné George Lanier ? demanda Derek. Il ne doit pas être ravi d'aller en prison avec un type dont il a si peur.

— Il n'a rien dit de tel.

Ça n'allait pas dans le tableau qu'Allison avait dépeint.

— Donc, Firth dit à Allison qu'il préfère aller en prison plutôt que de revenir sans elle, tellement il craint son chef. Mais ça ne le dérange pas d'aller en prison avec le même homme ?

Une idée lui traversa soudain l'esprit, et les mots franchirent ses lèvres, avant même qu'il ait eu le temps d'y réfléchir.

— Parce que ce n'est pas un homme !

Les empreintes de bottes plus petites laissées chez Mason.

Le long cheveu noir.

Tout pointait dans cette direction, et ils étaient passés à côté.

Derek était prêt à parier que la seule personne qu'ils avaient totalement négligée au cours de leur enquête chaussait du quarante, et que son ADN correspondait au cheveu trouvé sur Mason.

— C'est Lonnie Voss qui tire les ficelles depuis le début.

22

Allison fut réveillée par des odeurs acides et suffocantes d'urine et de transpiration.

Le monde tanguait autour d'elle et, quelque part au loin, un orage se déchaînait.

Elle avait la nausée, et elle dut faire un effort surhumain pour ouvrir les yeux.

Roulant sur le côté, elle vomit.

La mémoire lui revint peu à peu, et l'impression d'être entourée d'un brouillard cotonneux commença à se dissiper.

Il n'y avait qu'un mince filet de lumière, filtrant sans doute sous une porte close.

Ses tempes battaient avec une régularité mécanique, tandis qu'elle se forçait à reprendre pleinement conscience.

Le constant mouvement de balancier l'empêchait de retrouver son équilibre pour se lever. Le mal de mer lui révulsait l'estomac.

Pas de doute, elle était sur un bateau.

— Je crois qu'elle est réveillée, murmura quelqu'un.

Allison sentit la panique l'envahir. Elle ne pouvait pas s'enfuir. Elle ne pouvait pas se battre.

Un brouhaha de voix étouffées résonnait autour d'elle.

Traversée par un frisson, elle réalisa qu'elle était recroquevillée en position fœtale et portait des vêtements trempés et couverts de boue.

Elle se souvint avoir marché sous le déluge dans la montagne, glissant régulièrement sur le terrain boueux et chutant à plusieurs reprises.

Elle obéissait aux ordres d'une femme qui la menaçait d'une arme. Et, avant cela, l'inconnue avait dirigé l'arme vers son bébé.

Il y avait quelque chose de si cruel dans son regard, de si haineux dans sa voix qu'Allison avait ressenti une terreur profonde l'empêchant de protester.

Après une longue et dangereuse marche dans la montagne, elle avait été jetée au fond d'une fourgonnette, où on lui avait injecté un produit.

À présent, elle sentait comme un poignard lui transpercer la tête.

Elle ne savait pas combien de temps elle était restée inconsciente, mais chaque minute passée sur le bateau l'éloignait de son bébé et des gens qui la cherchaient indubitablement.

Roulant dans la direction d'où venaient les murmures, elle distingua des formes regroupées dans l'espace confiné et suffocant.

C'étaient des personnes, réalisa-t-elle. Les femmes disparues qu'elle essayait de sauver, et dont elle faisait maintenant partie.

Le visage angélique d'une jeune femme émaciée se fit progressivement plus net.

Un éclair de lucidité se glissa dans l'esprit encore confus d'Allison.

— Cari ?

— Vous me connaissez ? demanda la jeune femme, avec un mélange de surprise et d'espoir.

— Oui.

Allison avait la bouche incroyablement sèche, et sa langue était collée à son palais.

Cari était celle qui avait réussi à s'échapper, avant d'être reprise. Elle avait tout risqué pour sauver ces femmes.

C'était une alliée.

— Il faut descendre de ce bateau.

De grosses larmes tombèrent des yeux de Cari.

— C'est impossible.

— Il le faut.

Un bref sanglot franchit les lèvres de Cari.

— J'ai essayé, et elles ont été punies.

Les autres silhouettes se rapprochèrent, lui enjoignant de se taire, certaines pour la réconforter, d'autres en guise d'avertissement.

On voyait aux marques sur leur visage et leurs bras qu'elles avaient été sauvagement battues.

— Si nous essayons de partir, ils feront du mal aux autres, insista Cari.

— Il faut essayer à nouveau, dit Allison, en baissant la voix. Je sais que vous avez failli réussir la dernière fois, et maintenant vous n'êtes plus seule.

Cari hésita. Autour d'elle, les autres captives secouaient la tête, ne voulant pas à nouveau déchaîner la colère de leurs ravisseurs.

— S'il vous plaît. Ces hommes ont tué mon ami, le vieil homme qui a essayé de vous aider.

Cari posa les mains sur sa bouche pour étouffer ses sanglots.

— Il s'appelait Mason Montgomery, et je n'étais pas sa seule amie.

Allison raconta toute l'histoire au groupe, leur parlant des Winchester, des policiers qui les recherchaient activement, du bout de papier avec des indices sur leurs déplacements…

— C'est ça qu'il y avait sur le papier ? demanda Cari.

Elle s'essuya les yeux et sourit timidement.

— Je l'ignorais. Je savais seulement que les gardes en avaient tous un et ne s'en séparaient jamais. J'ai pris celui de Redmon dans sa poche quand il m'a emmenée dans les bois pour me…

Sa voix se brisa et elle détourna les yeux.

— Je me suis sauvée après ça, quand il a été obligé de me lâcher pour remonter son pantalon. J'ai couru, et je me suis cachée jusqu'à ce qu'il fasse nuit. Puis j'ai vu une lumière dans une maison, et je me suis dirigée dans cette direction.

Reprenant son souffle, elle s'essuya les yeux du bout des doigts.

— Je suis tombée sur la berge du fleuve, et je me suis entaillé le bras. J'ai essayé d'arrêter le sang avec mon cardigan, mais il a vite été détrempé. Quand je suis arrivée à la maison, le vieil homme m'a aidée. Il a nettoyé ma plaie et m'a fait un bandage. Puis ils m'ont retrouvée.

Donc, c'était le sang de Cari sur la chemise de Mason.

— Vous avez bien fait de lui demander de l'aide, dit Allison. Sinon, je ne serais pas là, et la police ne nous rechercherait pas.

— Mais cet homme est mort à cause de moi.

— Et il donnerait à nouveau sa vie si ça pouvait

sauver une seule d'entre nous. Nous avons une chance de pouvoir toutes nous en sortir. Pour cela, il faut absolument que nous nous échappions au prochain arrêt. La police sera là, en train de nous chercher. Mais nous devons signaler notre présence. Si nous nous unissons, nous pourrons neutraliser la femme et les gardes. Nous pouvons gagner. Et nous rentrerons chez nous.

— Non, c'est impossible, dit une petite voix tremblante, quelque part dans le fond de la cale. Je suis là depuis longtemps, et c'est pire si nous luttons.

— Eh bien moi, je veux essayer.

Une jeune femme, avec une expression déterminée, s'approcha d'Allison. Elle était plus propre que les autres, et ses vêtements sentaient encore le parfum.

Allison la reconnut immédiatement. C'était l'étudiante qui venait d'être enlevée dans un centre commercial à West Liberty.

— Merci, Zoey.

— Vous me connaissez aussi ?

— Je vous connais toutes, ou presque. Je travaille avec la police depuis la mort de mon ami, et nous avions déjà identifié Cari, et compris pourquoi elle se trouvait là. Quant aux autres, beaucoup ont fait l'objet d'avis de disparition.

Elle observa leurs visages surpris, emplis d'espoir, ou, pour d'autres, méfiants ou indifférents. Certaines étaient parties depuis trop longtemps. Leurs regards étaient vides. Leur psychisme probablement détruit à jamais.

Ravalant ses larmes, Allison s'efforça de parler avec assurance.

— La police vous recherche toutes. Ils ont déjà identifié Bailey, Cari, Zoey, Genny, Hannah, Lexi et Meg. Ils vont venir.

— Nous devons les aider à nous trouver, dit Cari.

— C'est pire si nous luttons, répéta la femme effrayée, cette fois avec une terreur plus grande.

— Non, ce n'est pas pire, rétorqua Zoey. La mort serait encore préférable à ça.

— Ici, c'est l'enfer, dit Cari. Vous ne pouvez pas comprendre ce qui vient après, et il vaut mieux que vous ne le sachiez pas. Parce que, une fois que vous l'avez vécu…, vous voulez mourir.

Les autres baissèrent les yeux, leur visage émacié exprimant une profonde douleur.

— Elles savent, ditdéclara Allison, en prenant la main de Cari.

— Alors, il faut qu'elles se battent !

Des « chut » s'élevèrent, exprimant la peur de toutes ces malheureuses victimes d'être entendues.

Parmi les moyens de coercition que leurs ravisseurs employaient contre elles, il y avait la crainte des coups, mais aussi la culpabilité et la honte.

— Vous pouvez y arriver, les encouragea Allison. Vous n'êtes pas seules.

Et elle en était absolument persuadée.

Ces femmes n'étaient plus seules désormais.

Et elle non plus.

23

Lorsque Derek et ses frères arrivèrent, la maison de Lonnie était cernée par la police.

La personne qui avait éveillé leurs soupçons avait disparu depuis longtemps, ainsi que le pick-up noir immatriculé à son nom. Mais un juge consciencieux leur avait accordé un mandat de perquisition, et Drake lui en serait éternellement reconnaissant.

Blaze et Lucas avaient passé de nombreux appels avant de quitter le commissariat, alertant toutes les autorités compétentes, y compris les gardes-côtes et les rangers.

Personne ne savait avec certitude où localiser les femmes enlevées, mais tout laissait à penser que leur moyen de transport était un bateau.

Chacun travaillait pour relier les indications figurant sur le papier découvert chez Mason avec une position dépendant de leur juridiction.

Et les Winchester déployaient tous leurs efforts pour trouver un indice. Ils commencèrent par une perquisition chez Lonnie Voss, à Marsh County.

Derek suivit Blaze et Lucas à travers la foule des curieux, attirés par les projecteurs et le chaos, par une nuit sombre et orageuse.

Les badauds levaient leur téléphone pour capturer la scène. Ils s'interrogeaient entre eux, cherchant à savoir ce qui s'était passé, et si l'occupante des lieux allait bien.

Derek s'attarda un instant dans le minuscule jardin, indifférent à la pluie qui tombait sur lui, tandis qu'il écoutait les agents en uniforme interroger la foule.

D'après les voisins, équipés d'imperméables et de parapluies que le vent menaçait de retourner, Lonnie Voss était une femme discrète, qui n'avait jamais développé de relations avec les gens habitant dans sa rue, mais qui recevait beaucoup de visites.

Ils n'eurent pas de mal à reconnaître George Lanier sur les photos qu'on leur présenta. Il avait une tête trop patibulaire, et trop de tatouages pour passer inaperçu. Et il se déplaçait dans un énorme 4x4 qui avait besoin d'un silencieux d'échappement.

En revanche, personne n'avait la moindre idée de l'endroit où pouvait maintenant se trouver Lonnie. Personne ne savait où elle allait quand elle quittait sa maison. Ils ignoraient tout de ses intérêts personnels.

Parce que personne dans cette rue ne la connaissait.

— Derek !

L'appel de Lucas lui fit tourner la tête vers le perron.

— Viens, dit-il, en lui faisant signe depuis l'embrasure de la porte.

La pelouse et les parterres étaient bien entretenus. Les jardinières et le paillasson, où figurait le mot « bienvenue », distillaient une impression chaleureuse.

Personne ne pouvait deviner que l'occupante de la maison était une criminelle particulièrement perverse, qui se servait de délinquants qu'elle terrorisait pour enlever et prostituer des femmes.

— Il y a une BMW blanche dans le garage, dit Lucas. Vitres teintées, immatriculation au nom d'une entreprise de Louisville. Pas de trace du pick-up.

Derek resta collé à Lucas, tandis qu'ils se frayaient un chemin entre les agents qui fouillaient chaque recoin et prenaient des photos.

— Lonnie possède une entreprise ? s'étonna Derek.

À la réflexion, ce n'était pas si étonnant que ça. Elle devait s'en servir pour blanchir de l'argent.

Lucas s'arrêta dans une chambre du rez-de-chaussée.

— Le dressing est plein de tenues de motard appartenant à la classe moyenne, expliqua-t-il. Mais…

Il écarta les cintres sur un côté, révélant en arrière-plan une autre rangée de vêtements, d'un style très différent.

— Elle a aussi de beaux tailleurs-pantalons, des chemisiers en soie, des escarpins de créateur…

— Qu'est-ce qu'une motarde peut faire avec ces tenues de femme d'affaires ?

Lucas sortit une paire de gants de sa poche, et les tendit à Derek.

— Ou avec une berline de luxe.

Derek glissa ses mains dans les gants, et commença à manipuler les articles en question, en se repassant mentalement chacun des éléments figurant sur le tableau blanc du commissariat.

Soudain, toutes les pièces s'emboîtèrent.

— C'est une couverture, dit-il. Nous pensions que les disparues avaient été attaquées et emmenées de force par les deux types qui traquaient Allison. Mais imaginons qu'une femme bien habillée, la trentaine, au volant d'une BMW, les approche.

L'idée qui prenait forme à mesure qu'il parlait lui plaisait de plus en plus.

— Les femmes font confiance aux femmes, n'est-ce pas ? Elle a pu prétendre avoir besoin de leur aide.

Lucas se massa le menton pendant qu'il réfléchissait.

— Et les vitres teintées cacheraient ce qui se passe à l'intérieur quand elle les emmène. Ça se tient. Mais je me demande comment elle fait pour les convaincre.

Derek prit un élégant sac de cuir sur une étagère, et fouilla les poches intérieures. Il fit de même avec les suivants.

— Il suffisait que les femmes soient assez près pour qu'elle les force à monter, dit-il. Sous la menace d'un pistolet ou d'un couteau.

Ses doigts entrèrent en contact avec quelque chose au fond du sac qu'il tenait.

— Qu'est-ce que tu as trouvé ? demanda Lucas, en le voyant se figer.

Derek exhuma une carte de visite.

— Une carte au nom de Sophia Lions, une découvreuse de talents pour l'agence Top Model Management.

La photo de Lonnie Voss était imprimée dans l'angle gauche. Elle était vêtue d'une veste blanche, comme celle qui se trouvait dans sa penderie, et arborait un large sourire.

— Hé !

La voix de Blaze leur fit tourner la tête dans sa direction.

— Qu'est-ce que c'est ?

Derek lui passa la carte.

— Eh bien, ça explique comment ces femmes ont été enlevées en plein jour, sans que personne ne remarque rien.

Il glissa la carte dans un sachet en plastique transparent.

— La plupart de ces femmes sont jeunes, sans doute naïves…

Il soupira.

— Que ne ferait-on pour accomplir ses rêves de gloire ? Quoi qu'il en soit, il ne nous reste plus qu'à vérifier les bandes de surveillance des endroits où elles ont été enlevées. On ne devrait avoir aucun mal à y repérer une BMW blanche.

Derek hocha la tête.

— Et toi, tu as quelque chose ?

— Oui. Notre experte en informatique a trouvé dans un ordinateur des photos de ponts et de plages. Les noms des dossiers sont des chiffres. Ils correspondront peut-être avec ceux sur le papier. Mais j'ai surtout pensé que nous pourrions reconnaître ces endroits grâce aux excursions que nous avons faites avec papa.

Ils pressèrent le pas vers la salle à manger. Une femme en coupe-vent bleu nuit était assise à la table, et faisait courir ses mains gantées sur le clavier d'un ordinateur portable.

Elle leva les yeux en entendant les trois hommes approcher.

Blaze fit les présentations.

— Lucas et Derek Winchester. Lucas est inspecteur à l'unité spéciale pour les victimes. Derek dirige une agence de détectives, et assurait la protection de Mme Hill et de sa fille. Jusqu'à la disparition de Mme Hill ce soir.

— Nina Chase. Bureau du shérif de Marsh County. La plupart des fichiers ont été effacés, mais j'ai pu récupérer des photos.

Derek prit place à côté de Nina, tandis que ses frères se réunissaient derrière lui.

Elle commença à faire défiler les clichés.

— Ça vous dit quelque chose ?

— Pas encore, dit Derek. Continuez.

Photos de champs laissés à l'abandon. Plage de galets. Maisons à l'abandon. Granges en ruine. Anciens panneaux publicitaires vantant des produits locaux. Et, pour finir, un vieux tracteur rouillé.

Tout cela semblait vaguement familier à Derek, d'une façon un peu brouillée. Comme des souvenirs d'enfance évanouis depuis longtemps, qui remontaient vaguement à la surface.

Derek avait sillonné de nombreuses fois le lac avec son père et ses frères. Mais le paysage ne le passionnait pas plus que ça. Il était plus intéressé par les repas que leur mère préparait, par les blagues qu'il faisait à ses jeunes frères, et par la descente en canoë dans les rapides.

— Attendez ! dit-il soudain. Revenez en arrière.

Une rangée d'arbres en fleurs apparut.

— C'est une pommeraie, dit-il.

Il se tourna vers Blaze et Lucas.

— Le vieux tracteur n'était pas loin de là. Je m'en souviens maintenant.

Ses frères fixèrent la photo, fouillant leurs souvenirs.

Ils avaient un et deux ans de moins que lui, et il était possible qu'ils aient oublié.

Blaze éclata soudain d'un rire inattendu.

— On se lançait des pommes vertes qui roulaient sur la berge et tombaient dans le fleuve.

— Mais ces arbres n'auront pas de fruits avant un moment, remarqua Derek. Je ne suis même pas sûr qu'ils soient déjà en fleur.

— C'est sans importance, dit Nina. Ces photos ont été prises il y a plus d'un an, pour leur permettre d'élaborer leurs trajets et leurs arrêts. Tout a été mûrement réfléchi de longue date.

Derek soupira, quelque peu démoralisé.

— Ils ont un temps d'avance sur nous depuis le début.

Blaze se voulut optimiste.

— Jusqu'à maintenant. Mais nous avons finalement une piste, et nous allons l'exploiter.

Derek consulta sa montre et fut horrifié par le temps qui s'était déjà écoulé, et le peu de marge de manœuvre qui leur restait avant la prochaine étape.

Ils devaient accélérer le rythme s'ils voulaient identifier et atteindre la position à temps pour sauver Allison et les autres.

Nina se leva.

— Excusez-moi, j'ai un appel à passer.

Derek en profita pour tirer l'ordinateur vers lui, et commença à classer les photos par catégorie géographique, selon les souvenirs qu'il avait gardés de ces endroits au cours de ses périples le long du fleuve.

— Qu'est-ce que tu fais ? demanda Blaze.

— Je ne sais pas trop. J'essaie de créer une vue générale. Il en ressortira peut-être un plan de route…

— Hé, les Winchester, appela Nina. Les gardes-côtes ont un truc qui pourrait coller avec vos chiffres.

Elle se rapprocha et leur présenta l'écran de son téléphone, révélant l'image d'une borne kilométrique, le long d'une portion du fleuve que Derek ne reconnut pas.

— Où est-ce ?

— Rex Bend.

Derek s'affola. Rex Bend était proche du Tennessee.

— C'est loin par l'autoroute ? demanda-t-il, en se levant d'un bond.

— Une centaine de kilomètres, répondit Nina. Mais c'est un port animé. Il nous faut une localisation plus précise.

— Nous partons immédiatement, décréta Blaze. Envoyez-nous la localisation par SMS quand vous l'aurez.

— Il est presque 17 h 30, dit Derek, en traversant au pas de course le jardin détrempé. Si nous voulons mettre en place une embuscade, il faut arriver avant Lonnie Voss et ses sbires. Sinon, les forces de l'ordre perdront l'avantage.

Il prit place sur le siège passager de la voiture de Blaze, tandis que Lucas s'installait sur la banquette arrière.

— Le prochain arrêt est à 19 heures. Cent kilomètres en quatre-vingt-dix minutes, ça va être court, même par l'autoroute. Et le plus tôt sera le mieux.

Blaze entra la destination dans son GPS de bord, et positionna le levier de vitesses automatique sur Drive.

— Dans ce cas, allons-y.

24

Allison et son armée improvisée s'étaient assises dos à la paroi la plus éloignée de la porte.

Leur attention était rivée sur l'étroite bande de lumière qui scintillait en dessous.

Durant la nuit, elles avaient transporté contre l'autre paroi les femmes manifestement droguées, de façon à laisser la voie libre à celles qui allaient devoir se battre.

Le but était qu'au moins une femme parvienne à s'échapper et à alerter les autorités.

Avec un peu de chance, l'aide serait déjà sur place et cette stratégie ne serait pas mise en œuvre.

Une seule des femmes, Lisa, était pleinement consciente, mais elle ne leur serait d'aucune utilité.

Depuis le début, elle s'était montrée négative, dominée par la peur et totalement réfractaire à l'idée d'évasion.

Lisa irait donc s'étendre parmi les femmes inconscientes, et simulerait être dans le même état. Avant tout, elle voulait éviter la colère de Lonnie, si le plan échouait.

Allison ne pouvait l'en blâmer. Pas plus qu'elle ne pouvait critiquer les décisions que ces pauvres femmes prenaient pour survivre.

Le plus dur était l'attente.

Allison avait tant de fois révisé son plan qu'elle le connaissait par cœur, et il lui tardait de pouvoir enfin passer à l'action.

Bientôt, des signes d'activité commencèrent doucement à filtrer à travers le plancher. Des bruits de pas. Une odeur de café.

Allison ignorait où ils se trouvaient, et de quel côté elle devrait courir si elle parvenait à fuir le bateau. Mais elle savait que l'aube annonçait un prochain accostage.

En tout cas, c'était ainsi que Blaze avait interprété les inscriptions sur le papier que Cari avait laissé tomber dans le poulailler de Mason.

Elle espérait de tout son cœur qu'il ne s'était pas trompé, et que les Winchester avaient découvert dans quel port leur bateau ferait escale.

Faute de quoi, elle serait entièrement livrée à elle-même.

Le doute commençait à s'insinuer en elle, remplaçant l'audace qui l'avait animée toute la nuit.

Et si le port ne grouillait pas de l'animation sur laquelle elle comptait pour faciliter sa fuite ?

S'il n'y avait personne à qui demander de l'aide ?

Si elle était à nouveau capturée et reconduite à bord ? Ou, pis encore, tuée sur place ? Les autres femmes seraient punies. Lonnie et son équipage disparaîtraient avec leurs captives, et on ne les retrouverait plus jamais.

— Je crois que nous ralentissons, murmura Cari. Ils nous apporteront bientôt le petit déjeuner. Ils sont toujours deux. L'un nous dépose les repas, et l'autre vérifie le pouls des filles.

Elle jeta un regard attristé aux corps inertes affalés au sol.

— Ils ont des couteaux et n'hésitent pas à nous menacer avec.

— Pas de pistolet ? s'étonna Allison.

— Pas sur un bateau, voyons. Ça pourrait faire un trou dans la coque.

— Oh ! mais bien sûr !

Couler avec onze personnes coincées au fond de la cale n'était pas la meilleure des idées.

— Quelques coups de feu seraient pourtant utiles pour attirer l'attention.

— Mouais, fit Zoey. Surtout celle de Lonnie.

Les bruits de pas au-dessus de leur tête se firent plus lourds, tandis que le bateau continuait à ralentir.

Lisa alla se coucher à côté des quatre femmes inconscientes.

Allison réunit celles qui étaient prêtes à se battre.

Cari et Zoey étaient déterminées et sûres d'elles.

Bailey, Genny et Hannah étaient moins confiantes, mais elles voulaient bien essayer, et c'était déjà beaucoup.

Le verrou de la porte tourna, et une tension palpable envahit la cale, semblant absorber tout l'oxygène.

Allison s'exhorta à y croire.

Son armée était peut-être physiquement faible, et mentalement fragile, mais son désir de vivre était puissant.

Et l'espoir pouvait soulever des montagnes.

La porte s'ouvrit, et la lumière entra, aveuglante, accompagnée d'un coup de vent froid.

Allison plissa les paupières, luttant contre les rayons du soleil, d'un rouge éclatant.

— Debout là-dedans, annonça un grand type efflanqué, à la démarche molle.

Il tenait à la main une longue lampe torche en métal argenté.

— Qui veut déjeuner ?

Son comparse, à la silhouette beaucoup plus massive, entra, chargé de sacs et, d'un coup de pied, claqua la porte derrière lui, les renvoyant à l'obscurité.

Il commença la distribution d'eau et de nourriture, et Allison échangea des regards avec son équipe, tous les yeux s'ajustant encore au changement de lumière.

Comme convenu, chacune agrippait fermement son plateau.

— Oh là ! Doucement mes jolies, dit le mollasson.

Il braqua sa torche dans les yeux d'Allison, avant d'aveugler les autres une à une.

— N'essayez pas de réfléchir, vous n'êtes pas là pour ça. Si vous avez besoin qu'on vous rappelle à quoi vous servez, je me ferai un plaisir de vous le montrer.

L'autre homme se pencha pour vérifier les pouls et les respirations des autres.

Allison flancha quand le rayon lumineux de la torche revint sur elle.

— Dis donc, t'es pas mal, la nouvelle.

Des doigts répugnants s'insinuèrent dans ses cheveux, l'obligeant à se lever, puis l'homme se plaqua contre elle.

L'estomac d'Allison se révulsa, tandis que son esprit menaçait de sombrer.

Son plan était réduit à néant. Elles n'avaient plus aucune chance de s'en sortir.

— Hé, Ken ! viens un peu par ici, appela son comparse. Y'a un problème avec celle-ci.

— Attends-moi. Je reviens, dit le dénommé Ken, avant de repousser brusquement Allison.

Déséquilibrée, elle tomba au sol et, sous le choc, ne bougea plus.

Ken braqua sa torche sur une femme qui semblait en proie à de terribles convulsions et se mit à jurer.

Allison resta médusée devant le spectacle parfaitement crédible qu'offrait Lisa, dont le corps s'agitait en tous sens, se soulevant et retombant en heurtant bruyamment le plancher.

La plus apeurée de toutes avait trouvé la force d'intervenir pour empêcher qu'clle soit violée, et pour lui permettre de s'enfuir avec ses alliées, pendant qu'elle faisait diversion.

— Tiens-la, dit Ken.

S'agenouillant, il posa sa torche à côté de lui et, ensemble, les deux hommes maintinrent les épaules et les jambes de Lisa.

Et Allison plongea pour s'emparer de la torche.

25

Par-delà le fleuve, Derek observait le port de Rex Bend, une prospère cité balnéaire.

Les cafés et les boutiques bordaient la rue faisant directement face à l'eau. Des sportifs matinaux se mêlaient aux promeneurs de chiens, et aux personnes qui partaient travailler.

Ses frères et lui s'étaient séparés dès leur arrivée, attendant des informations de la part de Nina, la garde-côte locale, de la police ou des autorités portuaires.

À supposer que Derek se trouve bien dans la bonne ville, Allison pouvait être n'importe où. Sur un bateau de pêche, un yacht… Cachée dans la cale. Embarquée sur un porte-conteneurs…

Nerveux, il fit jouer ses doigts le long de son corps, essayant d'évacuer la tension qui pulsait dans ses veines. Puis il s'assit quelques secondes sur un banc pour vérifier d'éventuels messages manqués. De préférence annonçant l'arraisonnement du bateau de Lonnie, avec toutes les femmes saines et sauves à l'intérieur. Mais il n'y avait rien de nouveau.

Le soleil, semblable à une grosse orange lumineuse, commençait à monter vers l'horizon. Ses premiers rayons d'or illuminaient le ciel et le zébraient de longues traînées pourpres.

Les silhouettes des bateaux de toutes tailles et formes se découpaient sur l'eau scintillante. Plusieurs des embarcations étaient pilotées par des autorités infiltrées qui, comme Derek, traquaient un bateau non identifié.

— Allez ! murmura-t-il dans le vent.

Allison était persuadée que tout arrivait pour une raison précise, qui dépassait les gens sur le moment, et qui ne pouvait être comprise que bien plus tard.

Elle pensait que chaque chose avait un sens, même les plus affreuses, et surtout celles qu'on ne pouvait pas expliquer.

Jusqu'à présent, Derek avait traité par l'indifférence cette façon de voir, n'y souscrivant pas, mais il n'avait pas voulu la critiquer devant Allison.

Maintenant, il avait besoin que sa croyance soit vraie. Il lui fallait un signe.

Trois détonations déchirèrent l'air immobile, d'une limpidité de cristal.

L'estomac de Derek se noua.

Il n'y avait pas d'erreur possible. Il s'agissait de coups de feu. Et ça ne pouvait signifier qu'une seule chose : Allison n'était pas loin.

Il se mit à courir le long du fleuve, en direction des bruits. Plusieurs bateaux semblaient aussi converger vers le même endroit.

Des piétons s'étaient arrêtés sur le quai, observant un bateau de pêche blanc qui se détachait du lot. Des filets noirs étaient drapés par-dessus bord, et le navire commençait à s'incliner bizarrement.

Les poumons en feu, courant à toutes jambes, Derek déployait ses dernières forces pour atteindre le bateau visiblement en train de couler.

Une vedette approchait.

— Autorités portuaires de Rex Bend, annonça une voix masculine dans un porte-voix. Coupez les moteurs.

Des hommes du SWAT, en tenue de combat, avaient emboîté le pas à Derek, tandis qu'il filait comme l'éclair le long de l'interminable quai en bois.

Une porte de la cabine du bateau de pêche s'ouvrit. Des silhouettes de femmes apparurent, criant et agitant les bras, réclamant de l'aide.

Allison n'était pas parmi elles.

Le visage cinglé par de l'eau glacée, Allison ouvrit brusquement les yeux. Un rayon de soleil entrait par la porte ouverte de la cale. À côté d'elle, cinq femmes endormies étaient progressivement submergées par la montée de l'eau. Tous les autres étaient partis.

Une voix puissante s'éleva quelque part au-delà de la porte, peut-être amplifiée par un mégaphone.

Elle se redressa en position assise, et la douleur irradia dans tout son côté.

Elle avait été touchée par une balle, mais Ken aussi. Sa silhouette inerte gisait contre la paroi.

Le second homme avait sorti un pistolet quand elle avait frappé Ken avec sa torche. Cari avait plongé pour essayer de s'emparer de l'arme et le coup était parti, tuant Ken et perforant la coque. Le second coup avait transpercé le côté d'Allison.

Lonnie était alors apparue dans l'encadrement de la porte. Elle avait emmené le second homme avec elle, en le maudissant pour sa stupidité. À cause de lui, le bateau était en train de couler et son seul autre garde était mort.

Il ne restait que deux ravisseurs. Deux obstacles entre les captives et la liberté. Mais Lonnie avait verrouillé la porte, les laissant se noyer.

Allison ne se rappelait pas la suite, mais la porte était ouverte à présent, et c'était un excellent signe.

Le niveau de l'eau en était un beaucoup moins bon.

— Réveillez-vous ! cria-t-elle aux femmes inconscientes, en rampant jusqu'à l'endroit où elles se trouvaient.

Un gémissement s'échappa de la première silhouette, et Allison la secoua de toutes ses forces.

— Tu dois bouger, ou tu vas mourir.

Les larmes se mirent à rouler sur les joues d'Allison, tandis que l'eau se colorait de rouge autour d'elle. Elle saignait beaucoup, mais elle était consciente, et elle pouvait aider les autres.

Elle passa un bras inerte autour de ses épaules, se redressa d'abord sur les genoux, et fit appel à ce qui lui restait d'énergie pour se relever, supportant son poids et celui de l'autre femme, qu'elle remorqua vers la courte volée de marches.

— Allison !

Derek sauta sur le bateau presque couché, tandis que des agents menottaient Lonnie et son homme de main.

— Il faut sauver les autres, dit une femme, d'un ton désespéré. Elles ont été droguées, et l'une d'elles a pris une balle.

Animé par l'espoir égoïste qu'Allison n'était pas blessée, même si cela signifiait qu'une autre femme était en souffrance, Derek se précipita vers la cale.

26

Allison ouvrit les yeux et, passé les premières secondes d'éblouissement sous la lumière brutale des néons, découvrit un décor banal et triste de chambre d'hôpital.

Des odeurs de détergent, de mauvais café et de fleurs fraîches flottaient dans l'air.

— Bonnie, dit-elle, d'une voix étranglée, tout en se redressant sur les coudes.

La pièce se brouilla devant ses yeux et tout se mit à tanguer autour d'elle, tandis que quelque chose bipait.

Derek apparut avec une femme en blouse blanche. Il avait l'air inquiet. Elle eut aussitôt envie de le réconforter. Tandis qu'il lui tenait la main, elle vérifia la poche de son intraveineuse, suspendue à une potence à côté de son lit.

— Pas encore, dit-il. Tu dois d'abord dormir. Bonnie sera bientôt là.

Quand Allison se réveilla à nouveau, Derek jouait aux cartes sur son lit, à côté de ses jambes. Une foule d'inconnus avait envahi sa chambre.

— Il n'y a rien de mal à le faire dans un hôpital, dit une femme. Peu importe le lieu, l'important c'est de le faire.

— Ce n'est pas très romantique, protesta Derek.

Ayant perdu sa partie de solitaire, il rassembla ses cartes et les battit, les yeux fixés sur une personne qu'Allison ne pouvait voir.

— Je n'ai pas envie de lui tendre une embuscade. Et qui vous a invités, d'abord ?

— Eh bien, répondit une femme âgée, quand tu as dit que tu pensais à une demande en mariage, j'ai pensé que la famille voudrait le savoir.

Allison se demanda si elle avait des hallucinations, ou si Derek avait réellement l'intention de la demander en mariage.

Et n'y avait-il pas une limite au nombre de visiteurs qu'une personne hospitalisée pouvait recevoir ?

— Elle est réveillée, murmura quelqu'un.

— Les autres ? marmonna Allison. Cari, Zoey. Hannah, Genny.

Sa langue pâteuse collait à son palais, lui compliquant la tâche, mais leurs noms devaient être entendus.

— Bailey. Lisa.

— Elles vont bien, dit Derek, en se levant.

Se penchant au-dessus d'Allison, il ajouta :

— Elles sont toutes saines et sauves. La plupart sont avec leur famille. Elles ont toutes été examinées et certaines ont été autorisées à quitter l'hôpital. Il en reste encore quelques-unes en observation, mais tout ira bien maintenant. Grâce à toi.

Il sourit et lui caressa les cheveux.

— Tu pourras les voir plus tard si tu veux.

Un mélange d'inquiétude et de compassion se lisait dans ses yeux sombres.

— Comment te sens-tu ?

— Bien.

Elle ne savait pas si c'était vrai. Une sensation chaude et cotonneuse l'engourdissait. Sans doute était-ce dû au contenu de son intraveineuse.

— Bonnie ? demanda-t-elle.

— Elle est ici, annonça la vieille dame qui s'était exprimée un moment plus tôt.

La mère de Derek, Rosa, s'avança avec Bonnie, parée d'un petit costume de danseuse de country à carreaux rouges et blancs, et de bottes western rouges.

— Nous nous sommes bien occupés d'elle. Elle a joué avec ses cousins et avec les animaux. Et nous avons fait des courses.

Rosa eut un sourire vaguement contrit.

— Je crois que nous l'avons peut-être un peu trop gâtée…

La gorge d'Allison se serra, et les larmes lui montèrent aux yeux.

— Merci.

Non seulement Bonnie avait évité la tragédie du bateau, mais elle avait passé des moments merveilleux avec des personnes qui avaient le cœur sur la main.

La gratitude et l'amour gonflaient le cœur d'Allison au point qu'elle se sentait suffoquer.

La foule s'avança, encadrant son lit, tandis que Rose déposait Bonnie dans ses bras.

Elle serra son bébé contre elle et déposa un baiser dans ses cheveux duveteux.

— Je suis heureuse que tout le monde aille bien.

Blaze avait le bras passé autour des épaules d'une jeune femme rousse qu'Allison ne connaissait pas, et qui tenait une petite fille dans ses bras.

— Tout le monde s'en est sorti sauf Ken, dit-il. Son coéquipier, Mike, et Lonnie ne s'en sortent pas beaucoup mieux. Ils vont aller en prison, ainsi que George et Redmon, et ils y resteront très longtemps.

— Tout est bien qui finit bien, conclut Allison. Il ne me reste plus qu'à rentrer chez moi.

— Pas avant un jour ou deux, dit Derek. Je te rappelle qu'on t'a tiré dessus, et que tu as dû subir une opération pour retirer la balle. Ça s'est bien passé, mais tu as encore besoin de repos.

— Ne t'inquiète pas, dit Lucas. Nous passerons te voir tous les jours, à tour de rôle.

— C'est formidable, dit Allison. Je ne serai jamais seule comme ça.

— Tu ne crois pas si bien dire, renchérit Derek. Tes parents ont fait le voyage pour te voir. Cruz est allé les chercher à l'aéroport. Tu ferais sans doute bien de te reposer pendant que tu en as l'opportunité.

Allison hocha la tête, embrassa à nouveau le crâne de sa fille, puis la tendit à Derek.

— Occupe-toi d'elle pendant que je dors.

— Tu peux compter sur moi, promit-il, en calant Bonnie contre son torse. Et, au fait…

— Oui ?

Elle rouvrit ses paupières alourdies.

— Quand tu te réveilleras, j'aurai une question à te poser.

Épilogue

Douze mois plus tard.

Perchée sur l'îlot central de la cuisine, Allison attira Derek à elle, tout en admirant son allure incroyablement sexy dans son smoking.

La maison était plongée dans l'obscurité, et il n'y avait pas un bruit autour d'eux, à part les ronflements occasionnels d'un vieux basset endormi près de la cheminée.

C'était son moment préféré, quand tout dormait autour d'eux, et que le monde n'appartenait plus qu'à eux.

— Tu as un goût de gâteau et de champagne, dit-elle.

Sa robe bleue remonta sur ses cuisses tandis qu'elle enroulait ses jambes autour de lui.

— Tu es sûre ?

Il se pencha pour qu'elle puisse l'embrasser à nouveau et vérifier.

Blaze et Maisy n'avaient pas regardé à la dépense pour leur mariage, afin de faire de cette journée un événement inoubliable.

— Tu as plutôt bon goût toi aussi, dit-il, en lui offrant une nouvelle cuillérée de la part de fraisier qu'il avait subtilisée en partant sur la table des desserts.

Allison y mordit à belles dents, laissant échapper un soupir de contentement.

— Puisque je ne vais pas avoir droit au champagne pendant les six prochains mois, autant que je me fasse plaisir avec toutes les autres choses que j'aime.

— Voilà des paroles qui me plaisent, madame Winchester.

Il posa sa paume sur son ventre encore plat.

— Peux-tu croire que nous allons de nouveau être parents ?

— Certainement, dit-elle, en caressant son alliance. Et j'ai hâte.

Derek avait légalement adopté Bonnie aussitôt après leur mariage, et il avait endossé son nouveau rôle de père avec autant d'enthousiasme et de fierté que celui de mari.

Passant les bras autour des épaules de Derek, Allison admira le scintillement de la lune sur le diamant de sa bague de fiançailles.

— Tu es incroyablement belle ce soir, murmura-t-il. Je te l'ai déjà dit ?

— Une fois ou deux.

Il sourit, avec une lueur d'incertitude dans ses yeux profonds et aimants.

— Tu ne regrettes pas de ne pas avoir eu un grand mariage comme celui-ci ?

— Certainement pas.

Un sourire attendri monta aux lèves d'Allison, tandis qu'elle se remémorait la cérémonie, neuf mois plus tôt. Elle avait eu lieu dans un champ de fleurs sauvages, sur la propriété des parents de Derek, en compagnie de leurs amis et de la famille… et de beaucoup de chevaux.

— Je crois que notre mariage était bien mieux. Ça doit être un casse-tête d'organiser une grande fête de ce genre.

— En parlant de fête, tu es prête pour celle que nous organisons demain ?

Un regain d'enthousiasme s'empara d'Allison. Demain, elle fêterait l'obtention de son diplôme, et sa promotion au poste de directrice de la crèche qui l'employait, son ancienne supérieure hiérarchique ayant atteint l'âge de la retraite.

— Sais-tu à quel point je suis fier de toi ? demanda Derek.

— Ça aussi, je crois que tu me l'as déjà dit une ou deux fois.

— La seule chose qui m'ennuie, c'est que je te verrai moins.

La promotion s'accompagnait d'heures de présence plus longues, et de samedis travaillés plus nombreux.

— J'ai pensé à quelque chose, dit-elle, en glissant les doigts dans les cheveux de Derek. Il y aurait un moyen pour que je mette à profit mon diplôme, tout en passant plus de temps ici.

Une moue malicieuse se forma sur ses lèvres.

— Beaucoup plus de temps.

Elle savait que Derek adorerait son idée. Elle avait attendu cette nuit pour lui en parler. Tous les détails étaient déjà planifiés, n'attendant que son accord.

Il se figea, attendant la suite, une expression de curiosité intense sur son beau visage.

— Dis-m'en plus.

— Je pourrais ouvrir une crèche ici. Nous pourrions la bâtir avec l'argent de la vente de la maison de Grandma. Nous n'avons pas besoin de quelque chose de trop sophistiqué.

Il plaqua sur ses lèvres un baiser enthousiaste.

— J'adore cette idée. Et les enfants pourront profiter des animaux. Nous achèterons un poney…

Elle rit.

— Nous avions déjà prévu d'acheter un poney pour Bonnie, de toute façon.

— Toutes les petites filles devraient avoir un poney.

— J'ai pensé que nous pourrions l'appeler « Les Petits Moulins, » en référence au moulin qui se trouve sur ta propriété.

— Sur notre propriété, la reprit-il, comme il le faisait chaque fois qu'elle parlait de ses biens comme s'ils n'appartenaient qu'à lui seul.

Il lui embrassa tendrement le bout du nez.

— Dis-moi comment je peux t'aider ?

— En restant toujours tel que tu es.

Il était fort, déterminé et intègre, capable d'affronter la vie, sans jamais reculer devant l'adversité. Mais c'était aussi un homme simple et doux, au cœur tendre. Le verbe haut et l'apparence bougonne n'étaient qu'une carapace pour se protéger.

— Et, accessoirement, ajouta-t-elle, tu pourrais m'emmener au lit.

Elle n'eut pas à le lui répéter.

Retrouvez prochainement,
dans votre collection

BLACK ROSE

Liés par le destin, de Maggie Wells - N°722

DÉFENSEURS DE LA JUSTICE – 3/3

« J'attends un enfant de toi »... Stupéfait, Harry fixe Alicia, la séduisante agente des stups qui vient de lui annoncer cette nouvelle. Il se remémore la soirée au cours de laquelle ils ont fêté le démantèlement d'un trafic de drogue. Puis leur nuit d'amour passionnée... Mais, tandis qu'il tente de mettre de l'ordre dans ses idées, un tir nourri les projette tous deux à terre. Paniqué, il réalise alors que son destin et celui d'Alicia sont liés...

Pour protéger Maya, de Jane Godman

Abigail n'a qu'un désir : adopter Maya, la fillette aux joues rondes et aux boucles brunes qui a touché son cœur. Mais, pour une raison qu'elle ignore, quelqu'un œuvre dans l'ombre pour l'empêcher de réaliser son rêve. Diffamations, menaces... les attaques se multiplient. Désespérée, Abigail demande son aide à Griffin Colton, un avocat spécialisé dans les affaires d'adoption, et se lance avec lui dans une enquête périlleuse...

Un mariage sans contrat, de Jennifer D. Bokal - N°723

Chasseur de prime, Liam Alexander travaille toujours en solo. Pourtant, le jour où il apprend que Holly Jacobs, faute d'argent, va vendre l'école où sa petite fille de trois ans qu'il élève seul doit entrer, sa décision est prise : il va embaucher Holly pour l'aider à retrouver la tueuse en série qu'il traque depuis des semaines. Et, pour mieux tromper sa proie, il fera passer Holly pour son épouse...

Mystère à Eagle Montain, de Cindi Myers

Qui a tué Sam Russell ? Pour Chris Delray, shérif adjoint d'Eagle Mountain, l'enquête ne fait que commencer et la liste des suspects est longue. Longue et délicate car les noms des membres de la famille de l'éleveur y figurent. Et en particulier celui de sa fille : Willow. Willow dont la beauté et la détresse troublent Chris et menacent de fausser son jugement dans l'affaire...

HARLEQUIN BLACK ROSE

Retrouvez prochainement,
dans votre collection

BLACK ROSE

Une alliance troublante, de Denise N. Wheatley - N°724

Parallèlement aux articles qu'elle écrit pour un magazine féminin, Samantha tient un blog consacré aux enquêtes criminelles. Lorsqu'un de ses amis meurt d'une overdose, elle décide de mener l'enquête car elle est persuadée qu'il a été assassiné. Au sein de la police locale qu'elle soupçonne de corruption, un homme, un seul, prend le risque de l'aider : Gregory Harris, un inspecteur aussi intègre que séduisant...

L'île de la peur, de Janice Kay Johnson

Tandis qu'ils longent la côte, chacun dans un canoë-kayak, Claire et son ami Mike aperçoivent un bateau dans une crique. Pour saluer l'équipage, Mike s'approche et, sous les yeux effarés de Claire qui s'est cachée, il est abattu. Puis un autre coup de feu retentit et un passager du bateau tombe à l'eau. Claire le repêche et aborde avec lui sur une île. L'inconnu lui révèle alors qu'il était en mission d'infiltration anti-drogue...

Piège dans les Everglades, de Lena Diaz - N°725

En interrogeant Faye Star, la dernière personne à avoir aperçu le criminel qu'il recherche, Jake a un doute. Car il sent que cette femme aux allures de sauvageonne ne lui dit pas toute la vérité. Pourtant, c'est sans hésiter qu'il accepte sa proposition : lui servir de guide dans les marais infestés d'alligators où se terre celui qu'il traque...

Un pari risqué, de B.J. Daniels

Elle n'est pas folle... Dede s'est juré de le prouver, et seul Lantry Corbett peut l'y aider. Pour être sûre que le séduisant avocat accepte de l'écouter, elle le contraint à la suivre dans le chalet perdu où elle va pouvoir s'expliquer. Car c'est son ex-mari, un homme d'affaires influent, qui veut la faire passer pour malade parce qu'elle détient des informations compromettantes sur lui...

HARLEQUIN BLACK ROSE

Retrouvez prochainement,
dans votre collection

BLACK ROSE

Pour sauver son bébé, de Cassie Miles - N°726

Inquiète, Olivia sent derrière elle une présence menaçante. Mais qui peut bien vouloir du mal à une future maman sur le point d'accoucher ? Incapable de trouver une réponse à ses questions, elle se résigne à demander la protection de celui qu'elle a refusé d'épouser par peur de perdre son indépendance : Troy, son amant d'une nuit dont elle porte le bébé…

Protection clandestine, de Justine Davis

Dans la chambre où elle est retenue prisonnière, Hayley tente de mettre de l'ordre dans ses idées. Si son chien ne s'était pas manifesté pendant que des inconnus enlevaient son voisin, sa présence n'aurait pas été remarquée… Mais alors qu'elle lutte contre la panique un de ses geôliers s'approche, et elle sent le doute l'envahir. Se peut-il vraiment que cet homme si séduisant soit un criminel ?

HARLEQUIN BLACK ROSE

SAGAS

SECRETS. HÉRITAGE. PASSION.

Villa luxueuse en Grèce,
palais somptueux en Italie,
manoir mystérieux en Louisiane, chalet
enneigé en Alaska…
Voyagez aux quatre coins du monde et
vivez des histoires d'amour
à rebondissements grâce aux intégrales
de votre collection Sagas.

4 sagas à découvrir tous les deux mois.

DIVERTIR • INSPIRER • ÉMOUVOIR

HARLEQ
www.harleq

RESTEZ CONNECTÉ AVEC HARLEQUIN

Harlequin vous offre un large choix de littérature sentimentale !

Sélectionnez votre style parmi toutes les idées de lecture proposées !

www.harlequin.fr

- **Découvrez** toutes nos actualités, exclusivités, promotions, parutions à venir...
- **Partagez** vos avis sur vos dernières lectures...
- **Lisez** gratuitement en ligne
- **Retrouvez** vos abonnements, vos romans dédicacés, vos livres et vos ebooks en précommande...

L'application Harlequin

- Des **ebooks gratuits** inclus dans l'application
- **50 nouveautés tous les mois** et + de 7 000 ebooks en téléchargement
- Des **petits prix** toute l'année
- Une **facilité de lecture** en un clic hors connexion
- Et plein d'autres avantages...

Téléchargez notre application gratuitement

Télécharger dans l'App Store

DISPONIBLE SUR Google Play

SUIVEZ-NOUS !

facebook.com/HarlequinFrance
twitter.com/harlequinfrance

VOTRE COLLECTION PRÉFÉRÉE DIRECTEMENT CHEZ VOUS

Vous souhaitez découvrir nos collections ? Une fois votre colis de bienvenue reçu, si vous souhaitez continuer à recevoir nos livres, cela se fera automatiquement. Vous n'avez aucune obligation d'achat et cette offre est sans engagement de durée !

Dans votre 1er colis, 2 livres au prix d'un + 1 cadeau

☛ COCHEZ la collection choisie et renvoyez cette page au
Service Lectrices Harlequin – CS 20008 – 59718 Lille Cedex 9 – France

Collections	Prix 1er colis	Réf.	Prix abonnement (frais de port compris)
❑ **AZUR**	4,75€	AZ1406	6 livres par mois 31,49€
❑ **BLANCHE**	7,30€	BL1603	3 livres par mois 24,85€
❑ **HISTORIQUES**	7,30€	LH1202	2 livres par mois 17,49€
❑ **PASSIONS**	7,80€	PS0903	3 livres par mois 26,49€
❑ **BLACK ROSE**	7,90€	BR0013	3 livres par mois 26,79€
❑ **HARMONY***	5,99€	HA0513	3 livres par mois 20,76€
❑ **NORA ROBERTS***	8,90€	NR2403	3 livres tous les 2 mois, prix variable**
❑ **SAGAS***	7,99€	SG2303	3 livres tous les 2 mois 29,46€
❑ **VICTORIA**	7,80€	VI2115	5 livres tous les 2 mois 42,09€
❑ **GENTLEMEN***	7,50€	GT2022	2 livres tous les 2 mois 17,95€
❑ **HORS-SÉRIE***	7,70€	HS2812	2 livres tous les 2 mois 18,45€

*livres réédités / **entre 28,79€ et 31,39€ suivant le prix des livres

F22PDFM

N° d'abonnée Harlequin (si vous en avez un) ⌴⌴⌴⌴⌴⌴⌴⌴⌴

Mme ❑ Mlle ❑ Nom : ____________________

Prénom : ____________________ Adresse : ____________________

____

Code Postal : ⌴⌴⌴⌴⌴ Ville : ____________________

Pays : ____________________ Tél. : ⌴⌴⌴⌴⌴⌴⌴⌴⌴⌴

E-mail : ____________________

Date de naissance : ____________________

Date limite : 31 décembre 2022. Vous recevrez votre colis environ 20 jours après réception de ce bon. Offre soumise à acceptation et réservée aux personnes majeures, résidant en France métropolitaine, dans la limite des stocks disponibles. Prix susceptibles de modification en cours d'année. Vous pouvez demander à accéder à vos données personnelles, à les rectifier ou à les effacer. Il vous suffit de nous écrire en nous indiquant vos nom, prénom et adresse à : Service Lectrices Harlequin CS 20008 59718 LILLE Cedex 9. Service Lectrices disponible du lundi au vendredi de 9h à 17h : 01 45 82 47 47.

Harlequin® est une marque déposée du groupe HarperCollins France – 83/85, Bd Vincent Auriol – 75646 Paris cedex 13. SA au capital de 1 149 680€ – R.C. Paris. Siret 31867159100069/APE5811Z.